『冷板凳』学术书系
罗振亚 主编

“第三代”诗歌研究

刘波 著

河北大学出版社

图书在版编目（C I P）数据

“第三代”诗歌研究 / 刘波著. —保定：河北大学出版社，2012.4（2014年5月重印）

ISBN 978-7-5666-0096-7

Ⅰ. ①第… Ⅱ. ①刘… Ⅲ. ①诗歌研究—中国—当代 Ⅳ. ①I207.22

中国版本图书馆CIP数据核字（2012）第037895号

责任编辑：杨显硕
装帧设计：赵　谦
责任印制：靳云飞

出版：河北大学出版社
经销：全国新华书店
印制：保定市北方胶印有限公司
开本：1/16（710mm×1000mm）
字数：303千字
印张：21
版次：2012年4月第1版
印次：2014年5月第2次
书号：ISBN 978-7-5666-0096-7
定价：45.00元

总 序

在这样一个浮躁的时代，甘坐十年“冷板凳”的学者，确实越来越少了。尤其是对于年轻一代的学者来说，更是如此。他们即便心里很想先沉下来，把书读好，然后再回过头来扎实地做文章；但是囿于各种量化的评价指标和功利性要求，这种大环境似乎也不允许他们依循自己的理想去做“慢”的学问。于是，快速写作和高端发表，就成了当下学术的常态。然而，不管社会怎样喧嚣，时代如何疯狂，学术之事，归根结底不是一场热闹的狂欢，它仍需要学者们持守一份宁静的心态，需要耐得住长久的寂寞，如此方可靠近学问的真谛。总之，坐“冷板凳”，还是我们从事真正的学术研究的前提，也是学问通往一种深度和境界的保证。

正因如此，我觉得在当下出版一套甘坐“冷板凳”的年轻学者的著作，就显得尤为必要，意义非凡。而“冷板凳”这三字，绝非我一时所想，其实它早有一段渊源。记得是2002年秋天，我在武汉大学攻读博士学位时的一次珞珈山庄同门聚会上，导师龙泉明先生兴奋而庄重地和我们说，他要主编一套研究丛书，让自己弟子们优秀的博士学位论文以集束的方式面世。而后又不止一次谈及这一设想，并从期望弟子能在孤独中找到真正精神归宿的角度出发，寓意深刻地将之命名为“冷板凳系列丛书”，联系好了人民文学出版社。当时，师兄弟们很受鼓舞，我也在盼着自己的论文忝列其中出版的日子。谁也想不到的是，2003年7月恩师被确诊为肝癌，一病不起，次年初即离开人世，弟子们除了悲恸，还是悲恸。丛书出版之事只能搁浅。而后，每逢念起此事，我都深感老师的期望之重，也品味到了遗憾滋味的折磨。恰巧这次河北大学出版社的编辑杨显硕先生希望我能主编一套当代诗歌研究方面的专著，在某种程度上提供了弥补遗憾的机会，所以我打从心里感激编辑。

编辑明确要求丛书收入的一定是专著，而不是评论和论文集，这当是出版社仍在寻求学术理想的体现，也符合龙老师当年的期望。1990年代以来，诗歌文体逐渐边缘化了，而诗歌研究依靠如今的学术体制虽然能获得一些生机，但在众多学科里仍然属于冷门。现在能沉得住气专注于研究诗歌的，则可视为这个时代做孤独学术的见证。当编辑跟我交流和沟通时，我瞬间就想到了这套诗学研究丛书可以用“冷板凳”来命名。一方面，是完成龙泉明先生当年的未竟之愿，以另一种形式怀念他，告慰他的在天之灵；另一方面，也想以此命名倡导甘坐“冷板凳”的学术精神，以之鞭策自己，激励更多年轻的学者敛心静气地做学问。

纳入“冷板凳”学术书系的几本专著，都是对当代诗歌或局部或整体的研究，且各有侧重，有现象研讨和个案批评，有诗歌断代史的梳理，还有对诗歌精神的探究。霍俊明的《新世纪诗歌的精神考察》，是一部系统论述新世纪各种诗歌现象与问题的诗学专著。他以田野作业、微观阅读和现象学考察相结合的方法，对诸多诗歌问题予以别开生面又深具发现力的辨析与省思。尤其是对新世纪以来纷繁的诗歌现象、诗歌生态和诗人的精神境遇作出了令人信服的整体性分析与总结。刘波的《当代诗坛“刀锋”透视》，则是一部通过个案批评对当代先锋诗坛进行整体扫描的诗学著作。从《今天》派、朦胧诗，到“第三代”诗人、“中生代诗人”，再到70后诗人，作者对这些参与中国当代文学发展进程的重要诗人进行了独到的阐释，既富有诗歌批评的感性情怀，又不乏学术研究的理性品质。他的另一本专著《“第三代”诗歌研究》，是对“第三代”先锋诗潮研究的力作。它从“第三代”诗人的理想主义气质和他们所处的文化语境入手，解析这一代诗人的情感和创作心态，还原他们的生活与交往现场，注重从各种角度动态性地透视这一先锋诗歌运动。它从诗学和非诗学两个层面来重新审视“第三代”诗歌运动，尤其是对运动结束后诗人们的持续性创作做追踪考查，以挖掘“第三代”诗歌的历史价值与现实意义，视角独特。我的《1990年代新潮诗研究》，企望探讨民间写作、知性写作、70后诗歌、女性主义诗歌等主要群落间的承续与变异、每个群落的不同特质，解析先锋诗歌的裂变与转型、生产与传播方式、诗学主张和叙事策略，总结其内在流变规律，特别是对于坚、翟永明、西川等代表性诗人的解剖，以使“个人化写作”精神落到实处，从而完成1990年代的先锋诗潮的断代诗歌发展史建构。

国内已有数种“新诗研究与批评”之类的丛书出版，并且各具特色，不乏精品，只是多为评论结集，有时难免让人觉得其略显零散、琐碎，在主题上尚不够集中。这套“冷板凳”学术书系也是立足于当代诗歌，但力求每一本都主题突出，尽量使研究趋于全面系统。在目前，肯于大规模地出版系列诗歌研究著作的出版社并不多，它既需要眼光，又需要魄力。从这个向度上说，河北大学出版社集束性地推出“冷板凳”学术书系，就功德无量，价值独具，它是对浮躁世俗学术研究怪象的一种扼制，更可视为对理想主义精神坚守的一种象征。

罗振亚

2013年12月

目 录

序

说起刘波君关于“第三代”诗歌的博士论文选题，我深感学界的舆论氛围和研究环境是越来越好了。

1986年下半年，《诗歌报》与《深圳青年报》的诗歌大展令许多年轻的缪斯钟爱者非常兴奋。当时，我还是二年级的硕士生，就读的山东师范大学新诗研究力量很强，冯中一、吕家乡、袁忠岳等先生经常带领学生就诗歌的创作与研究状况进行讨论。记得大展过后半个月左右的一个晚上，中文系特意召开研讨会，结合大展探讨“第三代”诗歌的一些问题，大家畅所欲言，场面热烈。会后，我把用心撰写的文章投给一家省级刊物，很快就收到了他们的录用电话。可是，想不到在1987年元旦的前两天，那家刊物编辑部却又打电话给我的导师，说由于种种原因只能把已定发的稿件撤下。我们师生两个虽觉事出突然，但也表示理解。或许是那会儿年轻气盛之故，我赌气似地再把文章邮寄于天津文联主办的《文学自由谈》，结果是长时间没有消息。直到事隔三年的1990年年初，毕业近两年的我意外收到1989年第6期《文学自由谈》杂志，文章在上面原封不动地刊发了（前几年一个偶然的场合，我才辗转得知，当时的一位女编辑看到稿件，觉得不错，只是“不合时宜”，便负责地把稿子放在抽屉里，两年后使之“起死回生”）。

而今“第三代”诗歌非但不再是敏感的学术“禁区”，并且早就成为诗学界的研究热点，有了相当丰富的学术积累。据我所知，仅专著就有四、五本之多，各种评论文章恐怕至少已达上千篇。那么，为什么当初一些媒体担心染指“第三代”诗歌会招惹上麻烦，为什么短短二十多年里又会出现如此反差强烈的学术逆转？我想这主要和“第三代”诗歌的叛逆形象、内在魅力密切相关。“第三代”诗人“影响的焦虑”情结很重，他们意识到在朦胧诗建立起来的严谨的话语秩序与强大影响力面前，仅仅凭借具有创造性的文本和富有冲击力的宣言仍然无济于事，远远实现不了“PASS 北岛”、“打倒舒婷”的使命，要想在诗坛真正立足，彻底掀翻创作上的对手，找到自己的位置，还必须以一种“矫枉过正”的极端行为方式强行闯入。事实上，历史已经证明他们的贡献，或许不在于提供了多少经典的文本，而是以特立独行的生活方式、自由的诗歌精神给后来者带来了深远的影响。应该说，在风起云涌的 20 世纪 80 年代，爱幻想、求自由的“第三代”诗人是最为敏感的一群，他们钟情于“在路上”的狂热，甚至将流浪当做最佳的交往方式，他们的偏执与反抗之情，质疑与批判之意，一旦投射在了诗歌中，各种愤怒和激情就会伴着美妙的句子跃然纸上。“第三代”诗人也是才华横溢的一代，他们在消费主义、商品经济、大众文化等结构的场境中，淡化功利色彩，拒绝物质诱惑，用蓬勃的诗情放飞、诠释美丽的青春，最终凝定为当代中国诗歌史上一帧永远的风景。

刘波为什么逆流而上，将很难取得超越性成果的“第三代”诗歌作为博士学位论文的选题呢？我以为不外乎是由于以下几点：一是出自他内心深处对诗歌执着的热爱，二是他对 80 年代那个理想主义的时代始终“心向往之”，三是他一直渴望能够在对“第三代”诗歌及其运动的重新阐释中，获得更为开阔的学术视野，和更为深邃的理论认知。也正因如此，他的研究没有完全局限于“第三代”诗人的作品，而是在立足于诗歌文本的基础上，结合文化学、社会学、心理学和传播学等学科知识，以新的理论视角，去探讨诗人的写作目的和境界，去揣摩诗人创作背后的心理动因，并由此返观、审视“第三代”诗歌的历史影响，从而恢复了朦胧诗之后这一先锋诗歌运动的真相。刘波这本论文的长处就是能够紧扣“第三代”诗人生存时代热情奔放、充满理想主义的特质，将之置于具体的文化语境中进行社会学的分析，梳理他们的情感与创作心态，还原他们的生活与交往现场，使研究进入了文化批评范畴；尤其注意从多元视角切入“第三代”诗歌运动的现场，既在非诗学层面描述80年代先锋诗歌的文化形态与内在精神，又在诗学层面对这场诗歌运动的理论寻根溯源，从而彰显了“第三代”诗歌的文化价值。其次，刘波抓取“生活流”、“文化潮”和“女性诗歌”等方面，整体扫描“第三代”诗歌群落，兼顾文本细读与综合把握，分层、立体地呈现“第三代”诗歌的微形与大景，勾勒出了“第三代”诗歌不同于朦胧诗、“中间代”诗和70后、80后诗歌的美学风貌；同时还从书信传播、诗歌朗诵、民间诗刊等各种非正规的传播渠道，深度剖析了“第三代”诗歌的兴起途径与生命历程。最为可贵的是，刘波从众多“第三代”诗歌研究的论述出发，把视域下移，对“第三代”诗人进入90年代后的持续性写作施行追踪观察，其中有些见解对总结八、九十年代的诗歌发展规律不无启示。再次，刘波对研究对象保持了一个学人应有的距离，他在肯定“第三代”诗歌的创作信念、艺术自觉与对诗歌可能性的寻找同时，对其“事件大于文本、理论宣言与创作实践相脱节”的局限性也进行了学理性的批评和反思，客观、辩证，实事求是，其行文过程中的分寸感已表现出一种成熟的气象。可以说，刘波的学位论文在某种程度上推进了“第三代”诗歌研究的进程，深化了“第三代”诗歌研究的层次。

在我的研究生里，刘波是颇具才华的一位。他的敏锐，他的迅捷，他的洞察力，他的宽视野等，熟悉他的人无不称赞。而我最欣赏的，是他的踏实热情，他的勤奋乐观，他的方向感，他的责任心，他良善的灵魂和他开心的笑容，这些想起来就让人感到温暖。刘波2007年考到南开大学文学院，随我攻读博士学位，2010年以优异的成绩顺利毕业。在这不到五年的时间里，他已经成长为一名年轻的诗歌批评家，发表了数十篇当代诗歌研究的文章，在诗学界产生了良好的学术影响。作为导师，我由衷地为他高兴。我曾经说过：学问之道是靠一代一代不断传承的接力。任何一个教师的学术生命均需要弟子们去延续，所以每逢学生的著作出版，我都无比欣慰。感谢刘波君，又给了我一次幸福的机会。我希望更相信刘波在诗歌研究的路上会越走越稳健，越精彩，走出一片属于自己的天地。

罗振亚

2012年2月23日于阳光100寓所

绪　论

在中国当代诗歌史上，“第三代”诗歌运动（1984～1989）是继朦胧诗之后又一次影响广泛的先锋诗歌艺术革命，其在语言创新与精神开拓上最富活力、也最具独立性。这场诗歌运动有着20世纪80年代中国社会独特的青年亚文化气质：崇尚反叛、渴望自由、张扬个性、追寻理想，既有批评意识，也富探索精神。这是年轻诗人们真实的内心诉求，也是他们冒犯主流和力图创新的动力。我们将“第三代”诗歌运动置放于这一大背景之下来进行观照，其无论在诗歌史，还是在文学史上，都具有承前启后的价值。“第三代”诗歌运动，不仅仅是一场先锋文学诗潮运动，更是一次社会观念和思想意识的推进运动，具有一定的社会学价值。

因此，在80年代特有的时代氛围中重新审视“第三代”诗歌运动，梳理和评价其诗学特点，并试图对其非诗学因素予以发生学意义上的初步清理，从而对“第三代”诗人的部分文本和与诗歌相关的行为作出新的阐释有着重要意义。所以，二十余年后，从诗学和非诗学这两个角度来重新审视“第三代”诗歌运动，以及对“第三代”诗歌运动之后诗人的生活与创作进行追踪性考查，还有返观的意识，同时这也就成为了写作本书的缘起。

一、“第三代”诗歌的命名与兴起

80年代兴起的“第三代”诗人与“第三代”诗歌，一直以来就是当代文学研究者和文学史家们需要面对的问题，而且关于“第三代”的命名，随着时间的推移和研究的细化、深入，对“第三代”这一概念也不断有新的演绎和阐释。

按时间先后顺序来看，“第三代”这一概念甚至可以追溯到1949年前，当时国民党政府撤出南京时，美国人司徒雷登说过这样一句话：要把中国和平演变的希望寄托在第三代、第四代人身上。当年，毛泽东在《别了，司徒雷登》一文中，对司徒雷登的话作了转述，随着毛泽东此文的流传，司徒雷登的话也广为人知。到了20世纪80年代，司徒雷登所说的“第三代”人已经成长起来。因此，就有诗人用“第三代”这个词语来对自己所处的这一代际的诗歌群体进行命名，并由此掀起了一场关于“第三代”人的先锋诗歌运动。① 这一命名，普遍被80年代的先锋诗人们所认可和接受，并得以流传和进入诗歌史。

而据个别80年代的先锋诗人所作的推断与总结，在民间还有另一种关于“第三代”的命名：“第三代”这一概念的提出者是毛泽东，但最先将这一概念用于诗歌领域的，则是80年代四川成都一些大学和工厂的诗歌爱好者。1983年7月，成都几所高校的诗歌爱好者共同编印了一本油印诗刊——《第三代人》，其中有署名北望的一篇序言，在阐述“第三代人”时，他引用了毛泽东关于“帝国主义把复辟的希望寄托在我们第三代、第四代身上”的讲话，这一概念虽然是按照自然年龄段划分的，但明显地带有某种政治意识形态的含义。1985年5月，由四川省青年诗人协会编的铅印刊物《现代诗内部交流资料》重提“第三代人”这一概念，并在刊物中设置了“第三代人笔会”的栏目，提出“随共和国旗帜升起的为第一代，十年铸造了第二代，在大时代的广阔背景下，诞生了我们——第三代人”这一说法。这里，“第三代”概念的外延已经有了拓展。虽然一代、二代、三代仍然着眼于年龄上的划分，但它的

① 参见杨黎：《灿烂——第三代人的写作与生活》封面文字，青海人民出版社2004年版。

主体首先指的是诗人，即对 20 世纪以来中国三代诗人的划分。当然，这一划分的思想前提仍是社会性的。① 这种提法只是对前面论述到的“第三代”的一种延伸与细化而已，是政治性与社会性的一种结合“命名”。

还有一种关于“第三代”的命名，是从纯文学的角度，按照新诗发展的脉络来梳理的，这也是被普遍接受的提法：第一代诗人指“五四”新文化运动之后的郭沫若、李金发、戴望舒、艾青、臧克家等老一代；第二代诗人，是指新时期思想解放运动以来在文坛崛起的以朦胧诗为主的现代诗人，如黄翔、食指、北岛、舒婷、顾城、江河、杨炼等人；而“第三代”诗人，则是指在朦胧诗之后，于 80 年代初中期登上诗坛的一批先锋诗人，如于坚、韩东、翟永明、李亚伟、杨黎、万夏、海子、柏桦、张枣、陈东东、宋琳、张小波、王寅、张真、伊蕾等。这批诗人通常也被称为“后朦胧诗人”，而“第三代”诗歌这一命名，似乎要比“后朦胧诗”更具有文学“运动”的性质。

除了命名，关于“第三代”诗人的范畴，也有好几种提法，一种是专指在 80 年代初中期由于坚、韩东等诗人提出，“非非主义”、“莽汉主义”、“他们文学社”等诗歌流派与社团所提倡的诗歌倾向，主张诗歌与“日常生活”建立有“实效”性质的联接，与“浪漫主义”模式保持警觉的距离，在诗歌风格上呈现“反崇高”、“反意象”和口语化的倾向。在已有的文学史与诗歌史上占据主流地位的一种说法，则是将“第三代”诗歌看作是朦胧诗之后青年先锋诗歌写作的整体，即“泛指‘朦胧’诗之后的青年实验性诗潮”。他们通常也被称为“新生代”、“后朦胧”、“实验诗”等。②

在我看来，“第三代”诗歌的命名，也是以朦胧诗之后于 80 年

① 参见周伦佑：《第三代诗与第三代诗人》，《亵渎中的第三朵语言花》，敦煌文艺出版社 1994 年版，第 2 页。

② 参见洪子诚：《〈第三代诗新编〉序》，洪子诚、程光炜编《第三代诗新编》，长江文艺出版社 2006 年版，第 5 页。

代中期崛起的一批青年先锋诗人群的创作为主体，这一主体，流派众多，在艺术取向上也秉持多元化的探索性与实验性。他们的写作时期大多都集中于 1983 至 1989 年间，与 80 年代中期崛起的先锋小说家们一起，成长为整个 80 年代中国文坛的中坚力量。本书所运用的“第三代”诗歌概念，就沿用这一说法，其范围即为朦胧诗之后、“中间代”之前的一批先锋诗歌写作群体。我在本书中之所以使用这一命名并划定这一范围，一方面是基于“第三代”诗歌的命名在诗歌研究界已经约定俗成的缘由，也符合本书所阐述的语境；另一方面，也是因为“第三代”诗歌运动在 80 年代中后期思想解放的背景下，达到了先锋诗歌的高潮阶段，而 1989 年之后，先锋诗歌进入个人化写作阶段，同时也逐渐边缘化，所以对 80 年代中后期先锋诗歌，以及 90 年代之后诗人们持续性的边缘写作进行回溯与追踪式分析，就显得尤为必要。

80 年代的思想解放运动，是 20 世纪的中国继“五四”运动之后又一次比较大的思想解放潮流，这一运动在思想文化的转型上时时触及人的灵魂，它也像白话新诗初创期一样，造就了新诗的另一次辉煌：诗人这一身份被罩上了耀眼的光环，人人读诗、人人写诗的氛围，在为诗人带来信心的同时，也为诗歌走到文学的前台开辟了适宜的环境和场域。诗人们的灵感被激活，狂热被释放，对日常生活的创造热情也在全面敞开，对理想主义精神的追寻，还没有像后来那样逐渐丧失，而是继续保持昂扬的活力。在那样一个崇尚自由与非理性的时代，唯有诗歌艺术才能唤起人心里那种群情激发的共鸣感。个体生命的张扬，不仅让国人的精神气息得以全面扭转，而且也让青年诗人们顿时成为了文学世界的中心，受到万众瞩目。

随着 1980 年前后朦胧诗成为影响公众文学精神的重心，国人对诗歌的热情有增无减，诗坛成了知识分子们发言的中心场域，而诗人则成了社会的文化艺术代言者。诗人的一切写作动向，都成为公众关注的中心话题，北岛、顾城、杨炼、舒婷、江河、梁小斌这六位朦胧诗人，在 80 年代初成为了炙手可热的人物，引领着中国诗歌的潮流。正当这六位朦胧诗人被奉为文学明星时，另一批更为年轻的“第三代”诗人则高调出场，以完全不同的创作风格，对朦胧诗作了大面积颠覆与解构。这批诗人并非横空出世者，也不是完全的哗众取宠者，他们带着自己锋芒毕露的宣言和先锋前卫的作品，筑起了另一座与朦胧诗旗鼓相当的山头，本真坦率，锐气尽显。

而与朦胧诗不同的是，“第三代”诗歌运动的兴起，其重要特点还在于它的群体性精神。虽然朦胧诗也是萌芽于“文革”期间的“白洋淀诗群”，但是它没有形成一种席卷全国的集体性诗歌运动，而仍然只是局限于几个诗人“地下”的小圈子活动，这种状况一直持续到1979年《今天》杂志在北京的创刊。而“第三代”诗歌运动，很大程度上是在全国几个主要省区出现了一大批先锋诗歌流派，其地域波及到四川、江苏、北京、上海、福建、吉林乃至湖北、湖南、云南等中西部地区。因此，“第三代”诗歌运动的涉及范围要比朦胧诗运动广，而各种流派与团体在数量上就要比朦胧诗更多，仅在后来的发展中形成一定影响力的，就有“非非主义”、“他们文学社”、“海上诗群”、“莽汉主义”、“整体主义”、“新传统主义”、“大学生诗派”、“撒娇派”、“星期五诗群”和“圆明园诗群”等，这些诗歌组织与社团在激情的感召下，也相继出版过很多民刊诗歌刊物，如《非非》、《他们》、《海上》、《大陆》、《现代诗内部交流资料》、《诗交流》等，这些刊物对80年代“第三代”诗歌运动的兴起起到了推波助澜的作用，其重要性不可忽视。从各种“非官方”的诗歌流派的兴起，到各种民刊的大量出版，“第三代”诗歌运动参与者众多，其所形成的影响力也非常广泛。从这些方面看来，这种群体性的先锋诗歌运动，在中国新诗史上也是绝无仅有的。

正因为“第三代”诗歌的这种群体性特征，我们可以发现其“运动”性质，尤其是各流派内部诗人之间，以及流派和流派之间的广泛交流，更加强了这一先锋诗歌运动的复杂性与丰富性。因此，从这一角度来看，“第三代”诗歌运动，正是中国当代诗歌史上的一场关于行走、流浪、酗酒、打架、女人、朗诵、呼朋唤友、“PASS 北岛”和“打倒舒婷”的诗人狂飙突进运动，也是一场关于语言、文学、聊天、对话、质疑、思考、卓尔不群、崇拜西方和反对传统的思想解放与启蒙运动。这一次先锋诗歌运动与朦胧诗运动之间，没有出现时间上的断裂，而是紧随其后的。尤其是它的发生从 1984 年开始，到 1989 年结束，这一段时间正是中国社会在政治、经济、思想、文化等各个方面都发生重大转型的阶段，政治上“溽热”、“潮湿”，经济上实行改革开放，思想文化上达到了“文革”后自由发展的鼎盛时期：随着改革开放政策的实施，西方各种现代主义、后现代主义文化思潮相继被译介进来，对中国思想文化界产生了重大的影响。处于这样一种相对开放和自由的文化环境中，“第三代”诗人才大量涌现出来。

从“第三代”诗人的年龄来看，他们绝大多数都是 1977～1981 级五届入学的大学生，而在上大学之前，他们中的部分人都有着特殊人生经历：有从城市下放农村的锻炼，有在工厂做工人的经历，这些经历对他们日后的诗歌创作也产生了或多或少的影响。他们之所以在那样一个年代钟情于诗歌，一方面与他们自身所处的青春期情感萌动有关，诗人们大都不超过 30 岁，正处于青春期，激烈、感性，对汉语言的创新与想象力的发挥格外看重，正是创造力最为旺盛之时；另外一方面，则与受朦胧诗与西方现代主义思潮的影响有关，80 年代作为中国社会在思想文化上起伏涨落的时代，人们对各种观念与思潮的接受，有对“新资源”奉行完全“拿来主义”的成分，这也是一个青春中国的社会现实。更重要的是，还因为 80 年代中期那种特殊的思想环境和氛围：他们是随着中国社会改革开放成长起来的，在商业社会浪潮的冲击下，成为一拨还存有理想主义气质的诗人群体；虽然他们的行为方式是反叛的、质疑的、抗争的，但其文学视野却是开阔的、多元的；他们不仅通过诗歌创作来探索语言与精神，文学与时代、历史、政治的关系，更多的还从自身行为和言论上表现出一种平民意识和世俗精神。

“第三代”诗歌运动，其实质就是一场带有浓烈的青春气息的先锋诗歌运动，它张扬的是活力与创造精神，凸显的是对生命和语言的体验、感受。正是在以上所谈到的那种时代背景下，“第三代”诗人于朦胧诗之后迅速崛起，成为 80 年代中国先锋诗坛的中坚力量也是理所当然、实至名归之事。惟有“第三代”诗歌运动处于青春期，因此才显得青涩、稚嫩，没有一种大气的风范，这也是后来“第三代”诗人诗作遭受诟病的原因之一。然而，事物的发展都有从幼稚逐渐走向成熟的一个过程，“第三代”诗人同样也不例外。他们在诗歌创作中的激情，以及在语言创新上的实验性，对后来更为年轻的诗人来说具有一种榜样的力量。他们所炮制的那些宣言性理论，很多时候或许并不能契合他们的创作实践，但是他们有勇气来对“文革”后近乎板结的汉语言作破坏式的解构，也有胆识说出自己内心真实的意愿，即使有些诗人还带有一种哗众取宠的表演心理，但他们终究是迈出了重要的一步。

“第三代”诗人因为年轻，在心智与表达上不成熟，很多时候也表现出矛盾的状态：他们的话语可能前后不一致，可能因过于绝对化而显得偏执，也可能不太考虑“一言既出”的后果。但在那样一种狂欢化的社会氛围中，他们只是渴望说出、倾诉与表达，源源不断地发泄青春期的愤怒和激情，这就是“第三代”诗歌运动的重要意义，也是“第三代”诗人们毫无顾忌地写出异端之诗的缘由。就像周伦佑早在 1987 年，就针对“第三代”诗歌与“第三代”诗人的现场作出过阶段性总结：“第三代”诗歌的出现，不仅动摇了朦胧诗长期以来所确立的地位，丰富了当代诗歌的审美观念，而且还在于其为当代诗歌注入了新的因素。周伦佑认为这主要表现在三个方面，一是自觉的文化态度（超文化的意识和努力），二是自为的价值系统（内部价值——历史功利——自我实现），三是自主的流派意识。这三点创新，标志着当代诗歌在艺术性上获得了独立，这也是诗人们主体意识觉醒的见证。[①] 在整个 80 年代的文化场域里，他们无论是主张反文化，还是反崇高，都离不开自身对语言和形式革命的体验。从某种程度上说，“第三代”诗人是一群语言上的理想主义者，尽管韩东说：“我们不是理想主义者，我们是形式主义者。”[②] 但是对于“莽汉”诗人来说，他们那种理想主义精神在诗歌写作中被表现得淋漓尽致。其实，“第三代”诗人的创造性，无论是在形式，还是在精神上的，都不可忽视，他们甚至有很多后来者无法超越的地方。他们是 80 年代中国诗坛最富有活力的一个群体，其创新力度，其探索深度，也是建立在作品经典性基础之上的。

“第三代”诗人群体，除了因年轻而追随诗神，写出不同于朦胧诗的反叛性作品，他们也因年轻，更注重日常生活本身，甚至在青春期的冲动下酗酒、打架，竭力将自己还原为有血有肉的凡人。“第三代”诗人们这种追求世俗的物质生活享受、反对禁欲主义、反抗政治意识形态、打破精英文化压抑日常生活的思想观念，正是 80 年代兴起的市民意识的体现。“第三代”代表诗人于坚也曾经说过：“作为艺术方式，第三代人并不那么出色，第三代人最意味深长的是，他们给这个时代提供了一种充满真正民主精神的人生态度和生活方式。”[③] 所以，“第三代”诗歌运动与朦胧诗时期的经典文本相比，更多的还是表现在一种精神上，一种反叛精神，对朦胧诗的英雄主义和传统的一种反叛；一种批判精神，对时代僵化体制的批判。这两种精神不仅仅表现在他们的诗歌文本上，比如对朦胧诗中的英雄主义的反叛，而更多的还在于他们的行为方式与思想观念上，对虚假、伪装的排斥，以及对英雄乌托邦主义的蔑视。当年

---

① 参见周伦佑：《“第三浪潮”与第三代诗人》，《磁场与魔方》，北京师范大学出版社 1993 年版，第 209 页。

② 韩东：《为〈他们〉而写作》，洪子诚、程光炜编《第三代诗新编》，长江文艺出版社 2006 年版，第 325 页。

③ 于坚：《棕皮手记》，载《诗歌报》1989 年 5 月 21 日。

"第三代"诗人提出了一个著名的口号："像市民一样生活，像上帝一样思考"，这是他们推崇平民化与俗常化的重要精神支点。

"第三代"诗歌运动，从"非文本"意义上来说，主要还是体现为一种自由主义诗歌精神的张扬，以及一种在创新上自觉的生命意识和现代性气质。而从文本的经典性以及受众群来看，"第三代"诗歌似乎没有朦胧诗那样广泛的群体基础，其传播范围与接受圈子还是显得比较狭窄，没有朦胧诗那么大的波及面和影响力。当然，这还是由"第三代"诗人多元化的诗歌写作造成的，部分诗人的写作带有游戏化倾向，同时，他们对待诗歌的态度，也不免带有青春期的虚荣心理，功利性地发布宣言，在一定程度上将文本遮蔽了。所以，后来有论者对"第三代"诗人如此评价：精神大于文本，破坏大于建设。从"第三代"诗人的表现来看，"精神大于文本"的论断有一定道理，而"破坏大于建设"的评价则显得有些武断。在这方面，最为显著的两个例子就是"莽汉"和"非非"。"莽汉"诗人以他们流浪与行走的方式，完成了青春期的急迫吟诵，而"非非"诗人们则在发布宣言、创办民刊与沟通交流中完成了各自的使命。诗人们并非只是在破坏，而没有建构。"第三代"诗人是在反叛与打倒朦胧诗人的基础上，于诗坛暂露头脚的，他们反对朦胧诗人的一些理念与表达，解构朦胧诗人英雄主义与理想主义的宏大价值观，这些价值观和理念，一方面是通过发布宣言来张扬的，另外一方面就是通过创作本身来体现的，而且这方面的比重要超过宣言。从这一点上来看，他们并不仅仅只是在破坏与解构，而是有着自己的建设性与探索性，尤其是他们诗歌中所透出的现代意识，以及写作上的独立思想和自由立场。

"非非"主义理论代言人蓝马对这场先锋诗歌运动的成就，有着自己清晰的见解和看法："这个运动已经将中国诗歌从过去那种封闭、单调、地域性等'小传统'里面拯救出来。这尤其表现在欣赏和审美接受方面，其次便是艺术思想方面和作品创作方面。可以说，先锋运动的主潮引领着先锋诗人的'诗思'，已经卓有成效地浏览了个人类诗歌的新旧传统。”① 这是“第三代”诗人在自身创作与寻求接受群上所表现出来的主体意识，从一定程度上来说，他们甚至在朦胧诗之后承担了拯救中国先锋诗歌的角色。因此，“第三代”诗歌运动作为先锋诗歌运动的价值就呈现出来了，它为一个时代的文学艺术“革新”提供了范本，同时也为 80 年代的先锋文学带来了一种新的写作伦理。尤其是“第三代”诗人与当时的先锋派小说家们一道从新的起点出发，向着真正的中国式现代主义文学殿堂迈进，从语言到形式，从历史寻根到探索人性，都获得了通向中国当代文学顶峰的路径。

仅就语言创新这一点来说，“第三代”诗人就比朦胧诗人更为自觉。他们那种诗歌语言意识的觉醒，正是这场先锋诗歌运动发生的起点。“直至 1984 年，中国诗人才比较清醒地注意到了诗人与语言的关系，在创作时具备了清醒的语言意识。到了 1986 年，大多数青年诗人已经蜕掉了朦胧诗的语言外壳，已经在更宽容的秩序中调动文字……”② “第三代”诗人们的艺术探索，首先表现在对诗歌本质因素之一——语言的介入上，这是诗歌创新的前提。另一方面，诗人们在表现灵魂深度与时代精神上，要比朦胧诗人更注重人性细节的展现，所以，他们的诗歌能获得一种令人意想不到的话语创新。由语言意识的觉醒，到诗歌文体意识的恢复，再到对诗歌哲学与思想境界的渗透，“第三代”诗人逐渐进入到了“生命意识”的思考层面。而随着 80 年代西方各种哲学、文学、社会学、心理学等人文思潮被大量译介进来，诗人们的接受胃口相应地就变得异常庞大，尤其是新兴的西方精神分析学，对诗人们的创作产生了重要影响。一切文学创作，最后都可能要归结于人的创造，而诗歌也不例外。“第三代”诗人们看似在作语言创新，实质上也是在强化

---

① 蓝马：《走向迷失——先锋诗歌运动的反省》，《磁场与魔方》，北京师范大学出版社 1993 年版，第 303 页。

② 徐敬亚：《圭臬之死》（下），载《鸭绿江》1988 年第 8 期。

一种“人本主义”精神。在他们周围聚集着当时诗歌界最富有活力的一群，所以，一种强大的精神气场的形成也是势在必然。但就在1985至1989年，这短短的五年时间里，中国先锋诗歌的发展，对于以前的时代，可以说有了突飞猛进的趋势。

文学史家洪子诚先生曾经对“第三代”诗歌与朦胧诗歌作了自己富有深度的分析和阐释，尤其是对“第三代”诗歌在继承与超越朦胧诗的现实上，可谓高屋建瓴、见解独到，他说，“第三代”诗歌在开放个体的体验和开放写作的思想艺术资源上，继续了朦胧诗的路线。不过，也在一些方面发生了重要的变化：“从整体特征而言，朦胧诗更侧重于社会性情感、意志的表达，让位于对个体的日常情感、经验的更多关注。在偏于高亢、理性、浪漫激情，在节奏上偏于急促的朦胧诗之后，诗歌革新的推进需要更多的因素作为动力：比如世俗美学的传统，现代都市生存境遇的经验，日常感性的更为细致的感受力，和对口语在内在现代汉语活力的挖掘、发现等。敏感、生活阴影和细节、内向性、回归质朴平易、反讽调侃……提供了推进这场‘运动’继续‘飞行’的新的（当然并非惟一的）想象力。”① 所以，相对于朦胧诗来说，“第三代”诗歌有着更为深入的革新与变化，无论是在诗歌理念，还是在艺术价值上，都是对朦胧诗的一种超越。这种超越是建立在对个人化创造的肯定与突破之上，对此，“第三代”诗人从一开始就在寻找汉语诗歌创新的可能性，他们的感觉是主动向外界敞开的，而不是被迫封闭在一个狭小的区域里无法超越自我。惟其开放，才能接受更多，才能获得更多的理解与感悟，由此也才能得到他人的认同。“他们”流派的代表诗人小海曾说，“第三代”人在大学的影响是他亲身感受到的，他们的文学观念，他们的生活方式，对当时的大学生的影响是非常重要的。其实，“第三代”诗人所拥有的共同价值，就如

① 洪子诚：《〈第三代诗新编〉序》，洪子诚、程光炜编《第三代诗新编》，长江文艺出版社2006年版，第2至3页。

"非非"诗人杨黎所说的一样，是一种气质，一种为了诗歌艺术和理想而挑战一切陈旧观念的气质。比如"莽汉"诗人，就以他们我行我素的游走方式，完成了诗歌对远方和神圣写作的全面颠覆。

有很多"第三代"诗人以及评论家都认为，"第三代"诗歌运动更重要的建设性意义，还是在于为我们提供了80年代中国文化中一个不为人注意的侧面，一种将朦胧诗"向上看"的角度扭转为平视乃至"向下看"的精神，以及一种为符合80年代文化氛围而观照的回应。"第三代"诗人们的创造，还是在于对语言所持有的反动态度，无论是对于历史，还是针对当时的现实，他们都愿意以一种理想主义的视角去审视，这种审视不仅带有批判的立场，而且在艺术上还显得更为纯粹，并不是像90年代之后的诗人们在创作时带有强烈的功利化色彩。因此，"第三代"诗人在创造了诸多广为传诵的经典文本时，还努力带出了一种大气的精神景观，他们虽然还有一些不足和缺陷，也存在晦涩与稚嫩的语调，但其对诗歌的那份虔诚与忠贞是不言而喻的。诗人们或者追求"语不惊人死不休"的极致，或者追求宁静淡远的开阔境界，或者深入到灵魂里去挖掘80年代的精神气场，这些都是"第三代"诗人们所遭遇的现实，也是他们投入青春作生命体验的出路。

二、"第三代"诗歌的特点与成就

随着"第三代"诗歌运动的兴起，诗人们开始逐渐打破朦胧诗那种宏大抒情与英雄主义的格局，向着艺术内部作本质性的探索，去发现凡俗生活本身的诗意，去洞察人类关于存在的秘密，乃至去挖掘人性终极的真相……而且"第三代"诗人们对现代诗歌的看法与观念，与朦胧诗人也有了诸多不同，他们更注重"去政治化"与个体生命的张扬，更专注于对"文革"以来汉语言的深刻"变革"与创新，尽力使汉语在现代艺术中获得最大程度的魅力。因此，他们都竭力打破惯用的常规，挣脱语法规则的束缚，从而保持汉语的丰富性与鲜活性，也即是说让汉语在一种活力中得以巩固和传承。

在"第三代"诗歌运动中富有创造活力的各个流派里，存在着一种强大的精神气场，这种气场，让他们在一个既定的目标内作着与艺术和现实的抗争。虽然他们的群体性写作不免呈现出一种粗鄙的外表，然而，其内部大都隐藏着一份开阔的性情、独立不羁的个性，以及对青春的真切体验。从这方面看来，“第三代”诗歌的狂欢化色彩在新时期以来的先锋诗歌运动中已属比较突出。此前的朦胧诗承担了太多的政治与社会伦理责任，显得严肃有余而活泼不足。“第三代”诗歌打破和消解了朦胧诗的那份沉重感，更多的进入到了诗歌“非理性”的创作进程，以“生命意识”被激活之后的认知，去思考、观照语言和周遭的世界。这或许才是“第三代”诗人通过整体感悟的书写策略，从而张扬了一种体验式的写作精神。

惟其注重感悟与体验，所以，“第三代”诗人可能并不注重对技艺的探索，即使像“他们”诗派里的韩东，从一开始似乎就有着自己的形式和语言技巧，并提出了“诗到语言为止”的重要诗学观点，而将其放在整个“第三代”诗歌运动的大背景下，他的技巧表现并不显自觉，虽然表达独特，节制而内敛，富有“黑色幽默”的效果，可是最终也没有形成一种有效的艺术策略。相反，他也是注重自己性情的流露，高调、坦率，以真正诗人的方式来对世界对抗或者对话。而在“莽汉”诗人李亚伟看来，他在80年代的生活几乎与诗歌完全融为一体了，那种狂热在一个越来越理性的时代总是异数。在80年代的文化现实中，“第三代”诗人们对文学艺术的建设，都表现出了强烈的参与意识，他们能以一种真正的诗歌心境去介入过去的历史、当下的现实和未来的前景。他们在文化中感受“非文化”的精神，在历史中发现思想的轻或重，在现实中把握汉语言的非凡活力，而在想象中接续世俗精神的力量。

相比于朦胧诗乃至更早的“前朦胧诗”，“第三代”诗歌有着鲜明而富个性的特征，但最为突出的几点，要属反叛性、开放性、启蒙性与民间性。当然，这些特点都可以被纳入到现代性的范畴之中来谈论，而且这些特点在朦胧诗那里也都或多或少地存在，但随着80年代社会文化思潮的转变，它们在“第三代”诗人身上又获得了全新的视角。年轻的“第三代”诗人们也热衷于接纳更多元和丰富的文学思潮，从而弥补朦胧诗人所遗留的艺术缺憾。我们对这些特征的理解，也是基于“第三代”诗歌与朦胧诗的区别，以及 80 年代中期那种特殊的诗歌环境。

第一，反叛性。反叛性是“第三代”诗歌特征中最为突出的一点，“第三代”诗人是在反叛中走上诗坛的，而他们也是在反叛中建立起自己独特地位的。

作为朦胧诗之后最具创新意识的一代，“第三代”诗人所高调张扬的，就是他们的反叛意识：像“五四”新文化运动中的那批知识分子一样，“第三代”诗人首先反叛的就是传统文化，他们需要打破传统文化对新诗的束缚，这一点上在“他们”、“非非”和“莽汉”这些诗歌流派的诗人中表现更为明显；另一个重要的反叛目标，就是还未正式完结的朦胧诗，“第三代”诗人们当年出道时所打出的旗号就是“PASS 北岛”、“打倒舒婷”等，其实，从他们日后的创作和回忆来看，朦胧诗对“第三代”诗人的影响是重要的，根本也无法抹除。朦胧诗人舒婷对自己一代人所遭遇到的反叛，有着清醒的认识：“朦胧诗刚刚绣球在手，不防一阵骚乱，又是两手空空。第三代人的出现是对朦胧诗鼎盛时期的反动。所有新生事物都要面对选择，或者与已有的权威妥协，或者与其决裂。去年提出的‘北岛、舒婷的时代已经 PASS!’还算比较温和，今年开始就不客气地亮出了手术刀。”① 这是舒婷在 1986 年就已经道出的事实，而在此之前，“第三代”诗人们早就表达过了对朦胧诗的不满。在 1982 年，当万夏、胡冬、廖希邀集成都、南充和重庆的大学生诗人们联合时，就曾激动地说：“如果我们联合起来，肯定可以和‘朦胧诗’打一架了。我们的诗歌毕竟和他们不一样，他们毕竟……下过乡、受过苦，经历太复杂。”② 而“大学生诗派”的尚

① 舒婷：《潮水已经漫到脚下》，载《当代文艺探索》1987 年第 2 期。

② 杨黎：《万夏访谈》，《灿烂》，青海人民出版社 2004 年版，第 206 页。

仲敏则更为决绝，他对朦胧诗的评价带着狂妄的“彼可取而代也”的挑战与讨伐之意：“当朦胧诗以咄咄逼人之势覆盖中国诗坛的时候，捣碎这一切！这便是它（‘大学生诗派’，笔者注）动用的全部手段。它的目的也不过如此：捣碎！打破！砸烂！但绝不负责收拾破裂后的局面。”① 针对当时“第三代”诗人们对朦胧诗的反叛，也有诗评家对其作了理解性评价：“只要不是出于狭隘的自我标榜，或者基于自卑的自我戏剧化，向北岛们进行挑战就是题中应有之义。”② 从诗人代际特征来分析，我们完全可以理解“第三代”诗人们在当时对朦胧诗的反叛，他们所张扬的反精英和平民化的诗歌理念，即是要达至一种主体觉醒与超越性的理想之真。当然，更重要的、也是最基本的“造反”情结，就是“第三代”诗人们对时代意志的抗拒，对主流社会价值观的不认同，他们因为没有进入中心地位，也没有对权力的占据，因此，对具有话语权的主流价值观持一种破坏的态度就不足为奇了。这些打破束缚与解构主流的举措，正是“第三代”诗人张扬反叛大旗的佐证。他们作为拒绝温吞行事的年轻一代，对一切根基牢固之物事的撼动，是他们的既定目标。比如韩东，就是“第三代”诗人中具有怀疑与反叛倾向的典型。在那首具有典型解构风格的《你见过大海》一诗中，韩东以口语化的方式，直接打破了大海的神秘性：“你见过大海/你想象过/大海/你想象过大海/然后见到它/就是这样/你见过了大海/并想象过它/可你不是/一个水手/就是这样/你想象过大海/你见过大海/也许你还喜欢大海/顶多是这样/你见过大海/你也想象过大海/你不情愿/让海水给淹死/就是这样/人人都这样”。大海，这对没亲眼见过那广袤气势的人来说，的确是有神秘性，然而，在韩东笔下，大海遭到了彻底解构。他直接反叛了大海在我们传统视野中的僵化而陈旧的

---

① 尚仲敏执笔《大学生诗派宣言》，徐敬亚、孟浪编《中国现代主义诗群大观1986～1988》，同济大学出版社1988年版，第185页。

② 唐晓渡：《实验诗：生长着的可能性》，《磁场与魔方》，北京师范大学出版社1993年版，第196页。

秩序，而赋予了大海作为普通物事意象的真实。而且从韩东所运用的口语风格来看，我们知道他需要用“诗到语言为止”的明晰，来重新建立起全新的诗歌语言秩序。

尤其是对“十七年”乃至“文革”以来毫无创新与超越感的汉语言格局的打破，对朦胧诗人更具理想主义和“大我”色彩的价值摧毁，从而凸显作为个体的“小我”的价值，是“第三代”诗人建立自我的主体性和独立立场的重要方式。打破一些诗坛长期以来形成的既定旧秩序，从而走向一种狂欢化与极致性的诗歌语言美学，也是“第三代”诗人所热衷的表达和创新。他们不惮于成为异端，而是竭力想表现得特立独行，在这方面，“莽汉”诗人的响应尤其热情。他们在诗歌写作上趋于夸张、放大、随意、幽默乃至油滑，而在诗歌宣言上，则显得宏大而稍显空洞，与其创作实践形成了强烈的反差。因此，“第三代”诗人这些反叛举措，也被后来者称为“姿态”大于“作品”。“第三代”诗歌的缺陷和不足，也像其优势与个性一样多，他们的反叛或许是观念的冒险，同时也可能是一种自我解构的精神放纵。

第二，开放性。“第三代”诗歌的这一特征，是相对于前期所出现的朦胧诗歌而言的。如果朦胧诗还有着其囿于政治与其他因素而封闭或不敢逾越的禁区的话，那么“第三代”诗歌则向内作了深入的艺术探索，而向外则表现出了一种多元和开放的接纳姿态，其创作可谓异彩纷呈。

朦胧诗在70年代末、80年代初那种社会状况下，其表达和观念相对于“十七年”和“文革”时期来说，已经表现出了很大的开放性，甚至突破了很多写作禁区，但是，诗人们囿于各种思想和政治观念的束缚，仍然存在着一些封闭的区域，有很多写作的领地未能成为他们探险的地方。由于受“文革”影响过重，无论是从语言表达，还是从艺术理念上，朦胧诗人都还没有完全超越现代诗人所创造的审美境界。而在稍后的“第三代”诗人那里，这些问题随着社会的开放和各种西方现代主义乃至后现代主义文学思潮的涌入，在短时间内迎刃而解。在对新思潮与新观念的接受过程中，“第三代”诗人的艺术视野与美学深度，同样也获得了一定的拓展，这为他们的开放性创作提供了有效的精神动力。当然，这并不是说“第三代”诗人什么都可以接纳，从而丧失艺术创作的立场与原则，最终走向平庸化。他们所持有的开放性观念，同样也是在先锋诗歌所能达至的现代性范畴内，而不是作单一的呐喊与抗争。相反，他们警惕诗歌写作的单一格局，而尽可能地去超越各种理论俗见，正视各种流派的写作，即使有争鸣与探讨，也是在守护诗歌的尊严。正是这一点，让“第三代”诗歌的开放性特征显得异常突出。因为流派众多，“第三代”诗人们首先在诗歌题材上就突破了朦胧诗单一的政治性，而朝着多元化的方向发展，这样就创作出了丰富的文本，并在日后形成了经典。

而在诗歌最为重要的语言创新上，他们就显得更为开放，各种各样的语言实验，容纳了很多类型的诗歌写作风格，比如“莽汉”的夸张式：“如果你想我想得厉害/就在上古汉语的时候写封痛苦的情书/但鉴于我不爱回信的习惯/你就干脆抽空把你自己寄来/我会把你当一个凯旋的将军来迎接”（李亚伟《毕业分配》）；比如“非非”的简洁式：“有一个小女孩/被汽车压死了/就那么轻轻一下/她就躺在了/路的中间/有少许的血/从她身上流了出来”（杨黎《旅途之一》）；比如“他们”的表达精确式：“下午的阳光透过窗帘/因为这所房子是新的/我们刚刚搬进来/阳光透过窗帘/变得很柔和/外面的天空暗淡下去了/它们还在这儿久久地逗留”（韩东《下午的阳光》）；“整体主义”和“新历史主义”的粗犷式：“昼夜的国界穿透手心　你刚开口　元素搅和的泥浆喷灌　与日月之潮融为一体　妇女们沉浸于隆隆变幻的时空　受孕　每个孩子都是精华之精华　屁股上抹着宇宙深处的指痕”（廖亦武《巨匠》）；还有“泛北大诗歌群”的精致式：“今夜你的黑头发/是岩石上寂寞的羊群/牧羊人用雪白的羊群/填满飞机场周围的黑暗//黑夜比我更早睡去/黑夜是神的伤口/你是我的伤口/羊群和花朵也是岩石的伤口”（海子《最后一夜或第一日的献诗》)，这些复杂而丰富的语言实践，真正体现了诗歌艺术的开放性，是新时期先锋诗歌不可低估的收获。

第三，启蒙性。这一特征是延续了朦胧诗人所创造的传统，只不过“第三代”诗人们以更为激进的方式巩固了这种启蒙性，让其在80年代的特殊氛围中获得了有效的拓展。

启蒙思潮一直以来都是中国社会急需解决的一种观念，这是人们在精神上得以成人的关键。在“文革”前后，朦胧诗人们一直就在信奉与实践着“五四”新文化运动所倡导的启蒙，但因为受之前诸多政治运动的影响，启蒙的过程也因此不断遭遇中断，总是不能连贯地接续上。而在对现代诗的启蒙行为本身上，朦胧诗人则是作出了努力的，他们虽然高扬理想主义与英雄主义的旗帜，但那种从集体主义回到个人内心的冲动，已开始在诗歌中得以彰显，并直接影响了后来的“第三代”诗人。当“第三代”诗歌运动真的如火如荼地兴起时，这批带着激情与革新观念的诗人，重新接过朦胧诗人手上的启蒙接力棒，继续在各种题材和领域里行使他们启蒙抒写的权利。“第三代”诗人的启蒙，在唤醒公众对诗歌重新持有关注的兴趣时，也在一定程度上激起了民众对平等、民主和自由观念的向往，这些观念，诗人们都通过自己的诗笔写进了作品里，并被秘密或公开的流传、传播。

虽然“第三代”诗歌运动的持续时间不长，但是他们所行使的启蒙职责，却并不比之前的诗人们逊色，甚至在范围和广度上有了更大的拓展。比如韩东，他不仅实践着解构性与生活化极强的诗歌书写，而且在理念上也主张摆脱更多的传统束缚，从而回归到诗人在人性本质上的真实。因此，针对朦胧诗人沉于政治，而部分“第三代”诗人沉于“文化”与“历史”书写的状态，他提出了诗人要摆脱三个世俗角色的限制，即“政治动物”、“文化动物”与“历史动物”这三种世俗的角色，重新走上一条新的诗歌创作道路。① 这种带有启蒙性质的诗学思考，是“第三代”诗人在诗歌创作之外，所能提供给我们的另一种思想价值。除了具有“日常生活”倾向的诗人，以平民主义视角和反英雄的立场冷静地介入现实和当下之外，那些拥有“文化潮”倾向的诗人，普遍对“知识”、“历史”与“文化”题材情有独钟，他们以一种人文关怀的风度重新阐释与解读人世和自然，这样的创作必然带着启蒙的意味，或反抗遗忘，或批判世界，在生命体验上有一种反省的自觉，而在创作实践上又竭力塑造一种思想自由的境界。像欧阳江河、西川、石光华、宋渠、宋炜、廖亦武、海子、宋琳、张枣、王家新、柏桦等诗人的创作，都呈现出一种文化或者艺术启蒙的色彩。他们与当时的于坚、韩东、李亚伟、胡冬、万夏等人所关注的口语化和“世俗美学”传统，形成了一种有力的对比，同时也成为“第三代”诗歌运动中旗帜鲜明的两支。

虽然这两支诗歌流派都有着启蒙性，但是各自启蒙的表现与影响是不一样的，一支更注重日常与感性的生活情绪突显，另一支更倾向于从文化的角度作敏感的深度挖掘。因此，他们诗歌的启蒙性，也是在逐渐的摸索过程中作价值确认的。像宋渠、宋炜兄弟笔下的“琴”，有着古典唯美的启蒙风格：“斲木为琴，又挂弦于木/书生早已摒弃仕途/荒废半生学业/只在邑外的琴房隐居：井台生绿/书生调丝索弦，松弛有度/音孔向地分为首尾，打开龙池和凤沼/弹指之际万声归一/院子与天气四合”（《琴》）。这像是一幅古代世外桃源图，“书生”、“琴房”、“井台”、“院子”等意象，无不透显出中国传统文化艺术中的古朴与简洁之美，这相对于 80 年代现实生活中的喧嚣，更有一种宁静与苍凉的旷达之意。这种柔和与温润之美，同样是“第三代”诗歌所富有的启蒙精神。而于坚笔下供

① 参见韩东：《三个世俗角色之后》，《磁场与魔方》，北京师范大学出版社 1993 年版，第 204 页。

人避雨的树，则又是另一番既客观而又富现代性的面貌："寄身在一棵树下　躲避一场暴雨/它用一条手臂为我挡住水　为另外的人/从另一条路来的生人　挡住雨水/它像房顶一样自然地敞开　让人们进来/我们互不相识的　一齐紧贴着它的腹部/蚂蚁那样吸附着它苍青的皮肤　它的气味使我们安静/像草原上的小袋鼠那样　在皮囊中东张西望/注视着天色　担心着闪电　雷和洪水/在这棵树下我们逃避死亡　它稳若高山"（《避雨之树》）。同样是写物事，于坚和宋渠、宋炜两兄弟的表达则不一样，首先他选取的题材是当下的，而意象则是极其生活化的，其次，于坚的表达更富有现代意味，语言灵动，节奏明快，注重细节，而相比于古典情结，更显出一种生活体验的真实。这样一种具有现代意味的启蒙，则呈现出另一份探索艺术话语的可能性。

第四，民间性。这一点不仅表现在"第三代"诗人们所主张的原创性诗歌写作观念中，同时，也体现在诗人们挑战与反抗主流与政治意识形态的行动中，他们对归入主流诗坛时刻保持着警惕。

"第三代"诗歌运动活跃的时段，正是高考制度恢复之后的几年，"第三代"诗人大都是正在读大学或大学毕业的一批人，这种状况决定了他们不可能很快进入主流并受到认可。处于"地下"的民间状态，是 1986 年《诗歌报》与《深圳青年报》组织的现代诗大展之前"第三代"诗歌的真实处境。正像有论者所指出的那样，"和朦胧诗一样，这种先锋性的诗歌探索，也以组织社团、创办刊物的'民间'活动方式进行。"① 当时，全国各大高校和一些工厂成为"第三代"诗人们的聚集地，尤以四川的高校为甚。从四川成都、南充、重庆等地，发出了中国新时期以来先锋诗歌的嘹亮之音。

通过考察，我们发现"第三代"诗歌的民间性主要体现在如下

① 洪子诚：《〈第三代诗新编〉序》，洪子诚、程光炜编《第三代诗新编》，长江文艺出版社 2006 年版，第 2 页。

几方面：其一，由高校各文学社团向引起反响的诗歌流派发展，80年代的高校文学社团，也大都属于具有志同道合倾向的学生们自发组织，带有“非主流”和民间性质，而后来兴起的各种诗歌流派，其最早的雏形也就是这些零散在各高校里的文学组织与社团。高校的那种人文氛围，正适合处于青春期的“第三代”诗人们施展自己的才华，当时虽有轰轰烈烈的“清除精神污染”和“反资产阶级自由化”运动，但这并没有从根本上完全扼制“第三代”诗人们发出各自渴望独立的思想与追求先锋艺术的期待。其二，“第三代”诗人们对主流意识形态的拒绝乃至反叛，是他们自觉地向自由和民间靠拢的关键因素。像朦胧诗人那样对政治题材情有独钟，带着很强的承担性质，而“第三代”诗人们开始自觉地疏离政治意识形态与主流话语中心，而回归并专注于诗歌艺术本身，这也直接导致他们的艺术立场都是以“民间”作为出发点的。其三，在80年代特殊的文化场域中，西方现代主义乃到后现代主义文学思潮的传播，也从一定程度上影响了“第三代”诗人的写作思维与技艺，让他们倾向于民间本身，尤其是那种碎片化与解构性的艺术策略，让他们甘于待在边缘，并以居于民间立场为荣。“第三代”诗人在创作上所持有的民间立场，也深刻地影响了90年代后逐渐登场的中国先锋诗人，让他们一直保持着先锋诗歌的活力与新鲜的诗意。

或许，“第三代”诗歌的反叛性、开放性、启蒙性与民间性，对于后起的诗人来说，已经不是问题，并被轻易地超越。但是“第三代”诗歌处于80年代那样一种社会环境之下，这些特征正是他们的与众不同之处，同时也是他们要完成的使命。从某种意义上说，这些特征正是“第三代”诗人们的精神寄托，他们所有的个性化表达，都是由此来体现的。即使他们当时的一切行为与作品，都是处于“地下”状态的，甚至完全不被主流社会认可，但是他们作出了一个时代的诗人所应该倾注的力量。尤其是在中国这样有着诗歌传统的国度里，诗人们是最容易打开自己的视野，去接受来自各个方向的全面挑战，不仅是语言的，还有思想的、政治的与精神的。“第三代”诗人在这些方面，做得虽然不是令所有人满意，并且还留有诸多的缺憾，但是他们毕竟尽力了，毕竟为一个时代留下了值得书写并进入历史的“精神印痕”。

从这方面来说，“第三代”诗人又是那个时代和社会发展变化的见证者，同时也是一群忠实的记录者。从1985年前后，到1989年，中国社会的现实可谓纷纭复杂，各种思潮运动此起彼伏，作为精神先锋队的年轻诗人们，大都自觉地参与其中，直接去感受社会的变化，体验时代的转型，并看着中国由一个物质贫乏的国度向着消费主义国度的大踏步迈进。这些转变都对诗人们的身心产生了重要的现实影响，那些进步的、先进的理念，那结腐朽的、浅薄的价值，都在诗人们的精神上烙下了印痕。他们深刻地记录下了这些堪称一个国家精神档案的故事与细节，有的诗人如实地说出了真相，而有的诗人则隐晦地道出了自己的想法，还有的诗人，乐于在前进与退守中作出中庸与和解的平衡，以达到一种精神意义上的和谐。不管是多么繁复的记录，都是“第三代”诗人们为诗歌所完成的一份反映那个时代的社会备忘录。他们表达了，书写了，并做了时代的记录者和见证人，这些已经足够让他们进入一段辉煌的历史书写。

因此，“第三代”诗歌所留下的成就，除了他们的诗歌文本之外，很大程度上还是诗人们在80年代特殊的社会氛围中所表现出来的生活观念与创作姿态，以及他们独立的思想立场和祛功利化的理想主义精神，这些都为“第三代”诗歌的出场以及后来的发展提供了坚实的基石与绵密的注脚。

三、研究范围、现状与方法

本书主要从五个方面来论述“第三代”诗歌，其一，从朦胧诗、西方后现代主义和自身的时代语境三点上梳理“第三代”诗歌的诗学资源问题；其二，从还原第三代诗人的生活现场和分析其平民精神、解构意识上作文化形态考查；其三，对“第三代”诗歌群落作扫描与评价；其四，对“第三代”诗歌进行传播学考察；其五，论述“第三代”诗歌的影响与90年代之后的转型。本书所论述的时间跨度为两个阶段，第一阶段为1984～1989年“第三代”诗歌运动，第二阶段为90年代之后“第三代”诗人的转型和持续性影响。因此，真正的“第三代”诗歌运动持续的时间并不长，也就是五年左右，而其后来的延续，也大都是个人化写作的一种分化与变种。规模性的“第三代”诗歌运动，也就是上面所说的第一阶段，这是“第三代”诗歌运动在时间上的主体部分。而第二阶段，是对80年代“第三代”诗歌的一种持续，属于后来者所说的“后朦胧诗”时代了。而对“第三代”诗歌的研究，也是分阶段性的，有与80年代“第三代”诗歌发展同步进行的，也有90年代后的回溯性评价，更有新世纪之后的学术性梳理与理论研究。

80年代对“第三代”诗歌运动的研究和评价，基本上都是随着运动本身的发展而同步进行的，而且做这方面研究的，基本上都是参与“第三代”诗歌运动的诗人。除了诗人们自己为各个流派所作的宣言，像“非非主义”、“莽汉主义”、“整体主义”等诗歌流派，都有自己的理论纲领和宣言，这也是属于第三代诗歌的诗学理论范畴。“非非主义”的周伦佑在《“第三浪潮”与第三代诗人》（《诗刊》1988年第2期）一文中更是作为这场诗歌运动的参与者，对“第三代”诗人作了理论性的评价，而像谢冕、吴思敬、徐敬亚、孙基林等诗歌评论家和研究者，都曾切入到第三代诗歌运动的现场，及时地对运动本身和诗人诗作进行评论，并作追踪式的研究。

80年代对“第三代”诗歌作研究的，没有专著出现，大都是以论文的形式表现的。有对“第三代”诗和朦胧诗作比较研究的，如于慈江的《朦胧诗与第三代诗：蜕变期的深刻律动》（《文学评论》1988年第3期），这应该是当时最早以比较研究的方法对第三代诗歌进行评价和研究的论文。还有邵军、静楠的《第三代诗人诗歌的审丑倾向》（《山花》1988年第4期）更是从审丑的角度分析了第三代诗人诗作的俗化倾向。这方面的论文还有程光炜、王丽丽的

《反讽的意义——对第三代诗语言现象的一个考察》（《山花》1988年第7期）等。还有从流派研究的角度来进行分析的，如李劼的《城市诗人与城市诗？——读〈城市人〉》（《诗刊》1989年第1期）等，都属于这方面论述的典范。

当然，对“第三代”诗歌运动最富激情的评价，当属参与了运动的诗人兼批评家徐敬亚。在《历史将收割一切》这篇为中国现代主义诗歌立宣言的文章中，徐敬亚言辞激烈地为“第三代”诗歌运动作了脚注，同时也发出了他自己呐喊的声音：“这是一个继五四、朦胧诗两大破坏过程的继续，它终于使现代诗与中国语言在总体上达到了同构、一致与溶合，造成了几十年来诗的最舒展期。这一时期，诗的重心自北向南转移，诗的内在精气，由北方的理性换成南方的感性乃至悟性。”① 而在对“第三代”诗歌运动进行总结性阐释的《圭臬之死》一文中，他以一种敏锐的预感和切合事实的想像，书写了“第三代”诗歌运动的文本内涵与精神趣味性，同时也留给了人们足够的想象空间。徐敬亚将窒息了二十多年的中国新诗批评的先锋精神又重新调动起来，为诗歌艺术的彻底开放与“本土化”写作开辟了一条全新的道路。

1989年之后，“第三代”诗歌运动渐趋衰落。但对“第三代”诗歌的研究却越来越突显。尤其学院派批评的兴起，对“第三代”诗歌的梳理与挖掘工作做得非常充分，从各个方面来阐释与评析“第三代”诗歌的流派与诗人。有从整体上对“第三代”诗歌作全面的阐释与论述的专著，如陈仲义的《诗的哗变——第三代诗面面观》（1994年）和李振声的《季节轮换——第三代诗叙论》（1996年），这两本专著都是从诗学和文本、流派分析的角度进行的论述。陈仲义《诗的哗变——第三代诗面面观》从文化意识、生存体验、语言方式、美学原则、思维状态、表现手法、新古典主义等七个方

---

① 徐敬亚：《历史将收割一切》，《磁场与魔方》，北京师范大学出版社1993年版，第238页。

面，横向来论述“第三代”诗歌的生成、发生以及结果。对于“第三代”诗人所提出的反文化、反崇高、反传统等观念，陈仲义先生强调，“第三代”诗人的“反文化”不是完全抛弃与推倒文化，“而是对文化的不信任与质疑，是对整个文化化了的世界亮出‘黄牌警告’。”在内容探讨上，主要集中在对“第三代”诗歌的价值取向、生命意识、平民意识、文化心理和命运思考上。而在形式上，则主要从语言意识、抒情策略、写作方式、文体试验等方面入手，其研究扎实而又见解独特。而李振声的《季节轮换——第三代诗叙论》，则是从纵向来梳理与评价“第三代”诗歌的。他首先从朦胧诗的寻根意识来分析“第三代”诗歌的生成，然后从“消解意识”入手追溯“第三代”诗歌的文化源头，再单独论述“他们”、“莽汉、”“非非”等流派和海子、骆一禾、陈东东、王寅等诗人个案，最后以女性主义诗歌写作论结束。专著从整体上呈现了“第三代”诗歌的自然流变过程。

除了陈仲义、李振声等人之外，还有的则是在论述先锋诗歌时将“第三代”诗歌当作一个重要部分来研究的专著，如程光炜的《朦胧诗实验诗艺术论》（1990 年）、王光明的《艰难的指向——“新诗潮”与二十世纪中国现代诗》（1993 年）、刘纳的《诗：激情与策略》（1998 年）、陈旭光的《诗学：理论与批评》（1997 年）等，他们大都是从文本与诗学方面入手，对“第三代”诗歌运动中各流派和重要诗人进行研究。程光炜的《朦胧诗实验诗艺术论》是 90 年代最早出版的论述“第三代”诗歌的评论集——其实，评论集中所收的文章，绝大部分都在 80 年代就已写出——对“第三代”诗歌的研究具有很重要的现场同步扫描价值。像《女性诗歌语言结构的功能分析》、《实验诗歌及其生命形式》、《麦子及其他》、《非个性化——对实验诗创作论的解释》、《对“他们”和“非非”文本的实验性解析》、《反讽的意义》等论文，都是以诗人个案研究与综合评价相结合的方式来阐释“第三代”诗歌。王光明的《艰难的指向——“新诗潮”与二十世纪中国现代诗》则在最后一章“新生代：上升与下落”中，对“第三代”诗歌作了总结性的分析，他从“内部与外部”、“生命认同”等视点谈到了“第三代”诗歌内外的各种关系。刘纳的《诗：激情与策略》则将“第三代”诗歌置于后现代主义的大文化环境中来考察，重点梳理了“第三代”诗歌与西方后现代主义的关系。陈旭光的《诗学：理论与批评》在第二编与第三编中，对“第三代”诗歌各流派与诗人都作了扫描，重点阐释了“朦胧诗”向“第三代”诗歌转型过程中的后现代性意识。

有从流派上对“第三代”诗歌专门进行研究的，比如孙基林。早在80年代中期“第三代”诗歌运动正在发生之时，孙基林就意识到了这种流派纷争局面对于现代新诗多元化格局形成有重要的推动作用。他对当时出现在中国诗坛上有影响力的“非非”、“他们”、“莽汉”等诗歌流派都进行了富有理性精神的批评与总结，如《非非主义与西方语言哲学》(《诗探索》1997年第4期）等。孙基林这种对于“第三代”诗歌流派的研究与批评所起到的作用有两点，第一点是他所整理的关于诗歌流派的诗歌观点具有很强的史料价值，因为当时更多的诗歌批评家都注重对“第三代”诗歌运动内部个体研究，而只有“第三代”诗人才注重对自己的流派有一个理论上的主张与阐释；第二点就是孙基林的诗歌流派研究与批评是建立在整个“第三代”诗歌运动的基础上的，所以具有很强的开拓性与前瞻性。

还有从“生命意识”等哲学理念上进行研究的，比如陈超、张清华和耿占春等。陈超在对“第三代”诗人的新诗批评中，超越了文革后谢冕、孙绍振与徐敬亚等人的论争式批评，而直接从“第三代”诗人的诗歌实践与行为上寻找他批评的支点与立足之标准，他的《生命诗学论稿》和《打开诗的漂流瓶》两本专著，即有相当篇幅是研究“第三代”诗歌的。在《现代诗：个体生命朝向生存的瞬间展开》一文中，陈超写道，“新时期诗歌大约从1984年起，开始由道义的深刻转向生命的深刻，由自恋的向外扩张转向痛苦的内视与反省。与其说这是对诗歌的一次拯救，不如说是诗人对自身生命体验的拯救。"① 陈超在此更注重新诗批评的精神性与价值感，及对先锋诗歌理性的感悟与真实的打捞。张清华的《内心的迷津》一书，属于诗歌论文集，里面所收大量文章也是论述和评价"第三代"诗歌的。而从文本细读这一方式出发，对"第三代"诗歌作微观研究的，有陈超的《20世纪中国探索诗鉴赏词典》，其运用西方新批评和中国感悟式批评相结合的方法，对大部分"第三代"诗人的成名作和代表作逐首进行了细致的分析。还有沈奇的《沈奇诗学论集》第二卷中，也对"第三代"诗人的一些经典文本进行了精彩的细读。

除了专著和诗歌史，90年代诗歌研究界从各个角度对"第三代"进行研究的论文，也比80年代要更多和更丰富。比如从语言和语感角度研究"第三代"诗歌的，如魏慧的《论第三代诗的语言策略》（《诗探索》1995年第2期）、陈仲义的《抵达本真几近自动的言说——"第三代诗歌"的语感诗学》（《诗探索》1995年第4期）等。还有作为诗人批评家臧棣，其论文《后朦胧诗：作为一种写作的诗歌》（《文艺争鸣》1996年第1期）对"第三代"诗人的评析，具有宏观性和典型的学院性。他运用西方经典新诗批评方法，为后朦胧诗的精神特质作了一番含义丰富的挖掘与诠释。

21世纪初，学界对"第三代"诗歌的研究，也大都是延续了20世纪90年代的方法，宏观研究与个案研究有齐头并进之势。宏观研究的专著有罗振亚的《朦胧诗后先锋诗歌研究》（2005年），吕周聚的《中国当代先锋诗歌研究》（2001年），向卫国的《边缘的呐喊》（2002年）等。个案研究的专著有唐晓渡的《唐晓渡诗学论集》、张桃洲的《现代汉语的诗性空间——新诗话语研究》、陈超的《中国先锋诗歌论》、周瓒的《透过诗歌写作的潜望镜》等。诗歌史研究的专著中对"第三代"诗歌有过专章论述的有於可训的《当代诗学》（2000年），常立、卢寿荣的《中国新诗》（2002年），

① 陈超：《打开诗的漂流瓶》，河北教育出版社2003年版，第28页。

程光炜的《中国当代诗歌史》（2003 年），洪子诚、刘登翰的《中国当代新诗史》（2005 年修订版）等。

罗振亚的专著《朦胧诗后先锋诗歌研究》，即专门以两章的篇幅来论述“第三代”诗歌和同属于“第三代”诗歌范畴的海子。罗振亚在对“第三代”诗人及诗歌所存在的意义表示认可的同时，也从文化与精神的层面解释了“第三代”诗人整体上讲求“生命意识”和向个体价值回归的原因：“‘反文化’诗的看家‘法宝’是生命意识。‘第三代’诗人大都经历过缪斯从抽象虚假向情感真实的复归，所以在诗歌观念上便一致认为，诗是情绪，诗是心灵的感性显现；并在这种观念笼罩下涌现出许多心灵表现能手：韩东、于坚、何小竹、郭力家……可以列出一大排熟悉和陌生的名字。抒情主体、个体心理体验的投入，从感性接近诗的‘向内转’追求，某种程度上契合了诗的本质，提高了普遍精神象征的高度，彻底矫正了以往诗歌一般化的诗意形容与一般化的艺术传达的弊端。这些诗人常以艺术与自然的全方位对应，将情思表现得潇洒自如，得心应手。”虽然他对这一代诗人的整体风格进行了切中肯綮的评价，但是他并没有仅仅停留在这一点自我意识的共鸣感上，而是对“第三代”诗歌所面临的困境也作出了独到的阐释。对于“第三代”诗人的诗歌成就，罗振亚也有着辩证的评价：“第三代”诗人在反文化的同时，也是以文化作为武器来实施他们的反文化行为的。“第三代”诗人这种自相矛盾的精神状态被罗振亚清晰地书写出来了，一方面是对过去的“第三代”诗歌作出了公允的评价，另一个方面也毫无保留地批判了“第三代”诗歌的局限性，以此警醒后来的诗人们在诗歌精神的沿袭上对“第三代”诗歌批判性的继承与学习，这两点是罗振亚对于“第三代”诗歌突破朦胧诗的弊端而又走上另一个诗歌极端，即病态化的精神展示，而且有将诗歌衍变为一种文化符号的趋势。

吕周聚的专著《中国当代先锋诗歌研究》（本书初稿早在 20 世纪 80 年代后期就已完成，后来作者又作了修订与补充），是对朦胧诗和“第三代”诗歌这两次先锋诗潮所作的整体性概观，“第三代”诗歌与朦胧诗差不多各占了一半的篇幅。专著从历史转型、审美流变与西方现代主义文学的关系、亚文化特征、波希米亚风格、生命意识、艺术形式和语言探索等多方面探讨了朦胧诗和“第三代”诗歌的成败与得失，具有诗歌史的意义。向卫国的专著《边缘的呐喊》，则以第四和第五两章的篇幅来论述“第三代”诗歌，他将“第三代”诗人直接分为“民间写作”和“知识分子写作”两大阵营。“民间写作”方面，他对“大学生诗派”、“莽汉主义”、“《他们》”、“非非主义”和“海上诗群”这些有特色的流派作了评估。而对于“知识分子写作”，他则以“整体主义”、“新传播主义”、“北大诗人”各流派以及王家新、柏桦、孙文波、肖开愚、愈心焦等诗人作为研究对象，总体来说有着谱系学的价值。陈超的《中国先锋诗歌论纲》是在新世纪重新返观“第三代”诗人的写作，从个案研究的角度重新评价他们，比如重评海子的《大地哀歌和精神重力》，论西川的《“让蒙面人说话”》，谈于坚的《“反诗”与“返诗”》，评女诗人翟永明的《女性意识及个人的心灵词源》等。

新世纪之后出版的一些中国当代诗歌史与先锋诗潮史著作中，大都有专章论述“第三代”诗歌，比如李新宇的《中国当代诗歌艺术演变史》，於可训的《当代诗学》等，都有专章来论述“第三代”诗歌的，具有很丰富的文学史意义。

在对“第三代”诗歌进行研究的论文方面，新世纪以来出现得较多，当然也更为丰富，与80和90年代相比，大都带有深层次挖掘性质和更富学理性的论述，如罗振亚的《一九八四～二零零四先锋诗歌整体观》（《当代作家评论》，2006年第3期），即将“第三代”诗歌纳入到新时期先锋诗歌二十年的整体发展历程中来考察，全面审视了朦胧诗后先锋诗歌的脉络。吴培显的《“解放人”：第三代诗的内在精神追求及其建构意义》（《扬子江评论》2007年第2期），反思了“第三代”诗人“反叛”的背后是其积极的建构意识和可贵的艺术尝试，在“消解”中充溢着一种对“人的解放”的历史和现状的焦灼和忧虑，这一反思的角度比较富有新意。像这种带有反思和总体评价性质的论文，还有沈奇的《从“先锋”到“常态”——先锋诗歌20年之反思与前瞻》（《文艺争鸣》2006年第6期）、张大为的《后现代面孔下的现代性变革——论80年代先锋诗歌观念的演进》（《理论与创作》2006年第1期）、罗振亚的《近二十年先锋诗歌的历史流程与艺术取向》（《诗探索》2005年第1期）等。

新世纪以来，还出现了许多“第三代”诗人的回忆性和访谈类文章，这也属于对当时的诗歌现场进行总结的研究，最具现场感的当属杨黎编著的《灿烂》一书，这种对“第三代”诗歌运动参与者的访谈和描述，有一种还原现场的价值。像《上海文学》、《星星》（下半月理论版）等杂志都大量刊登这方面的文章，如姜红伟的《70年代末至80年代中大学生诗歌报刊备忘录》、何小竹的《成都先锋诗歌回顾：1984～1989》、许德民的《静水深流——我所经历的20世纪80年代大学生诗歌史》等回忆类文章，都是研究“第三代”诗歌运动非常好的资料。

虽然在“第三代”诗歌运动之后，有不少研究者对其作过大量的研究，但研究大多都限于文本与观念，而对其文本之外所表现出来的其他意义和影响的挖掘研究还不够充分，比如全面梳理“第三代”诗歌运动中所出现的诗学观念，以及这些诗学观念后来的演变和对此后先锋诗歌写作的影响；比如“第三代”诗人的生活形态，他们的言行举止、所思所想等日常生活性的东西，是“第三代”精神最为重要的体现。而随着当下学术界对80年代文学研究热潮的兴起，“第三代”诗歌运动其实应该是最为重要的一个部分，但研究者大都将研究视角限定在小说和文学理论的范畴，涉及到诗歌的，也仅仅是以《今天》杂志为代表的朦胧诗人，而对“第三代”诗歌运动，并未对其作出多少创造性的阐释。这种对“第三代”诗歌运动在80年代的文学界所占地位的有意无意的忽略，表明学术界对“第三代”诗歌关注得并不够。但在我看来，“第三代”诗歌运动，恰恰是与80年代的先锋小说一起，为中国文坛留下了奇观的文学革新运动。虽然说90年代之后的诗人们逐渐转向了个人化写作，在写作技艺上逐渐成熟，但是在精神领域的延伸上，并没能完全突破“第三代”诗歌在80年代所具有的影响力。

对“第三代”诗歌及其运动的研究，从80年代到新世纪，大多是从诗人个案和流派分析来作研究的，而在诗人的文化精神和心态分析、还原“第三代”诗人的生活现场、“第三代”诗歌的传播学方法以及“第三代”诗人在经济大潮中的转型等方面进行研究的论文不多，这也是本书需要加强和用力的地方。

本书以“第三代”诗歌作为研究对象，其中涉及到“第三代”诗歌诗学理论梳理、诗人心态分析、传播学考查、阐释文本等几方面，既有宏观概括，也有微观分析。在论述运动过程和诗人心态分析时，以现象学分析为主，兼以心理学、文化学和史论结合的方式；在研究“第三代”诗歌的传播时，以传播学理论分析各种诗歌传播形式等；在探讨“第三代”诗歌的影响与转型时，将从大众文化研究和话语分析等方法入手。本书各章节在分析诗歌作品时，以“新批评”的文本细读方法为主，兼以哲学和精神分析学等方法。而本书在选题上，则有如下几个创新点：

（1）让“第三代”诗人的生活历史也能被纳入到文学史的范畴，通过当时诗人之间的交往、书信和当时的民刊以及口述史、回忆录，重现当时的场景，突显真正的“第三代”诗歌精神。

（2）从大众文化理论和“消费社会”的现实出发，对“第三代”诗人在商业社会中的困惑与抉择作出梳理和评价，探讨坚守者的持续性写作，追踪“第三代”诗歌运动对90年代“个人化”写作、“中间代”、“70后”和“80后”诗人的影响。

（3）以文化批评的形式介入“第三代”诗歌运动，将“第三代”诗歌运动由以前文学批评层面拓展到整个大文化范畴，打破原来由意识形态评价所造成的单一学术格局，建构新的思想性的理论诗学。

（4）“第三代”诗歌运动是整个中国新时期诗歌史乃至文学史上的重要一环，它前承朦胧诗，后启 90 年代的“个人化”写作，甚至比小说界的先锋突起还要早，其先锋精神和前卫特点与艺术界的“85 美术运动”一起，构成了整个 80 年代最引人关注的话题。处于意识形态纠缠最严厉的阶段，“第三代”诗歌运动的自由意识倾向，不仅通过大量具有反传统和打破意识形态笼罩的诗歌反映出来，而且诗人们的言论与行为，更是对当时的社会是一种抵触性的反抗与深刻的反讽。如果对这些方面能作出思想性的梳理，是对整个新时期思想史的有效完善。

（5）从诗歌文本与诗人的生活与思想形态结合的角度，论文还运用历史学、社会学、政治学、心理学、哲学等方法来解读“第三代”诗歌运动，挖掘出“第三代”诗歌所昭示出的先锋与反叛精神，以全面地呈现与还原“第三代”诗歌运动的现场。目前，除了“第三代”诗人通过口述实录和写回忆文章，以还原“第三代”诗歌运动的现场之外，很少有对“第三代”诗人的生活形态以及所处的文化空间进行研究的，本书在这方面的梳理和分析，也是一个创新。

（6）鉴于目前还少有以传播学理论来研究“第三代”诗歌的现状，本书尝试以传播学理论来对“第三代”诗歌运动中各种传播诗歌的形式进行梳理与整合，以系统地补充和完善这方面的研究。用传播学的理论，对“第三代”诗歌在 80 年代的传播进行深层的解读，以阐释朗诵、书信、民刊和正规出版这几种诗歌传播方式各自的特点以及它们之间的分化与合流。

第一章 “第三代”诗歌的诗学资源

在20世纪中国新诗史上，每一次大规模诗歌潮流的涌动，都有着诸多内部或外部环境对其的影响。从胡适等人提倡并实践的白话诗，到20年代的“象征派”和30年代的“现代派”，至40年代的“九叶诗派”，无不带有它们各自的诗学资源以及兴起的原因。不管是对传统文学的继承和超越，还是对西方文学的接受与模仿，以及各诗歌流派之间承上启下的纵向作用，这些都是探讨现代新诗发展的重要维度。由于受政治意识形态与其他因素的左右，1949年后一直到“文革”，中国新诗的现代性发展遭遇了近于停滞的困境。直到在“文革”期间就盟芽的朦胧诗出现，中国新诗才又真正接续上了40年代那股被截断的先锋诗潮。或许正是因为社会环境的变化以及国家实行了开放的政策，在80年代初中期，文化思想领域呈现出了繁荣的局面，这种繁荣最鲜明的体现就是先锋文学的兴起。相对来说，朦胧诗在这一时期的发展达到了顶峰状态，而随之兴起的“第三代”诗歌运动，又代表着一场反叛与继承交织叠加的先锋诗潮的来临。

“第三代”诗歌运动的兴起，一方面是由80年代中期特殊的社会与文化环境决定的，另一方面，也有诸多内部与外部因素的作用。比如说朦胧诗对“第三代”诗人的影响，这一影响是双重的：“第三代”诗人要反叛与超越朦胧诗，希望建立起自己独特的诗歌美学，而朦胧诗强大的声誉让“第三代”诗人不能在短时间内就将其完全颠覆，继尔形成了一种反影响。因此，“第三代”诗人对朦胧诗是既持有反叛与超越的态度，又不得不将朦胧诗作为自己旅程开始的起点。在朦胧诗对“第三代”诗人产生影响的同时，80年代西方现代派文学作品，相继被译介到中国，这也从一定程度上引起了“第三代”诗人的变化。他们会力图去审视过去的思想观念，去探索新的创作方法。而80年代那样一个自由与开放的社会环境，也会促使“第三代”诗人进行最大可能的“自我革命”。本章即是对“第三代”诗歌运动的影响因子作深入的分析。

第一节 “影响的焦虑”：对朦胧诗的继承与超越

“第三代”诗人先从朦胧诗人那里继承了先锋诗歌的启蒙精神，后来又以反叛的姿态，树立起了自己全新的诗歌美学大旗：从朦胧诗人的“写什么”转向了后来的“怎么写”，即由主题和内容到技巧与方法的转变，其实也是一次语言与形式革新的过程。“第三代”诗人打破意识形态的束缚，让诗歌从集体主义和英雄主义创作中解放出来，真正走向个人主义，走向对日常生活的体验与书写；摒弃了朦胧诗的“意象”晦涩，以朴白的口语直抒胸臆，使诗歌免受“抽象之苦”。从“呐喊”式的宏大集体发声，转向了回归日常与当下的生活现场，从而打破了曾占主流地位的朦胧诗对“第三代”诗人“影响的焦虑”。“第三代”诗歌精神，就是让诗人重新回到生活的现场，寻找真实的个人生命体验。诗人们崇尚日常主义精神，让自己的创作更接近于文学在想象力拓展上所达到的巅峰状态。他们将朦胧诗人“拉下神坛”，让诗歌艺术获得重新洗牌的可能，并试图完成对朦胧诗的超越。

一、由朦胧诗开始的旅程

从某种程度上说，“第三代”诗人是在朦胧诗的孕育和滋养下登上先锋诗坛的。他们在 80 年代初中期朦胧诗歌大潮回落时应运而生，并引发了又一轮先锋诗歌的热潮。

在“文革”期间兴起的朦胧诗，是中国当代先锋诗潮中的一支开拓性力量，其主力诗人是在对文革政治意识形态的抗争中开始写作的，他们初期的“地下”状态是对当时政治思潮的应对和抗争。“在文革时期，地下诗坛老中青诗人的创作实践中，诗歌与政治、诗歌的传统与创新、诗歌的个性和自我表现等一系列艺术问题探索已初步展开，新时期到来之后，对上述诸多艺术问题的探索便由萌芽状态转向全面展开和深入阶段。从这个角度上说，“文革”时期的诗歌（尤其是地下诗歌）是新时期诗歌创作走向健全发展之路的前奏和预演。”[①] 由此看来，“文革”时期的地下诗歌，也是“第三代”诗歌兴起的前奏。

“第三代”诗歌与朦胧诗一样，对于诗歌所体现出的启蒙意义，是有着相同的承担精神的。如果说朦胧诗作为新时期以来中国先锋诗潮中延续现代诗歌启蒙精神第一阶段的话，那么“第三代”诗歌就可称为第二阶段。而第二阶段的诗歌启蒙要比第一阶段更为开放和多元，同时也更有明确的目标与核心价值。因此，在启蒙价值的开掘和阐释上，“第三代”诗与朦胧诗是一脉相承的。朦胧诗所建构起来的美学意蕴，在“第三代”诗人那儿被充分利用和吸收。“第三代”诗人在创作过程中有很多方法都来自对朦胧诗人的借鉴和学习，比如反抗现实和时代的精神、强力反讽的意志等。尤其是朦胧诗那种整体的宏大氛围，以及理想主义和英雄主义的高调宣扬，对“第三代”诗人来说是抹不去的记忆。他们在这样的记忆中开始自己的诗歌旅程，难免不受其影响。

部分“第三代”诗人也承认，自己是受朦胧诗人影响而开始走上诗歌之路的。韩东曾说：“我觉得如果说真正有刺激的，直接激

---

① 王家平：《文化大革命时期诗歌研究》，河南大学出版社 2004 年版，第 310 至 302 页。

起我写作欲望的就是《今天》，北岛。应该说这些人是我文学上的父亲，也不过分。”① 这种坦率的言辞，表明了韩东的一个重要立场：自己与北岛和《今天》这本民刊之间的师承关系，是不用避讳的。尽管他后来又以反抗的姿态，对北岛表示了不认同：“我以非常刻薄的言辞谈到北岛，说他已‘江郎才尽’。实际上，这不过是我的一种愿望，愿意他‘完蛋’，以标榜自己的成长。”② 从中，我们仍然能够洞察到韩东对北岛的重视和尊敬，这其中也暗含着韩东诗歌创作的动力与精神资源。而另一批后朦胧诗人，像西川、欧阳江河、王家新、肖开愚等，也被公认为是对朦胧诗最亲近的继承者。他们从朦胧诗那儿获得的营养，比于坚、李亚伟、万夏、何小竹等“第三代”诗人要更多。因此，从整体上说，“第三代”诗歌与朦胧诗，作为中国新时期先锋诗潮承前启后的两面旗帜，其表达方式和精神指向都可谓是从旧话语制度里解放出来的典范。朦胧诗人在70年代末依然紧张的社会氛围中，能发出一种让人共鸣的合声实属不易，他们与当时文学界盛行的“伤痕文学”、“反思文学”以及后来的“寻根文学”一起，共同构成了新时期文学启蒙浪潮的第一支先锋队。而后来“第三代”诗人们带着一种横扫一切的气势，在口号上虽然要与朦胧诗人“二分天下”，甚至要独占熬头，但他们诗歌宣言中重要的写作理想、艺术精神，都源自当年朦胧诗人们在《今天》杂志上所打出的旗号。他们的经验一半来自大学生活的体验和最初的社会人生历练，另一半或许就来自朦胧诗人所创造的文化传统。对于这一传统的影响，不管那些“第三代”诗人是赞成还是反对，最终都无法忽视。

在朦胧诗人和《今天》的阴影下，虽然“第三代”诗人的超越是有前提的，但并非凭空的反叛。事实上，韩东以《有关大雁塔》轻易地解构了江河和杨炼等人所建立起来的宏大历史观与厚重的人

---

① 杨黎：《韩东访谈》，《灿烂》，青海人民出版社2004年版，第296页。

② 韩东：《长兄为父》，载《作家杂志》2003年第8期。

文情怀。关于大雁塔，杨炼写道："我被固定在这里/已经千年/在中国/古老的都城/我象一个人那样站立着/粗壮的肩膀，昂起的头颅/面对无边无际的金黄色土地/我被固定在这里/山峰似的一动不动/墓碑似的一动不动/记录下民族的痛苦和生命"（《大雁塔》），语调沉痛而悲壮，极具历史的沧桑感。而韩东写道："有关大雁塔/我们又能知道些什么/有很多人从远方赶来/为了爬上去/做一次英雄/也有的还来做第二次/或者更多/那些不得意的人们/那些发福的人们/统统爬上去/做一做英雄/然后下来/走进这条大街/转眼不见了"（《有关大雁塔》）面对特殊的历史遗迹，应该具有的诗性都消失了，竟然连朦胧诗人所钟情的"英雄"情结，也被韩东彻底解构了。人们爬上大雁塔就是为了"做一次英雄"，这或许是韩东的个人意想，事实并非全部如此，现在更多的游人上去只是为了观光，登高望远而已。游人的这种感觉显然与韩东一次次想做英雄的愿望是格格不入的，他将做英雄的情结强加给了别人，或许这就是他自己的真实想法。大学毕业后曾经在西安工作过的韩东对大雁塔应该算熟悉，登多了，心里的厌倦感会油然而生，尤其是他看到很多慕名而来的游人兴致勃勃地登上去，然后兴味索然地下来，他对此情此景的观感，真正增加了他反叛的自信："也有有种的往下跳/在台阶上开一朵红花/那就真的成了英雄——/当代英雄"。大雁塔竟成了自杀者选择的道具，这一富有历史感的遗迹甚至成了谋杀的凶手，它的神圣性与崇高感到底何在？韩东的表达中有如此怀疑和追问，所以一种崇高价值的崩塌是必然的。

当然，"第三代"诗人是在朦胧诗人已经创立英雄主义和理想主义诗歌美学的前提下，才得以获得反叛基础的。但是"文革"阶段及其后兴起的朦胧诗，仍然是对某种政治意识形态的回应，没有自觉地来塑造真正富有现代意识的诗歌美学精神。从"第三代"诗歌运动开始，诗人们随着文化思潮的解冻有所超越，他们不再像朦胧诗人那样局限于对政治的书写，或专注于宏大的人生问题，而是在题材上回归自我和人性，以一种亲和之力还原现代诗歌所拥有的大众风度。这是“第三代”诗歌受朦胧诗启发而又超越朦胧诗的缘由所在。

朦胧诗所实践的艺术问题，在“第三代”诗人那里得到了拓展，尤其是在语言创新上，“第三代”诗人要比朦胧诗人更为大胆和富有现代意识；而在诗人的个性和自我表现上，“第三代”诗人则比朦胧诗人的视野更开阔，其思想解放程度也不同于朦胧诗时代的压抑，而是呈现为一种激情式的生命张扬，或愤怒的反传统，或对日常生活投以迎合的目光。“第三代”诗歌何以比朦胧诗在表达上要更为开放与自由，更为唯美和多元？一是因为“第三代”诗人在80年代初中期社会和时代氛围中，能够打破多年来中国文学形成的“影响的焦虑”，从朦胧诗的象征“意象”转向“行为”表达，从而走出自己一条全新的诗歌写作路径；二是“第三代”诗人大都经过了“文革”之后高等教育，他们的知识储备与艺术感受力要比朦胧诗人更为丰富，同时也更为健全。

“第三代”诗人对朦胧诗的传承和超越，作为既成事实，也是在短短几年时间里发生的，对此，朦胧诗人也有过自己的反思。舒婷就曾发表过看法：

> 我们这一代诗人和新生代的重要区别在于：我们经历了那段特定的历史时期，因而表现为更多历史感、使命感、责任感，我们是沉重的，带有更多社会批判意识、群体意识和人道主义色彩。新生代宣称从个体生存出发，对生命表现出更多困惑感、不安和玄秘。他们更富现代意识、更富超越意识，从感觉、思维、想象、意念、情感、建构能力都试图达到一种“超文化”的境界。他们在表现手法上一反意象化途径，追求淡化，崇尚自然口语，注重语感。①

① 舒婷：《潮水已经漫到脚下》，载《当代文艺探索》1987年第2期。

在80年代末舒婷作这一总结时，“第三代”诗歌运动还在持续，她从文本分析和思潮发展的流变里，找到了“第三代”诗人与朦胧诗人之间的差别，以及朦胧诗人所面临的局限、创新难度等。从这一点上说，我们可以看作为是朦胧诗人与“第三代”诗人之间的一次和解。“第三代”诗人的话语创新，是打破了朦胧诗人的群体意识，而从纯粹的个体出发，突出了“自我”在创造中的主体性力量。从语言方式上看，“第三代”诗人的表达资源也比朦胧诗人所处的时代要丰富得多。因为在朦胧诗运动的高潮期间，“文革”话语还未完全退出历史舞台，它仍然在社会各个角落里大面积传播，这种单一的“文革”语言体系，对于要求突破和创新的朦胧诗人来说，的确需要一种大胆突破的勇气和胆识。食指、北岛、顾城、舒婷、江河、杨炼、芒克、多多等朦胧诗人，都曾在这些方面作出了卓绝的努力，并取得了各自的成就，让朦胧诗获得了大众的认可与精神共鸣。而很多“第三代”诗人，他们从朦胧诗开始的诗歌旅程，是一次无法归避的学习过程，虽然他们和朦胧诗人也处于共时和历时的艺术链上，他们所占据的艺术空间也具有相似的思想基础：朦胧诗人成为“第三代”诗人假想的敌人，在那样一个青春张扬的时代是情理之中的事情，也是艺术传承和经验影响的范例。

朦胧诗何以会衰落？而“第三代”诗歌运动又何以兴起？对于这些问题的考察，正是解决“第三代”诗歌既继承朦胧诗又超越朦胧诗的关键。“第三代”诗歌对朦胧诗的突破具体表现在：从“写什么”转向了“怎么写”，打破朦胧诗“影响的焦虑”，解构朦胧诗的“使命感”与“责任意识”，从“呐喊”主义转向了“日常生活”的书写，重新建立起属于“第三代”诗歌的新美学。

二、“写什么”与“怎么写”之间的转换

如果说朦胧诗人将诗歌“写什么”的问题重新纳入到了新时期的文学革新范畴，那么，“第三代”诗人则是将诗歌“怎么写”的问题又提了出来，并与当时的先锋小说一起，形成了新时期以来的中国文坛最亮丽的一道风景线。“第三代”诗人们不再像朦胧诗人

那样有很多政治意识形态上的顾忌（虽然这种顾忌依然存在，并持续影响着“第三代”诗人的创作），而是充分利用自己对诗歌艺术的感觉，在多种表达方式和价值观念的背景下，完成了对汉语言的又一次深度解放。

朦胧诗所推崇的仍是一种带着隐喻性质的现实主义，即不用直白的语言表达个人或群体的所见所闻、所思所想，这一方面是时代“禁锢”所致，另一方面也与朦胧诗人大都已过青春期有关，他们一开始就显得要比“第三代”诗人更成熟，更理性。虽然他们中的一部分人还富有激情，同时也带着一种“文革”时期无法释放的压抑情绪，但他们只是部分地在诗歌中宣泄着不满与愤怒，而且还是以“意象化”和隐喻的方式呈现出来的，这就是朦胧诗的单一性表达和整齐划一的理想主义、英雄主义价值观的体现。

朦胧诗人在单一性书写和统一的思想呈现中，只能写出富有理想主义与英雄主义气质的作品。无论从语言表达，还是从情感释放上，他们所运用的还都是比较传统的修辞模式，因此，其表达上的“非自觉性”，也决定了他们首先要解决的还是“写什么”的主题问题。在“文革”时期，“写什么”成为朦胧诗人们表达自我最有效的方式，突出个性与追寻自由在朦胧诗人身上都还没有形成完全的自觉。他们能够以一种比小说和散文更加隐晦的方式表达自己的思考，已属突破，而能将压抑、反思和警醒之意完全释放出来，这已属不易，至于用什么样的方式，似乎变得不再重要。

当年朦胧诗人的创新，是打破“禁区”和改变陈旧题材上的创新，是“写什么”的创新，这是由特殊的时代情形造成的，“毛泽东时代越消解个人生活……对个人生活的向往核心——爱情就更激烈、更动人、更秘密、更忘我、更大胆、更温情、更带个人苦难的倾诉性、更易把拥抱转变为真理。”[①] 朦胧诗人虽然主张理想主义和英雄主义，但他们已开始将抒写主体中那个恢宏的“大我”，逐

---

① 柏桦：《左边：毛泽东时代的抒情诗人》，江苏文艺出版社2009年版，第54页。

渐变成了具有个人化特征的“小我”，即一代人或一个小群体，这一转变正是朦胧诗人在打破前人写家国政事这些大题材主张，而走向以写自由的爱情、幻想的童话和对历史的重新发现为主的个人化命运。但在总体上讲，朦胧诗所关注的仍然是带有“非个人化”（艾略特语）性质的“大我”，比如《相信未来》、《回答》、《致橡树》经典诗作等。这种对个人理想和爱情的书写，仍然是一代人的精神共鸣，虽然缺乏真正的个体感受和对个体情境的描摹，虽然带有鲜明的“理想主义”和“集体主义”的色彩。

按时间来推算，朦胧诗几乎是与整个“文革”十年共存的，像食指、黄翔、哑默等诗人，其创作时间甚至可以追溯到“文革”之前的60年代初。70年代末、80年代初的这一段时期，正是朦胧诗由“地下”状态转向公开的阶段，短短几年时间，随着社会思潮的转变，尤其是发端于1979年的思想解放运动，让朦胧诗成为全民诗歌运动的先遣队，而不多的几个在全国有影响力的诗人，如北岛、江河、舒婷、顾城等，其声誉一度超过了艾青、臧克家等现代诗坛大家。就在国人逐渐接受朦胧诗的时候，一场自上而下的“清除精神污染运动”开始了，朦胧诗也因此受到影响，检讨与反思接踵而至。1983至1984年间，朦胧诗逐渐走向衰落。虽然朦胧诗的衰落与社会环境影响和“第三代”诗的冲击有关，但也另有其他因素所致：朦胧诗的模仿者众多，但整体艺术水准不高，影响了朦胧诗在公众中的地位；朦胧诗“隐喻化”的表达，在逐渐开放的年轻读者中得不到共鸣；80年代中期，思想解放，社会思潮更趋多元，以北京为重心的朦胧诗群，逐渐呈现出“向南方转移和扩散”的迹象，这是一个由“理性主义向行为主义转换”的过程。在文学经验的突破上，随着“文革”阴影在国人心中的逐渐淡化，“伤痕文学”、“反思文学”作为严肃的写作风潮都相继式微，这也体现出充满“痛苦思考”的“启蒙时期”过去了。[①] 而这时，真正意义上的

① 徐敬亚：《圭臬之死》（下），载《鸭绿江》1988年第8期。

“先锋文学”，开始在新一代作家和诗人中间获得认可与实践。从重视意义、理想和价值等文学深度，到专注于叙事探索、语言创新和“非诗化”等形式上的努力，这是由古典主义和现实主义向现代主义乃至后现代主义的经验流转。朦胧诗作为“伤痕”与“反思”文学的主流，在后来兴起的“先锋文学”的冲击下，渐渐失去了当初的辉煌。

就在朦胧诗逐渐走向衰落时，1984年前后，“吞服了超量朦胧诗营养剂”（徐敬亚语）的“第三代”诗人全面出击。他们高举“PASS北岛”、“打倒舒婷”的旗帜，写出了与朦胧诗风格完全不同的“现代诗”，准备另立山头。在80年代中期，“第三代”诗歌运动与朦胧诗共存之时，两种诗歌所具有的格调与品质，就成为了两代诗人交锋的根本所在。“第三代”诗人需要打破的，是朦胧诗人单一的理想主义和英雄主义情调，而实践更为多元和丰富的写作。他们不仅要继续推进“写什么”转向真正个人化的方向，更主要的还是需弄清诗歌“怎么写”的问题。对此，诗人于坚曾有过精彩的分析：“第三代诗歌，如果从它的美学立场上来讲的话，就主要是关于‘如何写’的一种革命，它和朦胧诗不一样，朦胧诗它是‘写什么’的突破，它主要是突破一些写作上的禁区，但是到第三代诗歌，‘写什么’已不重要，它已成为‘如何写’的一个实验过程。”① 于坚的分析，深刻地道出了朦胧诗人“写什么”和“第三代”诗人“怎么写”之间的一种承续关系，而且这种承续关系是由一种由“突破”到“革命”的过程，也是先锋诗歌艺术观念和诗人思想价值随着社会思潮转向所引起的一种流变过程。而真正的诗歌艺术，也就是在这样一次又一次的变革与创新中获得提升、精进的。

“第三代”诗歌的创新，是表达方式、价值观念、艺术视角上的创新，这种创新要显得更为复杂。仅就“第三代”诗人的想象力

---

① 参见《于坚谢有顺对话录》，苏州大学出版社2003年版，第141页。

发挥和对汉语言的重新解放而言，他们在整个 80 年代文坛都堪称典范。相较于当时的先锋小说家、散文家和戏剧作家的创作，诗人们更接近于文学在想象力拓展上所达到的较好状态。这些变革也是“第三代”诗歌在艺术创新上超越朦胧诗的依据，同时也是“第三代”诗人在朦胧诗打破“禁区”的基础上作自我发展的见证。“莽汉”诗人李亚伟宣称他们的创作“坚持意象的清新、语感的突破，尤重视使情绪在复杂中朝向简明以引起最大范围的共鸣，使诗歌免受抽象之苦”。① 而朦胧诗人所关注的“伤痕”、“反思”、“寻根”等大问题，也被分流到了“第三代”诗歌运动的各个流派之中，并得到了深入拓展和探析。“后朦胧诗是对朦胧诗的造反起家的。在造反的姿态里，既有诗歌观念上的差异，又有写作精神上的抵触，更有对朦胧诗的故意曲解和肆意贬斥；但最根本的分歧则在于，朦胧诗被认为是严重削缩了历史所给予的中国现代诗歌写作的可能性。”② 这种概括分析出了“第三代”诗歌对朦胧诗进行“造反”的缘由。在朦胧诗与“第三代”诗歌的根本分歧上，“朦胧诗严重削弱了中国现代诗歌写作的可能性”，此点引起了“第三代”诗人对朦胧诗的不满。这从某种程度上应和了上面所分析的朦胧诗仅仅只是打破了部分解决“写什么”的问题，而没有真正触及到先锋诗歌“怎么写”的核心。

从朦胧诗人打破禁区考虑“写什么”的问题，到“第三代”诗人所关注的“怎么写”的转换，正是当代先锋诗歌由自发革命走向自觉革新的过程。这一过程里，不仅隐藏着社会和时代的变化，也暗含着新一代人对前人人生价值和艺术观念的背叛，但这一背叛并非纯粹破坏性的，而是带有艺术建设性和“精神成人”的理想主义气质。“第三代”诗歌运动的兴起，也意味着“影响的焦虑”所带

---

① 徐敬亚、孟浪编《中国现代主义诗群大观 1986～1988》，同济大学出版社 1988 年版，第 95 页。

② 臧棣：《后朦胧诗：作为一种写作的诗歌》，载《中国诗选》1994 年第 1 期，成都科技大学出版社 1994 年版。

来的困惑和启蒙才刚刚开始。

三、突破一种“影响的焦虑”

朦胧诗主体地位的确立，是“第三代”诗歌运动发展初期的既成事实。有些“第三代”诗人是从对朦胧诗的借鉴乃至模仿走上诗歌道路的，如何走出朦胧诗对“第三代”诗人的影响，从而开拓出一条独立的诗歌艺术之路？借用美国文学批评家哈罗德·布鲁姆的观念，就是一种“影响的焦虑”。历史性与历时性这两点，正是朦胧诗对“第三代”诗人所形成的“影响的焦虑”。

关于历史性，朦胧诗先于“第三代”诗歌而存在，并广为人知，所以它已经占据了中国先锋诗歌发展的第一次先机。对于此点，“第三代”诗人只有无条件接受。而关于历时性，就是“第三代”诗歌运动发生时，朦胧诗在全国范围内所形成的广泛影响依然强大，朦胧诗人的地位仍然不可动摇，两代诗人共存于一个时代，这一“影响的焦虑”，是“第三代”诗人们最在意的。他们需要打破朦胧诗人已有的地位，渴望掌握中国先锋诗坛的话语权。“第三代”诗人只有通过彻底的反叛、颠覆和革新，并建立起自己的诗学体系，才能达到这一目的。他们也正是这样实践的。

朦胧诗人要打破宏大的国家事件主导的艺术氛围，以突出“大我”的显在，而“第三代”诗人要在朦胧诗人所创造的基础上，让“小我”更为引人注目，这两种突显“我”的策略，虽然有着异曲同工之妙，但在打开个人视野的广度和力度上，“第三代”诗人比朦胧诗人要更胜一筹。“‘第三代’诗人们不像朦胧诗人那样经历过噩梦般的悲愤年代，与朦胧诗人那种干净坦荡的英雄主义倾向、那种深入骨髓的忧患意识和使命感格格不入。他们不愿做朦胧诗歌唱者那样‘类的社会人’，他们无意代表时代，也无意代表他人，他们只代表自己。”① 事实正是如此。“第三代”诗人突破朦胧诗所造成的“影响的焦虑”，除了解决时代和社会对自身创作所带来的局

① 罗振亚：《朦胧诗后先锋诗歌研究》，中国社会科学出版社 2005 年版，第 45 页。

限，更重要的其实还有几个艺术突破点，大概是如下三个方面。

其一，打破政治意识形态的焦虑。“政治性”是中国文学和诗歌自古以来的一个深远传统。[①] 从中国现代文学开始，作家和诗人们就为此倾注了大量心血，并写出了诸多优秀文本。到了朦胧诗时代，一个非常态的社会还未完全终结，政治力量的强大，社会的紧张，国人生活的不安，反映到朦胧诗人创作中，不可避免地要触及到“政治”这根社会粗大的神经，并希望能有一个运转良好的环境，让人民安乐其所。因此，一方面是批判陈旧的政治传统，另一方面，则是希望打破集体主义的禁锢，让“我”也成为了民主社会的公民。人道主义的提倡和张扬，也属于朦胧诗人所要用力的部分，他们在诗歌中的表达，正是主张这种清明的政治意识。而在“第三代”诗人那里，政治意识形态虽已不是他们关注的全部，但其范围仍比朦胧诗人所关注的要扩展了很多。他们以更为激情的方式，直接诉诸对自我权利的要求，对个性的张扬，对思想压抑的彻底释放，对生命本能的满足，对一切束缚自我的障碍的排解等，这是时代和社会意识形态转变的结果，也是这批受过高等教育的诗人们所要完成的一个“成人”仪式。“正如我们看到的，‘今天’的激情是以时代代言人的形象出现的，他无疑是一种传统知识分子受难、担当的现代书写，是历史宏大的叙述和表达。莽汉，代表第三代诗歌的总体转向，是一种个性化的书写，农耕气质的表达，他们用口语、用漫游建立起‘受难’之外另一种活泼的天性存在，吃酒、结社、交游、追逐女性……通过一系列漫游性的社交，他们建立了‘安身立命’的方式，并为之注入了相关的价值与意义……”[②] 这些，或许就是“第三代”诗人的政治诉求和表达目的。从一定程度上说，他们还是打破了朦胧诗人在政治意识形态上对其所造成的

---

① 参见柏桦：《左边：毛泽东时代的抒情诗人》，江苏文艺出版社 2009 年版，第 56 页。

② 柏桦：《左边：毛泽东时代的抒情诗人》，江苏文艺出版社 2009 年版，第 150 页。

“影响的焦虑”，从而进入了一种更开放和多元的诗歌创作境地。

其二，打破朦胧诗人所造成的单一化语言表达的焦虑。部分朦胧诗人在“文革”时期开始创作，仍以一种高度集体化的语言来进行诗歌写作，他们的语言词库囿于时代影响，存在大量的空洞词汇，虽然有些诗人尽力打破这一束缚，但还需漫长的“去文革化”的过程。而在“第三代”诗人那里，如何超越朦胧诗人集体主义式的语言策略，进入丰富而精彩的语言创新里，这是他们突破朦胧诗人在语言使用上“影响的焦虑”的最为有效的方式。80 年代中后期，曾有人以《别了，舒婷北岛》为题发表文章，直接针对朦胧诗人的诗歌语言发出了反叛的声音：“别了，舒婷北岛。我们不仅想告别你们的诗意识，而且想告别你们的诗形式。你们这个意象，那个具象，这个象征，那个浪漫，是不是写得太累了？你们月亮呀、船呀，溪呀，窗口呀，花呀，雪呀，风呀，泪呀，是不是写得太玄了？我们只想通过汉文字流动出我们的意识，我们追求这种流动的语感、诗感、节奏感，哪怕是大白话。”① 这样的反叛之声虽然透出一种尖酸刻薄之意，但却直接道出了“第三代”诗人对语言及物性的诉求，他们那种自觉的语言意识的觉醒，正是对朦胧诗的一种“革命”。“第三代”诗歌流派，比如“他们”、“莽汉”等从一开始就奉行口语写作，并以日常化的语言入诗，以寻求诗歌创作源于日常生活的文学艺术规律。韩东提出“诗歌以语言为目的，诗到语言为止”，于坚提出“拒绝隐喻”等说法，都是对诗歌语言功利观的解放。他们更为开放的语言实践，真正建立了一种全新的诗歌美学，对朦胧诗的语言表达也是一次革新式的拓展。

其三，打破朦胧诗人所独有的“意象”策略的焦虑。在某些评论家看来，“摧毁意象”（徐敬亚语）是“第三代”诗歌与朦胧诗相区别的最大看点。朦胧诗说穿了，就是“意象艺术的胜利”（罗振亚语）。各种象征、比喻等修辞手法的运用，可以说都是为意象的

---

① 程蔚东：《别了，舒婷北岛》，载《文汇报》1987 年 1 月 14 日。

有效使用服务的。意象艺术在朦胧诗人那里获得了一份辉煌，他们以标志性的艺术修辞，为先锋诗歌的思想彰显提供了深刻的参照。然而，等到“第三代”诗歌运动开始时，朦胧诗的“意象”传统，首先就成为了诗人们反叛的对象（当然，他们的反叛与当时一些老诗人声称读不懂晦涩的朦胧诗不一样，这另当别论），“第三代”诗人从自身的艺术观念出发，就要以口语抒写明晰的日常生活状态。“非意象化，成为朦胧诗后最流行的艺术手段……朦胧诗的主要手段是运用象征性‘意象’。这种意象已脱离心理学意义，由感觉性的经验体变为美学意义的图像。‘后崛起’诗人们异口同声地反意象，是缘于带有使命感的凝聚感情在他们心中的颓败。社会默不作声的强大力量，使他们终于相信了斯金纳的行为主义观点。斯金纳从另一个角度（非内省的）理解自我：‘自我是适于一些特定偶然事件的全部行为’。而第三代诗人正是厌倦那些‘特定与偶然事件’。这就造成了第三代诗人与传统的（包括朦胧诗）关于‘人’的整个人文主义思想——自我确立与自我崇高，大相异趣。”① 徐敬亚在此不仅谈到了“第三代”诗人对朦胧诗“意象艺术”进行反叛的缘由和文化背景，还从西方的文学理论出发，进一步论述了“第三代”诗歌在人文主义高涨的80年代初中期与主流诗歌艺术大异其趣的原因。而这一点，也是“第三代”诗人打破朦胧诗“意象艺术”所形成的“影响的焦虑”最本质的形态。

以上所分析的三种“影响的焦虑”，是“第三代”诗人如何在借鉴与吸收朦胧诗所创造的优秀成果的同时，对这些标志性的“影响”，也作出更富个性的创新，这可能是“第三代”诗人在打破规范的同时，也有所承担的依据。

四、从“呐喊”主义到“日常生活”

朦胧诗何以到如今仍让许多人感慨不已，其除了“意象艺术的胜利”之外，还有它那格言警句式的“呐喊”效果。像北岛的“卑

① 徐敬亚：《圭臬之死》（下），载《鸭绿江》1988年第8期。

鄙是卑鄙者的通行证/高尚是高尚者的碑志铭”，食指的“相信未来”，舒婷的“与其在悬崖上展览千年/不如在爱人肩头痛哭一晚”，顾城的“黑夜给了我黑色的眼睛/我却用它寻找光明”等，这些诗句，都带有诗人强烈的或控诉、或批判、或呐喊的情感色彩。从“反右”到“大跃进”，从“三年自然灾害”到“文革”十年，一波又一波政治运动与生存浩劫，以及对知识分子的残酷迫害，让朦胧诗人的生存和精神处境都变得压抑、暗淡，他们心有所想，思有所盼，而诉诸笔端的，正是一种对美好事物的向往和幻想之情。有人将生命寄托在未来，而有人则将美好寄托在童话上，有人渴望遇到橡树一样的忠贞爱情，而有人则不相信天是蓝的，海是深的，各种期待和怀疑、赞美和批判的情绪，都在朦胧诗人的诗行中得以淋漓尽致的展现。

在这些情感各异的思绪中，有一点是相通的，那就是他们统一的“号召”与“呐喊”性质，朦胧诗人理想主义和英雄主义情绪的高涨，有他们作严肃思考与沉痛审视的终极关怀。不管是感性的爱情宣言，还是理性的哲理思索，“呐喊”主题从来就占据着朦胧诗的艺术空间。因为他们的生活经验、思想教育和价值观念，一直以来都是服从于“毛时代”所有的革命现实主义与革命浪漫主义相结合的“阶级斗争”哲学，一旦这样的生存哲学在全民中趋于瓦解，思想复苏的因子开始进入知识分子的视野，那么对未来社会的各种期望与设想就会在诗人们头脑中接踵而至，并形成一种思维定势。这也是朦胧诗人为什么会钟情于“呐喊”主题的缘由。

对于自己的“呐喊”风格，朦胧诗人们也都有自己的认识和理解，他们也曾对这一代诗人的创作进行过反思，并将希望寄托于后来者。“第三代”诗人作为旁观者和后来者，他们对朦胧诗人的“呐喊”情怀也有回应。“第三代”诗人于坚的言论与作品，非常典型地体现了这一代诗人的共性。他认为，朦胧诗前后时代的诗歌精神就是“呐喊”——这个时代几乎是从“五四”到“文革”这大半个世纪，其中也包括朦胧诗阶段。于坚如此解释“呐喊”精神：

“呐喊，作为那个时代的主调，作为一种狂飙突进的，青春朝气的，号角般的，英勇悲壮的，爱憎分明与中国政治生活相濡以沫的浪漫主义，造就了许多杰出的歌手和黄钟大吕之作。它最终声嘶力竭成为单纯时代精神的传声筒，在七十年代走到终极。作为自己时代的逆子，北岛们是那时代最后一批诗人。”① 1949 年后至朦胧诗之前，中国新诗的格调乃统一的现实主义与浪漫主义的结合，尤其是在“文革”时期，这种融合达到并异化出极度虚假的荒谬色彩，夸张、尖锐、空洞、严肃，同时又荒诞、可笑，毫无新鲜感与活力。这些弊端在朦胧诗里也有所表现，尤其是夸张的修辞与表达，还体现得较为明显。所以，“第三代”诗人一旦走上了诗歌的舞台，他们首先要反对和消解的，就是朦胧诗人的“呐喊”之声。在他们看来，这种声音并不适合改革开放年代的社会氛围，也不适合那个时代人对诗歌艺术的追求。很多诗人能够认识到朦胧诗在新时代所处的局限，所以，他们也想竭力清除掉附着在诗歌创作上的诸多枷锁，不论是对于精神和思想，还是在意识形态表达上的，对于诗歌艺术本身来说，确是一种沉重的负累。“第三代”诗人希望能在朦胧诗的基础上做到轻装上阵，放松前行。

无论从诗歌创作，还是从理论阐释上，于坚针对 80 年代的先锋诗歌创作，就曾提倡重建一种诗歌精神，这种诗歌精神，就是让诗人重新回到生活的现场，寻找真实的个人生命体验，而不是高高在上地企图通过上帝与“天道”的神启，来开辟智慧的诗歌之门。他说：“诗人们意识到，诗歌精神已经不在那些英雄式的传奇冒险，史诗般的人生阅历，流血争斗之中。诗歌已经到达那片隐藏在普通人平淡无奇的日常生活底下的人心灵的大海。诗人们自觉到个人生命存在的意义，内心历程的探险开始了。诗人们终于勇敢地面对自己的生命体验，哪怕它是压抑、卑俗甚或变态的……一首诗就是一

① 于坚：《诗歌精神的重建——一份提纲》，《拒绝隐喻》，云南人民出版社 2004 年版，第 101 页。

次生命的体验，一首诗就是一个活的灵魂，一首诗就是一次生命的具象。”① 于坚细致分析了朦胧诗的诗歌精神在新时代的艺术局限和不足，他希望将公共化的群体体验转换成最为直接的个人生命体验，包括从日常生活的角度出发所把握的诗歌常识。为此，诗人作了自我实践，并形成了自己独特的、口语化的简明诗风。

尚义街六号/法国式的黄房子/老吴的裤子晾在二楼/喊一声　胯下就钻出戴眼镜的脑袋/隔壁的大厕所/天天清早排着长队/我们往往在黄昏光临……茶水是老吴的　电表是老吴的/地板是老吴的　邻居是老吴的/媳妇是老吴的　胃舒平是老吴的/口痰烟头空气朋友　是老吴的/老吴的笔躲在抽屉里/很少露面/没有妓女的城市/童男子们老练地谈着女人/偶尔有裙子们进来/大家就扣好纽子/那年纪我们都渴望钻进一条裙子/又不肯弯下腰去……一些人结婚了/一些人成名了/一些人要去西部/老吴也要去西部/大家骂他硬充汉子/心中惶惶不安/吴文光　你走了/今晚我去哪里混饭/恩恩怨怨　吵吵嚷嚷/大家终于走散/剩下一片空地板/像一张旧唱片　再也不响/在别的地方/我们常常提到尚义街六号/说是很多年后的一天/孩子们要来参观

——于坚《尚义街六号》

1984 年 6 月，于坚以一种极为简约化的语言方式，描写了诗人所在的昆明尚义街六号的情形。诗人完全就是抒写的日常生活之事，在朦胧诗人看来很多无法入诗的俗常事物，也被于坚写进了诗歌，并通篇如此。诗里有着各种事像的罗列，也有叙事因子的连续性作用。反讽、自嘲、对平淡生活的无奈，对性情之真的洞察等，都是诗人在这种批判性表达中所渗透的真相。诗人完全打破了朦胧

① 于坚：《诗歌精神的重建——一份提纲》，《拒绝隐喻》，云南人民出版社 2004 年版，第 104 页。

诗人所创造的格言警句式的诗歌方式，也消解了朦胧诗人那种“呐喊”式的英雄主义，而以最为日常的生活经验入诗，让普通人也能够进入并读懂诗歌。这是于坚重建新的诗歌精神的话语实践，对于朦胧诗来说，这也是一种反动；而对于英雄主义诗歌风尚来说，又是一次进步。

此后的 1988 年，针对朦胧诗的英雄主义与宏大格调，于坚直接提出过要重建一种诗歌精神，这种诗歌精神，即是一种“开放的，实在的、坦率真诚、客观冷静、亲切朴素、心平气和，通晓大度与人的生命，人的内心历程，人的生存壮志息息相通的精神”。① 这种诗歌精神，也并非完全是反朦胧诗的，它恰恰是在朦胧诗的基础之上，又重新确立了更为“开放”和“朴素”的诗歌表达方式，这需要诗人进入到日常生活之中，以平常心对待生活中的经验，对待笔下的平凡世界。

正像于坚说的那样，大部分“第三代”诗人都热衷于将俗常的诗歌精神当作自己写作的信条，这是整个“第三代”诗歌写作群体所推崇的表达方式。他们没有像朦胧诗人那样期待远方和奇迹的出现，他们所认定的，只有最真实的日常生活能为自己带来创作灵感，带来鲜活的人生体验，而不是将艺术生命寄托在无边无际、无休无止的梦幻之中。所以，后来才有“‘第三代’诗的崛起是因为对朦胧诗停滞局限的反动”这种准确的评价。② 这一总结是有道理的。“第三代”诗人的盛大出场，正是在对朦胧诗的不满乃至超越情绪中获得理论认可和现实支持的。除了大量的宣言之外，他们大都以自己的诗歌创作实践，印证了反对朦胧诗的理想主义虚无精神。

像朦胧诗人的“大词”意识，后来也被一部分“第三代”诗人

① 于坚：《诗歌精神的重建——一份提纲》，《拒绝隐喻》，云南人民出版社 2004 年版，第 104 页。

② 罗振亚：《朦胧诗后先锋诗歌研究》，中国社会科学出版社 2005 年版，第 44 页。

所消解，他们将朦胧诗人“拉下神坛”，并希望打倒和“PASS”掉，一方面是出于一种青春期的反叛心理，另一方面也有将新诗艺术重新洗牌的意思。这种动因源于对朦胧诗所持有的话语权和诗坛主导地位的焦虑，同样，这也是由“第三代”诗人在新时代的社会氛围中所崇尚的日常主义精神所致。

第二节　现代主义的中国实践：“第三代”诗歌对西方的接受

除了受惠于朦胧诗这一本土化资源，在80年代西方哲学、文学乃至心理学经典著作逐渐被译介到中国的过程中，部分接受能力强的“第三代”诗人，还曾受到西方现代主义乃至后现代主义文化思潮的影响。这一影响，不仅渗透在文学创作中，或许还体现在青年诗人们的行为方式和思想意识上。

正像60年代的欧美国家那样，有着“嬉皮士”精神的诗人们高调出场，而对于80年代中国的“第三代”诗人们来说，一方面，他们在思想解禁的社会氛围里自我觉醒了，另一方面，他们在西方文化思想传入中国的过程中逐渐吸纳了现代意识。因此，他们所掀起的文学风潮，无疑是一场全方位的解放运动，有身体的、行为的、精神的和思想的，他们渴望冲破“伊甸园之门”，对一切可以学习和借鉴的东西，作全面的引介，并在效仿中将其转化为符合中国本土经验的资源，这是“第三代”诗人们想像并接受西方的方式，也是他们进行中国式文学实践的使命。

一、中国“嬉皮士”的出场

1980年前后，随着中国社会逐渐摆脱“文革”恐惧，人们开始将关注的目光投向社会经济和个人生活的建设，这其中就有文学的复苏。一般来说，一个社会刚刚经历了劫难和悲剧，在文学的复苏中，诗歌会首当其冲地成为人们控诉历史、抚平伤痛的精神通道，这也是 80 年代全民读诗的大背景。

随着物质的丰裕，精神的开放，尤其是新兴社会思潮的兴起，在 80 年代初中期的中国社会，一批工厂里的青年工人和高校在读大学生，他们受西方社会各种文化思潮的影响，也像 60 年代的美国青年那样，“由于对现实不满而采取玩世不恭的态度”，在行为表现上，蓄长发、穿奇装异服等，而在精神状态上，则表现为空虚、心理颓废，具有鲜明的“嬉皮士”倾向，这些人大都受过高中以上的教育，对新观念和新思潮比较敏感，前卫先锋，特立独行。而当时很大一批文学青年，就属于这代人里的“嬉皮士”的成员。西方社会的价值观和人生观，对这批年轻作家和诗人也产生了深远的影响。一方面，他们希望能够自由地施展自己的诗歌才华，并对传统文化和刚刚过去的朦胧诗、“伤痕文学”等作了反叛，以创造出新的文学类型和艺术价值观；另一方面，他们也有自己平等的公民权利诉求，对各种社会事件极为敏感，能在短时间内作出自己的判断，并通过创作探索性的实验作品发表自己的看法。

诚如有的论者所言，80 年代中国的艺术或文学，尤其是绘画和诗歌的先锋性，其实是从对“西方先锋意识”的发现开始的。①这里的西方先锋意识，其实就是各种现代主义和后现代主义的文学、哲学方法与理想，“第三代”诗人对其的接受是必然的。他们从中认识到了人道主义的价值关怀，对自由、平等权利的追求，对空洞表达的拒绝，这是一个民主社会的公民所能要求的权利和自由。但是，西方资本主义社会另一些阴暗的情绪和思潮，同样也随着传入中国，并被这些“嬉皮士”们所接受，像放纵自我，颓废之后的空虚、孤独、失望，乃至绝望的情绪。有的人甚至承受不了精神上的压力，最终自杀。“诗歌是知识、拯救、权力、抛弃。诗歌活动能够改变世界；它天生就是革命的，是精神操练，是内心解放的一种方式。诗歌展示这个世界，创造另一个世界。是精英们的面

① 尹国均：《先锋试验》，东方出版社 1998 年版，第 38 页。

包，是捣蛋鬼的食粮。是孤立，是团结。是旅行的邀请，故土的回归。是灵感、呼吸、肌肉的运动。是对空灵的祈求，与虚无的对话：厌烦、焦虑和绝望滋养了它。"① 正是厌烦、焦虑和绝望这些颓废的情绪，让一些"第三代"诗人得以在诗歌中找到了用武之地。他们一方面在冒犯主流，另一方面又被各种社会力量所冒犯。"分裂的主体性在后现代文化形态中以一种肤浅的混合风格得到展现。"② 这些"第三代"诗人虽然年轻，但他们在主体上或许也是分裂的，一边在行为举止上保持反叛的姿态，一边在诗歌写作中追求"破碎感"，或直接走向表达的极端。

"第三代"诗人不仅在行为和着装上先锋而前卫，看得出受西方尤其是美国五六十年代"嬉皮士"文化的影响较深，这在一部分"第三代"诗人身上体现得尤为明显。当然，诗人们之间也相互影响，这种影响又体现在他们的诗歌创作中。他们的交流与对话，从接受学角度来说，就是受由西方社会思潮的传染，其影响最重要的表现，就是"第三代"诗人个性化的展现。"个性化进程消融了高度的僵化性与高不可攀性，并培育出了一种冷漠的宽容，而且在那不受一切至上权威以及现实的参照所禁锢的认知领域内，它还引入了差异权、特异权以及多样化权，由此，对'真实'帝国的摒弃成为了后现代的一个显著特征。"从现代主义到后现代主义的个性化，必然带来丰富性与多样化，这是个性化瓦解了集体主义模式化之后所导致的另一种不真实性。"个性化进程引发了对自由的爆炸性的需求。"③ "第三代"诗人当时所置身的社会环境，可能就处于这样一种空虚的时代中，虽然物质生活得到了提升，但精神上的空虚仍

---

① ［墨西哥］奥克塔维奥·帕斯：《诗歌与诗》，金灿译，《帕斯选集》（上卷），作家出版社 2006 年版，第 257 页。

② ［英］安吉拉·默克罗比：《后现代主义与大众文化》，田晓菲译，中央编译出版社 2006 年版，第 41 页。

③ ［法］吉尔·利波维茨基：《空虚时代——论当代个人主义》，方仁杰、倪复生译，中国人民大学出版社 2007 年版，第 132 至 133 页。

在侵袭了每一个人的肌体。西方现代主义的颓废和后现代主义的碎片，从精神上让“第三代”诗人既统一，又分裂，矛盾与悖谬倾向明显。

具有“嬉皮士”倾向的“第三代”诗人，一方面对出现在本国的朦胧诗嗤之以鼻，另一方面又以一种狂热的激情，对西方各种文学和哲学思潮全盘接受。像现代主义的颓废和虚无主张，后现代主义的碎片化与反意识形态批判，都是“第三代”诗人们借鉴的对象。因此，在他们的诗歌中，俗世主义的反文化、反价值与反崇高宣言，就表现得异常突出。对于“第三代”诗人受外国现代派的影响，徐敬亚有过如此表述：“这几年诗坛上外国文化的影响已由‘欧洲精神’转向‘美洲精神’。精确地说是当代美国诗歌的精神。被《嚎叫》唤醒的‘莽汉主义’在四川，被‘黑色幽默’感染的‘他们’在南京，实际地奉行着类似美国‘自白派’的原则。”① 徐敬亚的论述虽然不乏幽默感，但真实地说出了“第三代”诗人或多或少地受到了西方现代主义和后现代主义文学思潮的影响，这种影响，就如同“第三代”诗人受朦胧诗人的影响一样，有显在的，也有隐蔽的，有可能是直接的影响，也有可能是潜移默化的间接影响。尤其是欧美文化的传播，导致严肃有余而活泼不足的朦胧诗人退场，而富有“嬉皮士”精神的“第三代”诗人由此正式登上诗坛。正如默克罗比在论述英国后现代主义文化对青年的影响时所谈到的那样，朋克和嬉皮文化标志着青年人对社会底层的关注，对“人民的权利”的兴趣，以及对生态平衡的关心。② 80 年代初中期的中国，和六七十年代的英美社会相比，也是处于开放视野渐趋多元化的状态，各种现代主义和后现代主义文化的冲击，直接引起了思想文化界的变革，素来以先锋著称的现代诗歌，当然也不例外。

---

① 徐敬亚：《圭臬之死》（下），载《鸭绿江》1988 年第 8 期。

② ［英］安吉拉·默克罗比：《后现代主义与大众文化》，田晓菲译，中央编译出版社 2006 年版，第 189 页。

诗人们需要在一场语言、方法和精神的革新中突围，并渴望冲破“伊甸园之门”。

二、冲破“伊甸园之门”

“第三代”诗人大多出生于20世纪60年代初，他们的成长期恰好就到了80年代。在身体成长上，他们童年时代没有赶上后来物质丰裕时期，可能挨过饿，吃过苦；其中有不少诗人来自乡村，通过刚刚恢复不久的高考制度，脱离了农民祖辈的“土地”，而成为了“城市人”中的一员。而在精神成长上，他们受惠于80年代，以及那样一个开放不久的社会。西方现代主义和后现代主义等各种新思潮的译介，对他们精神视野的开放和人文素养的提升，都或多或少地产生了影响。1949年之后，中国对西方文化与思想的译介，大多限于前苏联，而因与其他欧美各国关系的“后冷战”状态，对这些国家人文思想的引介在遮蔽与封锁状态下，几乎处于空白，这种状况一直延续到了70年代末。在80年代初，因与西方各国关系的改善，中国和这些国家的交流开始频繁起来，很重要的一种方式就是对思想文化著作的译介，其传播程度在多年被“拒之门外”后，甚至达到了一种强力的反弹：良莠不齐地全盘接收。当时，一套翻译的《外国现代派作品选》，可能影响了很多狂热的文学青年，并对其中一些诗人日后的写作产生了深远影响，决定了他们创作道路上的现代主义风格。当然，这种影响除了在诗歌的表达方法和技巧上，更多的还是一种精神上的拓展，包括对人之存在境遇的探查，对自由境界的向往，对精神的冒险义无反顾的坚决等，这些经验综合起来，我们可称之为是冲破“伊甸园之门”。

法国著名电影导演、诗人科克托，是一个从不向现实妥协的人，他的电影和诗歌具有一种天才般的理想气质。对于他所钟爱的诗歌与艺术，他曾决绝地说：“我天生就是这个样子，天生就有缺点，就有乱蓬蓬的头发、参差不齐的牙齿和发散的思维，而且，我必须服从这个内在我，即使我觉得所作所为不符合时代，但是没有办法。"① 科克托的自我辩白，正可看作是"第三代"诗人们的"自我写照"。他们普遍认为自己是语言天才，而将优点和缺点一起向他者和盘托出，这不仅表现在日常的生活行为上，而且更多的还表现在诗歌创作中。他们的行为和诗歌，既想得到社会和主流的认可，但他们从内心里又不想按照主流社会的要求来实践，正是这样一种矛盾的状态，让他们走向冲破"伊甸园之门"的道路也异常艰难。

这批诗人的创作，很长一段时间以来都处于"地下"状态。他们的诗歌大都是以手抄本和书信的方式流传，就像当年的美国诗人金斯堡一样，也是通过朗诵和朋友们之间的口耳相传，而得以将自己的作品传播出去。这种方式，在西方的"金斯堡们"看来，是再正常不过了，他们所推崇的，或许就是这种游离于主流文学价值观的状态。但对于 80 年代的中国青年诗人来说，他们虽然遵循的是现代主义和后现代主义的艺术策略，并进行文本实践，但是他们希望自己的作品能够有效地传播出去，并广为人知。然而事与愿违的是，他们超前性的"现代派"创作，在当时中国社会的背景下，并不能立即得到公众的认可，而是有一定的接受障碍。由此，他们的诗歌被认为是"缺乏深度"、"丧风败俗"的垃圾，当也在意料之中。公众和评论家给他们的理由是：诗歌不严肃，缺乏思想深度。

事实果真如此吗？其实不尽然。在文化批评家看来，"后现代主义既不缺乏严肃性，也不意味着政治上的不道德或不负责任。后现代主义是一个批判性的理论，正因为它引发了这样的反应：或是急切地（也许是自卫式地）重新定义和为现代性辩护，或是在检视了现代性的思想支柱以后，退后一步自问：'到底发生了什么事'？"② "第三代"诗人貌似幽默和颓废，但其诗歌所蕴含的实质，

① ［法］让·科克托：《科克托访谈录》，华东师范大学出版社 2005 年版，第 187 页。

② ［英］安吉拉·默克罗比：《后现代主义与大众文化》，田晓菲译，中央编译出版社 2006 年版，第 82 页。

乃是对传统与历史、社会与时代问题的审视和质疑，并在适当之时发出有力的追问。这种现代主义的批判意识与后现代主义的诗性反讽，正是他们想以此冲破“伊甸园之门”的路径。然而，他们并未成功，且始终被挡在“伊甸园之门”外面，得其门而不能入。就像诗人柏桦在分析“莽汉诗”时所提到的那样，“‘莽汉诗’就这样成了青春的重金属摇滚乐，成了硬要一头撞过去的惊人之举，成了肉体本身的剧痛，成了时代的迷惘、毁灭的大冲动。他们要挣脱焦虑和束缚、痛打压迫、高歌自由，他们年轻的呼吸真的不够他们出气了。他们要求生活不仅仅是大无畏，而且也应是大牺牲。”① 他们要冲破“伊甸园之门”，去寻求表达的自由，去写一种不同于过去陈旧艺术之风的作品，并渴望被接受和认同。“我们就要越来越薄/我们越来越没有底了/为汗们的出路/为汗们的所向无敌/我们把还不太烫的太阳放在大腿之间辉煌地预言着/数到食指的时候/我们就要杀进夏天了//年龄还是我们痛击的碉堡/照旧还是我们占领的山誓海盟/我们上或下　我们进或退/我们弹簧样地奔突着　等待着　就是要的这刺鼻的劲儿呀……”（《杀进夏天》）“莽汉”诗人马松以这样一种极端化的表达，作了一次最个性的冒险。这首诗充分地暴露出诗人对社会与时间的强烈不满，他需要站出来对着虚空的世界说“不”，这是诗人青春期的自我反叛精神的展示。他焦虑，渴望挣脱束缚，追求更自由的境界。但是 80 年代初中期的中国社会，虽然在各方面都已开放，但人们在“文革”惯性下所持有的那种保守心态，仍不时地主导着社会对异端力量的恐惧甚至拒绝，这当然也包括“第三代”诗人所受惠的西方各种现代主义和后现代主义思潮。这一点，我们从 1983 至 1984 年的“清除精神污染”运动，即可见一斑。

一代人对庞大传统力量的冲决，似乎很难在短期内达到令人满

---

① 柏桦：《左边：毛泽东时代的抒情诗人》，江苏文艺出版社 2009 年版，第 136 页。

意的效果，何况当时的“第三代”诗人们还是一群二十岁刚出头的年轻人，他们的破坏与建构之路，还需待以时日。因此，一些诗人开始以另外的方式，迂回地通过间接学习西方诗歌，以达目的：在西方文学和哲学思潮的影响下，促使自己“个体意识”的快速觉醒。“亚文化的魅力之一，就在于它通过各种象征符号、服饰风格等等的组合，为青少年在集体意义中提供强烈的个体意识。”① 这仍然是后现代主义所带来的一种革新实践。“第三代”诗人们在“个体意识”的觉醒中，也逐渐建立起了自己的秩序，最后与主流价值观形成对峙态势，乃至达成最后的和解。当然，这一切的前提，就是“第三代”诗人对西方社会思潮的借鉴在何种程度上最终能“为我所用”，而且“第三代”诗歌运动是否能与西方后现代主义诗潮形成一种互补乃至互动的效果？这从某种程度上来说，其实正是诗人们冲破“伊甸园之门”的重要条件。

因此，“第三代”诗歌与美国的“跨掉派”诗歌之间，是否有可比性？这一点还是存疑的。以“莽汉”诗人和“跨掉派”诗人相比，其实，也能看出二者在不同社会背景下生存状态的差别。在我看来，“莽汉”诗人群与美国“跨掉派”作家诗人不一样，美国兴起的是一场社会思潮群体性的运动，而中国的“莽汉”，只是几个诗人之间的小打小闹。二者虽有相似之处，比如行为方式上的颓废等，但“莽汉”诗人总体上没有那么激进，其诗歌也没有过分的“反社会”倾向，而是限于自我的抒写。李亚伟在读了金斯堡的诗歌之后大为震惊，理所当然地将“莽汉”与“跨掉的一代”作比较，并寻找到了两个中西文学派别之间的异同之处，且认真地作了自我反思：“我看出了两个流派在反叛、破坏和奇思异想等方面的一致性和人生态度、文化背景及遗传上的不同处。‘莽汉主义’从一开始就充满了精彩的封建主义糟粕、文盲的豪气和无产阶级不问

① ［英］安吉拉·默克罗比：《后现代主义与大众文化》，田晓菲译，中央编译出版社2006年版，第206页。

青红皂白的热情以及中国百姓人情味十足的幽默和亲热。"① 李亚伟这种近于超现实主义风格的分析，也符合当时"莽汉主义"流派的真正气质。他们的行为与写作，在本质上仍然是传统的，虽然有着西方"跨掉派"的影子，但从骨子里还是中国式的。如何从与西方的纠缠和辩证中走出来，成为了诗人们要面对的问题。这时，就需要诗人更多地解放自己的审美感觉，调动起所有感官，来为诗意的营造提供一个可资回忆的环境。像"莽汉"诗人李亚伟、万夏、马松、胡冬等，"非非"诗人周伦佑，"他们"诗人于坚、丁当等，都属于"第三代"诗人群中能够从最原始的自身经验出发进行创作的优秀者。就连富有古典气质的"他们"诗人小海，也不时地尝试对各种后现代主义方法的运用，比如在抒情诗中渗透叙事因子，以增强生动的效果。"外面在下雨/我看完了一场电影跑回来/心情很激越/我想起了很多好朋友/爱情和绝望的日子/以及我要表达的愤怒/好像某一次我突然甩开车门/逃离他们/这对某一种痛苦来说/是多么微不足道……"（《愤怒和怜悯》）这是"第三代"诗人的创作中叙事与抒情交织运用的范例，诗人一方面以日常生活的事实描绘作为叙事的主体，另一方面，又不时地表达对生活本身的看法，而以抒情入诗，流露人生感慨。"冲破伊甸园"之门，对于"第三代"诗人来说，不仅是一种人生体验，也是他们探索和创新的见证。

德国古典主义美学家席勒在《美育书简》中明确提出过，诗的使命就是通过审美抵达自由的状态，重新拾回人性的和谐：从感觉的被动状态向思维和意志的主动状态的转移，只有通过审美自由的中间状态才能完成。这一点在"第三代"诗人身上的表现是很普遍的，因为他们正是在调动各种感官，来充分地吸收与消化所学到的西方现代主义和后现代主义创作方法和观念，并实施自己的中国实践，以此获得了进入公众视野的筹码。

① 李亚伟：《英雄与泼皮》，《豪猪的诗篇》，花城出版社 2006 年版，第 228 至 229 页。

三、有意或无意的模仿之路

前面谈到，在80年代初中期，也即是“第三代”诗歌运动进行得如火如荼之际，随着国门的打开，改革开放政策的实行，我们不仅向西方学习经济发展模式和寻求工农业上先进技术的支持，而且在思想文化上，也开始大量引进西方经典著作。这种引介，其表现之一，就是一批专家负责翻译西方文学、哲学、精神分析学、心理学、人类学、传播学乃至文化学经典作品。从古典到近代，从现代主义到后现代主义，从康德、黑格尔到尼采、叔本华，从海德格尔到马尔库塞，从弗洛伊德到荣格，从福楼拜、陀思妥耶夫斯基到萨特、加缪，从布莱克到博尔赫斯，从荷尔德林到金斯堡，从惠特曼到弗洛斯特、从普希金到阿赫玛托娃等，这些经典大面积的译介和传播，对于中国作家和诗人的创作曾产生了重要影响。

与“第三代”诗人差不多同时代的一位先锋作家曾言，他们这一代人是“喝洋奶”长大的，即他们大都是在受西方文学的影响下走上文学道路的，“第三代”诗人也不例外。在80年代初中期，这批诗人大都还在大学接受教育，尤其是外国文学课，对于他们的文学启蒙是一个很重要的拓展。到图书馆看《外国文艺》、《世界文学》、《外国文学》等杂志，学习那些刚刚翻译过来的西方现代派与后现代主义最新作品，继尔模仿，再到形成自己独特的创作风格，这是很多“第三代”诗人都曾经有过的经历。

> 最多的时候，到大学二三年级间，我已有十几个抄诗的本子了……大学四年，我没记过一行课堂笔记，但却几乎每天……至少是每周抄诗不止，这十几个本子，可以作为我读书时代也还用过功的证明。它们按国别或流派分类，更多的则是诗人的个人诗抄。埃利蒂斯当然有他专门的一本，封套颜色选用我最喜欢的孔雀蓝；后来在喜欢程度上超过埃利蒂斯的华莱士·史蒂文斯也有专门的一本本子；庞德，这个给过我那么多启示的诗人，我也有一本他的诗抄。洛尔卡、艾吕雅、罗伯

特·布莱、博尔赫斯、加利·施奈德、马雅可夫斯基、聂鲁达、狄伦·托马斯……他们也在我这里享受着各占一个本子的待遇。要是你认为抄录除了是细致的阅读，还是一丝不苟的仿写，那么，现在不知藏在哪里的十几个本子，留存的该是我诗歌学徒期最为实在的自我训练。①

诗人陈东东这段回忆性的自述文字，道出的正是他青春时代从西方诗人那儿学习和模仿的过程。而且，陈东东也替其他“第三代”诗人说出了深藏他们内心多年的秘密。阅读和模仿西方现代派诗歌的过程，也就是诗人们“自我训练”和“写作发现”的过程。由于处于模仿阶段，难免在写作上不成熟，虽然大胆，但显幼稚、青涩。因此，实验性是“第三代”诗人在创作上最为明显的特征，这其实也是他们模仿西方现代派诗人诗作的结果。

对于“第三代”诗人来说，他们也大都承认自己曾经直接或间接师从于某些西方诗人。而在通行的当代诗歌史中，我们也能洞察到西方现代派或后现代主义诗人在“第三代”诗人的创作中留下的风格印迹。像西尔维娅·普拉斯对翟永明的影响，荷尔德林对海子的影响，帕斯捷尔纳克与保罗·策兰对王家新的影响等，我们在其诗歌文本或阅读杂记中就可见出一斑。当然，也有诗歌评论家在这方面作过总结，张曙光的“作品里有叶芝、里尔克、米沃什、洛厄尔以及庞德等人的交叉影响”；“米沃什、叶芝、帕斯捷尔纳克和布罗茨基流亡或准流亡的诗歌命运是王家新写作的主要源泉之一”；“西川的诗歌资源来自于拉美的聂鲁达、博尔赫斯，另一个是善用隐喻、行为怪诞的庞德”；“阿波利奈尔、布勒东是怎样渗透进陈东东的诗句中的，这实在是一个难解之谜。”② 从这些评论中，我们可以看出，“第三代”诗人都或多或少地受到了西方诗人的影响。

① 陈东东：《杂志 80 年代》，载《收获》2008 年第 1 期。

② 程光炜：《不知所终的旅行》，载《山花》1997 年第 11 期。

而“非非”诗派的“理论代言人”蓝马，则对“第三代”诗歌运动中欧美现代主义文学思潮对中国诗人的影响，作了理论性解读和反思：“意象、象征、通感、隐喻、自白、嚎叫、反讽、口语等已在国外或国内取得了传统等资格的种种‘已知因素’，仍然是避也避不开地照耀着这场诗歌运动，使这场运动久久地无法迷失。在思想意识领域和批评欣赏领域，弗洛伊德主义的光芒、布勒东主义的光芒、结构主义等等‘主义’的光芒、仍然是在交相辉映……”① 蓝马作为“第三代”诗人，他参与了这一运动的全过程，同时也见证了西方现代主义文学对诗人们的影响。

由于受西方现代派文学的影响，“第三代”诗人的创作，在注重知识演绎的同时，也强调诗歌本身所具有的批判力度。他们一方面要顾及诗歌的大气与幽默感，另一方面更注重细节的展现和对人性的挖掘，这是西方“现代派”文学对“第三代”诗人的直接精神影响所致。像西川、海子、骆一禾、王家新、孙文波、张曙光等诗人，对西方现代派诗人是一种“发自内心”的虔诚学习，他们不仅从方法和修辞上模仿，更从精神上去体验和感受，无论是对作品本身的解读和阐释，还是从诗人的人生创作经历中，去挖掘西方诗人何以能创造出优秀之作。他们是用生命去感知，用智慧去理解。“一个人并不是靠纯粹的自身经验成为一个写作者：感知力的成熟，接纳更宽阔的理解与想象，甚至意识到经验的非独特性，历史中的人类学模式或宇宙中的命运，还有阅读经验与自身经验相互阐释、相互激发与批评。也许还有一些其他方面的错位，一个经验上的中国作者，一个阅读上的外国文学的读者。当他以一个中国诗人的身份说话时，外国文学的读者就会在他的声音中出现。异质文化与生活现实之间更多的是共谋关系。在某个时期，文化上的不忠诚成为

① 蓝马：《走向迷失——先锋诗歌运动的反省》，《磁场与魔方》，北京师范大学出版社 1993 年版，第 302 页。

政治批判的力量。"[1] 这是大多数"第三代"诗人在学习西方现代派诗歌时，都可能会遭遇的问题。这一问题，并不是他们接受的障碍，而恰恰是其在借鉴过程中所真正应该领悟的道理。

在对西方现代派诗歌的借鉴过程中，有些诗人是有意模仿：他们阅读西方诗人的作品时，甚至就是以一种模仿的心态去接近那些深刻的灵魂。而还有些诗人的模仿，则是无意的，他们在日常的阅读中，可能并没有刻意想去模仿某个西方诗人，但通过长期的不断精读，耳濡目染，最后在潜移默化中自然地受其影响：他们的作品，无论是从遣词造句，还是从精神形态上，都可在其中找到西方现代派大师们的影子。比如海子对德国诗人荷尔德林的阅读，基本就属于一种精神上的影响：荷尔德林著名的"人，诗意地栖居在大地上"这一精神旨意，完全契合海子那种乌托邦式的乡土家园情结。两位不同国籍、不同时代的诗人，能在同一种诗歌情怀的感召下趋于相似的诗歌趣味，相同的精神途径，这一点也许是学习和影响所能产生的独特效果。

有阅读和学习，就有借鉴乃至模仿。况且 80 年代初中期的"第三代"诗人，大都处于吸收各种文学和哲学思潮的最佳年龄段，他们的接受能力强，很多人都奉行宽容的"拿来主义"政策，先学习，再逐渐从所学的东西中寻找适合自己个性的部分，来深入借鉴并"化为己有"。这样一种写作，就是"第三代"诗人们由模仿到形成自己独特风格的过程，也是有些"第三代"诗人称之为"喝洋奶"的过程：他们在诗歌上的"成人"仪式，其实就是学习——模仿——去模仿化——形成自己风格这样一个循序渐进的过程。当有的"第三代"诗人在功成名就之后，回过头来检视自己的师承时，大都列举一长串西方现代派诗人的名字，并以《致 XXX》的题献方式，以此表示自己对西方现代派大师们虔诚的敬意。有些诗人承认有借鉴和效仿，有的诗人则并不公开承认自己有过模仿西方现代

[1] 耿占春：《沙上的卜辞》，北京航空航天大学出版社 2008 年版，第 35 页。

派的阶段；有的诗人承认是一种直接的影响，还有些诗人则认为西方现代派诗人对自己只是一种潜移默化的作用。但不管怎样，“第三代”诗人对西方现代派和后现代主义诗人的接受是见仁见智的事情。西方文学思潮对中国诗人的影响是无庸置疑的，至于影响到何种程度，通过“第三代”诗人们当时以及 90 年代后的作品，我们就能看出这种影响的结果。

四、从“西方思潮”到“中国经验”

> 众所周知，80 年代初期实行的改革开放政策，在思想领域的反响就是许多新一代中国知识分子奉西方文化为精神指南。在所谓‘文化热’期间，西方思想界的形形色色思潮——从新左派、批评理论、现代化理论，到新自由主义，都能在年轻的中国知识分子群体中找到支持者。这场突如其来的西方思想的大洪水引起了强硬反弹，1983 年发起了清除西方精神污染运动。然而，在整个 80 年代，对西方民主思想和理论的再次引进，力度最大，也最令人鼓舞。诸如自由、权利等与之相关的一系列观念和价值观，被中国知识分子视为民主社会的定义性的标志。①

史学家余英时先生的这段话，恰如其分地道出了 80 年代初期西方文化思想被大量译介的状况，当时在思想解放大潮的裹挟之下，无选择地奉行“拿来主义”，惟西方是从，从而有将中国传统文化再一次抛弃之嫌。这种全盘西化所带来的后果，就是很多年轻人产生了一种极端的思想，无论是在行事为人，还是作文守法上，都出现了一定的偏差。因此，这才有 1983 年之后全国性的“清除精神污染运动”，虽然运动持续时间并不长，但从一定程度上反拨

① 余英时：《民主、人权与儒家文化》，王宇译，《人文与理性的中国》，上海古籍出版社 2007 年版，第 319 页。

了西方思潮给中国社会带来的负面影响。而后来那些所谓的“精神污染”，很快又被解禁了，在青年知识分子中间再次掀起了一轮学习西方的高潮。

在这种社会背景下，“第三代”诗人们对西方文学和哲学思潮的学习，一时是公开接受的，一时又变成“地下”的隐秘状态，但即便如此，他们的学习热情并没有因为遭到封锁和禁止而有所减弱，相反，他们还以一种新的方式对西方思潮投去了“艳羡的目光”。不像一些具有“知识分子”倾向和持有强烈批判立场的“第三代”诗人那样，受西方文学思潮影响很深；对于有些诗人，我们从其诗作上看不出明显的受西方诗歌影响的痕迹，这或许是一种潜移默化的作用。于坚对西方的借鉴有他自己的判断：“西方对我主要是方法上的影响，提供一种理性的思维，一种看待世界的方式、形式，不是像中国文化和语言对我产生潜移默化的影响。”① 从于坚对西方文学的看法来考察，我们可以发现，“第三代”诗人在多大程度上受惠于西方，还是要依据其诗作的风格和艺术取向。

一般来说，“知识分子”气息浓郁的诗人，受西方影响会更深一些，而那些使用口语写作的民间诗人，则在西方、传统和现实这三者之间希望能达至一种真正的平衡。这样，他们的创作就呈现出比较大的风格差异：有的诗人的诗歌晦涩难懂，而有的诗人则用口语写出日常之诗，却又被认为是“毫无诗意”，这两种极端，在不同性格和气质的诗人那里，也分别有着大异其趣的效果。尤其是对具有日常化倾向的诗人来说，他们并不是奉行纯粹的“拿来主义”，而是根据自己的喜好去有选择地借鉴和学习。对于西方社会当时盛行的后现代主义思潮，中国知识界对其是既有兴趣，但又因消化不透而无法完全解读和阐释，所以出现了很多生搬硬套的模仿现象。因此，一批“第三代”诗人在借鉴西方现代主义和后现代主义文学

---

① 于坚：《抱着一块石头沉到底——答陶乃侃问》，《拒绝隐喻》，云南人民出版社2004年版，第220页。

时，也发现了悖论："几年来，追逐西方的中国现代诗人，向西走，而终于在西方的尽头处发现了新的东方大陆！"① 一旦模仿遭遇困境，还是要回来重新运用并解读中国经验。如何从后现代主义的困境中走出来，将西方经验与中国现实达成一种真正的"精神合流"，培养自己的"东方意识"，正是诗人们所面临的问题。

诗评家陈超在与唐晓渡等人对话时，曾谈到西方后现代主义在中国的传播与实践，他认为："西方后现代主义理论旨在激活人的创造力，不断提出问题，扩大问题，加深人的怀疑精神，使生存和语言保持活力；而我们这里的后现代主义理论却总想定位，解决问题，或使尖锐的问题钝化。"所以，无论对现代性还是后现代性，唐晓渡觉得都应该自觉地持一种深刻的学术批判态度，或者说一种客观的省察态度，而不是"简单地认同或否弃"。② 问题就出在这里：由于一味地惟西方是从，导致我们将问题简化了，西方后现代主义的理论，本身是激发人的创造力的，但在中国知识分子那里首先被误解为是一种"解决问题"的方法，所以继尔被误用，后来产生了诸多不必要的麻烦。

> 西方后现代主义骨子里是怀疑、挑战、拒绝，要激活生存和语言临界点上新的可能性。比如消解、对抗，这些东西本身即使是反价值也好，消解深度也好，悬搁历史意识也好，甚至拼贴、戏仿也好，都提供了新的活力和深度，拆除了深度也拆除了对深度的拆除，既消解价值，也消解对价值的消解。而中国的"后现代主义"者们，只是西方后现代主义中最软弱无力的一面的仿写人，没出息的传播者，没有深度的人要反深度，没有历史意识的人要反历史意识，没有理性的要反理性，说到

① 徐敬亚：《圭臬之死》（上），载《鸭绿江》1988年第7期。

② 陈超、唐晓渡：《中国式的"后现代"理论及其它——1994年夏与欧阳江河、陈超的对话》，《唐晓渡诗学论集》，中国社会科学出版社2001年版，第451页。

底是一种讨巧的方式，想走捷径。反价值只对那些有健全价值规范的文化语境来说，才有效，才有负荷；否则，就是在本来就空无一物的话语中再裂一条空白，一种精神上的再次自我剥夺。①

对后现代主义理论的误解乃至误用，持续一段时间之后，知识分子们也意识到了问题所在，并及时作出调整：既要能“为我所用”，而且还要“去西方化”，达到真正的“中国化”。如果将西方现代主义和后现代主义的文学思想，化用到中国本土创作中，写出适合中国人阅读的作品，这才是由“西方经验”转向到“中国经验”的根本。

当然，对于那些具有日常化倾向的“第三代”诗人，并不是每个诗人都全盘吸收西方现代主义文学和哲学思潮，他们也是有选择地去接受。有的诗人从西方诗歌中借鉴到了修辞技术，而有的诗人则学到了语言表达的方法，还有的诗人则触摸到了另一个西方诗人的灵魂，并获得了思想和精神的提升。而于坚曾就“第三代”诗人对西方“现代派”的接受有过辩证的看法：“中国当代诗歌接受西方现代派，只是作为技术来接受，它并没有产生这些技术的肉体、感受、在场、精神和地图。所以只是漂浮在译文之上的语言空转。”② 于坚在此表现得很清醒，他并不像很多诗人那样，以一种炫耀的姿态来谈论自己曾经受惠的西方现代派诗人，他更注重去体验西方诗人的精神传统，并能成功地将其转化成“中国化”的创造。后来，他对此也作过总结，觉得自己的写作方向和生活经验有密切的关系，“我的写作来自于我自己的现实，我自己所看见的世界，我自己的体验，这和我早年的生活、我的生命状态、故乡、方

① 唐晓渡：《中国式的“后现代”理论及其它——1994年夏与欧阳江河、陈超的对话》，《唐晓渡诗学论集》，中国社会科学出版社2001年版，第456至457页。

② 于坚：《世界在上面貌诗歌在下面——答诗人朵渔问》，《诗集与图像》，青海人民出版社2003年版，第274页。

言、经历等等有关。”① 这才是一个中国诗人在创作上从中国经验出发，而最终回归到本土创造的心态体现。其实，“非非”诗人周伦佑也早就意识到了先锋诗人回归“中国经验”的问题，而且也强调了解决这一问题的迫切性，要真正“改变中国新诗被动接受世界文化思潮影响的局面”，要“确立这种摆脱的意识、并努力为之”。② 这是“第三代”诗人需要完成的一项使命，但是他们并没能充分地作好这种转化，当年以及后来的先锋诗人在写作中的模仿痕迹依然存在。

“第三代”诗人在对西方经验的学习中，也逐渐形成了自己写作的专业性，而不是像朦胧诗人那样，本身就没有一个明确的师承，所以他们的诗歌路径相对来说就比较“野”，显得不成体系，也缺乏理论修养。“第三代”诗人的实验性和专业化，正是他们能在诗歌史占有一席之地的重要依据。而他们中的一批诗人，何以能在公众中间形成影响，产生共鸣？还是他们能从对西方现代派诗歌的借鉴和模仿中走出来，以西方诗歌的终极精神“为我所用”，进尔写出符合中国人普遍经验和审美趣味的诗歌，从而逐渐确立了自己的经典地位。

第三节 “自我”的创造：时代语境下的“第三代”诗歌

除了受朦胧诗与西方现代主义乃至后现代主义文学思潮的影响，“第三代”诗人所处的 80 年代中期，正是各种思想寻找合适土壤的最佳时机，尤其是国家主导改革开放，在这一背景之下，思想

① 参见《于坚谢有顺对话录》，苏州大学出版社 2003 年版，第 153 页。

② 周伦佑：《“第三浪潮”与第三代诗人》，《磁场与魔方》，北京师范大学出版社 1993 年版，第 210 页。

文化界的现代意识全面兴起，虽然期间也遭遇到了各种非难与批判，但这种现代意识和先锋精神的出现，对于富有创造力的“第三代”诗人们来说，是一次非同寻常的机遇。

“第三代”诗人们在对“自我”进行挖掘和探索之时，80 年代的时代语境是一个重要因素：不仅诗歌界在进行大规模“革新”与创造，而且小说界与戏剧界同样也在作实验性探索和现代主义写作转型。作家和诗人们首先都是从改变语言策略入手，将“文革”以来渐趋板结僵化的汉语言作了全面的颠覆式创新。这样的语言“革新”在“第三代”诗人的创作中体现得格外明显，一方面是因为思想解禁使然，另一方面也与诗人们青春期的创造冲动有关，这些因素共同促成了“第三代”诗歌的深层次“文化革命”。

一、改革开放背景下“现代派”的崛起

一方面，从朦胧诗人建立起来的现代性基础上，“第三代”诗人写出了新时期以来第一批真正意义上的先锋诗歌；另一方面，由于受当时西方现代派和后现代主义思潮的影响，他们有了相对正规的文学师承和理论体系，从而在创作上也有了较为正式的流派意识。除了这两方面的师承背景之外，80 年代初中期的中国社会，正是各种文化与思想相继涌入中国的时期，而国民在刚刚经历的一场政治、身体与心理三重浩劫中逃离出来，精神上显得非常敏感。

80 年代初的中国国民，可谓是在各种政治运动中绝处逢生的一代人。而对于那批在 60 年代出生的中国人，童年和少年时代正赶上“文革”，父辈们承受了来自各方面的压力。同样，他们也没有经历 1950 年代出生的那批中国知识分子“上山下乡”的再教育，而在二十岁左右就进入了大学，或直接进入了工厂。虽没有经历过苦难，但是他们通过各种方式了解到了前人的经历，并对其有着或深或浅的认识。对于这样一代人，只有一点可让他们产生兴趣，那就是学习和阅读。童年和少年时代极为单一的知识吸收和革命教育，让这些渴望求新求变的年轻人产生了文化上的审美疲劳，他们需要改变，需要学习新东西。这时，任何思潮和理论的传入，都可

能对如饥似渴的国人产生巨大的精神影响，他们希望进行自我的再创造。这批年轻人，正赶上了一个新知识和新思想大面积传播的时代。这批人不同于父辈和兄姐的地方在于，他们对各种西方现代主义思潮和方法的接受要更为主动和自觉，且能作创造性的发挥。

在文化艺术界，一场富有现代意识的革新运动正在酝酿。当然，这场现代主义运动，首先也就是从文化艺术界兴起的。在文化界，这场运动是从诗歌开始，而在艺术界，则是从美术和绘画界开始的。从某种意义上来说，是 80 年代那样一个特殊的时代造就了这批富有创新精神的诗人和艺术家。

与“第三代”诗歌运动差不多同一时期发生的，则是在 80 年代曾引起巨大轰动并一直持续影响中国日后先锋艺术的“八五美术运动”。当时，以“星星”画派为代表的艺术流派，在几名年轻的先锋艺术家的组织和运作下，创造了中国先锋绘画艺术在 80 年代的辉煌。而在 1985 年“星星画展”开办之初，“第三代”诗人们的艺术气质已经随之表现出来了。关于“八五美术运动”，艺术史学者高名潞曾有过论述：“1985 年至 1989 年，它经历了发生、发展到结束。这是一次典型的中国式的前卫艺术运动，其间出现了许多艺术群体活动，艺术家全身心投入对‘现代性’的诉求和对各种艺术语言（现代与后现代、传统与西方等）的探索。无论从观念语言，还是从艺术社会学的角度看，它都是中国当代艺术中的一个革命性突变现象。”① 而“第三代”诗歌运动发生的时间段，恰恰与“八五美术运动”有着一定程度的重合，所以，它们的交叉也就在所难免。

最主要的是，“八五美术运动”让一批具有先锋精神和现代意识的艺术家，在长久以来缺乏创造力的中国社会脱颖而出，同时又带出了后来一批又一批更富有创造力和革新精神的艺术家。这种连

① 高名潞：《墙：中国当代艺术的历史与边界》，中国人民大学出版社 2006 年版，第 16 页。

带效应，是当初“八五美术运动”的几个组织者所没有想到的，但事情发生了，且朝着令人欣喜的方向发展，这是现代先锋艺术在新时期中国所能获得的最大的发展机遇。在美术热的大形势下，中国在短时期内相继出现了很多热点热潮，并引起了争鸣和各种大讨论，像以蔡仪、高尔泰、朱光潜和李泽厚为代表的美学热；萨特、海德格尔等西方大哲学家的著作被译介过来，对中国哲学界产生了影响，以刘小枫、甘阳为代表的哲学家们又掀起了哲学热；同时，在各种文学评论家和理论家的倡导下，又产生了引起更大影响的文学热，像吴亮、李劼、朱大可等人，为各种新兴的文学思潮进行命名，带动了创作界的一轮又一轮骚动。在这些文化和艺术热潮之中，大家并不都是各自为政，而是在有着志同道合的相似趣味背景下，形成流派，并作出命名。“在 20 世纪 80 年代中期的文化热中，无数的会议和文化论争在大学的校内外展开。由于受到文化热的影响，‘八五美术运动’的大多数群体成员除艺术家外，还有诗人、音乐家、哲学家等。艺术家和国内外其他知识领域的交流，把先锋派的身份从艺术家变成了兴趣广泛的‘文化战士’，他们的创作涵盖了几乎所有的文化和政治问题，不再局限于特定的艺术领域。”① 由此可见，这些文化和艺术热点问题一定程度上是相通的，在“文化热”的带动下，各个领域的热潮都在以最新潮的理论，从政治、经济、文化等各个方面入手进行评论和研究，发布自己的宣言，包装自己的流派，以形成席卷全国的声势和影响力。

在此，以流派为主要单位的各种艺术和诗歌组织，在 80 年代中期的中国大地相继诞生。拉帮结派以形成规模优势，由一个流派或团体带出一群艺术家或诗人，最后达到整体出名的效果。这在 80 年代初期的文化艺术界，已成为某种“潜规则”：“中国的经济改革刚刚开始，在工、商行业自己撑一‘摊子’或弄一‘门脸’是人们

---

① 高名潞：《墙：中国当代艺术的历史与边界》，中国人民大学出版社 2006 年版，第 40 至 41 页。

愿意的并且是被认为可以的，中国先锋诗歌的萌发之裂缝亦是如此。”① 这是一批有理想主义情结的年轻诗人们所能做到的全部。他们组织诗歌团体，出版诗歌刊物，举办简陋但不失水准的诗歌朗诵会……他们所做的这些，都是在一种现代意识主导下的精神创造。因为他们从时代的现场出发，以诗歌艺术的名义，去真正感受社会的活力与新鲜，并由此张扬一种新时代的自由精神。柏桦认为，中国的莽汉们无师自通，“从学校到工地到江湖遍地都是莽汉诗句，拾起来就用，舞起来就圆，唱起来就好听。”尤其是 1984 年，他们以自己敏感的触觉发现了新的现实，这一新现实，即“所有跟踪追击强加给他们的资本主义式的痛苦和欢乐”。同时，他们已明确给了新时代的暧昧精神——邓小平时代的过渡阶段——“最强、最猛、最集中的一针，大气而至福的一针”。② 的确，“莽汉”诗人们的创造，是针对 80 年代时代语境中的“自我创造”，也是在现代意识支配下的启蒙抒写。这对于整个“第三代”诗歌运动来说，都是一次语言和思想解放的现代穿越。诗人们将自己置于异彩纷呈的先锋诗歌现场，以自我极富现代意识的创作，去接受社会和公众的检验、审视。“从整体上说，后朦胧诗人的现代诗歌意识比以往任何一个写作阶段中的中国现代诗人都要丰富、活跃。”③ 这是“第三代”诗人在时代语境中的优势所在，正是他们这种不同于朦胧诗人和更早的现代诗人的“丰富”与“活跃”的现代意识，塑造了一代先锋诗人融智慧与天才般的想像于一身的诗歌创新精神。

这种现代意识，是“第三代”诗人们用自己的身心去感受的意识，是他们用生命去检验的意识，更是他们以主体精神的张扬去确立的意识。不论是从感性的日常现实出发，还是从理性的历史与时

① 李亚伟：《英雄与泼皮》，《豪猪的诗篇》，花城出版社 2006 年版，第 222 页。

② 柏桦：《左边：毛泽东时代的抒情诗人》，江苏文艺出版社 2009 年版，第 138 页。

③ 臧棣：《后朦胧诗：作为一种写作的诗歌》，载《中国诗选》1994 年第 1 期，成都科技大学出版社 1994 年版。

代精神出发，“第三代”诗人的现代感，都是与其始终置身于艺术和语言现场的生命意识融合在一起的。因此，于坚才认为，“第三代”是一个“诗歌现场”：“一个在20世纪80年代和90年代之间存在于中国文化空间中的诗歌现场。它不是诗歌运动，它是现场。无数诗人在特定的历史空间中产生的以诗为舌的生命活动。”① 既然诗歌创作对于“第三代”诗人来说是一种“生命活动”，那么诗人们在想象力的发挥与对自由精神的追求中，就会更注重生命细节与生存场景的发现，同时也更在意除语言美感之外诗歌的思想和批判力量的呈现。也难怪有论者认为，先锋诗歌是那些始终重视和保持纯粹的精神价值关怀的诗人的写作，也可以说是始终树立了“理想主义精神”的诗歌。② 只有“纯粹的精神价值关怀的写作”，或许才是“第三代”诗歌所真正值得关注的重要原因，它是“第三代”诗人们除了生命体验和语言感觉之外，最为重要的诗歌艺术资源。

“第三代”诗人为什么会在80年代那样一种思想文化领域几近于“百废待兴”形势下，在朦胧诗单一的英雄主义抒写模式上，构建出了丰富而多元的诗歌景观，并以此影响了诸多的后来者？或许还是因为年轻诗人们所具有的“理想主义精神”，这种精神是在现代意识和先锋观念下充满激情与活力的体现。他们完成了对诗歌古典主义的超越，从而走到了当时汉语艺术的最前沿地带。“第三代”诗人从一元化的诗歌格局，迈向了多元化的诗歌现场，这一过程在刚刚解禁的时代是意味深长的。它标明中国新时期文学开始逐渐走上现代性的轨道，并以此接续上了中西方曾中断几十年的交流，继尔进入了相对来说独立创造的写作时代。

---

① 于坚：《世界在上面诗歌在下面——答诗人朵渔问》，《诗集与图像》，青海人民出版社2003年版，第276页。

② 周瓒：《当代中国先锋诗歌论纲》，《透过诗歌写作的潜望镜》，社会科学文献出版社2007年版，第32页。

二、思想解冻中的语言狂潮

随着现代意识的逐渐觉醒，“第三代”诗人“自我创造”的能力显著增强，这在创作中首先就体现在语言的创新上。汉语言有着几千年的历史，而从新文化运动始，白话文文学成为中国文学的主流，并历经了现代文学三十年的发展，取得了很大成就。然而，在小说创作上，汉语言在现代文学史上的发展要更为成熟，而在诗歌上，并不太令人满意。相反，当代诗歌的成就要高于现代诗歌，这也是一些诗人和诗歌史家们曾经探讨过的问题，并得出了如上主观的结论。

但是，从 1949 年之后至朦胧诗之前，中国新诗的发展并未取得多大的进展，相反经过“文革”之后，中国新诗还不如现代文学史上的诗歌成就。朦胧诗人将断了几十年代的中国新诗的现代性，作了一定程度的恢复和还原，这种恢复不仅有着精神批判性上的接续，还有着语言创造上的还原。而朦胧诗歌在对白话汉语言的文学修复上，或多或少地还是受“文革”遗风的影响，呈现出单一化模式，不能给人带来更多的阅读震撼与创造的新奇感。

这一在诗歌艺术中堪称致命的局限，到了“第三代”诗人这里似乎有了一定的改观。他们在写作中，除了对自由精神的发掘之外，最为重要的创新，当属对丧失了多年的汉语言的整体魅力进行恢复并继续推崇、发扬。“如果说‘今天’、‘莽汉’反抗了毛文体的激情，那也是在激情范围内迎战了现存的道德观念，并以一种新的道德歌唱（仍是主体性的）在当时的青年心中达到如痴如醉。非非则超越了激情、消解了激情、与时代合拍了。在非非中，他们通过‘还原’的语言把物质还给了物质、甚至延绵了物质的直立意义，斗争的矛头在这里不是指向道德，而是指向任何一种道德语言施以他们的‘暴力’——抒情暴力。”① 而且，各个诗歌流派与组

---

① 柏桦：《左边：毛泽东时代的抒情诗人》，江苏文艺出版社 2009 年版，第 161 页。

织，包括没有被归入某个流派的个体诗人，像海子、骆一禾等，都是在语言的创新上为“第三代”诗歌运动的精彩和丰富提供了诸多可能。就像诗人帕斯所言，“诗歌创造是以对语言施加暴力为开端的。”[①]“第三代”诗人在实践“抒情暴力”的同时，也在实施他们的“语言暴力”计划。虽然他们使用的大都是口语，中间夹杂着大量成语与文言。但是除去了优雅与含蓄的成分，而最终留下的还是语言中所隐藏的暴力成分。

“第三代”诗人对语言创造是非常敏感的，因为他们重视诗歌语言的锤炼。而之前的朦胧诗人，他们注重的是对于意象的选择，对意识形态的挖掘，并没有自觉地去探索语言的创新。而“第三代”诗歌运动之后，诗人们似乎又重新回到了“写什么”的时代，而以什么样的方式来书写却再次遭到忽视。有论者曾对此发表过看法：“语言的创造性，主要是指写作者的语言能在事实和经验面前获得一种想像力。”[②] 因此，“第三代”诗人大都是语言的“暴徒”，而且分为几种类型：以南京“他们”诗派为代表的简洁口语派，以成都“莽汉”诗派为代表的疯狂书写派，而“非非”诗派的部分诗人们却又在另一条语言道路上走向了口语化的极端。以余刚为代表的“极端主义”诗人甚至宣称：“要打乱全部的语言关系，并且进行艺术再处理……崇尚借代！崇尚极端！反对模式！”[③] 对语言常规模式的反叛，让诗人们不惜以极端的方式去寻求创新，这是大多数“第三代”诗人都曾经思考并实践过的。他们渴望以一种新的美学抱负，来打破朦胧诗以来越来越模式化的困境。“把身体投入社会，而非观念和思想，就意味着一种更热烈的燃烧和极乐。这种极乐首先就是语言和声音上的冒险，那是与诗有关的行为，决不需要

① ［墨西哥］奥克塔维奥·帕斯：《诗歌》，赵德明译，《帕斯选集》（上卷），作家出版社 2006 年版，第 275 页。

② 参见《于坚谢有顺对话录》，苏州大学出版社 2003 年版，第 175 页。

③ 徐敬亚、孟浪编《中国现代主义诗群大观 1986～1988》，同济大学出版社 1988 年版，第 153 页。

理论和观念的裁决。"[1] 语言在"第三代"诗人的创作中获得了新的力量，他们或在先锋的语境里背负着沉重的理论前行，或在口语化的环境中抛弃一切重负轻装上阵，这两者都是"非非"诗人的所为，一整套理论却无法在自己的诗歌创作中得以实践，这是诗人在语言创造上的困境所在。

韩东提出的"诗到语言为止"，于坚提出的"拒绝隐喻"，周伦佑提出的"红色写作"等观念，都属于"第三代"诗人在诗学理论上的宣言。他们一直坚守着自己所提出的问题，而身体力行地进行着实践。隐喻在"第三代"诗人那里并非被完全拒绝使用，而只不过使用的频率小了，或者说使用的方式变了，所以他们虽然风格各异，但其创作都遵循一个"看得懂"的底线，"拒绝隐喻"是一个口号，同时它也在提倡一种关于"清晰写作"的号召。或许这一方面直接导致了叙事在 90 年代诗歌创作中的大行其道，而不少"第三代"诗人却越过了 90 年代，没有参与那场叙事的艺术变革。而进入新世纪之后，一些"第三代"诗人重新开始写作，抒情仍然是他们的主题，叙事只是一种点缀。而叙事因素的渗透，在 80 年代有些"第三代"诗人那里已经得到实践了，而只不过彼时的焦点并非在叙事上，而还是在于如何抒情。"第三代"诗人在叙事自觉上的姗姗来迟，终究也难以弥补诗歌创新在 90 年代逐渐式微的缺憾。一些"第三代"诗人曾经试图挽救叙事在诗歌上的缺席，在网络时代炮制过大量的"废话诗"，结果却被当作毫无艺术价值的垃圾对待。这是"第三代"诗人忽视诗性叙事的结果，很多诗人对此无法释然，最后只得在矛盾中作利益的较量。而诗坛内部却渐渐分崩离析，团体与流派处于溃败的边缘，需要新生的诗歌力量去突围，但希望渺茫，诗歌只有在自己的轨道里依循其内在神秘性自行完成转型，除此之外，别无他法。

---

① 柏桦：《左边：毛泽东时代的抒情诗人》，江苏文艺出版社 2009 年版，第 145 页。

“第三代”诗人的很多作品都具有童话和梦境般的纯粹，尤其是那种纯洁无暇的美丽与哀愁，还带着淡淡的忧伤，几乎让人沉醉。大多数“第三代”诗人相信自己的直觉，不管是语言上的直觉，还是生命本身的直觉，都是其诗歌创作的重要源泉。“莽汉”主义、“城市诗派”、“大学生诗派”、“撒娇”派等都相信语言的想像性直觉，即对语言的非正常使用来营造诗意，而“他们”、“非非”和“整体主义”等流派都用纯粹口语化的方式表达清晰的感受，在语言上讲究精确的语感，甚至不惜用客观的白描来增加诗歌的通透意识。从这方面来说，“第三代”诗歌所创造的语言形式，虽然不断地被后来者所学习和借鉴，但在超越上依然显得艰难。80年代以来，有评论家曾对“第三代”诗歌的语言问题也作过独到的阐释：“由把语言作为表达的工具，到反过来将语言当成表达的目的，而且这语言又毫无传统模式可以模仿，要想真正实现这一根本性的转化，并建构起新的诗歌语言的符号关系，这对有着根深蒂固的社会功利目的的传统、但绝少将语言作为诗歌本体特征习惯的中国诗人来说，无疑是极其痛苦和艰难的，但它也因之成为民族诗歌真正具有现代品格的巨大障碍。谁也别想指望第三代诗人能轻松地成为它的得主，但是作为一个语言异端的开始，或是一个过程，他们毕竟已占有了最初的意义。”① 这种对“第三代”诗人诗歌语言的分析，从理论上总结了其在语言创新上的成就，而从实践上又认可了诗人们的语言禀赋。

真正对语言敏感的诗人，其内心生活难以沉默和平静，他们无时无刻不在寻找语言创新的源泉，而“莽汉”李亚伟正是这样的诗人。他时刻置身于行走或朗诵的歌谣式语言旅程中，其诗歌信念早已超越了被世俗掩盖的欲望，而向着更为深邃和开阔的境界迈进。对于这种诗歌境界的开拓，李亚伟也相信，诗歌不是存在于困惑与

① 程光炜：《非个性化——对“第三代”诗创作论的解释》，载《艺术广角》1989年第1期。

痛楚之中，而是存在于语言的梦想与音乐般的节奏和旋律之中。美国文化批评家苏珊·桑塔格曾经说过："艺术的目的终究总是提供快感。"① 而诗歌又何尝不是给读者提供阅读的快感呢？语言的重要性，在诗歌中的体现要比其他文体更为突出。尤其是"第三代"诗人，他们绝大多数都是以语言创新而真正进入诗坛和公众视野的。因此，在我看来，"第三代"诗人所创造的诗歌语言奇迹，90年代和新世纪之后的诗人们，很大程度上并没有完全的超越。

三、力比多贯注的年轻群体

年轻就是资本。在很多人看来，先锋诗歌本就应是年轻人的写作，他们接受新的方法与思想，而且创造力强，这几乎是约定俗成的看法。"第三代"诗人作为一个群体亮相时，大都二十几岁，正是各个方面都处于上升期的时候。他们精力旺盛，胆识过人，在力比多贯注下的激情与狂热，让他们面对困难时能以挑战者的姿态出现，与此同时，他们在遇事也容易情绪化。正像基督教哲学家奥特所说的那样，"人皆由情绪造就。我们总是带着某种情绪生存着：欢乐或沉闷，充满期待的喜悦，或阴郁，无聊，乃至烦躁。人的情绪千姿百态。我们在情绪中感觉到自己，对于我们，这是最确定无疑的。"② 而年轻的"第三代"诗人群体也是如此：他们因为年轻，没有多少社会阅历，也没有多少人生历练，一切行事与为文，都是依凭情绪的支配。由感性控制的身体，无论做出什么出格的事情都是可能的。而"第三代"诗人也不例外。他们听从身体发出的信号，去探寻一切好奇，这种猎奇心理正是"第三代"诗人能够创作出大量优秀诗作的动力。在一种狂热的理想主义控制下，"第三代"诗人们要利用手中的笔、过剩的荷尔蒙、从书本上学来的文学词汇以及不竭的创造力，快速完成对陈旧的汉语言的美学转换。

---

① ［美］苏珊·桑塔格《一种文化与新感受力》，《反对阐释》，程魏译，上海译文出版社 2003 年版，第 351 页。

② ［瑞士］H·奥特：《不可言说的言说》，林克、赵勇译，三联书店 1994 年版，第 76 页。

1982年暑假，万夏、胡冬（四川大学历史系学生）、廖希（西南师范大学中文系学生）三个人在成都“策划”了第一次诗歌新麦的收割仪式。“尽管这场‘策划’并非出于刻意，但它确实在冥冥中成就了‘第三代人’和‘第三代诗歌’。”① 这些年轻的“第三代”诗人，很早就在酝酿自己的诗歌计划，并随时准备实施这些计划。激情，加上百无聊赖的遐想和幽默感，他们希望以此简陋的条件，去挖掘隐藏在汉语中千百年来无人开发的宝藏，去捕捉诗神留下的脚步。

除了喝酒、打架与交女朋友，那些过剩的精力与时间如何打发？发呆是一种方式，而写诗又是另一种不错的选择。这对于还残存一点语言理想主义的“第三代”诗人来说，是符合自身趣味的话语活动。1984年春节，一批诗人觉得“无聊”，要做点事情出来，于是，他们决定赌一把。

> 胡冬写出《女人》、《我想乘一艘慢船去巴黎》，万夏写出《打击乐》、《莽汉》等，“莽汉诗”最早一批杰作出世。一气呵成，痛快淋漓。就在这个春节，在这个写出“莽汉”诗的同时，万夏立即写信通知李亚伟，叫他火速提前返校，诗歌革命的第一枪已经打响，进军就要开始。几天后的南充。酒店。万夏向李亚伟和马松朗诵在“无聊”的春节中他与胡冬写下的“莽汉”诗，仅仅一刹那，李亚伟沉睡太久的“莽汉”洪流冲开闸门甚至掀翻河道，恣肆汪洋，席卷八方而又顺理成章。②

看看，被很多人奉为经典的诗歌，被写进中国当代诗歌史乃至文学史的佳作，就是以这种几近“玩笑”的方式出笼的。他们何以

---

① 柏桦：《左边：毛泽东时代的抒情诗人》，江苏文艺出版社2009年版，第132页。

② 柏桦：《左边：毛泽东时代的抒情诗人》，江苏文艺出版社2009年版，第135页。

成功，因为表达出了那个时代爱幻想之人的真实心理。柏桦以回忆录的形式，写出了“第三代”诗人在当时创作的真相，以及他们以玩“过家家”游戏所营造的诗歌现场。“莽汉们本来就是以最男性的姿态诞生于中国诗坛一片低吟浅唱的时刻。”① 这是李亚伟在“莽汉主义宣言”中喊出的最具雄性的感悟，这是一种号召，也是一场“自我创造”的真正开始。

亲历者李亚伟也曾以诗意的笔调，描绘了当年以“四两拨千斤”的自信与狂傲，要写尽天下诗歌的丰富可能。“我心比天高，文章比表妹漂亮，曾经在漫长的时光中写作和狂想，试图用诗中的眼睛看穿命的本质。除了喝酒、读书、听音乐是为了享乐，其余时光我的命常常被我心目中天上的诗歌之眼看穿，且勾去了那些光阴中的魂魄。那时我毫无知觉，自大而又疯狂，以为自己是一个玩命徒。”② 诗人在充分发挥想象力的同时，也在调动自己的其它感官，即整个身体都参与了想像书写的过程，这是李亚伟的想像与众不同之处。“因为诗人有一种特殊的禀赋，能把日常语言的抽象的一般名称掷进诗的想像的熔炉，铸出新的样式。由此他能够表达一切具有无限细微差别的情感，欢乐和悲伤、愉悦和苦恼绝望和狂喜等别的表达方式不可及的和说不出的微妙情感。……我们称为诗的意境的东西，是不能和他的形式区别开来的。”③ “莽汉”诗人的禀赋就是如此，他们就在这种粗俗与细腻交织的背景下，一次又一次地将灵魂置于想像的创造中。在那种近乎荒谬的想像里，我们无法漠视李亚伟在诗歌中所点燃的激情四溢的理想之光，我们也必须忍受那些闪耀着天才光辉的后现代式碎片拼接，这是诗人所能给我们带来的语言“真相”。

---

① 徐敬亚、孟浪编《中国现代主义诗群大观 1986～1988》，同济大学出版社 1988 年版，第 95 页。

② 李亚伟：《天上，人间》，《豪猪的诗篇》，花城出版社 2006 年版，第 231 页。

③ 卡西尔：《语言与神话》，三联书店，1988 年版，第 139 至 143 页。

我想乘上一艘慢船到巴黎去/去看看凡高看看波特莱尔看看毕加索/进一步查清楚他们隐瞒的家庭成分/然后把这些混蛋统统枪毙/把他们搞过计划要搞来不及搞的女人/均匀地分配给你分配给我/分配给孔夫子及其徒子徒孙//我想乘上一艘慢船到巴黎去/去看看卢浮宫凡尔赛宫其他鸡巴宫/是否去要回唐爷爷的茶壶宋奶奶的擀面棒/不，我不，法国人也有耻辱/我要走进蓬皮杜总统的大肚子/把那里的收藏抢劫一空/然后用下流手段送到故宫/送到市一级博物馆送到每个中国人家里//我想乘上一艘慢船到巴黎去/去凯旋门去巴黎圣母院去埃菲尔铁塔/去星形广场偷一辆真正的雪铁龙/然后直奔滑铁卢大桥/活动安排在一天完成/我要在巴黎的各个名胜/刻上方块字刻上某君某日到此一游//我想乘上一艘慢船到巴黎去/去看看公社社员墙看看贝尔一拉雪兹公墓/去看看每个伟人每个无名艺术家的墓地/去看看一七八九年死难烈士的纪念塔/我要穿得干干净净，在死者墓前默哀/亲手献上一束中国红月季/我要选一个良辰吉日/亲自去慰问死者的大妻二妻及小妻若干……

——胡冬《我想乘上一艘慢船到巴黎去》

乘慢船，暗示诗人有用不完的时间，他需要用这些时间去看，去听，去观察，去消遣，他需要在这漫长的旅程中感受一切可以感受的事物，历史的，现实的，文化的，古典的，现代的，可谓无所不包。这是诗人从自己的经验与虚构中制造的一场词语的狂欢，也是一次想像与日常生活对接的激进表演。“莽汉”们这种群体性撒野与狂欢，是诗人们青春期荷尔蒙过剩的一种表现，不论是本色的激进，还是那种极端的表演，都是这群人的诗歌经历中重要的部分。李亚伟属于其中的佼佼者，他一方面在青春反叛的个性流露下，以先锋诗歌的方式拒绝成为庸俗文学的奴隶，另一方面，他在那样一个自由正在复苏的年代，超越传统的诗歌理念，打破惯常的价值体系，而重新建立起了一套现代性的诗歌话语秩序。

“文革”刚过去几年，观念上的反叛和形式上的新奇行为肯定不能一个人说了算，在这种特殊时代孤胆英雄和个人英雄主义不足以成事，团体或流派必须出现，哪怕这些社团甚至带有“派性”味也无伤大雅。因为这种“扎堆”或“一哄而上”既不同于“一致通过”，又比“资本主义尾巴”之类的单干更为时代所看中。甚至几年后出现的“单眼皮”、“三脚猫”、“特种兵”等带有强烈“个体户”色彩的社团也都是特定时期对人文思想发生变革时的一盘散沙，然而又是一哄而上的诗歌运动的“重在参与”的“集体意识”的表示。这是一场“反群众运动”的群众运动。然而，“莽汉诗歌”不仅仅是瞎掺和或一群糊涂先锋的猛打猛冲。它的出现还是一次预谋，几个人商量、策划，如同现今商议着办一个什么公司和承包什么部门。不多久，这样的谋划因为快速出现的“产品”之极端新奇和美妙，无意识地触及了诗歌的新矿脉，发掘了汉语的矿藏，造成了一场既成事实。①

李亚伟后来的这段回忆，是一种饶有意味的叙事，他将“莽汉”诗人们青春期的历史，作了一个生动有趣而不又失现代感的总结。他们不仅是在用精力和脑子写诗，更是在以自己的智慧与放达驾轻就熟地闯荡社会，而他们的一切方式、手段，以及最后的结果，都是属于诗歌的。“就诗人而言，80 年代的这批四川诗人无疑是最有诗意的一群。无论是他们的生活方式，还是他们的语言方式，都是诗歌的方式。他们的人生和他们的诗作，如同阳光下随意生长着的一片片花草。即便其中有些是罂粟花，也可以一把把抓起

① 李亚伟：《英雄与泼皮》，《豪猪的诗篇》，花城出版社 2006 年版，第 222 至 223 页。

来，然后装在花蓝里，唱上一句‘鲜花送模范’。”① 在80年代那样一个“连空气与阳光都分行”的社会中，诗人是备受关注的一群人，他们的一举一动，一言一行，都可能影响他人。那个时候，诗人的作品与他们的人生，是紧密地联系在一起的，无法分割。

评论家李劼虽然没有直接参与80年代的“第三代”诗歌运动，但他作为见证者，一直关注着那场运动的发生、变化与终结。他同样以诗意而轻逸的语调，对这个曾经辉煌的诗歌群体给予了自己质朴的期望。这一期望，一是针对已进入诗歌史的那群诗人和那批诗作，二是针对那种诗歌现象和狂热的诗歌流派、群体与组织团体的。近二十年之后，评论家陈晓明总结认为，“第三代诗人”现象，是一些五花八门的团伙鼓捣起来的一个混乱不堪的诗歌变革时期，作为一场狂热冲动的诗歌革命，它留下激进而含混的虚名，以短暂而暧昧的姿态悬搁于中国当代文学史的边缘地带。但文学史最终要留下这些激进者的印记，它们是中国文学史上最激烈的团伙，也是最后的团伙。② 这是以理论命名的方式留存的记忆，“第三代”诗人群体从此被载入史册，但是他们在那样一个时代背景下所做出的“自我创造”，的确是堪称奉行自由和启蒙精神的典范。

---

① 李劼：《蓦然回首，灯火阑珊处——中国二十世纪八十年代文化风景兼历史备忘》，未刊稿。

② 陈晓明：《中国当代文学主潮》，北京大学出版社2009年版，第433页。

第二章 文化形态中的“第三代”诗歌运动

在“文革”期间，朦胧诗人的写作大都是秘密进行的，处于隐蔽的“地下”状态，诗人们的交流和聚会也因高压的政治环境而显得更加私密化。直到“文革”结束，朦胧诗人们通过办民刊《今天》才获得了一定程度上的自由。而到了80年代中期，“第三代”诗歌运动的兴起，诗人们所处的环境变得相对开放。当时大部分“第三代”诗人都是在校大学生，因此，高校一度成为诗人的摇篮和年轻人的狂欢之所。后来有论者说，“第三代”诗歌运动的重要意义，不在于他们的作品具有多么经典的价值，而很大程度上在于诗人们的生活方式和诗学精神。

或许是受西方五六十年代“嬉皮士”文化的影响，还有当时港台电视、电影与通俗文化的渗透，青年诗人们在疯狂地写诗的同时，也在现实生活中自我放逐。他们走南闯北、聚众斗殴，过着“流浪汉”一般的生活，保持永远“在路上”的新鲜感。除了在语言创新与想象力建构上努力，“第三代”诗人对生活的投入热情更加快意。他们追寻活力，张扬个性，渴望自由，试图融入生活本身，在心态上要比朦胧诗人更加平民化，将精英意识进行解构，然后返归到对人性与存在问题的关照。惟其生活化与平民意识，“第三代”诗人的主体意识才开始觉醒，在创作上才会以更生活化的口语入诗，从而呈现了不同于朦胧诗的诗歌美学。在80年代的文化氛围中考察“第三代”诗人的生活与创作，本身就是对这一诗歌景观的总结，从还原诗人当年精彩的人生现场入手，体验他们的生活与写作心态，这也是对“第三代”诗歌精神的深度探索。本章即是对“第三代”诗人在80年代的生活、创作与心态等各方面的分析、阐释。

第一节 “在路上”的“灿烂”：“第三代”诗人的生活现场

“第三代”诗人在80年代的生活与创作，很大程度上是由他们自由不羁的个性所塑造与完成的，他们的生活本身就是一首首或豪放、或雅致的诗歌。诗人们通过聚会、喝酒、行走与相互拜访等各种直接的交流方式，让“第三代”诗歌成为了“流浪”的作品，同时也让自己成为了“在路上”的人，他们的创造性在这样的行走方式中获得了最大限度的发挥。

粗俗与优雅碰撞，世俗与灵魂对接，下里巴人与阳春白雪相持，大气磅礴与小心翼翼相随，那种氛围和感觉甚至可堪比20世纪30年代的文人骚客，人人都可争做英雄，文学的英雄，思想的英雄，真正的社会英雄。“第三代”诗歌运动是在诗人聚会与“小我”的传达、吃喝行走与漂泊流浪、段子书写与诗歌姻缘之间完成的一次生命的诗学转换，每个诗人都在参与和抒写中，追求一种张扬的个性与自由随意的心境，这是诗歌与诗人之间最为重要的契合点。

一、诗人聚会：诗意的传达与交流

四川自古以来就是出诗人的地方，唐朝大诗人李白与杜甫都曾于四川蜀地生活过，他们也在那块盆地中吟诗作赋，留下了千古绝唱。而在中国现代文学史上，四川也一直就是文人雅士们乐于聚集之处，尤其是重庆与成都，相比于江浙一带出才子佳人的城市，这两地有着更多活跃着的“诗心”。全国各地的文人们，在特定的时代与政治氛围中都曾汇聚于四川，把酒言欢。到了 80 年代之后，兴起于先锋诗坛的“第三代”诗歌运动，其重要的阵地也是在四川。年轻诗人们在诗歌交流的行为方式上，与朦胧诗人有着相似之处，那就是经常以集会的形式，讨论自己的诗歌观念，发布自己的诗歌宣言。朦胧诗人群体里，开始是“文革”前建立的以黄翔、哑默等诗人为代表的贵州诗人群，后来在“文革”期间建立了以芒克、多多等重要诗人为主导的“白洋淀”诗群。“文革”之后，以朦胧诗人北岛和民刊《今天》为主要轴线的“今天”诗派登场，团结在这一诗派和杂志周围的，是后来在诗坛上叱咤风云的一批诗人，像顾城、江河、舒婷、芒克、多多等人。他们一般都是以秘密集会的形式，通过朗诵、相互交流与讨论，以形成一种“圈子化”的诗歌规模，从而将朦胧诗的整体性地位和声誉作了有效的巩固。

在 80 年代初中期，“第三代”诗人正值热爱运动、也爱幻想的青春期，东奔西走、寻朋找友、聚会喝酒等，都是年轻人精力旺盛的重要体现。“第三代”诗歌流派里的很多重要命名与创作策划，都是在聚会喝酒的过程中完成的；有些诗人的经典诗作，也大都是在聚会中几个人喝酒时灵感碰撞而出的，尤其是像“莽汉”诗人，他们的诗歌写作，就是在充沛的激情与不断喝酒、醉酒的半梦半醒状态中进行的，这是一代人的文学主题，也是他们的生活现场。生活、诗歌和写作，对于一些热衷于行走与聚会的“第三代”诗人来说是交融在一起的，不可分割。只有行走、酒精和早熟的性，能让这批诗人在疯狂的创造中，写出与众不同的作品来。他们天真而感性，不满足于陈旧的表达和平庸的重复，希望在写作中竭力靠近那理想主义的品质。

由于当时中国社会的物质并不丰富，交通和通讯设施也不发达，诗人们的集会一般都比较简陋，尤其是当时集会的诗人，大都还是在校大学生，或者是工厂里的年轻工人，手头拮据，因此，一切从简。虽然物质生活上比较简单，喝劣质酒，吃便宜菜，但诗人们在精神上是自由的，丰富的。他们的集会，可以一会儿称兄道弟，也可能一会儿就是暴风骤雨般的争吵与打闹。

诗人聚会，自古以来就是中国社会最为普遍的文化交流方式，大家都从四面八方赶来，就为了一场“告别的聚会”，其间或许不谈诗歌，纯粹就是为了聚会而聚会。诗人之间交流诗歌或许并非主要目的，而更多的则是诗歌之外的东西，即一种聚会的气氛，以及在聚会中所传达的诗歌信息与精神。所以，诗人爱聚会，你来我往，在不断的行走与喝酒中交流“我”的存在。

自朦胧诗以来，诗人抒写自我开始成为一种趋势，并逐渐形成一定气候，而只不过还没有完全达至自觉的局面。因为朦胧诗人刚从“文革”中挣扎出来，身心俱疲，没有心思也没有多少勇气来完全抒写自我，所以他们的开放程度远远未达到放松的状态。而到了“第三代”诗歌运动时，中国社会的大环境已经有所改变，不仅意识形态方面在变化，而且人们随着思想解放程度的提高，对文化的要求自然也不再单一化。尤其对于诗人来说，想象力的勃发，为他们的写作开创了一个相对自由的空间，社会的“大我”开始向个人的“小我”推进，由关注国家大事到关注日常生活，是诗人转向的一个重要标志。所以，抒写“小我”成为“第三代”诗人诗歌创作的重要主题，躲在词语背后的诗人渐渐露出了他们的面庞，开始向整个社会传递他们新鲜的想法。

一旦诗人聚会，交流“小我”就会成为重要的话题，两方面的结合是诗人敏感心灵的一次革命，这是诗歌的革命，也是诗人内心的革命。对于处在四川盆地的“莽汉”与“非非”流派以及“整体主义”诗人来说，火锅与啤酒，还有漂亮女诗人的参与，共同开创了“第三代”诗歌运动的新局面。80 年代，成都与重庆是中国“第三代”诗歌运动的重要据点，而在成都，杨黎和万夏家又成为“据点中的据点”。在这个据点里，一个“非非”诗人，一个“莽汉”诗人，他们以自己的豪迈与激情、热情与奔放，以及对诗歌充满憧憬的心态，接纳了一批又一批从五湖四海、四面八方赶来聚会与交流的诗人。包容的心态、多元的格局、自然的艺术，这些都从各个方面促使“第三代”诗人在短时期内让诗歌成为话题，同时也让“小我”从被政治意识形态裹挟下的状态里解放出来，开始进入诗人的内心与灵魂，进入整个“第三代”诗歌运动的核心地带。

1982 年夏天，一次在重庆西南师范大学的聚会，开始了“第三代”诗人的第一次红色之旅。诗人柏桦曾描述过这场聚会的盛况：这是一次盛况空前的青春飞行聚会，一次诗歌最红色的火线聚会。近三十名诗人聚集在西南师范大学桃园学生宿舍。学生们变卖衣服、收集饭票、腾空房间，以这个学生特有的、80 年代初的隆重方式欢迎这批诗歌中的“红军之鹰”。他们一道唱起了《少年先锋队之歌》或《青年近卫军之歌》。① 那个时代的诗人们与学生们汇合，是富有激情的，也是极具理想主义色彩的。为了诗歌的聚会，他们走到了一起，并创造了中国诗歌史的一次奇迹般的壮举。从杨黎所著《灿烂》一书里，我们也能得以窥见，这种诗人聚会在 80 年代非常具有普遍性，就如同亲戚朋友之间的平常串门一样。诗人们不管认识与否，不管地域限制有多大，语言交流有什么障碍，只要有了诗歌，一切问题在那时都会迎刃而解。

对于“第三代”诗歌的流派运动，批评家朱大可有过理性但又不失形象化的评价，而且这一评价充满了“草根”革命的意味。他说：“在中国现代文学史上，还没有哪个时期像 80 年代那样，到处回响着诗人的脚步声，仿佛是一种急切的鼓点，敲击着沉闷的文坛，令它获得了一种涌动的生机。而‘莽汉主义’把这种特征推向了极致。莽汉们离乡背井，颠沛流离，用脚足大步书写诗歌。城市、原野、客店、酒坛、女人、乳房和裙衩，这些事物像水一样从身边流过，成为诗歌的无限美妙的源泉。”② 这是在重庆与成都这两座巴蜀之城里，同时又是在风起云涌的诗歌“盛世”里所呈现的

---

① 参见柏桦：《左边——毛泽东时代的抒情诗人》，江苏文艺出版社 2009 年版，第 134 页。

② 朱大可：《“莽汉主义”和草莽诗学》，《流氓的盛宴》，新星出版社 2006 年版，第 205 至 206 页。

青春景观，由李亚伟、马松、杨黎、万夏、蓝马、石光华、宋渠宋炜两兄弟扮演的角色，向未来世界上演了一部诗歌的闹剧。多年后，我们重新回过头来打量他们时，诗人们身上依旧闪耀着智性与天真的双重光彩。

对于“第三代”诗歌运动的行动性与非知识性，诗人欧阳江河（四川人）不无自豪地说：“真正的好东西近半数在四川。因为四川当时的人多势重，然后也有那种气氛，就那种闹革命的气氛真正把诗歌写作当作节日一样来过的。”① 的确如此，诗歌将四川盆地那种潮湿但不失灵气的文化氛围全面激发了出来，并在这块土地上培养出了一大批不同风格、气质乃至观念的“第三代”诗人。他们或豪放，或阴郁，或日常，或神性，这些气质都在他们的诗歌里慢慢地得以渗透与浸润，最后达至自然的境界。诗人的每一次聚会都有着“灵魂深处闹革命”的壮烈意味，在烈酒、朗诵、撒欢与女人之间完成对“我”的抒写，本就是耐人寻味的。所以，“第三代”诗人后来走向创作的高潮并马上转入沉寂，是有其具体原因的。但无论怎样，他们至少创造了一个时代的诗歌氛围，也为新时期的思想解放与文化启蒙奠定了诗意的基础。

“第三代”诗歌运动的短暂如过眼云烟，也像是诗人酒醉之后一次次呓语那样荒诞而又情真意切，这就是诗歌与烈酒共同作用后所激发出来的力量使然。诗人笔下的“我”，一旦走出了那一颗颗封闭的心灵，主体便会向着更开阔与自由的境界靠近，在诗歌革命中重新认识自己和他者的生活。

二、流浪与行走途中的诗人

诗歌，这样一种极富想象力色彩的语言艺术，似乎真的需要在行走中完成，它是激情与想像的结合，也是诗人们行走与流浪后衍生出的精神产品。从某种意义上说，“第三代”诗歌运动就是一次流浪与行走的运动，在中国现当代诗歌史上空前绝后，诗人们的行

---

① 参见杨黎：《灿烂》，青海人民出版社2004年版，第442页。

为已经反叛了前代诗人，同时也给后起者构成了参照。在那样一个特殊的年代，思想解放与启蒙浪潮席卷了整个中国，从上至下都有一种豪迈的理想气概：那种对知识如饥似渴的追求，对一切新鲜事物近乎疯狂的朝拜。这在“第三代”诗人来说也不例外，因为他们大都是“文革”之后的大学生，富有激情，也怀抱理想。我们可以回忆那个时代的历史，去真正体验那种流浪与漂泊的诗人心态，在此，以“莽汉”主义诗歌流派为例进行分析。

“第三代”诗人的青春记忆，便是以诗歌的名义走南闯北，打架斗殴，在那样一个理想主义盛行的时代，接受诗歌带来的精神馈赠。他们并非像俄罗斯诗人和作家那样被国家放逐，而是随着解禁时代的到来，民主意识的觉醒，从一开始走向社会就决绝地作了自我放逐。“饮酒、豪歌、爱情、逸乐，恰是这种日常生活美学化、美学意念日常化的产物，它促成了一种相当普遍的生活态度、生命姿态，乃至人生志业。在现代性的追求方面，它开启了新的文学实践方式，即它不是受难的、悲剧式的，而是个体的、日常化的。侠少之游，开辟了个人寄挂生命的通道；漫游之举，建构了天赋价值的民间气息。”① 投身商海的“莽汉”李亚伟仍然富有激情，其诗歌创作仍然在断断续续地进行着，但是他却给人一种疲于奔命的印象。在诗歌创作上，他更多的是处于一种业余状态，他自己认为这种状态很好，有助于诗歌的清晰再现，包括与李亚伟一起参与过“第三代”诗歌运动的杨黎等“非非”诗人对此也有同感。

“第三代”诗人之所以热衷于行走与流浪，一方面是因为他们年轻，富有激情和活力，毫无顾忌，行事直接，表达夸张，对外界的了解带有浓厚的求知欲色彩，同时对俗世生活也取表演性的狂欢化姿态。另一方面，在 80 年代那种特殊的社会氛围里，计划经济时代的日常生活，让人没有多少物质诱惑，所以对精神之事则格外

---

① 柏桦：《左边：毛泽东时代的抒情诗人》，江苏文艺出版社 2009 年版，第 151 页。

看重。在思想解放的同时，被禁锢已久的身体也开始觉醒，思想逐渐活跃，国人对大政之事的参与激情也变得高涨。这些行为在敏感的青年诗人当中，表现得尤为突出。还有一点即是，80年代的中国社会，通讯并不发达，人们之间的交流除了书信、电话和电报之外（后两者因为价格昂贵而不为普通百姓所常用），就是直接的往来，见面聊天，喝酒对话，以性情之真交流各自的感想。而书信交流对于年轻的诗人们来说，只是方式之一种，而相互串门因为更具现场感，因此就成为最普遍的交流方式。这种行走与流浪式的交流，在80年代大部分“第三代”诗人那里都曾经是再平常不过的事情。比如“城市”诗派的诗人张小波从华东师范大学毕业后，分配到了江苏工作，而另一位诗人车前子，则长途跋涉，来到张小波的单位与其汇合，两人长期睡在单位的办公室里，同共交流对生活的看法和对诗歌的见解。而张小波后来离开江苏，重新蹿回到他曾经待过的上海，在华东师范大学学生宿舍里，以一个已经毕业的过来者的身份高谈阔论他并不多的人生经验。或许就是这些不经意的行走与流窜，造就了“第三代”诗人们被赋予“精彩记忆”的80年代精神，他们以“在路上”的火热激情，参与了80年代的思想表达，也见证了那个时代的现实生活。

对于诗人们在行走中完成的抒写，李亚伟曾豪迈地写道：“我行遍大江南北，去侦察和卧底，乘着酒劲和青春期，会见了最强硬无理的男人和最软弱无力的女人。”① 行走、烈酒与女人，是诗人们不可或缺的几样东西，莽汉诗人的诗歌之所以有一种流浪汉的气质与豪放，是因为他们行走化的诗歌观念就是生命的复写。诗人“英雄”情结的全面复现，是对80年代初中国转型社会的一次反拨与颠覆，不管是回归古典还是传承现代，诗人们心中的“大我”视野已经随着诸多问题的解禁也渐次敞开了，这是他们行走与流浪的

---

① 李亚伟：《流浪途中的“莽汉主义”》，《豪猪的诗篇》，花城出版社2006年版，第214页。

先决条件，因为自由近在眼前，诗歌自觉地成为当时开文化风气的领先者。

一九八六年，朋友在烟圈边等我，然后携烟圈一起离开大路

一九八六年，火车把夏天拉得老长，爱人们在千万根枕木上等待这个瘦高的男人

爱人们！爱人们在浓汁般的阳光中裸戏，终因孤独而同性相恋

一九八六！一九八六！

你埋葬在土地下的内脏正在朝北运行

你的肩膀，在正午在湖北境内朝北转站

这样的年月，无尽的铁轨从春天突围而来恶狠狠朝江边酒楼一头扎去

一九八六年！

每天所有枕木毫无道理地雷同，一九八六！

你这粘糊糊的夏天，我额头因地球的旋转而在此摇向高空等待你迎头痛击

李亚伟的《闯荡江湖：一九八六》也是其行走诗歌江湖的一次身体实践。80年代的李亚伟，怀念红小兵和“毛时代”的乌托邦梦想，以及那些在群体人中疯狂滋生的幸福与悲伤。他在追忆童年和崇尚古人生活时，让自己的诗歌不断切入现实的层面，以讽喻、反叛、消解和颠覆与传统进行决裂。青春期的压抑和焦虑，让他迫切需要找到一种发泄的途径，莫明地打架、斗殴，疯狂地酗酒、写诗，然后在激动不已的表演中沉入隐秘的冒险。《夜酌》、《酒店》、《回家》、《成年人》等作品，都是诗人在骚动与行走中流出的性情之作，它们带着诗人早期迷惘的情绪，以及在酒精作用下的本能释

放，随心所欲，奔放冲动却又力不从心。

由此，朱大可以“流氓”来命名部分80年代的“第三代”诗人，也就不足为怪。诗人们普遍的“流氓”习气以及他们“粗野”的作派，的确让人感到他们除了在语言和想象力的疯狂上占有优势之外，而在时代生活中就是一群乌合之众。对于80年代诗歌与流浪和“流走”之间的关系，朱大可曾作过这样精彩的描绘：

> 学校的乡村（小镇）诗人，搭乘着肮脏而拥挤的长途汽车走向省城，而外省的诗人则奔赴北京、上海和广州等超级城市。作为新知识分子摇篮与堡垒的大学校园，成为诗人觊觎和混饭吃的目标。校园里到处是浑身脏兮兮的流浪诗人的身影，他们混迹于学生中间（抑或其本身就是到处流窜、进行“话语作案”的学生），蓬头垢面，浑身散发着臭气，笑纳着学生们的饭票和床铺。诗歌是他们的身份、通行证、个人尊严和价值的表述，也是换取钱粮的唯一信物。校园在孕生国家主义接班人的同时，也成为滋养文化流氓的主要温床。①

在流浪的过程中，于不经意间诞生了诗意，就像美国“跨掉派”的作家与诗人们一样，“第三代”诗人们整个流浪的过程，就是诗歌逐渐呈现诗意的过程，也只有那样一个年代才会有如此的满腔豪情与自由精神。

李亚伟曾夫子自道地说，“莽汉主义”不完全是诗歌，这一“主义”更多地在于莽汉的行为。因为作者们写作和读书的时间相当少，精力被更多地用在各种行动上：吃喝和追逐女色。“从一个城市到另一个城市去喝酒，从一个省到另一个省去追女人。”② 一

① 朱大可：《流氓话语的诗歌摇篮》，《流氓的盛宴》，新星出版社2006年版，第205至206页。

② 李亚伟：《流浪途中的“莽汉主义”》，《豪猪的诗篇》，花城出版社2006年版，第215页。

些“第三代”诗人也乐于如此，其行为不仅与诗歌理想有关，更与他们的生活态度与方式有关。这些语言上的超现实主义者，行动上的直接主义者，在想像与现实的道路上作着审美的体验。“莽汉”诗人与诗歌都是极富戏剧性的，他们充满了调皮与坏思想的头脑，却灵光闪现，诗意涌出。诗人流浪的过程，就是诗歌产生的过程，也是诗意产生的契机，如果没有流浪，“莽汉”就不成其为莽汉。“‘莽汉主义’重要的一面就在于此，它就是中国的流浪汉诗歌、现代汉语的行吟诗歌。”① 就像社会历史学家王学泰先生所提出的游民一样，“莽汉”诗人的那种流浪与行走的方式，就是中国古代游民文化在他们身上所得到的最为有力的体现与重复。在那样一个时期，“莽汉”诗人具备了游民的一切特点，“英雄”情结、始终处于“地下”状态、渴望被接受与认可（即古代游民的渴望被招安），这些特点无一不决定了诗人当时的疯狂与日后的全面解体。马松写于1984年的《我们流浪汉》，非常典型，它正是对“莽汉”诗人行走与流浪的一次全面的揭迷与探索，这是“莽汉”诗歌在行为抒写上的开始，同时，也是一次优雅的结束。

诗评家敬文东曾有一句话，是关于诗人的定义，不无道理，他说：“所谓诗歌写作者，其实就是一些与魔鬼打交道的人。”② 这就是诗人的形象，与魔鬼打交道，首先就是与语言的魔鬼打交道，然而是与诗人之间打交道，诗人在此似乎都成了魔鬼，或者说成了魔鬼的化身。敬文东虽出语不凡，但的确是道出了诗人作为“误入人间的天使”，而在语言与行为上具有魔力，同时也透出了诗人内在的生命张力。行走与流浪成为了诗歌的一部分，而不仅仅是语言与想像的痛快。有了那样一些短暂流浪与漂泊的经历，“第三代”诗人们大多走出了语言的迷津，而选择了更明晰与清爽的风格。在诗

---

① 李亚伟：《流浪途中的“莽汉主义”》，《豪猪的诗篇》，花城出版社2006年版，第218页。

② 敬文东：《抒情的盆地》，湖南文艺出版社2006年版，第333页。

歌上是如此，在行为与生活方式上也是如此。解散后的“第三代”诗人同样也是在行走，在与各种各样的魔鬼打交道，在进行另一种与诗歌无关的流浪与漂泊，但是有一种经历让他们得到了历练，同时也让他们获得了另一种超越式的风度与境界。

诚然，流浪与漂泊也是分时段与境界的，80 年代的流浪与漂泊跟 90 年代乃至新世纪的流浪与漂泊，从目的与性质上来说都是不一样的，心境不一样，其气质也不一样，这反映在他们的前后两期的诗歌中，也反映在他们两个分阶段的日常生活里。

如今，诗人们也走南闯北，但是已经没有了 80 年代的那样一种激情与理想，更多的是出于一种功利的目的。如宋醉发自费到全国各地去拍中国诗人的现状，即名为“中国诗歌的脸”，可是似乎缺少了一种关于诗歌的纯粹性。诗人的“英雄”情结在这样一个极端功利化与消费化的社会里遭到了重创，激情转变成了平庸的呻吟，而理想则成了业余创作诗歌的唯一借口。行走的文学变成了旅行与游山玩水的附产品，而诗歌的想像与激情只能在商业与消费的双重夹击下更趋边缘化。

三、段子式的笑话与诗歌的姻缘

80 年代，有“第三代”诗人曾提出了一个著名的口号：“像市民一样生活，像上帝一样思考”，这是他们完成平民化与世俗化写作的一个重要支撑点。西川说：“首先要热爱生活，其次要蔑视生活。热爱生活使诗歌丰富，蔑视生活使诗歌精炼。”① 第三代诗歌运动过去几年之后，作为第三代诗歌运动的见证人，“非非”流派的创立者周伦佑，在 1991 年 2 月份写下了对“第三代”诗人进行全面总结的诗歌。这首具有划时代意义的长诗，形象而生动地描绘了“第三代”诗人的面貌。

一群斯文的暴徒，在词语的专政之下

---

① 西川：《诗歌炼金术》，《水渍》，百花文艺出版社 2001 年版，第 224 页。

孤立得太久，终于在这一年揭竿而起
占据不利的位置，往温柔敦厚的诗人脸上
撒一泡尿，使分行排列的中国
陷入持久的混乱。这便是第三代诗人
自吹自擂的一代，把自己宣布为一次革命
自下而上的暴动；在词语的界限之内
砸碎旧世界，捏造出许多稀有的名词和动词
往自己脸上抹黑或贴金，都没有人鼓掌
第三代自我感觉良好，觉得自己金光很大
长期在江湖上，写一流的诗，读二流的书
玩三流的女人。作为黑道人物而扬名立万
自有慧眼识英雄。耀邦哥们儿一句话
第三代诗人从地下走到地上，脸色惨白
坐在宣传部会议厅里，唱支山歌给党听
吐出一肚子苦水和酸水。士为知己者死
不该走的先走了，第三代诗人悲痛欲绝
发誓继承耀邦哥们儿遗志，坚决自由到底
第三代诗人由此懂得革命不是请客吃饭
学着说粗话，玩世不恭，骂“他妈的”
上层的天空在中国变来变去，第三代诗人
时常伤风感冒，变得十分敏感和谨慎
太多的禁忌不能说，唯一的逃避是诗
……

——《第三代诗人》

作为“第三代”诗人中年纪比较大的诗人，周伦佑有着自己对“第三代”诗人的清醒认识，与他由“白色写作”向“红色写作”的转变一样，他对于“第三代”诗人的诗歌与生活都进行了淋漓尽致的书写，并且是以诗歌的形式的表现出来的。同样是以词语的暴徒身份切入“第三代”的，周伦佑笔下狂放不羁、不知所措的“第三代”诗人是强大的，同时也是脆弱的，“第三代”诗人里面有英雄，也有懦夫，只有这样的杂存才构成“第三代”诗人的整体困境。他们走进了一个诗歌的圈子，有的人绕着走一圈就突围而去，而还有些诗人却只能在圈子里绕行，终究也绕不过自己的词语地盘，最后萎缩在一个寂寞的语言世界里。

在周伦佑笔下，这群“第三代”诗人集流氓与无业游民身份于一体，似乎是社会的害群之马，惶恐、焦虑、无所事事、疲于奔命等等，都是他们最为日常的表现。在那样一个时代，在那样一个年纪，他们渴望喧嚣，讲求速度，一切都是快的，快速写诗，在一个朦胧诗人所没有开发到而留下的诸多空白里，尽情地施展自己的语言才华、理想创造与文学革新。他们以真性情入诗，以真感情入诗，虽然不免青涩与幼稚，但他们没有那些老诗人那么多顾忌与是非，他们把心中所想、脑中所思，都用诗歌的形式表达出来，一并对公众和盘托出：

再不揍这小子/我就可能朝自己下手/我本不嗜血/可我身上的血想出去/想瞧瞧其它血是怎么回事//这是很好的交流/我揍小子的眉心/我不想看他那付生活/还过得去的样子/其实我生活也过得去/可我的拳面太粗糙/骨节太大这会儿/很过不去//他揍我下巴/恶狠狠地说他妈的/当下我就明白了我妈是怎么回事/他一身上下暴露给我/我不高兴/我只想揍他的鼻子/想让他今后再没那玩意/这小子倒下得太快/我踢他卵蛋/什么动静也没有/我擦掉脸上的血/我不知道国家和/国家打起架来带不带劲/反正打完之后/我还是挺和气挺和气

这首《打架歌》，是“莽汉”诗人李亚伟青春期生活最为真实的展示，有着强烈的雄性荷尔蒙气味。相信有过类似经历的男性，读到这样的诗歌，感受这样的句子，关注词语里所透出的阳刚之风，都会不由自主地产生一种冲动，一种热血般的共鸣之感。“第三代”诗人以段子式的行为方式，冲决了当时思想森严的政治意识形态壁垒，此时，他们不需要和解，而只需要不断地勇猛前行，像一个个刚刚被放出牢笼的斗兽，去完成上帝赐予他们的漂亮的“句法转换”任务。这种体验也直接影响了他们日后的人生价值取向，不管是世故还是高贵，一切都是从关于诗歌的体验开始。诗人不仅自己抒写段子，而且他的人生历程就是一个很好的段子。在抒写段子的时候，很多诗人就是完全以叙事的方式处理的，有一种一方面抒写他者与外部环境，而另一方面又返观自身的精神追问。除开诗歌，一旦回到诗人本身上来，他们的人生历程会变得具体而微，大都是以段子的方式向我们呈现出来。这是大多数诗人所竭力保守的秘密，同时也是外人所最希望也最乐于了解的诗人私生活，它们的矛盾和冲突恰恰构成了诗人人生的外部张力，同时也影响诗歌的内在气象。

80 年代初真是一个英雄与泼皮共存的时代，一个诗人，此时可能是英雄，彼时他又成为了泼皮，吃饭不给钱（莽汉诗人马松在湖北武汉就曾经干过），以朗诵诗歌来换酒喝（海子曾在昌平的小酒馆“表演”过）等等，都是“第三代”诗人在激情的年代“疯狂”之举。甚至可以这样说，整个 80 年代，对于“第三代”诗人来说，似乎就是女人与酒的世界，“非非”诗人杨黎在酒与女人之间，洒下了诗歌的碎片，同时也在释放力比多的时候，将整个 80 年代“像节日一样混过去了”。敲女研究生宿舍的门，在每一次乘火车离开成都，到外地“与梭叶子乱搞”，甚至包括与 80 年代小旅馆的妓女进行钱色交易，这些都是杨黎在诗歌之外的生活写真。这些段子式的细节，都是杨黎自己的供述，他在回忆 80 年代的那些青春期冲动时仍然带有自豪感，但那是真实的，没有任何掩饰的，既没有对身体欲望的掩饰，也没有对虚伪心灵的掩饰，实为难得。

在杨黎的“供述”中，不仅有他自己的青春生活，也有其他诗人的荒唐闹剧：80 年代，年轻的“莽汉”诗人万夏给“非非”诗人何小竹写情书，用了各种各样颜色的笔，并写下了“好多挑逗的文字”。① 在80年代某一年的某个季节，与何小竹通信繁多但未曾谋面的万夏，对这个具有女性特质的名字充满了前所未有的好感，并经由诗歌继续延伸到对何小竹这个人的爱慕上。他理所当然地将何小竹当作了一位旷世美女，尤其是在成都这个盛产美女的地方。万夏决定放弃通信这种没完没了的缠绵之旅，而想真正的见识一番这位自己心仪已久的“美女”到底是个什么样子。不巧的是，万夏兴致勃勃地来到何小竹的住处时，何小竹正病恹恹地躺在床上，像一位真正的病美人那样，娇弱地喘息着，需要任何一个过客的安慰。万夏来得正是时候，但令他万万没有想到的是，他见到的竟然是一位“男巫”，不是巫婆，而是巫师……这是一个非常有趣意思的情节，就像小说中描述的一样。杨黎在写万夏和何小竹的这段“恋情”时，笔法也很幽默，让人忍俊不禁。同样是在杨黎的回忆中，80年代的某一天，上海“撒娇”诗人京不特穿着他“鲜艳的和尚衣服”来到了他家里，而且一住就是一个月。杨黎说，就在那一个月里，京不特鲜艳的和尚衣服，把他的邻居弄得莫明其妙。于是很多人都开始询问杨黎的父母，杨黎是不是要出家了。这些诗人之间的小插曲很有意思，带有幽默的搞怪色彩。② 诗人的生活片段与幽默小插曲，都是在“软”的基础上对诗歌的一种变相书写，也是对“第三代”诗人富有生活气息和平民精神的一种佐证。有了女人与酒，有了对私生活细节的揭秘，诗人的世界就会变得光怪陆离、丰富多彩，这也是“第三代”诗人们的段子能够长期得到传播的重要原因。诗人的浪漫与直接，最终决定了诗歌不需要在隐喻中保持一份矜持与含蓄，“第三代”诗人，尤其是以“莽汉”与“非非”诗人为主，他们一开始就放纵了自己青春期的浪漫情绪，在特

---

① 参见杨黎：《灿烂》，青海人民出版社2004年版，第193页。

② 杨黎：《两个“撒娇”的男人》，《灿烂》，青海人民出版社2004年版，第141页。

立独行的诗歌小世界里成长为了整个 80 年代中国一道引领潮流的文化景观。

可以说，以“莽汉主义”诗人为代表的“第三代”诗人，他们的灵魂在诗歌写作之后早已经游离于他们的身体之外，而在漂泊与行走中寻找另一片纵横驰骋天空与大地的诗意去了，想像是他们的工具，而他们站在语言的地基上，疯狂地采摘着虚幻与现实交叉融合的内部真相。“如果说当初‘莽汉’们对自身有一个设计和谋划，那就集英雄和泼皮于一体，集好汉和暴徒于一身。”① 这一点，真实地印证了学者王学泰对于游民的定义：凡是脱离当时社会秩序的约束与庇护，游荡于城镇之间，没有固定的谋生手段，迫于生计，以出卖体力或脑力为主，也有以不正当手段取得生活资料的人们，都可视为游民。有没有文化并非是决定性因素。② 虽然“第三代”诗人也有古代游民所没有的一些特点，但除去了一些时代背景因素之外，从诗人内在特点来看，大致还是符合的。也即是，行动意味着一切。

对于“莽汉”诗人们的行为，李亚伟回忆说：“这些毛头小伙人个都像当好汉的料，大吃大喝和打架斗殴起来如同是在梁山泊周围，毛手毛脚和不通人情世故更像是春秋战国的人，使人觉得汉、唐、宋三朝以后逐渐衰败和堕落的汉人到如今似乎大有复辟当初那种高大、勇猛的可能。所以胡冬又叫这种为‘好汉诗’——万夏则不以为然，他认为如此定名这伙人的诗歌，有一种从外貌上自我美化的倾向，这可能导致‘诗歌革命’的传统英雄主义，其结局是‘革命’不彻底，因此提出了‘莽汉’这个名词。”③ “莽汉”就此诞生，这虽是一种命名上的偶然，但他们却为“第三代”诗歌运动带来了活力，诗歌创作是这样，在特立独行的生活方式上也是

---

① 李亚伟：《英雄与泼皮》，《豪猪的诗篇》，花城出版社 2006 年版，第 224 页。

② 参见王学泰：《游民文化与中国社会》（上），同心出版社 2007 年版，第 16 页。

③ 李亚伟：《英雄与泼皮》，《豪猪的诗篇》，花城出版社 2006 年版，第 223 页。

如此。

关于诗歌、烈酒与青春期生活那种割舍不断的关系，李亚伟还曾回忆，1984 年 1 月，在四川某所学院的院墙外，他碰上了老伙计万夏。两人碰头，欢天喜地，笑嘻嘻地进了一家酒馆。实际上，半年前李亚伟就已从这所学院毕业，这次回学校，不只因为一个藕断丝连的医专女生，更主要的是到了工作单位仅仅半年，和干部同志们喝酒时老是产生怀旧情绪。“这说明了大学低年纪女同学们的魅力和集体生活的魔力仍然存在，并且已经成了一个刚 20 岁的人的诗歌源泉。我深信这两股源泉在我们这代诗人心中潜流了好几年，直到后来流到社会里以及大地上，泛滥成了各种社团和流派。”① 一个“流”字，彰显了“莽汉”诗人与社会主流的那种疏离。反叛的先锋们所做的选择，是从陈旧的诗歌话语方式里解放出来，走向更本真、更自由的诗歌境界。

烈酒与女人是诗人无法摆脱的段子，打架斗殴也是处于青春期的诗人们发泄冲动与释放力比多的方式。打架的段子，在诗人们那里是家常便饭。中国传统民间社会，张扬个性，蔑视权贵，除暴安良，皆为游民行为，而诗人们恰恰传承了这些游民特点，将其发扬光大，并运用到了诗歌写作当中。在回忆一番由马松挑起的大学生与社会人员打群架的经历之后，李亚伟写道：“现在我之所以忠实地写出一群十八九岁的大学生在做诗人的同时几乎做上了流氓，是因为我认为当时大学里的教育方式、教师、文学教材和文学现状怎么着也会产生这样的‘初生之犊’和‘诗坛小荷’或‘写作雏鹰’，文学教材的枯燥无聊和中青年教师的不学无术到了让求知欲强的学生惟恐避之不及的程度。至今，我深信，当我老了，回顾往事，我肯定毫不动摇地说出这句话：我终生引以为傲的一件事是大学 4 年，我无休无止的旷课至少在 3 年以上。”② 旷课对于那些 80 年代

① 李亚伟：《英雄与泼皮》，《豪猪的诗篇》，花城出版社 2006 年版，第 221 页。
② 李亚伟：《英雄与泼皮》，《豪猪的诗篇》，花城出版社 2006 年版，第 226 页。

热衷于天马行空地游走四方的诗人来说，似乎不应成为话题，尤其是对于“莽汉”诗人李亚伟来说，更是如此。从一些当代作家或诗人的创作谈中，我们总能看到，但凡在文学上有成就者，大学时旷课数量都是惊人的，这似乎成了普遍现象。将旷课作为段子提出来，也只是像李亚伟在其《中文系》里表达出的讽刺与嘲笑一样，充其量就是一次“为了忘却的纪念”。

当年，周伦佑、杨黎、万夏等人在成都创办了“四川省青年诗人协会”，李亚伟在涪陵筹建分会，“整个过程均是聚众狂喝、朗诵和聊天。地点均是在劣等酒店和茶馆，荒唐了一阵后将成立分会的事不了了之。”办分会这种荒唐事流产之后，关于“四川省青年诗刊协会”更为荒唐的事情接踵而至：“一会儿万夏、杨黎伙同石光华、宋渠、宋炜发动‘政变’夺了协会的权，一会儿周伦佑又‘开除’了一大群理事会成员，似乎渴望‘过集体生活’的‘热爱组织’的诗人投入组织后只可能相互摩擦进而与组织发生摩擦而成为无组织无纪律的人，暗示了‘流派’与‘社团’等诗人出没处亦是如此，诗歌终将归还到个人的手头和心上。”① 李亚伟终于道出了“第三代”诗歌流派与社团在短短几年迅速解散的原因，那就是世俗名利之诱惑，并不能阻止诗人争权夺利的欲望。

除开诗歌这一沟通纽带之外，在现实生活当中，作为平凡者的诗人，权力、利益以及虚荣心对他们来说也具诱惑力。从“莽汉”诗歌流派的这种内部争斗以及“四川省青年诗人协会”这种组织也存在尖锐的争斗来看，诗歌之事终究还需立足于一个人内心的真实。而渴望内心真实的诉求，有时也会在诗人身上演绎出另一番让人意想不到的“滑稽”。比如考研，这在 80 年代的大学生中并不普遍，但“莽汉”诗人李亚伟就曾有过考研究生的想法，而且准备考文学类的研究生，让万夏给他收集这方面的消息。一个“莽汉”诗

① 李亚伟：《英雄与泼皮》，《豪猪的诗篇》，花城出版社 2006 年版，第 227 页。

人，是不会忘记上进的。“发个狠没什么困难的，我想。”① 颇具讽刺意味的是，在这之后一年，李亚伟写出了《中文系》，对陈腐的大学中文系极尽了批判挖苦之能事，似乎前后判若两人。诗歌所透露出来的一个人的想法与现实到底有多大距离，这一点值得思考。

关于“第三代”诗人的段子，我们可以寻找到很多，那是他们青春期围绕诗歌所延伸出来的生活故事，是对话与交流，也有矛盾与冲突，在幽默、轻松的文化氛围里，诗人们以才华横溢的锐气和大胆的创新，给我们带来精神的食粮。

第二节　平民的狂欢：“第三代”诗人的心态分析

与朦胧诗人相比，“第三代”诗人所处的80年代，是社会环境与思想氛围相对开放的时期，他们普遍没有了朦胧诗人的那种英雄主义和理想主义精神，而是让自己从知识分子精英的位置上走下神坛，回归到了最为平凡与普通的民众定位中。

经过了80年代初朦胧诗的兴盛与辉煌之后，“第三代”诗人们都从大学毕业，进入了社会，经受人生的历练，接受社会大环境的淘洗与磨蚀。像大多数青年人一样，他们焦虑、狂躁，并在那个特殊的时代中渴望出人头地。他们张扬各种反叛精神和平民意识，标新立异，爱走极端，希翼引起各方关注。然而，他们在写作与生活中的心态，又是各不相同，互有差异的。即使是在同样的文化热潮中，也呈现出普遍的“向下看”心态，而不是像朦胧诗人那样仍然保持着昂扬的向上精神，他们在一次又一次的思想解放或管制中“旁观”着世事的变化无常。

---

① 李亚伟于1983年给万夏的信，参见杨黎《灿烂》一书前面信件资料部分，青海人民出版社2004年版。

一、青春与激情："充满犯罪感的乐趣"

与美国 20 世纪 60 年代"嬉皮士"文化里"反物质主义"一面颇为相似的是，80 年代的中国社会虽已实行改革开放，但商业主义和消费主义的气息在大众中并不浓厚。在那样一个物质匮乏的年代，温饱已让人知足。而人们在精神上的追求，很大程度上会高于物质。从这个意义上说，"第三代"诗人所处的 80 年代中期，也算得上是一个"反物质主义"的时代，因为它从根本上就没有"物质"可反。

在那样一个没有"物质"可反的时代里，诗人们普遍对物质财富表现出不屑一顾的姿态，而行走与诗歌，才是他们驾驭自我、控制人生的精神法宝。张清华先生认为，"第三代"诗歌运动的根本意义在于，它打破了当代诗歌几十年来与文化权力结伴而行的身份与存在方式，使原有的诗歌与诗学体制沦为一片废墟，使所有具备现代性写作立场的诗人都共同认识到并找到了一个起点，即民间、边缘、个人，这是使当代诗歌乃至所有艺术复归其本体的根本起点。① 但是，他们与后来的朋克文化又不一样，他们还残存有一种理想主义的气质，这种理想主义气质是由朦胧诗人所代表的"第二代"延续下来的，带着强烈的自由主义氛围，一种打破坚冰、崇尚民主的气质。但他们的理想主义，又不同于朦胧诗人的"英雄主义"和"精英"格调，而是一种在语言上奉行神性，而在生活上追求世俗的理想主义，这两种价值观的分裂，能恰如其分地融合在一些"第三代"诗人身上，对物质主义的反抗，以及对精神至上主义的坚持，也是他们的先锋精神在心理上的投射所至。他们的理想主义也并非当时主流文化所能认同，比如上海的"撒娇派"就在宣言中出示了一种"好死不如赖活着"的平民主张："活在这个世界上，就常常看不惯。看不惯就愤怒，愤怒得死去活来就碰壁。头破血

---

① 张清华：《关于"第三代诗运动"的性质》，《内心的迷津》，山东文艺出版社 2002 年版，第 162 页。

流，想想别的办法。光愤怒不行。想超脱又舍不得世界。我们就撒娇。”① 这种“撒娇”倾向，正是西方嬉皮士文化的中国式案例，它们或许更符合年轻的“第三代”诗人对一个思想解禁未久的社会的理解。

嬉皮士文化对于“第三代”诗人的渗透，是让他们成为了边缘化的人群；与主流之间的隔阂，让他们在面对责任时，总是显得不知所措。他们是反叛的一代，同时也是觉醒的一代。其自我觉醒，不仅表现在行动上，也表现在心理变化和反应上，最后还形诸文字。

我的青春来自愚蠢，如同我的马蹄声来自书中

我的内心的野马曾踏上牧业和军事的两条路而到了智慧的深处

——李亚伟《寺庙与青春》

诗人内心里有一种发泄的青春冲动，宁静与浮躁并存，平和与冒险齐驱，这正是年轻诗人们在商业时代来临时的激烈反应。他们渴望犯罪，但又被一种受过教育的伦理底线所控制，无法真正迈向罪恶。他们在行为上的游戏性，以及在诗歌创作上的疏离主流，从某种程度上说，就是平民姿态的胜利。他们与主流文化有意保持距离，并拒绝成为主流文化的一部分。

而“第三代”诗人不同于前几代诗人之处在于，前几代诗人要么热衷于对“革命”与“阶级”的颂扬，要么醉心于纯粹形而上的哲学吟唱，而与真正的、现实的、可触摸的日常生活几近处于绝缘状态。“第三代”诗人敢于冒险，不仅有词语上的冒险，还有精神和心灵上的冒险。因为更多的时候，他们是在与平凡的现实短兵相

---

① 参见徐敬亚、孟浪编：《中国现代主义诗群大观 1986～1988》，同济大学出版社 1988 年版，第 95 页。

接，这不可避免地会遭遇挫折，他们容易对社会产生不信任，也容易对不满之事产生愤怒，乃至最终感到焦虑和失望。他们热衷于发表宣言，且对社会也有想法：一方面游离于主流社会和正统价值观之外，另一方面又希望参与各种事务，渴望能得到社会认可与公众接纳。因此，他们的思想是分裂的，有获得自由的期待，也有自我束缚的局限。

后来，一些接受访谈或写回忆录的“第三代”诗人，对寻访之事历历在目，其娓娓道来的言辞颇有炫耀之意。然而，那段独特的历史不可重来，对于“第三代”诗人令人羡慕的青春往事，我们只有在他们的访谈文章或个人零星的回忆录中去寻找，去感受80年代的激情与灿烂。

> 80年代是一个激情澎湃的年代，我们这一代诗人大多在60年代出生，天生有一种与现实搏斗的勇气，梦想着要干一番轰轰烈烈的事业；我们的诗歌写作带着一种与生俱来的使命感，喜欢探讨一些有关人类命运、生存境遇等具有永恒意义的命题，关注与反思时代的变迁及其所带来的一系列精神问题。我们这代诗人身上有着旁人永远无法理解的内心风暴，但这纯粹是个人的、身体的，我们不断地在混乱中寻求秩序。我们每个人写作的背后都深藏着一颗悲哀的内心，我们不知道内心的苍凉从何而来，但我们确实如此真实地触摸到内心的苍凉。当我们身边朋友们不断地离开、出走或陷入无望的混乱，面对铁打的现实、流水的人生，面对紧箍的体制与既定的秩序，我们有过不满、怀疑、痛苦、失望与沮丧，毅然以诗为媒介对世界进行最全面地、最直接地介入与反抗，直至走向激愤与绝望。①

① 海岸：《〈喂〉：上海诗歌前潮掠影》，载《大陆》总第五期，上海，2008年6月。

这就是很多“第三代”诗人的青春现实：一方面义无反顾地投入到火热的日常生活洪流里，随着改革步伐的迈动，对精英事务不屑一顾；另一方面，他们对国家制度，社会变化，都有着比常人更为敏感的触觉。这两种分裂的心理行为，让他们有时不免产生失望情绪，所以，他们会将过剩精力用在行走、行动与表演上。最为典型的，当属80年代的万夏，他的奇装异服及花哨发型是“相当有名”的。李亚伟认为，他虽然不能代表“英国服装师及纽约夜生活中的玩意儿”，也不属于“资产阶级”，但是他可以代表“莽汉主义”的理论。① 比如，他们像西方社会的年轻人一样，钟情于青年亚文化，有一种对奇装异服的热爱，这也是他们反抗社会、标新立异的见证。甚至可以这样说，“第三代”诗人就是中国社会80年代的青年亚文化群体，他们反叛传统，喜欢冒险，乐于向一切常规挑战，对激进政治有着独特的理解。在这样的生存现实中，他们的叛逆行径，总是招来他者异样的目光，其为人、行事和为文，当然也就显得与众不同了。

针对“第三代”诗人的种种叛逆行为和与众不同之处，同为“非非”主将的周伦佑认识得很清楚，他曾以颇为诗性的语调，幽默地作出过如此调侃：“第三代”诗人们没有北岛们那种强烈的政治意识，也缺乏第二浪潮的诗人们那种崇高的使命感。在他们看来，“诗首先是一种生活方式。而且是一种完整的生活方式。他们有时有点魏晋风度，饮酒，但不尚清谈，喜欢玄学。对药的态度则在信与不信之间。也有些现代性的东西，比如灵魂与肉体的普遍分裂。经常把眼睛忘在枕上。用纸牌算命。读一本名著便折断一条手臂。有时冒雨到桥上看水。有时站在头上看自己。当尾巴咬住狗转圈时，便突然感到人的可悲了。于是开始嘲笑不朽开始亵渎神圣。

① 李亚伟：《流浪途中的“莽汉主义”》，《豪猪的诗篇》，花城出版社2006年版，第216页。

除此之外，常常使他们困惑的还有，变态心理。牙痛。咖啡该不该放糖以及女人臂围的圆周率之类的问题。”① 周伦佑这种以诗性语言作出的总结，带有超现实主义意味，但这正是对“第三代”诗人狂欢心态的对应性理解。他们释放压抑的情绪，以“愤怒出诗人”的原始规训，诠释着 80 年代的忧伤与感怀，惊惧与恐慌。虽然带着犯罪般的乐趣去从事语言的创造，但他们还是不时地感到“生而为人”的卑微与无助，这种冷静的心态，又让诗人们多了几分怀疑与批判的性情之真。

问题虽然是被清醒的诗人提出来了，但事实依旧存在，困境仍不能得以解决。因为他们年轻，而且还处于那样一个冒险成风的时代，具有犯罪感的心态，在诗人们看来，都是一种快感，一种发泄。

二、平民意识的崛起

思想解放，是中国人自五四运动前后就一直面临的问题，也是现代化进程中的困境所在，解放的尺度，解放的方向，都至关重要。而 80 年代的“第三代”诗歌运动，同样首先也面临着思想的解放，其次才是语言的变革，最后是诗人反叛与超越传统的运动。

有学者对思想解放与诗歌之关系，曾作出过深入的阐释：“思想的解放给诗带来了想象力的解放。因为，感受美的机能并不直接是情感更不是理智，而是想象力。想象力不是一个封闭的领域，它将美的光芒迅速而强烈地辐射到情感和理智的领域，从理性和知性的强制中解放了生存的整体，这是新诗的出现和将获得进一步发展的民族心理基础。它试图重新确立审美价值在人的价值观中的地位，而把某种属于另一个美与自由的世界中的秩序、意念带到这个世界中来。诗不只是经验的反映，它就是我们所经历的经验本

① 周伦佑：《当代青年诗歌运动的第二浪潮与新的挑战》，见四川青年诗协现代文学研究室自办的《非非评论》报。

身。”① 从某种程度上说，“第三代”诗歌运动是随着80年代中国的“新启蒙”思潮同步发展的，它们之间有着渗透与互动。“第三代”诗人力图冲破各种思想束缚，以全新的、个性化的语言方式，向朦胧诗时代的英雄主义话语挑战，这种颠覆性的破坏之力，的确营造出了一片诗歌“新的天空”。他们的诗作，不仅有对传统的反叛，以及对西方的接受，同时也有对传统的吸纳，以现代性的抒写将传统文化重新纳入到启蒙的格局中来，并试图全面或部分地将其融入到80年代的文化热潮中，形成一种与“五四”启蒙运动有着相同功效的“文学革命”体系。

思想意识的解放，精神边界的拓展，一定程度上也会给80年代国人的生活方式与存在状态带来变化，而对各种现实异常敏感的“第三代”诗人，更是走在了时代的前列。他们开始有意地打破“集体主义”的一统化格局，张扬自我，凸显自我，一切以自我为中心。有论者说，“第三代”诗人“既无意代表时代，也无意代表他人，他们只代表他们自己”，并认为这是一次“美学和艺术精神的变革”。由群体意志到个人视角，由精英立场到平民意识，其实正是“第三代”诗歌的价值立足点。“在这场变革中，一个平民的世界突起在诗的大陆，就如一场四处漫溢的洪水，浸没了英雄和平民，高贵和低贱，伟大和渺小的界限，一切都是洪水消失之后平展无垠的大地。”② 在诗歌的王国里，“平民的世界”之建立，消弥了各种无聊的、等级森严的界限，让个人经验的复杂与丰富，成为彰显诗歌美学多元化的佐证。平民化一方面是诗人对自我身份的认定，另一方面则是在创作中注重对精英意识的消解。“犹太人卡尔·马克思/叼着雪茄/用鹅毛笔写字/字迹非常潦草/他太忙/满脸的大胡子/刮也不刮//犹太人卡尔·马克思/他写诗/燕妮读了他的

① 耿占春：《新诗的创造性想象》，《改变世界与改变语言》，社会科学文献出版社2000年版，第4至5页。

② 孙基林：《文化的消解》，《崛起与喧嚣——从朦胧诗到第三代》，国际文化出版公司2004年版，第212页。

诗/感动得哭了/而后变成了最多情的女人//犹太人卡尔·马克思/没有职业到处流浪/西伯利亚的寒流/弄得他摇晃了一下/但很快就站稳了……”（《卡尔·马克思》）尚仲敏对伟人马克思的书写，一改过去那种仰视的角度，而将我们心目中的伟人还原成了日常生活中的凡人。诗人这种诙谐、幽默的表达，是对那种高高在上的严肃姿态的反拨，从而对所写之人作了俗化处理，以达到亲切、平和的效果。

与“第三代”诗歌运动差不多同时出道的评论家朱大可，他在80年代时就预言了“第三代”诗歌运动是“平民意识的胜利”，这一观点恰好暗合了当时社会的意识形态走向与文化突围的搏弈。“市民意识形态的胜利，以及种族意识形态所显示的某种力量，构成对先锋诗歌运动的真正威胁，它们强大而隐秘，像尘埃一样无所不在，同时拥有亲切凡近的表情。这种软性技术足以瓦解最激进的反叛意志。”① 市民意识的胜利，是针对诗歌而言的。真正的理想主义并未丧失，但“第三代”诗人和朦胧诗人所持有的理想主义不一样，“第三代”诗人的理想主义是以世俗生活的满足为基础的。只有最真实的日常生活，才是平民社会的现实，因此，那种精英主义的抒情，在“第三代”诗人那里被全面或部分地抛弃。

比如，以“他们”和“莽汉”为代表的平民主义诗歌流派，似乎已经将诗歌的抒情与高雅超越了，一旦越过崇高，诗歌就回到了语言最基本的生活层面。他们所写的那些“充满行为、动作”的诗，是对自己及朋友们“琐碎平凡生活的陈列”，并向着最世俗化的方向靠近。“幻想的失意、清贫的冷傲与愤慨、娶妻生子、男男女女的穷少年、酸职员生活，被他们搅拌在荒漠麻木、幸灾乐祸、知天认命和情爱、单恋、露骨的性体验的冷热交杂的一锅大粥之中。”② 这是一代诗人最真实的心境体现，他们从朦胧诗的“象征”艺术中走出来，直接进入“生活之人”的世界。诗人们开始写朋友

---

① 朱大可：《燃烧的迷津》，《话语的闪电》，华龄出版社2003年版，第79页。

② 徐敬亚：《圭臬之死》（下），载《鸭绿江》1988年第8期。

家里的猫："你给我们开门的时候/惊人地站直身子，一动不动/你审视我们庞大的行李/而我们也注意到/你雪白的肚皮毛茸茸地起伏着/你而且是男的"（张真《朋友家里的猫》）；开始写杯子："这时，我听见杯子/一连串美妙的声音/单调而独立/最清醒的时刻/强大或微弱/城市，在它光明的核心/需要这样一些光芒/安放在桌上/需要一些投影"（韩东《我听见杯子》）；开始写家居生活："三日细雨，二日晴朗/门前停云落寞/院里飘满微凉/秋深了/家居的日子又临了//古朴的居室宽敞大方/祖父的肖像挂在壁上/帘子很旧，但干干净净/屋里屋外都已打扫/几把竹椅还摆在老地方/仿佛去年回家时的模样//父亲，家居的日子多快乐/再让我邀二三知己/酒约黄昏/纳着晚凉/闲话好时光"（柏桦《家居》）。不仅如此，他们还唱《厨房之歌》（张真），讲述一次《路遇》（吕德安），描绘《相声专场》（阿吾），将日常生活的琐碎之事，都纳入到了富有神秘感的诗歌写作中，建构一种"平民主义"的书写立场。

"新切感"、"平常感"以及"幽默感"等，都是"第三代"诗人在写作上努力的方向。不仅"他们"和"莽汉"诗人是这样，"非非"诗人同样如此。欧阳江河在谈到"非非"流派时曾说："《非非》我觉得是反贵族的，是真正意义上的革命。尽管里面有很多街头的性质，有一种草莽英雄的性质，比如内部一会这样一会那样，没关系，但我觉得基于在文学史上造成的影响这个意义上，《非非》肯定永垂不朽。"① 这是"第三代"诗人自信的见证，他们有最鲜明的主张，也有着对问题最为独到的、与众不同的看法，这是他们的优势，也是他们的缺陷，因为他们目空一切，所以才显得狂傲过人，对一切事情似乎都满不在乎。惟有对诗歌，他们倾注了巨大的热情，且要进行一场"价值和行为的革命"（张万新语），这种革命，首先就是要打破精英意识，回到平民的生活层面。就像"莽汉"诗人所倡导的那样，要从高高在上的神秘诗歌殿堂返回到

① 杨黎：《灿烂》，青海人民出版社 2004 年版，第 445 页。

民间，切入真正的日常生活，为“打铁匠和大脚农妇”写“进行曲”，有自嘲的批判，也有生命的关怀，最后，不仅要完成对汉语言的艺术改造，而且还需达至人的精神世界的高地。

“第三代”诗人注重平民意识的反叛精神，只知破坏，少有建设，最终还是缺乏一种特殊的超越性力量。整个诗人群的精神视野在封闭的技术考究时代难以获得有效的敞开，同时，他们中很多诗人的后蓄力量不足，直接导致他们日后放弃诗歌写作，甚至完全在诗坛上销声匿迹，这是“第三代”诗人的悲剧性体现，同时也缺少关怀性的人格魅力。但是，诗人一旦获得独立反省与思索的力量，他就会将生命状态与日常诗意作巧妙融合，从而达到现代性的精神维度。

三、焦虑与狂躁叠加的“极端”心态

“浮躁和价值焦虑”（周伦佑语）是“第三代”诗人无法排遣的障碍，这也是该诗潮只持续了几年就中断的重要原因。市场经济对诗人价值观念的影响与冲击是强大的，生存的压力与成名的渴望，恰恰在他们这一代诗人身上发生，所以其纷纷转向与放弃，是有着外部环境与内部环境两种因素所左右的。

其一是外部环境，除了市场经济的冲击之外，整个中国大形式是处于变革前的混乱状态，尤其是文化与思想界，新思潮与新观念层出不穷，它们对诗人的影响显而易见。很多诗人后来不是成为了文化商人，就是成为了思想者，这是 80 年代所造成的文化爆炸的氛围所致。

其二是内部因素，“第三代”诗人大都是中国恢复高考制度后在短时期内进入大学的，他们进大学后所面临的是一个“百废待兴”的局面，青年教师的不学无术，老教师观念的陈旧，都直接导致了他们反叛情绪的高涨。而且，他们大都在小时候经历过“文革”，所以心理阴影并没有朦胧诗人那样深切，只是一种模糊隐约的思绪，这样的“文革”影响空白，却造就了他们接受新事物的思考空间。

内部与外部因素的结合，是“第三代”诗人迅速突起、又急遽衰落的重要原因。在那种并不从容的氛围中，“第三代”诗人们也活得焦虑，活得狂躁，活得愤怒，因此，他们的诗歌更多是在表现一种“快”的节奏，迅速而无奈，这让诗人们难免会染上尖锐刻毒、自我嘲讽的情绪，夸张、极端、一针见血，并充满叛逆的快意。“第三代”诗人的极端心态，透过那种焦虑与狂躁的时代氛围，表现得非常明显。在“第三代”诗歌群体中，有一个流派，直接就叫“极端主义”。他们宣称：“极端主义是一种身不由己的创新主义，它崇尚大自然的生长方式，文明对于它不过是一件破衣服。”最后得出结论：“诗歌就是极端!”[①] 后来有论者对这种“极端”与“反叛”心态作过深入分析：

> “第三代”诗人多半乐于在探索的每一向度上走极端。他们毫无忌惮地毁坏一切自认为应该毁坏的，标榜一切自认为应该标榜的，以致有时根本不能分清，这里哪些是彻底的义无反顾，哪些是庸俗的哗众取宠；哪些是诗性的任性率真，哪些是练达的时尚利用；哪些来自追求艺术的献身冲动，哪些根源非得即失的聚赌精神。或许在所谓“生命的原生状态”中这些本来就互相渗透，彼此会合，所以他们才如此纵横捭阖，不管不顾。这不可能是理想的诗歌状态，然而在一个习惯倾向于单一、保守、封闭、僵硬的传统——现实格局的背景下，却是新的诗歌理想诞生的激烈前奏和必要中介，其自身同样包含着不可忽视的生长因素。[②]

或许正是因为他们的“极端”与“反叛”，才有了“第三代”

---

① 徐敬亚、孟浪编《中国现代主义诗群大观 1986～1988》，同济大学出版社 1988 年版，第 153 页。

② 唐晓渡：《“朦胧诗”之后：二次变构和“第三代诗”》，《唐晓渡诗学论集》，中国社会科学出版社 2001 年版，第 79 页。

诗歌的创造性活力，以及打破单一性的多元化写作。“第三代”诗人的气质，一方面反映在他们“异想天开”的诗歌文本里，另一方面也体现在极端“反叛”的社会行为中，这种“极端”状态，还可能是一种矛盾的行为，比如对诗歌的理想主义精神与在现实生活中的功利化心态，这两种心态的对比，正是诗歌与生活的错位。

针对当年在西南师范大学一帮人讨论“第三代”的命名时，几十个年轻诗人“闹了三天三夜”，最后还是没有给出令所有人都满意的命名，结果“大家不欢而散”。万夏回忆说：“现在想想，其实诗歌就是诗歌，不分什么第几代，当时那种做法还是功利主义思想占了上风，想把自己推出来。”① 这其实才是诗人们当时心中最真实的想法，走向平民社会的诗人，在很多事情，尤其是权利与名誉面前，他们也不能完全免俗。比如，关于“莽汉”初期的分裂，万夏与胡冬之间的分歧，后来二毛的加入，李亚伟的评价还算中肯：“莽汉”这一概念从一开始就不仅仅是诗歌，它更大的范围应该是“行为和生活方式”。② 诗歌与生活的交融，在“莽汉”诗人身上体现得恰到好处。这一模式，后来还延伸到了“海上诗群”、“非非”等诗歌群体，并获得了一种集体性的应和。

在李亚伟看来，他心目中的“莽汉主义”是很有包容性的，他的“行动大于诗歌”的态度正好契合了那个时代的要求。就像李亚伟所言，“莽汉主义”绝非新的创造，它要的就是古人那种“无法无天、好酒好色的刺鼻味儿和骨子里的幽默态度”。③ 而诗评家李少君对此也有评价，他说，“莽汉”当年宣称：“诗人们惟一关心的是以诗人自身——‘我’为契子，对世界进行最全面地、最直接地介入。”诗人们也彻底地身体力行实践了自己的宣言。李亚伟等人抛弃稳定安逸的生活，直接将自己投入世界，到处流浪，走遍城市

① 刘晋锋：《万夏：“莽汉”不莽》，新京报编《追寻 80 年代》，中信出版社 2006 年版，第 74 页。

② 李亚伟：《英雄与泼皮》，《豪猪的诗篇》，花城出版社 2006 年版，第 225 页。

③ 李亚伟：《英雄与泼皮》，《豪猪的诗篇》，花城出版社 2006 年版，第 228 页。

乡村，看遍各地风景，喝酒打架，追逐女性……一直以来，李亚伟和青春的“莽汉”们都在路上，从南到北，从东到西，从一个城市到另一个城市，从一个乡村到另一个乡村，到处和诗人们串联，留下大量传奇故事和乃至被警察拘留的斑斑劣迹。如果要谈写作的“身体性”，这恐怕是中国当代汉语诗歌最早的“身体性”，而且比起后来那些沉湎于偷情、自慰甚至嫖娼的“身体性”，这倒算是真正的“身体性”——将身体投入到世界中，分享生活的秘密。同时，他们也把一种行为方式和生活方式带到了各地。他们流浪并且写诗，基本是以手抄和复印的方式传播诗歌，以一种真正的“地下”形式，以至于有人说那才是真正在民间流传最广的诗歌。并且产生了不可估量的深远影响，很多人了解“第三代”诗歌运动其实是从听闻“莽汉”等到处流浪、朗诵，甚至打架斗殴之类行动的传言中获得的，是从“莽汉”那些充满雄性荷尔蒙的诗歌中获得的。可以说，“莽汉”树立和传播了一种生活方式和价值观念。虽然“第三代”诗人中很多都自称“反文化”，但多半停留于口头，只有“莽汉”是最彻底的，付诸实践的。①

> 走过大街小巷/走过左邻右舍穷亲戚坏朋友们中间/告诉这些嘻嘻哈哈的阴影/我要去北边/走过车站走过广场走过国境线/告诉这些东摇西晃的玩意儿/我要去北边/走过人民北路师范学院/走过领导的面前/把脚丫举过头顶高傲地/走过女朋友身边/告诉这些尖声怪气的画面/我要去北边/我要去看看长城现在怎么啦/我要去看看蒙古人现在怎么啦/去看看鲜卑人契丹人现在怎么啦/我要到很远很远的地方/去看看我本人/今儿个到底怎么啦
>
> ——李亚伟《进行曲》

① 李少君：《从莽汉到撒娇》，载《读书》2005 年第 6 期。

年轻的诗人总是停不下来，他们处于精力旺盛的青春期，焦虑，浮躁，对一切都充满快意的激情。为了释放过剩的精力，他们需要不断地去奔走，去行动，去挖掘生命的通道，去寻找诗神的眷顾。他将自己从知识分子精英的位置上拉下来，以平常人的方式生活，也以平民的方式思考诗歌与人生。

尤其是对于“莽汉”、“非非”、“他们”以及部分“北大诗人群”来说，80 年代的社会氛围，让他们一方面在诗歌理想主义的支配下拒绝沉沦，另一方面又因与现实的博弈而遭遇精神的困境。诗人们躁动的灵魂，似乎再也无法得以安宁，他们渴望维护自己作为诗人的尊严，同时也在词语放纵的情绪里陷入尴尬。这些矛盾的状态，让“第三代”诗人们将每一天都当作狂欢夜，以折腾的心态去感受时代的喧嚣，感受一种愤怒的情绪。躁动的心绪与生活的现场对接，让这批富有理想主义精神的年轻诗人，在诗歌中找到了自尊，同时也见证了生活给他们带来的馈赠。

四、旁观者心态

诗歌是记忆的入口，它或许是传统的颠覆者，也有可能是潮流的反叛者。不管是“一路先锋到死”，还是最终回归古典，诗歌都在其自身的秘密通道中徐然前行。以“旁观者”的心态切入一个诗人的灵魂世界，这是具有在场状态的诗人超越自身最本质的意义。中国的诗歌经历了古诗向新诗的演变，其中有白话文运动与西方诗潮的推波助澜，它得以能够在时间的长河中经过九十余年的历程，而历久弥坚。这是中国新诗在承续古诗传统精神与血脉的基点上，逾过世俗化与消费主义精神的羁绊，而变得越来越具有中国特色的现代意识。

诗歌发展到今天，它所经历的坎坷与曲折自不待言，然而其人道主义的力量，我们却是无法规避与抹杀的。每一个阶段都有每一个阶段的诗歌，当时代成为历史，就像诗人欧阳江河所说的那样：“诗歌写作的某个阶段已大致结束了。”这是长期在诗歌的氛围中所体验到的真正的感觉，这种感觉让整整一代人刻骨铭心。而当一个诗歌的时代过去之时，我们便会开始另一个时代的诗歌之梦。梦想的实现，生命的还原，都是诗歌所赖以支撑的基石，无论我们对于历史还是现实，都脱离不了富有力度的话语精神。就像柏桦的那首《表达》，他虽然是想要竭力表达一种状态，但是他却失语了。

我要表达一种情绪
这情绪不会说话
你也不能感到它的存在
但它存在
来自另一个星球
只为了今天这个夜晚
才来到这个陌生的世界
……
它凄凉而美丽
拖着一条长长的影子
可就是找不到另一个可以交谈的影子

1981年，柏桦在寻求适合自己“表达”的途径，而钟鸣在寻找另一个发泄的突破口。还在象牙塔里的诗人们不断地挥霍着青春与欲望，生生不息。“表达只是青春千种风情中的一种方式而已。我们笑的时候，笑就是青春。我们疯狂表现幼稚的时候，那幼稚就是青春。我们捕捉模糊的爱的影子，那影子就是青春。我们抄着手，作‘忧国忧民状’时，那状态就是生命不可遏制的形式。我们的性欲渴望肉体与宣泄，那肉体温表宣泄就带有一种美感。柏桦那焦灼的《表达》(1981)，就诞生在这样的气氛中，不能不说是时代的一种缘分。”① 在这样一个时代，诗歌充当了民众的精神食粮，更丰富了诗人们“胡作非为”与“花天酒地”的物质资源，他们想

① 钟鸣：《旁观者》(第2卷)，海南出版社1998年版，第677页。

要表达，却从一定程度上来说疏于表达。表达有诱人之处，诗歌更有迷人之气质，在那个年代的一个瞬间，诗歌拯救了从苦难中脱身而出的众人。他们学会了诉说，也学会了以诗歌进行表达。

> 有一种神秘你无法驾驭/你只能充当旁观者的角色/听凭那神秘的力量/从遥远的地方发出信号/射出光来，穿透你的心/像今夜，在哈尔盖/在这个远离城市的荒凉的/地方，在这青藏高原上的/一个蚕豆般大小的火车站旁/我抬起头来眺望星空/这时河汉无声，鸟翼稀薄/青草向群星疯狂地生长/马群忘记了飞翔/风吹着空旷的夜也吹着我/风吹着未来也吹着过去/我成为某个人，某间/点着油灯的陋室/而这陋室冰凉的屋顶/被群星的亿万只脚踩成祭坛/我像一个领取圣餐的孩子/放大了胆子，但屏住呼吸
>
> ——西川《在哈尔盖仰望星空》

诗人虽然渴望通过了解社会、认识世界，最终看透整个宇宙。这些神秘之事，诗人总是想真正参与其中，以猎奇的心态去探索，去感受，去把握。然而，一旦回到现实中来，他们还是要采取旁观者的态度。这是一代诗人的宿命，也是他们在当时的社会中无法承担更多精神压力使然。他们首先要了解自己，才会进一步去了解他人，热爱世界。

“大学生诗派”的诗人尚仲敏说：“诗人首先把目光投向自身，他对自己太了解了。他不知道高尚为何物，他只知道他是一个实实在在的人，人所具有的特点他无所不有。他常常处于一个虚幻的境界，在那里，他的灵魂东游西荡，飘忽不定……人类挣扎在一个巨大的悲剧里，所有的人都面临着死亡的威胁。所有的事物都作为异己的力量而存在，在生命的过程中，人几乎没有什么自由可言。……

悲剧性成了人类的最大现实。”① 诗人本就是一个个灵魂与身体共存亡的主体，在这个世界上，只要有诗人的存在，诗意永不会消亡。他们一边用诗歌为我们的社会创造着语言奇迹，同时也让这个世界变得敏感，各个方面的锐利眼光都离不开诗人的这种敏感。另一方面，诗人也用他们的日常行为制造着这个世界的混乱与疯狂，激情和理想。因此，诗人的人生也是一首长诗，或富于传奇性，具有人格魅力，或在孤独一生中释放多余的能量。

在 80 年代初的特殊转型时期，“第三代”诗人思想意识的解放、激情与理想的展现、行为的出格与怪异，这些因素都决定了他们是那个时代的先锋，同时也是异类，更注定了他们在写作上的与众不同。“第三代”诗人不仅在诗歌中达到了“天空”与“灵魂”的一致，而且在个人行为上也是集魔鬼与凡人于一体，综合了启蒙时代诸多精神实体虚幻的形式探索与情感实验。

第三节　“第三代”诗歌的反叛与解构策略

作为一代文化群体，“第三代”诗人相比于朦胧诗人来说，具有张扬的个性和追求自由境界的诉求，而作为具有独立立场的诗人个体，每一个“第三代”诗人都曾在青春期有过反叛行为，他们或者反传统、反文化，或者反价值、反崇高，将朦胧诗人所建立起来的宏大神圣价值观部分或全面推翻，并试图另立山头，他们这样思考，同时也如此行动。

他们在文化观念上扯起了反叛的大旗，在价值观上有着主体意识觉醒的期待，而在行为举止上也有着美国社会 1960 年代嬉皮士

① 尚仲敏：《尚仲敏谈第二次浪潮》，参见四川省大学生诗人联合协会自办的《中国当代诗歌报》，1986 年 3 月 20 日第 1 期。

们的风范。而在诗歌创作上，他们又是现代主义乃至后现代主义解构精神的典范，放逐诗歌的抒情本质，以口语化和叙事的方式来参与解构性的创作实践，这些都成为“第三代”诗人在 80 年代思想解放潮流中所体验的现实，而且这种状态与先锋诗歌的反叛精神也是一种有效的互动。

一、反叛精神的张扬

1980 年，“非非”诗人杨黎开始了他真正意义上的诗歌创作，也即是模仿惠特曼的《草叶集》风格而写出抒情诗。这源于杨黎与诗人骆耕野交换书籍时对惠特曼《草叶集》的阅读感受。他回忆说，1980 年，当他处于极端的情感冲突时，一种“宽阔的语感”开始在心中奔涌。一次，他在骆耕野家里看见了惠特曼的诗句，仅是“匆匆一瞥”，就颇受触动。于是，诗人铺开了纸，写下了这样七个字：“我是太阳的情人。”① 这是 80 年代初的杨黎开始诗歌写作时的心境写照。杨黎初学写诗时的参照，就是惠特曼的《草叶集》，对于一个真正的先锋诗人来说，惠特曼的浪漫主义风格，以及对夸张词汇的运用，都只能从表面上影响一个青年诗人。80 年代的诗歌写作，对于很多“第三代”诗人来说，可能就是一种青春期的反叛与冲动所导致的对语言施暴的结果。

对于那些 60 年代出生，而在 80 年代成长的中国人来说，大都对 80 年代怀有一种兴奋莫明的激情。因为他们处于懵懂叛逆的青春期，一切都显得陌生而新鲜。“那是一个意气风发的年代，那是一个太阳每天都是新的年代，那是一个人们需要诗而诗歌也可以被大声朗诵的年代，那是一个渴望冒险而社会也为你提供变化可能的年代……对于我们而言，那是一个最好的年代。”② 这是一段 1960 年代出生的写作者的回忆告白，他感同身受地道出了自己亲历过的

① 杨黎：《阳光下的鼠疫》，《灿烂》，青海人民出版社 2004 年版，第 58 页。

② 张立宪：《〈闪开，让我歌唱八十年代〉后记二》，《闪开，让我歌唱八十年代》，人民文学出版社 2008 年版，第 359 页。

80年代生活，激昂、奔放，做什么都富有新意，因为一切都需要革新。而绝大部分“第三代”诗人，同样也是处于这种时代环境里，他们可以光明正大地写诗，并当众大声朗读，他们是一个时代的文化先锋，也是那个社会的加速器。

80年代中后期，中国文化界响起了一片反叛传统的声音，这是自“清除精神污染”运动之后，中国文学艺术界又一次更大规模的思想解放浪潮。在美术界，“八五美术运动”中的新潮画家们，以一种叛逆的姿态，直接向传统的中国绘画发出了挑战，这在艺术上的前卫实验，为文学界的先锋创造也开辟了一条同样光明的道路。在小说界，以马原、残雪、苏童、余华、格非、孙甘露等人为代表的先锋派小说家，也在这一时期相继登上文坛，创作出了一批在形式与内容上都令人耳目一新的小说，并引起了强烈的反响。而在诗歌界，诗人们的反叛，几乎是对中国新诗的一次全面颠覆，无论是从思考方式，还是从行文方式上，“第三代”诗人们都与之前的诗人有了断裂。

这一方面是由青年作家和诗人们处于青春期的心理状态所限，另一方面，也是受80年代中期中国社会的政治与文化环境决定的。因此，朱大可说，“反叛”这个灵魂的母题，已经“像碑铭一样”被深刻地嵌入了80年代“青年的头骨”。[①] 这种反叛情绪，在作家和诗人们身上的表现，就是张扬个性，部分或彻底推翻前人所建立起来的文学价值观，而重新亮出一代新人对文学的看法。他们在生活上的实践，就是打破正统，以奇装异服实施全新的个性张扬，而在文学写作上的实践，则是以“语不惊人死不休”的方式呈现他们异于传统的话语表述。他们的反叛行为，看起来有些粗暴，甚至过激，被朱大可称为“流氓先锋主义”话语的声音，但的确富有冲击力。

相比于“五四”时期的新文化运动，80年代中期作家和诗人

① 朱大可：《流氓的盛宴》，新星出版社2006年版，第193页。

们的反叛，虽然没有胡适、陈独秀等人那种决绝与彻底，但是他们的精神血脉有着相通之处。他们也要求启蒙与解放，要求能够发出自己的声音，这是年轻人青春期反叛的表征，也是一个在精神上“百废待兴”的时代所赋予他们的权利。尤其是“莽汉”、“非非”、“新传统主义”、“撒娇”等诗歌流派的诗人，其出格的表现尤甚。最后，这场运动由一种地域性的反叛，逐渐演变成了一场全国性的诗歌大反叛。而且“第三代”诗人们在生活与精神反叛上所表现出来的行为，对他们自己来说，有一种破坏的快感。“嘲笑”、“亵渎”、“颠覆”、“叛逆”等词语，是他们在这场精神解放运动中所运用的实验“道具”，对传统与主流文化，甚至有一种全面“围剿”的意思。然而，80 年代中期，话语管制依然严格，“第三代”诗人们的诗歌传播途径，相对于主流诗歌来说还是显得小众，因此，他们在当时也没有形成多么庞大的组织，仅仅也是限于青年人之间的小圈子行为。

就是在这样的小圈子反叛精神中，他们的书写核心表现得与众不同。其最引人注目之处，除了那些具有粗犷美学的诗歌作品之外，还有他们惊世骇俗的宣言。而且大多数宣言中，核心见解就是“三反”：反文化、反价值、反崇高。比如，在创作过程中，“莽汉”诗人们极力避免博学和高深，而反对那种“对诗的冥思苦想似的苛刻获得”。① 这“三反”宣言在当时的文化环境中被诗人们提出来，现在看来也是顺理成章的事情。因此，包括同时代人在内的一些评论家与研究者提出了诸多疑问：“第三代”诗人都在反文化、反崇高、反传统，但是他们的文化在何处？本身就没有文化，何以反文化？他们是在反别人的文化，而不是自己的文化。“第三代”诗人本身就不崇高，他们何以反崇高？他们是在反别人的崇高，而不是在反自己的崇高。“第三代”诗人本身就没有了解我们的传统，他

① 徐敬亚、孟浪编：《中国现代主义诗群大观 1986～1988》，同济大学出版社 1988 年版，第 95 页。

们何以反传统？他们拿什么来反传统？无非是西方“拿来主义”式的反抗与拒绝。他们是在反别人的传统，而不是自己的传统。所以，他们所有的文化反叛，都只是一种姿态而已，在现实表现上根本没有实质性内容。

有年轻诗人说，“第三代”诗人是最没有文化的，他们的反叛实际上根本不成立。正当很多人质疑这一问题时，“第三代”诗人的“纸上叛乱”（朱大可语）也进行得如火如荼，他们以狂放的姿态，激越的声音，以及颠覆性的美学冲撞，将那些正经的、经典的、被人们长期固守的规训与教条，都以词语变形和与传统断裂的实验性反叛，作了“革新”式的处理。而“莽汉”诗人李亚伟明确要求自己在跟文化“找茬”的同时，不能过分好学，不能去找经典和大师，做起学贯东西的样子来仗势欺人，更不能写经典和装大师，要主动说服、相信和公开承认自己没文化。这种无所畏惧的心态，才是“第三代”诗人们写作全新诗歌的前提。

于坚在回忆 80 年代时，曾将其与当下的中国现实作了对比，以此得出结论：80 年代是中国各方面解放与自由的“黄金时代”。他回忆说，80 年代是一个伟大的时代，坚冰在被打破，思想启蒙气氛活跃，敢为天下先，使命感，对自由和真理的追求是时代的潮流。大学生是那时代的青年精英，并非今日的枯燥试卷培养出来的豆芽，大学集中了这个国家最有思想和创造力的青年。当时中国最有创造力的一群诗人在大学里，但不是什么学院派，他们是中国最早的嬉皮士，最先穿牛仔裤、留长发、跳迪斯科、听摇滚音乐、热爱崔健、谈论性解放和黑色幽默等。① 针对这种“反文化”的诗歌浪潮，有诗评家曾分析说：“第三代”诗人的“反文化”，不是完全抛弃与推倒文化，“而是对文化的不信任与质疑，是对整个文化化

---

① 参见张映光：《于坚：和“他们”在一起的日子》，新京报编《追寻 80 年代》，中信出版社 2006 年版，第 16 页。

了的世界亮出‘黄牌警告’。”① 的确如此，“第三代”诗人们的“反文化”，实际是建立在对传统文化“不信任与质疑”的基础之上的，他们之所以以如此激进的方式来完成这个反叛的使命，一方面是因为他们处于青春期，容易冲动和富有激情，另一方面也是由中国历来特殊的国情所决定的，自五四以来，历次运动都是以激进的方式来完成的，而“第三代”诗人的反文化也不例外。

而在很多后来者看来，“第三代”诗人的“三反”运动，除了破坏之外，基本没有什么建设性的成就。对于这一点，诗歌研究界也是见仁见智。如果说“第三代”诗人自从举起反叛大旗的那一天起，他们就没有向我们展示其作品，这一点是不公平的。其实，他们除了宣言之外，在反叛上的主要表现就是诗歌的写作。正如尼采所言，“如果在历史的冲动背后没有建设性的冲动，如果清除垃圾不只是为了留出空地，好让有希望有生命的未来建造起自己的房屋，如果只有公正是至高无上的，那么创造性的本能就会被消耗和阻遏。”② 80 年代的“第三代”诗人虽然年轻，但他们的反叛并未如一些论者所认为的那样，是毫无建树的反叛，他们那些富有一定创造性的诗歌，正是对反叛的验证。

对于反叛在文学艺术中所占据的位置，加缪曾说，反叛在艺术中以真正的创造而不是以批评或解说完成并永存下去。③ 这种说法正契合了“第三代”诗人在话语反叛中所进行的创造性书写精神，他们打破了朦胧诗人所建立起来的英雄主义和理想主义神话抒写模式，从而创立了属于新一代诗人的平民主义话语格局。尤其是处于 80 年代中期那样一个“清除精神污染”运动正结束而又未结束的时候，“第三代”诗人反主流精神价值的声音，在中国大地上显得

① 陈仲义：《诗的哗变》，鹭江出版社 1994 年版，第 65 页。

② ［德］尼采：《历史的用途与滥用》，陈涛周辉荣译，上海人民出版社 2005 年版，第 55 页。

③ ［法］加缪：《置身于苦难与阳光之间》，杜小真译，三联书店 1989 年版，第 177 页。

异常刺耳，他们的诗歌举措也同样显得醒目，这里暗含着诗人们敏感的天性与“反动”的情绪，同样也昭示着一代人开始由多年的顺从与驯服向着独立立场的转变。

二、主体意识的觉醒

“第三代”诗人在举起各种反叛大旗的同时，其所思所想并不仅仅是一种破坏，即使他们在遵循“不作为”的精神，但他们在创作过程中所突出的主体精神，也显而易见。因此，他们的反叛是有效的。为什么他们在反叛之后，所创作的与朦胧诗不同的作品，也能打动读者或让人产生共鸣，其实还缘于他们诗歌中所透出的一种力量与情感美学。在这种力量和情感美学里，最重要的是渗透进了诗人的主体性创造，即自我的凸显，这一自我，是由朦胧诗里“大我”到属于“第三代”诗人的“小我”的转变，这是诗人主体意识觉醒的重要见证。

相对于朦胧诗人的熟练老成，以及那种历经沧桑的厚重之暮气，“第三代”诗人更显活力，他们在凸显自我和个性的同时，更多的还是渴望能够占据时代潮流，让自己也成为主流社会的一员。这一点反映在他们的行为上，则是对主流的社会价值观进行反叛，对一切既成的规则进行解构乃至颠覆。这些反叛的行径，也是受到当时最为流行的“主体论”的影响。

1985 年，文学理论家、时任中国社会科学院文学研究所所长的刘再复，提出了著名的主体性理论，这对于正处在创造期的先锋派艺术家、作家与诗人们来说，是一场及时的理论支撑。“人作为行动着的人，实践着的人，则表现出能动性，即按照自己的意志、能力、创造性在行动，支配着外部世界。我们强调主体性，就是强调人的力量，强调主体结构在历史运动中的地位和价值。文学中的主体性原则，就是要求在文学活动中不能仅仅把人（包括作家、描写对象和读者）看做客体，而更要尊重人的主体价值，发挥人的主体力量，在文学活动的各个环节中，恢复人的主体地位，以人为中心，为目的。”① 刘再复提出的，还是强调人作为主体的能动性，而这正是先锋派作家和诗人们所努力要达到的目标。这一方面是人觉醒的标志，另一方面，也是那些描绘人与书写人性的作家诗人们开始精神觉醒的独立立场。

人的主体意识的觉醒，是文艺复兴以来人本主义思潮在普通人身上所带来的变化，即人由动物本能向生命和精神本能的转变，人对自己身体中各种能量的激发，都是其主体意识觉醒的重要体现。而作家和诗人主体意识的觉醒，其最重要的表现，就是挖掘与激活自我的灵性，然后“自觉地构筑内心雄伟的调节工程，最大程度地调动和发展自己的创造才能，到达前人尚未达到的彼岸”。这种主体意识，其实质上就是创造意识。由一些外在的修辞，转向对人类内在精神的关注，由书斋写作转向时代与生命写作，这些转变，都是作家主体意识觉醒的标志。

在 80 年代的“第三代”诗人们看来，破除朦胧诗人的英雄迷信，打破现实主义小说家全知全能的神话，让文学创作回到关注人和存在本身的状态中来，这是 80 年代中期以来先锋诗人和小说家们所共同关心的命题。当然，“第三代”诗人们主体意识的觉醒，源于 80 年代中期特殊的社会与文化背景，而非诗人们凭空的转变。一方面，80 年代是改革开放的时代，人们对物质和文化生活的要求随着人的觉醒越来越高；另一方面，国家对封闭了多年的意识形态的松动，为文化人的言说提供了较为宽松的氛围。在这两方面的条件下，“第三代”诗人们在反叛中主体意识的觉醒，就有了其独特的精神支撑和气场。对此，有论者认为，正是到了 1985 年那种学术和思想气氛达到空前自由的情况下，中国社会的新一代先锋作家和艺术家的主体意识才得以觉醒。这种觉醒在很大程度上是由于对“萨特存在主义，弗洛伊德心理学及尼采思想的部分的并不完整

① 刘再复：《论文学的主体性》，载《文学评论》1985 年第 6 期。

的阅读”。[1] 渴望自由，不安分，不随大流，特立独行，这些都是“第三代”诗人在生活与创作中的表现。80年代中期西方存在主义哲学和弗洛伊德心理学的传入中国，给“第三代”诗人们带来了精神上的食粮，让他们接受了哲学的熏陶与思想的启蒙，因此，他们也就理所当然地将这种哲学启蒙通过更为形象的诗歌和文学方式表现出来，以启蒙更多的人。

在主体意识的觉醒与启蒙上，“第三代”诗人大都有一个共同特点，就是对朦胧诗以前或之中的宏大抒写对象由“大我”改变成了“小我”，没有诗人的主体——“我”的参与，先锋诗歌是有欠缺的，不全面的。抒写个人的现实与内心经验，成为“第三代”诗人切入80年代生活现场与时代氛围的重要来源，他们的质疑、反讽、追问与困惑，都源自个人经验的张扬，以及自我身份的觉醒。“一个真正的诗人，必须诚实地面对与‘我’相关的存在，以及存在的细节——它的疼痛与不安、寒冷与梦想、希望与慰藉，并通过一种词语上的承担写下自己内心的证言；而那些让人激动难忘的诗篇也反过来证明，能写下如此诗篇的人，的确是在我们的时代里诚实地生活过。”[2] 其实，对于“第三代”诗人来说，他们需要呈现的就是一种当时的状态，一种生存的状态，一种关于自我人生的状态。在80年代，与时代对接，与社会对抗，一方面表现在他们流浪的生活中，另一方面，就全面地渗透在其诗歌里。在为“他们文学社”所作的“艺术自释”中，韩东说他们关心的是诗歌本身，是诗歌成其为诗歌，是一种“由语言和语言的运动所产生美感的生命形式”。他们关心的是作为个人深入到这个世界中去的“感受、体会和经验”，是“流淌在诗人血液中的命运的力量。”[3] 这可能正是

① 尹国均：《先锋试验》，东方出版社1998年版，第21页。

② 谢有顺：《诗歌在前进》，《我们并不孤单》，中国社会科学出版社2001年版，第129页。

③ 参见徐敬亚、孟浪编《中国现代主义诗群大观1986～1988》，同济大学出版社1988年版，第52页。

“第三代”诗人主体意识觉醒的佐证，是对诗歌之“我”出场的一次美学重塑。

同样是在“第三代”诗歌运动期间的1985年，诗评家唐晓渡对于当时先锋诗歌所呈现出的格局，作了他富有哲学意味的评判，当诗人们都在抱怨诗和诗人的地位没有得到应有的尊重和评价时，唐晓渡认可了这一事实。但他更认为诗人还是应该着重于自身的反省。因为与其所肩负的使命和所要达到的目标相比，表现的评价公正与否，其实无关紧要。① 这样的反省与必要的自我纠正，虽然诗论家与诗人们的创作同步，但这些对于当时还处于兴奋状态的年轻诗人来说，并不能获得他们的认可，只有经过了那场轰轰烈烈而又短暂的诗歌运动之后，他们才会深刻地意识到在主体意识觉醒的同时，生命与创作反思也同样重要。

的确，在经历了80年代那场自我解放与启蒙的诗歌运动之后，很多“第三代”诗人后来都曾有过怀念，他们感激于那样一个单纯却又不乏精神行动与活力的氛围，他们也热衷于将自己的青春挥霍在那样一个谈论理想还不算过时的年代。“初夏我内心烂漫、充满喜悦，用语言的听觉倾听人间和海洋的躁动，准备挤进社会，去活；初冬我用词语的耳朵打听命外的消息，准备到很远的地方，也许是天边，也许是眼前，去死。那是80年代，其实那时的雪花和现在没有两样，有时喧闹，有时寂寞。”② 这样一种状态的呈现，是“莽汉”诗人所热衷的，但是其他的诗人，也都有各自对自我的调节，他们虽然没有有些诗人表现得那么夸张与激越，而是以另一种沉静乃至神秘的气息，来体现自我和主体的觉醒。

我喜欢这种写作的方式

---

① 唐晓渡：《严肃的诗人》，《唐晓渡诗学论集》，中国社会科学出版社2001年版，第129页。

② 李亚伟：《天上，人间》，《豪猪的诗篇》，花城出版社2006年版，第231页。

尽管我有抽烟的坏习惯
但窗户已经打开
已经将那些烟雾飘散出去
我也总是小心地
没有让一粒烟灰
在写作的过程中
掉落在纸上

这是“非非”诗人何小竹在写作时呈现的状态，而且他还将其用《写作》这样的主题描绘了出来。在很多人看来，这种没有任何诗意的诗歌，不过是废话而已，而这正是大部分强调语感表现的“非非”诗人所热衷的方式。他们主体意识的觉醒，对“小我”的关注，更多时候是通过这种自我克制的语言表述，以及节制的情感释放来体现的。这样的诗歌给人的感觉，是没有“莽汉”诗人那样的绚烂与张扬，反而更为冷静和深沉，如同一个孤独的旅者在作精神的漫游。

更多的诗人只是在自己的精神世界里游走自如，而在现实中，却是一个弱者，相对于他所处的时代与社会，诗人们显得不合时宜。“真正伟大的诗歌并不是完全不受仪轨约束的诗歌，而是在自身的行进中让人完全忘掉它自身包含着仪轨的诗歌。这是戴着镣铐的舞蹈，但却把镣铐完全变成了舞蹈的一部分。”① 每个诗人和作家都要面对写作，每个人的写作习惯并不相同，有人要站着写或趴着写，有人写作之前要喝很多红酒或者啤酒，当然更多的男诗人与男作家在写作时要抽烟，不抽烟的话他们将无法进入写作状态，这是正常的写作习惯，就像还有的女诗人需要抽烟与喝咖啡一样，而现在的年轻作家们都很时尚了，他们写小说或诗歌时要拉上窗帘，

---

① 一行：《口语诗：可能性及其限度》，《词的伦理》，上海书店出版社 2007 年版，第 105 页。

或者放经典音乐或者重金属摇滚……何小竹在诗中道出了自己创作时最真实的状态，他就是写了写作本身这一事件：它并不神圣，也不是秘密的，写作本身就充满了现实的味道，如同吃饭睡觉一样自然。写作的当下性与何小竹需要表达的这种当下性不谋而合，他彻底打破了一种神秘感与崇高性，将写作还原为一个平凡的事件，人人都可以继续自己的纸上之旅。对于写作的顾忌，想必何小竹还是考虑得很周全，他说吸烟是个坏习惯，同时也表示自己写作时从不将烟灰掉落在纸上，这其实也没有任何起伏波澜，更没有感情色彩，一切都显得从容而自然。

这样的诗在很多人看来毫无诗性，但是它呈现的就是一种存在的状态，也是人最基本的生存状态，就像诗人需要面对白纸和词语，还有无尽的想象力一样，我们是在平静的生活中穿行，不受外界影响。相反，从那样一种自然的写作状态中，我们能充分感受到诗人对生活本身的享受与投入，以及他视野的开放和自由精神的逐渐显形。“第三代”诗人主体意识的觉醒，或许正是在这样的创作中得以见证。

三、解构的生成与抒情的放逐

“第三代”诗人们以各自不同的生活和写作方式，来呈现自我主体意识的觉醒，有的张扬，有的内敛，有的激越，有的节制，有的深沉宁静，而有的则奋发昂扬，总之，以不同的面貌、不同的格调，去激活主体的灵性与感觉。在这一过程中，对传统与前人的反叛是他们的手段，但并不是目的。就像与反叛同时进行的自我启蒙一样，解构这一哲学形态，同样成了“第三代”诗人在80年代中期的诗歌创作过程中一种特别的形式。

在法国解构主义大师德里达看来，解构不是一种方法，也不是一种分析；解构不是否定，也不是摧毁，而是一种策略。它属于激进主义者们所钟爱的策略，尤其对于那些年轻的诗人和作家来说，更符合他们在某个特殊时期的心智。“第三代”诗人的解构策略，主要是从解构传统与文化，祛除掉附于诗歌上那沉重、严肃的外衣，以还原其最本质的语言真相。从反传统到解构是“第三代”诗人群体所普遍使用的方式，“莽汉”、“非非”、“他们”、“海上诗群”等诗歌流派，大都以解构传统、还原个性而亮相诗坛。他们之所以为后来者所认可与接纳，很大程度上也是因为其解构主义策略在创作上的运用，比如，打破朦胧诗的英雄神话，重建平民化的诗歌精神。

这么多学生
这么多小狗小猫小孔夫子
这么多小孔夫子小老子小儿子小狗杂种
背着这么多的书包写作课和爸爸的血汗钱
他们都要读书都要做人
都要做绅士和体面的女婿
他们读古文读菜票读情书
读石头读女老师和鲁迅的烂长衫
读笔记写心得读师范学院
这么多的学生穿着大裤裆和短裤脚
穿着满街的眼光和烂拖鞋
穿着军大衣穿着酒店
这些小阿Q和超生子女
通通是些乖学生活雷锋霍元甲
这么多小狗小猫小拳头小螺丝钉
小淘气和大混蛋，小鬼和老鬼
我不知道他们是什么东西
但我相信他们一定是什么东西

李亚伟的这首《读大学》，就是一首彻底的解构之诗，对大学以及大学生的不信任，让他的语气充满了调侃、戏谑和反讽，与那首引起过反响的《中文系》相比，其对传统和社会常规的反叛更为直接、露骨。在这首《读大学》里，李亚伟同样以粗鄙的话语方式反叛了文化和崇高，那种在常人眼里的传统高等教育，在诗人眼里则成了腐朽思想的温床，当然，也就成了他“反动”的靶子。这样的反文化之声，带有浓郁的“革命”意味，即对一种既定权力和价值的反动，以期建立新的平民式的价值美学。而解构策略所带来的结果，一方面是打破了过于严肃的格局，另一方面却又没有带来多少有价值的文本。当然。这也是后来的一些研究者所得出的结论，“第三代”诗人是破坏大于建设，解构大于结构，宣言大于文本，这些评价都从各个侧面反映出“第三代”诗歌在形式上的极端性，而在内容上缺乏有力的经验支撑。其实，“第三代”诗人的这种解构策略，很大程度上还是在于他们对现代诗歌传统抒情方式的反叛，即通过“冷抒情”或“反抒情”的形式，制造“反诗”的效果，以期突出汉语的语感。

在“第三代”诗人群体中，除了海子这个异数，很多诗人都奉行“反抒情”策略，以应证解构的效果。尽管很多“第三代”诗人都具有浓烈的抒情气质，但他们为了避免像前辈诗人那样通过煽情以引起他者共鸣，主动放弃甚至拒绝抒情。“李亚伟和万夏，这些具有优良抒情气质的歌者，一方面在欣喜若狂或痛不欲生的经验中浮沉，发出灵魂的狂乱反响；一方面又嘲笑这种情感，把它们隐匿到反讽、戏谑和粗鄙的‘莽汉’面具之后。这种自我伤害的结果，不是抒情要素的消解，而是一系列从热抒情到冷抒情、软抒情到硬抒情的风格剧变。”① 这种风格转变是“第三代”诗歌运动中较为普遍的书写景观，这也是“第三代”诗歌所具有的真切现实。在这方面，以“非非”和“他们”诗派的诗人表现尤甚。比如“非非”诗人杨黎、何小竹、小安、蓝马等，“他们”诗人韩东、丁当、于小韦、小君等，这些诗人都是“反抒情”和“冷抒情”的典范。

“非非”诗人杨黎的诗歌在“反抒情”策略上颇具典型性。他

① 朱大可：《燃烧的迷津》，《话语的闪电》，华龄出版社2003年版，第83页。

不仅反对抒情，甚至拒绝抒情，我们从其作品中也难觅抒情气息，当然，除了那几首十四行诗，其中的一首《阳光十四行》，似乎还透出了一点抒情的味道。杨黎的诗一向让人感觉到他在迫使我们追寻阅读的轻松与趣味，献给罗伯—格里耶的《冷风景》如此，组诗《深秋致爱》同样如此。《阳光十四行》从某种程度上的来说也是如此，只不过它渗透进了杨黎不为人知的另一面：诗歌中也需要有人性的碎片。

杨黎曾在《打开天窗说亮话》一文中谈到，对诗而言，拒绝激情，放弃激情是应该的、绝对的和必然的。这一观点他早在1986年的《激情止步》中就提出来了，他的目的就是要撕开诗歌里虚假的面具，让一切可疑的部分都暴露在光天化日下供人们挑拣、择取与淘汰。在《阳光十四行》中，杨黎的书写是明晰的，那种雄辩的言辞似乎紧随其诗。阳光与风雨本是势不两立的自然现象，有阳光就没有风雨，有风雨就没有阳光，所以二者必居其一。但就是这样的两个矛盾体，恰恰暗合了杨黎在诗歌上的观点，它们共同服从于心灵的觉悟。“心灵是空白：不产生阳光/也不曾产生过一丝风和雨/心灵的天空只有对这些气象的接受”，事实很明了，每个人有时候都有一张不属于自己的脸，它们属于背叛的思绪和见风使舵的油滑。阳光、风雨和心灵就是这样的三角关系，毕竟，“谁也无法全部占有心灵”，无奈是原谅和理解之源。“所以：必须拒绝自由！那是/排斥心灵对各种气象选择的圈套/而阳光只是一次被照亮的罪恶之源。”阳光与人一样，也是有着罪恶的，但这罪恶是自然赋予的，阳光能控制人的心灵，而人的心灵也能控制阳光，这是一种互动的过程。即使有罪恶，阳光还是阳光，我们没有理由拒绝它，即使“无法照亮绵绵的雨天”，“但它是我心灵中一面秘密的镜子”，这才是心灵对阳光最真实的感受，也是诗人对阳光恰如其分的评价和定位。

杨黎的解构，一方面是通过“反抒情”来表现的，另一方面，也是通过冷静叙事来呈现的。这种叙事方式的引入，对杨黎来说，是受了法国新小说派作家们的影响所致，像罗伯·格里耶的小说，就以冷静的叙事和事象罗列而享誉世界文坛。“非非”诗人对法国新小说派作家的认可，就如同一些读者对侦探小说的喜爱一样。最具代表性的是，杨黎的《怪客》一诗，就是引入叙事方法制造“冷抒情”效果。

列车在小站停靠时/一个穿红色风衣的女人/从倒数第五节车厢上下车//这个女人左右看看/（仿佛在等谁）/当列车又开动后/她背列车的方向而去//红点/那些房屋是矮小的/矮得古怪——密密麻麻像一群被天才的音乐家乱丢乱放的音符//有一条同样矮小的路打这些房屋之间经过/怪客，就是从这条路上走来（他留下的足印/可以让女人怀孕）//恰巧那天夜里有雪。这家伙/侧着身子/穿一件黑色的风衣/挤进了所有房屋中间最矮小的一间木屋/黑点//路边酒店里/店小二和几个喝酒的老头正在谈论怪客时/那位穿红色风衣的女人/急匆匆地走了进来/外面，雪尚未融化……

这首《怪客》就像一部无声电影，节奏舒缓有致，有时像一幅风景画，有时又像一部侦探电影，冷竣，神秘，深沉。这是杨黎所特有的风格，也是很多“第三代”诗人所热衷的语言表达方式。有论者认为，“第三代”诗歌的实验倾向，突出地表现为生命领域的开掘和语言意识的强化这诗歌艺术的两端上。[①] 诗人们热衷于从最日常的生活中获取素材，并通过实验性叙事，以呈现不同于以往纯粹抒情模式的风格。这种带有现场感的创作，让传统的小说创作形式——叙事——在被引入诗歌创作的同时，也从一定程度上丰富了先锋诗歌的美学。“叙述大面积挤掉了抒情；抒情是纯洁的、单一

① 唐晓渡：《“朦胧诗”之后：二次变构和“第三代诗”》，《唐晓渡诗学论集》，中国社会科学出版社 2001 年版，第 79 页。

的，而叙述则包纳了无穷多的可能性。”① 这是对自古以来诗歌所具有的抒情本质的一种反叛，“第三代”诗人们也渴望拥有更丰富多彩的诗歌创作途径。他们通过日常表达的方式，试图打破之前惯常的隐喻书写格局。

对解构策略的运用，以及对抒情的放逐，在部分“第三代”诗人那里，最为显著的表现，就是对多年书面语言表达上的反叛——口语诗大量涌现，这是诗人们在汉语言本质层面所制造的独特景观。在“第三代”诗歌运动之前，朦胧诗人乃至更早的现代诗人，虽有口语创作的尝试，但并没形成大规模的运动，从语言创新上或许也不是自觉的。而到“第三代”诗人登上诗坛时，各种西方现代文学作品和思潮的传入，社会大环境的开放与变化，都或多或少地影响了他们的口语诗歌创作实践。

四、口语与书面语：反叛和解构的载体

与那些纯粹用书面语写作的诗歌相比，口语诗因其表达上的直白、清晰等因素，有着相对的开放性，这种写作趋势形成的原因，一方面是诗人们有对长久以来书面语僵化进行革新的冲动；另一方面，由于“影响的焦虑”，“第三代”诗人要走出朦胧诗审美疲劳的困境。扯旗造反、另立山头的江湖作风，只是他们青春期的反叛意识使然，而他们在诗歌语言和精神上的颠覆，其实才是最有力度的探索。在创作上，诗人们不应做语言的奴隶，而完全受制于它。然而，“第三代”诗歌运动之前，尤其是“十七年”时期，由于受新民歌运动的影响，诗人们在语言表达上显得夸张、单一，但毫无真实感，也缺乏开放的风度。后来，朦胧诗人的创作在这方面虽有改观，但仍然表现得不够决绝和彻底。而“第三代”诗人们对诗歌语言的认识与理解，也是基于其自由和开放性这一被长期遮蔽的因素，因此，他们放开语言去自由创造，其实有着写作方向上的自觉认定，而且他们还能从日常生活中发现汉语言独自暗藏的品质。

---

① 敬文东：《抒情的盆地》，湖南文艺出版社 2006 年版，第 241 页。

“第三代”诗人在诗歌语言革新上的行动之一，就是以口语抒写日常生活，以及围绕日常生活而展开的精神体验。在对口语的运用中，他们或客观冷静，或朴素自由，或狂放锐利，这些力量渗透于诗歌创作里，所彰显的那种冷峻的活力当不言自明。就像乔治·桑塔亚那所说，在艺术中异端便是正统。因此，在语言革命上，“第三代”诗人们所针对的，就是朦胧诗中语言的宏大感与集体化，他们要让诗歌语言重新回到当下，回到日常，回到最具活力的个性状态，即可对应韩东所提出的“诗到语言为止”之观点，只有这样，才能真正恢复诗歌语言创造所拥有的清晰面貌和准确的表现力。对此，周伦佑深有同感地说，“第三代”诗人所努力做的，正是诗歌“语言的更新”。① 这种更新，很大程度上就是口语化的语感和对日常语言的非正常使用。“日常用语的使用同时还是消弥语言自身存在的一个重要手段。日常用语的首要风格在于平易近人。”② 而与我们日常说话不一样的是，“第三代”诗人们是在活用甚至反用日常语言，包括对传统书面语语法结构的颠覆，都属于其诗歌写作上“语言革新”的范畴。不管是以书面语还是以口语入诗，“第三代”诗人在语言上的放纵与夸张都是事实，他们的偏执与非理性只适合当时那种特定的文化与文学环境，当时开放的氛围允许诗人们以那样的语言方式粉墨登场。

口语创作占据主导的“第三代”诗歌，也是诗人们在反叛与解构上持续抗争的结果。评论家耿占春曾言，做一个诗人，意味着最大限度地忍受着最恶劣习俗即语言习俗的折磨。而诗人的创造，旨在反对语言的约定俗成性。③ 对于“莽汉”和“整体主义”诗歌来说，语言的暴力倾向比较明显，但我以为，与其说他们的诗歌是口

① 周伦佑：《“第三浪潮”与第三代诗人》，《磁场与魔方》，北京师范大学出版社1993年版，第209页。

② 南帆：《文学的维度》，上海三联书店1998年版，第88页。

③ 耿占春：《语言的欢乐》，《改变世界与改变语言》，社会科学文献出版社2000年版，第84页。

语的，不如说他们的诗歌是真正书面语的。尤其是对“莽汉”诗歌来说，他们的诗歌语言都会大量使用成语和古典词汇。诗歌的基础语言是书面语，中间夹杂口语，终究是以书面语为基质的。只不过这种书面语是被加工过的，去除了优雅与含蓄，而留下了隐藏其中的暴力成分。李亚伟认为，“莽汉”诗歌最明显的倾向就是“粗暴语言”，而“莽汉”诗人的最大愿望就是要“用汉字拆掉汉字”。①另一位莽汉诗人二毛的诗歌理论最能代表“莽汉”诗歌的观念：“诗歌就是不要脸的夸张，天才的鬼想像。”就是“语不惊人死不休”。② 而对于“非非”诗人，他们同样是在寻求对语言的反叛，“我们要捣毁语义的板结性，在非运算地使用语言时，废除它们的确定性；在非文化地使用语言时，最大限度地解放语言。”③ 解放语言对诗人们来说，其实就是选择词汇的自由。他们需要摆脱长期以来汉语言所遭遇的各种束缚，以还原其野性和诗意，增强其鲜活性与力量感。这一点完全契合了“莽汉”诗人对语言那种歇斯底里的锤炼，也符合“非非”诗人们对事物简洁而又不乏理性的“冷处理”风格。

对于那些所谓的“混蛋”诗歌，李亚伟认为那是一种形式上几乎全用口语，内容大都带有故事性，色彩上极富挑衅、反讽的全新的作品。④ 这是“莽汉”式口语诗歌的优势，虽显夸张，但富有显性的力量，而像“非非”与“他们”诗派诗歌的口语，却又显出一种隐性、节制之美。像于坚的《尚义街六号》、王小龙的《出租汽车总在绝望时开来》、韩东的《你见过大海》，杨黎的《街景》等，都是纯粹的口语化风格，而且带有一定的叙事性，诗人以最简洁的

---

① 李亚伟：《流浪途中的“莽汉主义”》，《豪猪的诗篇》，花城出版社 2006 年版，第 219 页。

② 参见杨黎《灿烂》，青海人民出版社 2004 年版，第 185 页。

③ 徐敬亚、孟浪编《中国现代主义诗群大观 1986～1988》，同济大学出版社 1988 年版，第 35 页。

④ 李亚伟：《英雄与泼皮》，《豪猪的诗篇》，花城出版社 2006 年版，第 222 页。

口语来表现日常生活中最不经意的状态。他们拒绝隐喻，同时也就拒绝了“陌生化”效果，排斥知识所代表的权力，讲求“清晰”的民间立场。那种在很多人无法入诗的经验里，“第三代”诗人们却能抓住无聊中的诗意部分，并获得符合自己个性的独特表达方式。这是诗人解构生活的结果，也是口语诗歌富有青春活力的佐证。

你手搭在我身上
安心睡去
我因此而无法入眠
轻微的重量
逐渐变成了铅
夜晚又很长
你的姿势毫不改变
这只手应该象征着爱情
也许还另有深意
我不敢推开它
或惊醒你
等到我习惯并且喜欢
你在梦中又突然把手抽回
并对一切无从知晓

韩东的这首《你的手》，是纯粹的口语化风格，而且带有一种明显的叙事性，诗人以最简洁的口语来表现日常生活中的最不经意的状态。这种在很多人无法入诗的经验里，韩东却能抓住无聊中的诗意部分，并获得自己的独特表达方式。这是诗人解构生活的结果，也是口语诗歌富有力量的显现。

口语诗歌在80年代后期的“第三代”诗歌运动之中，成为了中国诗歌历史上最具有时代感与现代性的诗歌语言。而1990年代之后，很多人回过头来对“第三代”诗人的口语写作进行过认真反思，且反思者大都是参与过“第三代”诗歌运动的诗人。后来，有研究者认为，“第三代”诗人正是出于一种“诗歌革命”的需要，而其内心才被一种过分偏执的语言手段所控制。他们在一片沉寂的天空中放枪，确实在很大程度上击中了“革命的目标”，但同时也将“优美、和谐、飞翔的姿态”都一同被枪杀了，留下了一片“废墟和艺术的血迹”。[1] 这样的结论，初看虽有一定道理，但并没有真正认识到，“第三代”诗人的口语诗歌能够体现出一种直白而真切的力量。毕竟，“第三代”诗人在反叛与消解中所完成的诗歌使命，是建立了自己新的美学风尚，并且对后来者产生了不可忽视的影响。

① 邱正伦：《第四代人的诗歌见证》，《第四代人的精神》，甘肃文化出版社 1997 年版，第 269 页。

第三章 众声鸣唱:“第三代”诗歌群落扫描

有论者认为,“第三代”诗歌运动的成就,不在于诗人作品的经典性,而在于他们自由的生活方式与创作心态,以及他们在80年代所张扬的一种反叛精神。然而,诗人得以获取声誉,诗歌运动得以为人所铭记,最终还需以作品本身作为基础。相比于朦胧诗来说,“第三代”诗歌并没有庞大的读者与受众群,也没有像朦胧诗那样产生几乎“全民皆知”的广泛影响,但“第三代”诗人的作品也有其各自的独特之处,尤其是他们打破了朦胧诗的理想主义和“呐喊”美学,将诗歌还原成具有生活质感的语言艺术。

80年代相对宽松与开放的文化环境,为解禁后的中国社会带来了思想解放,同时也让这期间的“第三代”诗歌运动变得自由,诗人们的创作由此得以拓展,多元化的写作为“第三代”诗歌带来了更为丰富的形态。有一批诗人延续着朦胧诗严肃的风格,继续以不同的方式对传统、历史和文化作更富现代意味的书写,他们对现实取深刻的批判态度,对历史有探索性的关怀,语言表达上注重文采,以诗性的笔调抒写生活的痛感。而还有一批诗人,则转向对日常生活的书写,他们在行走、流浪中去体验人生,深入生活,以打破过去诗歌中的浪漫与神秘。他们大都以口语入诗,注重语感,拒绝隐喻,讲究直白简洁,有的诗人甚至提出“诗到语言为止”的观念。他们这种颠覆性的写作,是对新诗传统的一种反叛,也是“第三代”诗歌运动中独特的部分。在这两支分别以“文化”和“生活”为书写经验的诗人之外，80 年代还兴起了一股女性主义诗歌写作潮流，这批女诗人反抗男性话语中心，突显女性经验与身体意识，是西方女性主义文学思潮的中国实践。本章即是对这三种具有代表性的诗歌写作风潮的扫描式解读。

第一节 “文化潮”的转向：在传统与历史中寻求诗意

20 世纪 80 年代中期，继朦胧诗之后，中国先锋诗坛兴起了一股重新阐释和解读历史与传统文化的风潮，以一部分“第三代”诗歌群体和诗人为代表，比如“整体主义”、“新传统主义”、“非非主义”，包括西川、海子、骆一禾、戈麦等人为中心的“泛北大诗歌群”，他们在接受与借鉴西方现代主义诗歌方法的同时，从中国传统文化、历史以及现实入手，以大气而开阔的方式，创作出了不同于杨炼和江河式的“寻根”复古诗歌。这些具有“文化潮”倾向的群体和个人，是“第三代”诗歌运动中重要的一支。

“文化潮”的兴起，从某种意义来说，也是时代造就的结果。以欧阳江河、廖亦武、宋渠、宋炜等人为代表的四川诗人，以不同于官方或主流的写史方式，在诗歌创作中融入了自己独特的感受与体验，并持有独立鲜明的立场。他们热衷于在史诗与大诗中表现文化，审视历史和探索存在的价值。有的诗歌群体甚至还打出了“反文化”的旗帜，来进行另一种文化书写，这是部分“第三代”诗人的策略，他们曾掀起反叛的浪潮，但也因此遭受同时代人的争议与后来者的诟病。“文化潮”诗歌的盛行，直接导致了 90 年代个人化写作的兴起，我们应该辩证地对待与分析这一诗歌潮流。

一、返观传统的经验抒写

前面曾多次提到，80 年代是一个“生活流”与“文化潮”交织呼应的时代，人们在物质贫乏的岁月中逐渐走向世俗生活之时，对文化与思想的追逐，也成为了那个时代的整体风尚。人类的精神之事，往往能通过一个时代和社会的文化反映出来，即便有错位，也在可理解的范畴内。“文化潮”的兴起，是 80 年代人的集体记忆，这种“文化潮”大都是由西方社会传入的各种思想与观念所引起，从民间到官方无不受其影响，在诗歌界也是如此。然而，还有一批诗人在思想上也受西方文学的影响，但是他们却并不惟西方是从，而是利用自己所熟悉的中国元素为现代诗歌创造了一片新的空间。

这些诗人所使用的中国元素，除了当时的社会现实外，大都将笔触伸向了传统文化与历史，这似乎成为中国诗人用之不竭的诗歌源泉。当诗人们将视角从现实社会转向传统经验时，其返观的角度也发生了变化，即从文学逐渐转向了社会学、心理学和历史学。因此，他们对传统的抒写，是一种综合经验的体现。这是 80 年代在诗歌界“文化潮”兴起的整体背景，他们开始去完成现代诗人所未竟的抒写传统文化的使命。在这批推崇“文化潮”的诗人群中，有发源于四川的“整体主义”诗人石光华、宋渠、宋炜等，“新历史主义”诗人欧阳江河、廖亦武等人，“非非”诗人周伦佑、蓝马、杨黎、何小竹等，“海上”诗人宋琳、陈东东等，“撒娇”诗人默默、京不特等，“泛北大诗歌群”中的西川、海子等人。当然，还有一些无门无派的诗人，同样也对传统文化表现出了浓厚的兴趣，并进行了精彩的语言实践。

在传统书写方面，四川的“整体主义”诗派可谓是对传统文化作现代性解读的典范，这一诗派的代表诗人石光华，其诗作有着中国三四十年代现代主义诗人那种对传统的继承；其语言在整体上显得儒雅、含蓄，没有“莽汉”主义诗人的张扬与咄咄逼人；其在意境的营造上也注重禅意与宁静感，虽有稍许动感，也是在静的参照中所呈现出来的；其想像的成分，也是基于在经验细节与现实生活的层面上所作的协调，而没有“莽汉”主义诗人天马行空、无边无际的奔腾之势，他更注重诗歌表达的现场感，在感受中领悟语言与存在之美。

石光华的诗歌带有古典气质，或者说有向古典回归的意向，我们从其诗歌的语言态度、意象结构、意境营造等各个方面都能洞察到这一点。最重要的是，我们还能够在其中看到现代艺术与古典艺术交融而形成的节制和内敛，以及突出精神深度的诗歌美学。《丹青生》中抒写古代画师的那种悠然生活，《乐者》中抒写乐师那种无限惆怅之后看待世事的超然，《书家》里那种文人诗书的生活也是恬静与淡然，《大宗师》里大儒那种超然于世俗之外而追求人生终极价值的境界，自然是人生的化境，“食肉知其味/服草明其甘/布履走过的地方细水长流/面临最深的门户/眸于清正”。这是一道纯美的景观，犹如国画中的渺远意境。《炼气士》同样是在细密的自然书写中，透出炼气士的冷静与沉实。由此可见，石光华的诗歌与四川其他几个流派的诗人有着不同的风格，其语言具有古典诗词的那种优雅与深厚，其精神又具有强烈的现代感，而其视野则转向了对自然风物与人的灵性的挖掘。

在四川的“第三代”诗人中，以石光华为首的“整体主义”流派，即使在短诗里也蕴藏着一股史诗的气流，他们的诗歌讲究意境的深远与风格的恬淡，从古典和传统中寻求诗意，看似走了迅速获得诗意的捷径，但是我们在那闲适的外表下还是能发现写作的难度，因为这需要诗人有着良好的古典文学修养，同时也需具备中国传统文化深邃的精神。石光华做到了这一点，因此才有“整体主义”诗歌流派不同于“莽汉”和“非非”的特殊路径，他对于古典诗词的创造性运用，的确让其诗歌呈现出了智慧的优雅，但同时也缺失了原创性，有“做诗”的痕迹。《门前雪》（五首）组诗就是这方面写作的例证，诗里有一种高贵的气质，似乎让人无法完全接近，而只能远距离地体验。

那么，我将踏雪而来
悲哀的日子便相许以心

倘若蓦然相逢，便叩缶而乐
让门外有归者，有花之灿然
然后开始无边的岁月
在深深的等待中结庐濯身
并仰空若思，在每一株荒草背后
进入古老的弥留——

——《听冬》

只有献给帕斯捷尔纳克的一首《冬天的大风雪》，似乎抛弃了那种古典情怀，而深入到内心，与诗人进行心与心的交流和对话，透出无限的念想。“没有风雪就没有俄罗斯/但惟有你看见了其中的柔情/对于你，越痛的地方柔情越深/你剥开它们，亮出心儿/一夜幸福的花蕊使你落泪/使你终生仰望俄罗斯命运的星辰/你站在冬天，一切都在仰望中上升/对于我，你就是父亲/你是否听到身后我蹑足跟随的声音”。无论从语言修辞，还是从整体结构上，这首诗都显出了石光华另一种不同的创作风格，有一种心心相印的诗意内涵。

除了石光华之外，“整体主义”另外几位诗人，如宋渠、宋炜、刘太亨等，都在诗作中竭力“超越自身的有限性和主观性，获得直接向生命存在开放、向整体趋近、生成的可能性”。① 二十年后我们来看，恰恰“整体主义”诗歌的许多优秀之处被我们所忽略了，他们在诗歌中讲求的文学之“慢”与优雅的品质，在消费社会的诗歌写作中被粗鄙所置换，而其作品中的那种古典灵秀之气，在新世纪的诗歌写作中也遭遇断裂。所以，我们有必要重新发现“整体主义”诗歌纯正的古典气质与现代气质糅合的艺术美感，来反拨和纠正当下诗歌创作的粗鄙化与口水化泛滥格局。

① 参见《整体主义艺术宣言》，徐敬亚、孟浪主编《中国现代主义诗群大观1986～1988》，同济大学出版社 1988 年版，第 130 页。

而与“整体主义”诗人有着相仿气质的，当属另一位上海诗人——陈东东，他在传统经验中获得了诗歌素养，是“第三代”诗人群中的佼佼者之一。他的诗歌，语言柔和，格调温润，在意象选择上趋于古典，与当时盛行的粗犷大诗（部分“新传统主义”与“莽汉”诗）和俗常小诗（“他们”与“海上”诗人群的作品）形成了鲜明的对比，相应地也就有了反差。

黑暗里顺手拿着一件乐器。黑暗里稳坐
马的声音自尽头而来

雨中的马

这乐器陈旧，点点闪亮
像马鼻子上的红色雀斑，闪亮
像树的尽头
木芙蓉初放，惊起了几只灰知更鸟

雨中的马也注定要奔出我的记忆
像乐器在手
像木芙蓉开放在温馨的夜晚
走廊尽头
我稳坐有如雨下了一天

我稳坐有如花开了一夜
雨中的马。雨中的马也注定要奔出我的记忆
我拿过乐器
顺手奏出了想唱的歌

——《雨中的马》

这首为陈东东带来声誉的《雨中的马》，是现代与古典结合得比较好的典范，尤其是古典意象与现代意象的融合，恰到好处。马、雨、木芙蓉、花、乐器等意象的叠现，正是诗人向传统文化致敬的体现。虽然他运用的修辞方式带有西方现代主义色彩，但是其对中国本土经验自然的传承，符合 80 年代喧嚣的激进主义文学思潮的反面——温情主义对悟性与智慧的体验。所以，陈东东的诗，一方面有着真实情感的再现，另一方面，更多的则是智性的成分，这种智性为其诗歌赋予了明亮和干净的格调。“我的眼里，我的指缝中/食盐在闪闪发亮/而脑海深处的那一段记忆/这时被镶上绿边，到走廊尽头无声地旋舞/当云层终于断裂/鱼群被引向临海的塔楼/华灯会突然燃遍所有的枝头/照耀你的和我的语言”（《语言》）像“食盐”、“云层”、“鱼群”等没有多少联系的意象，被诗人运用反常规的想象力嵌在同一首诗中时，的确有了非同凡响的效果。

除此之外，以廖亦武和欧阳江河两人为代表的“新传统主义”，同样将触角伸向了中国的传统文化，并以反对旧传统、建立新传统的号召，重新树立起自己的精神标杆。“我们否定旧传统和现代‘辫子军’强加给我们的一切，我们反对把艺术感情导向任何宗教和伦理，我们反对阉割诗歌。”这是“新传统主义”诗人所反对的观念，这种观念有些陈旧、腐朽，而他们有自己的信念和立场：“作为艺术的创造者——诗人，无论是现实的苦难，自我的亵渎，带泪的嚎叫或无可奈何的嘲讽，还是对生命的讴歌，对死亡的挑战，对冒险精神的肯定或对本民族素质的大胆怀疑与剖析，他的人生经验，他的矛盾交织的肉体就应该是一部独特的艺术史，一个特殊的传统。因为他在揭示自己的同时，揭示了时代的共同困惑与必然归宿。”① 这才是“新传统主义”诗人们追寻的“新传统”，他们立足于现实的历史书写，同样是创造历史的方式。廖亦武的长诗

① 参见徐敬亚、孟浪编《中国现代主义诗群大观 1986～1988》，同济大学出版社 1988 年版，第 145 页。

《乐土》，就是“新传统主义”诗歌理念最生动的话语实践。他的创作基于一种现代精神，却又以庄严肃穆的方式返观历史，带给我们一种古老的神秘主义文化氛围。这是诗人悲怆的历史情结的切实体现，也是“新传统主义”诗歌打破旧传统、建立新传统的独特艺术表征。

二、在史诗与大诗中接近历史

如同新时期先锋小说家们从现实转向历史求助一样，不少“第三代”诗人，也开始将笔触转向我们庞大的历史和文化传统，以应合80年代初期在文化界兴起的那场“寻根”运动。寻根的目的，是要接续上被“五四”新文化运动和“文革”中断多年的传统文化之血脉，以还原一个真正的中国形象。这是当年“寻根”派作家们的出发点，这种急切的救世观念，深深地影响了“第三代”诗人，他们中的一些人受过西方现代派诗歌的影响，但这种影响只是表达和形式上的，而当这种形式与中国传统文化和历史细节对接时，却出现了意想不到的效果：一种有别于《伊利亚特》、《奥德赛》和《格萨尔王》、《阿诗玛》等西方与中国传统史诗的另一种现代史诗革命开始了。他们重新将中国历史与传统，用现代性的表达方式来书写，尤其是在语言上作了调整和创新，的确给人耳目一新之感，但这种史诗最后大都导向了神秘主义的境地。

神秘主义，是中国当代先锋诗歌的普遍特征和整体气质，在朦胧诗人杨炼的作品里，他表现出了一种野心，就是以现代的形式表现历史的细节和内在的精神底色，并想以此接续上中国传统文化的根脉。诗人的愿望和出发点是好的，且值得尊重，但当他去作具体的写作实践时，我们却从中看到了中国传统文化与历史在其字里行间呈现出一幅扭曲模糊的面孔。传统与历史的景观在诗人笔下并不清晰，而且夹带着天马行空的无根据想像，因此，历史的面貌更为晦涩，诗行也更为难懂了。

从杨炼写作的史诗来看，他的诗歌“寻根之旅”远不如北岛、顾城和舒婷等人抒写时代现场要来得亲和与新鲜。他那些有炫耀历史与传统之嫌的大诗，在普通读者那里并没有得到多少响应和共鸣，相反，在一批新起的“第三代”诗人那里，他却获得了自己的读者市场。或许，杨炼的诗歌，只有真正的诗人能够认知和理解，这也是其能受到部分人推崇且让他坚持写作的缘由。从杨炼的诗歌中获取灵感的“第三代”诗人，他们也表现出了对中国传统文化与历史的浓厚兴趣，而在抒写中自觉地沉于对历史的挖掘，但他们似乎吸取了杨炼的教训，没有过于将自己置于创作的超验境地，而是有警惕和克制，以妨完全脱离时代的现场。像欧阳江河、廖亦武、石光华、宋渠、宋炜等，都曾以自己的史诗或大诗创作，掀起了80年代中后期先锋诗潮的一股神秘主义旋风。早在1982年，宋渠、宋炜两兄弟就喊出了这样的口号——“这是一个需要史诗的时代”，并提出了“对传统需要做出新的判断。历史上被忽略了的一切都应该新得到承认”的主张，在史诗写作上，“思索”是一种比“觉醒”更重要的力量，而且将“思索”的力量当作史诗的“精神实质”。“史诗正以其恢宏崇高的美质照亮、创造、丰富和自由着每一颗高贵的心灵。”[①] 这也是后来那些持有文化抱负的“第三代”诗人之所以热衷于写史诗的原因，他们在寻找传统文化之根的途中，通过史诗写作，最能表现自己的宏大理想与艺术追求。

欧阳江河的长篇史诗《悬棺》，一共三章，分别为“无字天书”、“五行遁术”和“袖珍花园”，他将中国传统文化的经典，作了自己特殊的理解与创造性阐释。这是诗人对八十年代初期“寻根文学”传统的一次延续，只不过他的形式要更为诗意与隐蔽罢了。《悬棺》第一章的“无字天书”，将中国人信奉的“五行”物质观引出，并作了实验性的精神转喻。

现在听到的寂静至高无上：它以暴君般的荣耀入主众物的

① 宋渠、宋炜：《这是一个需要史诗的时代》，《磁场与魔方》，北京师范大学出版社1993年版，第99至100页。

血肉之躯，朝五个方向狂奔成五匹烈马。五内俱裂，散为五行——金，木，水，火，土。

现在读到的天书以眼睛为文字：每一只眼睛是一种语言的消逝或一堆风景的破碎，繁殖禁忌和遁辞。回声浮动，层层山群睡如美人。黄梅之雨在无可奉告中悬挂，遍地歌哭晒成盐中之盐。

现在触摸到的本体形同乌有：面对空旷八荒，面对生生灭灭、聚散无常、千人一面的族类，悬棺无魂可招，无圣可显。皇皇天道泼为风水，一空耳目幻象。

无冕无国的诸王之王：那是谁？

从重心到边缘，一切解体是反方向形成。为了对称，必须再次君临，并在两个母体中居丧于同一个日限。这日限涂满矿坯之冷——

那么你，幸存者，面对高悬于自身陨落的惟一瞬间，有什么值得庆幸？被无手之紧握、无目之逼视所包围，除了你自己，除了一代又一代的盲目，又能收获些什么、炫耀些什么？

这是“无字天书”一章的开篇，诗人以一种哲学的眼光切入中国传统文化之中，且注入了自己丰富的想象力和叙事技巧，如同一则精神寓言。在这种极富历史感的抒写中，诗人对传统文化本身施加了语言暴力，希望以此激活并带出中国文化的思想魅力。包括在语言的运用上，欧阳江河都刻意使用了古典语汇，而尽量少用现代意味浓厚的欧化词语，这是诗人的用心所在，也是他不同于其他“第三代”诗人表达直白的缘由。《悬棺》峻切而大气，并不断地向深邃之境进发，让人感受到中国传统文化的深不可测。比如诗人在第二章“五行遁术”中，将死亡作了大面积的极端性阐释，并分别罗列了“天葬”、“土葬”、“水葬”、“火葬”和“风葬”这五种葬法，最后提到了“悬棺葬”这一特殊的葬法，乃古人智慧的结晶。它将人对死亡之后的归宿，作了一种浪漫的延续。“走吧，离开此时此地。离开他人，也离开自身。因为心是收获之后遗留的最后因果，一旦发白将会万念俱灰。因为双手掬捧形体如水的月亮，中天孤悬，划出黑暗永无止境。”这是悬棺葬的特殊形态。

在《悬棺》中，欧阳江河试图解决“悬棺葬”这一生死之间如何延续转换的精神之谜，当然，他不是用科普解读的方式，也不是用叙事的路径，而是以自己的诗性体验道出了一种精神的真实。死亡并不仅是形而下的肉体消逝，而且还可以是一种形而上的精神延续，悬棺葬揭谜的不是人的死亡，而是文化与智慧之真。就像欧阳江河这样的诗人，他能找到自由发挥的命题，作出文化的阐释，这也是很多史诗型“第三代”诗人所热衷的历史感书写，他们不仅先锋，而且也能越过现实的边界，进入超验世界的通灵之境。

另一位热衷于抒写史诗与大诗的诗人廖亦武，他生长于四川盆地，对这片土地有着深厚的情感，他也经常用诗的形式来表达这种情感。与那些怀乡之情不同的是，廖亦武身处其中，他对这块盆地的解读更富个人经验和文化情怀，同时又传达出一种集体主义式的公共美学。

大盆地！大盆地！你红颜色的泥土滋养了我们
我们的肌腱日益隆起，你再也无法容纳我们膨胀的情愫

先烈们的坟墓耸立在江岸上，裂人心肺的船工号子从峭壁撞向峭壁
一种难以用声音表达的召唤使我们战栗了！

苍凉的高原风从西北荡进来，喧嚷着，起落着，像自然之神不可名状的琴声
向我们展开一种壮美、高远、疯狂的气势
……
我们穿过峡谷，攀上被泥石流轰动过的巉崖，到贡嘎山下

去和太阳一起放牧（它是一个穿金色藏袍的牧民，挥舞着光芒的鞭子催赶牦牛、马催赶痛苦抽搐的金沙江。红军长征经过的沼泽也被改造成河道）

我们体内交流着大阳的热力和大地的血

我们放着筏子，像咆哮的水兽在激流中滑行，任金矿和浪头在脊梁上闪耀

我们回应着空谷之音，喊叫洞穿地层，让始祖鸟的化石和沦落的远古内海悄悄开放

……

这是廖亦武在《大盆地》中写下的句子，他一边回忆历史的辉煌，一边切入现实的盆地景观，像这种回到自然与历史交合的方式，正是诗人史诗与大诗创作的根本。他渴望用那种气势磅礴的表达，去挖掘和发现历史的沧桑，尤其是地域文化所积存多年的真实再现。诗人以狂热的激情，抒写广阔盆地的整体面貌，并以汪洋恣肆的语言，探索盆地所承载的悲欢与苦难，这里面渗透着诗人强烈的人文关怀与悲悯之情。

虽然廖亦武也不时地将笔触伸向大地，但他不同于德国诗人荷尔德林那种“诗意栖居”的温情，而是带着一种悲苦的知性伦理，去感知，去体验。诗人从最原始与粗犷的情感出发，最后所要抵达的，则是事物的命运呈现，而且是在诗意中耐人寻味的呈现。由此，他找到了这样一种从文化角度切入史诗的路径。

在“第三代”诗人的史诗写作中，他们都无不带着狂热而浓烈的理想主义精神，以文化、传统、历史，加上丰富的想象力渗透，展示一种大气象，一种新风范。不仅欧阳江河与廖亦武有这样的野心，另一位抒情诗人海子，更是以系列长诗《太阳七部书》，完成了他更为庞大、同时也更富理想主义精神的史诗创造。可以说，海子在生命的后期，倾其全力将《太阳七部书》打造成了一部中国现

代诗歌史上的“天书”。他借用了大量的西方历史元素，并融合了中国传统的历史叙事，给人一种气势如虹之感。当然，我们也从其长诗中洞察到，诗人完全进入了虚幻世界的氛围，这种心理境况，使诗歌最后导入了神秘主义乃至文化虚无主义的困境。

“第三代”诗人们以传统文化与历史入诗的史诗或大诗写作，是在煅炼技艺之后的努力创造，也是他们关注世界的见证，更是他们在“文化潮”兴起的80年代向时代所递交的一份精神答卷，但这份答卷并不能令所有人满意。毕竟，在一个并没有多少史诗创作传统的国度，试图用并不成熟的史诗写作来打动民众并非易事。欧阳江河、廖亦武、石光华、海子等人，都不过是一批实验者，“文化潮”过去之后，他们的史诗或大诗创作，也就成了一个时代的语言标本，只是具有了文化示范的意义。

三、“非非主义”：“反文化”的文化潮

当一部分“第三代”诗人沉入史诗或大诗写作时，他们就是在与传统文化和历史对话，不管他们的方式是文化的还是非文化的，都不可脱离真正的文化范畴。对于具有“玩世不恭”倾向的“莽汉”诗人来说，他们也是“反文化”策略的坚定实践者，但从他们的诗歌文本来看，也可以感受到文化对其的浸染。惟有如此，柏桦才说：“莽汉不是在反文化，而是在沿用一种传统生气来筹建加固原有的文化路径。”① 在80年代特殊的文化潮流中，“莽汉”诗人们的写作，也是在文化的基础上实践着他们“反文化”的理想，我将其称为“反文化”的文化潮。当然，在这方面的表现，不仅“莽汉”和“他们”诗人如此，“非非”诗人更是从发布宣言到文本创作，都是在实践他们“反文化”的文化情怀。

“非非”作为“第三代”诗歌运动中最重要的流派之一，在一些诗人与批评家的视野里，或许是理论意义大于文本意义，即口

① 柏桦：《左边：毛泽东时代的抒情诗人》，江苏文艺出版社2009年版，第148页。

号——或者说是宣言——大于行动。事实也正是如此，在“第三代”诗歌运动中，只有“非非”有自己一整套完整的理论。“非非”在那个先锋诗歌喧嚣一时的环境中，为时代所造就的诗意，在“非非”流派的每一个诗人身上都有了淋漓尽致的体现。如果说“非非”诗歌理论大于其文本创造，那么，这在周伦佑看来，或许不够公正与确切。在那个时代，诗歌文本与理论相辅相成地共同契合于诗坛并非一件易事。所以，在后来一些批评家的文章里，“非非”理论与文本的脱节就成为诟病“非非”诗人的重要根据。这一点在“非非”诗人周伦佑看来，也是值得探讨的。下面我们就“非非”理论与周伦佑的诗歌创作作一次诗歌流派理论与文本创作之关系的分析。

周伦佑一直提倡诗歌的“反价值”，他的诗歌理论支撑的是一种词语意义上的无价值与无意义之根。所以，我称周伦佑的诗歌是“反价值时代”的“红色写作”。他的“红色写作”与萎靡的“白色写作”对立，“由白色向红色的转变，不是哪一个诗人的主观推动，而是艺术自身的转机。”周伦佑曾完整地表露了他对于“红色写作”的看法：“作为一种新的诗歌纯粹原则，红色纯粹不是要缩小，而是要扩大诗的内涵，使诗的可写性从纸张扩大到生命，包含肉体的可写性。书面文本与肉性文本的统一。最终把诗从书本中解放出来，使之成为可观，可感，可听，与生命相互进入的，更广泛的艺术形式。”① “红色写作”乃是一种大气的、带着灵魂的写作，这是周伦佑在宏论中所透露给我们的印象最深的观点。他也的确在身体力行地实践着他的“红色写作”主张，并将这些主张向各种写作形式渗透与推广。所以，从他的理论和创作关系来看，有论者才会如此评价周伦佑：“他是一位十分复杂，内心十分矛盾，具有悲剧性性格的人物。他反对一切价值，但对他诗歌本身的价值却非常看重；他反对崇高，但本质上是崇高的人；他主张非理性，可是，他

① 周伦佑：《红色写作》，《周伦佑诗选》，花城出版社 2006 年版，第 175 页。

比绝大部分诗人理性得多；他最想与文化传统一刀两断，可又最受传统文化的死死纠缠。”① 这样的评价对于周伦佑来说，是比较到位的，符合“非非”诗人在“反文化”过程中的文化反思特性。

在《红色写作》中，针对诗歌意象问题，周伦佑说，诗人一生的主要意象与他生命中的某些重大事件有关，或者是“童年的经历”，或者是“生命的创口”，都可能对写作产生潜移默化的影响。这一点，周伦佑自己是有着深切体验的，他诗歌里的意象运用也大都是固定的，刀锋，鸟，词语等等，都是其作品中不可或缺的真实意象，这是他体验生命经验的一种自然流露。就像“非非”另一位诗人何小竹钟情于巫性一样，鸟也成为周伦佑频繁使用的意象。其诗歌中各种各样的鸟，虚拟的、变形的、纸上的、想像中的，都成为了他语言词库里的诗性记忆。鸟，隐喻着飞翔，所以在周伦佑的诗歌中，飞翔与鸟共同构成了一种想像的能指，这种界于流浪与优雅之间的诗意，没有滑向任何一个极端，而只是在历史与当下的语境中自由地穿越、转换，并最终实现一个人的诗歌抱负。

作为一个理论型的诗人，周伦佑的诗歌文本应该具有很强的哲学性与思辨性，然而，事实并非如此。他以感性的姿态去贴近词语，把握生活，有时不乏调侃和戏谑，乃至幽默感与戏剧性叠出。比如他有一些诗，对于时代环境与个人情绪的相互影响，会化为写作的源泉渗透其创作，而且形成了特别的批判性思考力度。像《厌铁的心情》这样的诗歌，与周伦佑那些“句法转换”或“想像大鸟”的作品相比，就有着不一样的真实。

总是害怕回到地个夜晚
那个火焰的时刻，置身其中
让突奔的热血再一次燃遍全身

---

① 刘翔：《那些日子的颜色——中国当代抒情诗歌》，学林出版社 2003 年版，第 144 至 145 页。

词语的力量唤起谦卑的生命
……
从此，被钢铁浸透的那个夜晚
成为我的疾病
厌铁的心情不可以言火
只想采点桔梗之类
在没有英雄与蝴蝶的时候
煮水论懦夫。想起来了
便在郊外的某一所学校里
当一天钟，撞一天和尚
……
那个夜晚之前我活得轻如鸿毛
那个夜晚以后我醒来心如死灰

——《厌铁的心情》

诗人从一开始就直白地表明了自己的情绪，受工业社会的影响，人的内心那种压抑是不可言喻的，铁隐喻着工业社会的冰冷，而诗人向往的是自然、温润的物质生活，“只想采点桔梗之类”。工业社会对人的摧残与异化日趋严重，诗人深感无奈，只有以自嘲的方式来平衡人在工业时代的压抑与无助。玩弄语言，“煮酒论英雄”变成了“煮水论懦夫”，“当一天和尚，撞一天钟”变成了“当一天钟，撞一天和尚”，这些传统社会的常规俗语，在工业社会里似乎都遭到了解构。但是，被诗人篡改后的俗语可能也是合理的，尤其是在工业时代甚至是后工业时代背景下，它们显得比传统俗语本身更贴切。身体与精神都被工业社会的“铁”掏空了，剩下了空空的躯壳，“全身空洞得乏味”。诗的最后，诗人的心绪依然低迷，脆弱，以至于看不到生活的光明，这是工业社会给诗人所带来的最后的伤害与摧残，不仅仅是身体的，更是灵魂的。

德国汉学家顾彬说：“因为非非派更属一种国际现象，对普通中国读者来说，它只能是阳春白雪。”① 尤其是他们讲究语言上的语感传达，反文化，拒绝情感入诗，所以在客观、冷静的外表下不免具有“巫性”与神秘感，以及“零度抒情”的冷酷。因此，他们的诗作就自然地染上了一种“前文化”色彩，这种“前文化”状态是“对‘文化性’的否定的一种再否定”，即是一种双重的否定判断：“文化是对‘前文化’状态的一种‘否定’（‘非’）——‘文化性’的否定的再‘否定’（‘非非’），亦即回到了‘前文化’状态。”② 这既是“非非”命名的形象阐释，也是“非非”诗人在“反文化”实践中所消解的一些繁复的前提。“非非”诗派的另外两位诗人杨黎与何小竹，就是“反文化”解构创作的典型。

杨黎的写作，与他受哲学家维特根斯坦与法国新小说家罗伯·格里耶的影响不无关系，“零度写作”原则和对语感的重视始终贯穿其创作实践。他的诗歌从客观上否定了故弄玄虚式的“知识考古”，虽然他没有炫技的意思，但是他又走向了另一个极端，即对于情感的取消，乃至拒绝。杨黎曾对一位诗人说：“如果你要写好诗，首先不要写痛苦。”同时，他还说过自己早已将全部献给了诗歌中舒服的一面。③ 即使生活中有痛苦，他也不会在诗歌中表现出来。“零度情感写作”的原则所支配的诗歌文本，在普通读者看来已经没有了任何打动人心的发现，我们走向杨黎诗歌的通道就是节制的表达，是简洁的词语，有节奏的语感，而不是充沛的情感。他的诗歌理念与我们惯常所理解的“诗歌源于情感”的本质也是格格不入，显得有些绝对和偏执，这一方面成就了其诗歌的独特性，同时也让其局限性突显出来。除了语言，杨黎似乎刻意回避诗歌的其他因素，尤其是归避文化。他在谈到“超越语言”时，曾这样表达自己的想法：“语言是神秘的，它永远不可解释：语言又是最为具

① 顾彬：《预言家的终结》，载《今天》1993 年第 2 期。

② 参见於可训《当代诗学》，湖南人民出版社 2000 年版，第 230 页。

③ 参见柏桦《左边：毛泽东时代的抒情诗人》，江苏文艺出版社 2009 年版，第 160 页。

体的，形象的，它看得见，摸得着，也听得清清楚楚。语言就是我们的一切，手、眼睛、心跳、性冲动、宇宙和上帝，语言又是简单的点撇横捺竖弯勾和声音。是语言让我们生下来，又是语言让我们死去；是语言为我们设置了物质的重，又是语言使物质毁灭后让我们变得轻。”① 杨黎的“反文化”与“反价值”针对的是朦胧诗，甚至是更早以前的抒情诗，这种反叛很多时候只是一种姿态，而它与创作之间所产生的悖论是不言而喻的。

何小竹的诗与周伦佑和杨黎又不一样，他虽然也在“反文化”，文本中却透出一种文化的“巫性”。就像他在那首《梦见苹果和鱼的安》中所表达的一样，世界的荒诞与鬼魅让人感到深深的无助。“死亡的蘑菇”、“黑森林”，这些都像是鬼神的梦境在缠绕着一个人不安的灵魂。苹果和鱼本是无辜的生物，但在这个时候却都成了安的梦境中迫害她的地狱之神，它们促使安不断地重复自己的梦境，这个梦境就是悲剧的开始。诗人的想象力与词语的丰富性，在此让诗歌充满了趣味性和破坏性，鬼魅的梦境与场景也成了美的化身。虽然我们感受不到幽默和轻松的趣味，但是我们却从中感受到了诗歌所具有的巫性的可能。“我们不会住很久了/我要把所有的门都加上锁/用草茎锁住鱼的嘴巴/一直到天亮”，诗人需要采取有效措施了，是否真的会凑效，又是个未知数。诗人和安以及我们共同面对着一个难题，世界的荒诞，根本是无法解决的，况且还在梦境中所遭遇的情形，那更是虚无飘渺的蜃景。至此，诗歌与现实巫性才开始真正显现，不管诗人和我们多么努力，横亘在面前的巫性是无法绕过的，只有迎面而上，用自然的神态去帮安抵御下一个“在葬礼上看见的那只红公鸡”。超现实主义的梦幻感觉，让何小竹的诗歌不时地变得模糊与摇晃，其实，这是语言的魔力作用使然。他敢于面对自己的语言，这种宽大的自信也在一定程度上不至于让诗歌始

① 杨黎：《打开天窗说亮话》，《小杨与马丽》，河北教育出版社 2002 年版，第 241 至 242 页。

终停留于凌空蹈虚的层面，而务实地通向现场，这些微小的变化有时是很难让人以具体而微的眼光对待的，所以，诗人个人深度的品格让人更容易接近，同时也徒增灵魂参与其中的特殊力量。

用维特根斯坦的一句话，最能体现出“非非”诗派的诗学理论主张：“问题不是要用我们的经验来说明一种语言游戏，而是要确定一种语言游戏。”① 很多人都觉得，何小竹的诗歌是对语言粗暴的拆解与“施虐”，但在我看来，这好像是误读：诗人以口语的方式来楔入诗歌的内核，本就是对语言的一次有力释放，因此，根本谈不上对于语言的施暴。汉语言自有它特殊的神秘性在里面，而诗人对这种神秘性的挖掘却是堪当其任的。在何小竹 80 年代的诗歌中，其巫性与神秘性共同突破了单调的语言现实给诗歌造成的僵化局面，而在诗人后来的创作中，其神秘性表现又更为丰富了。

作为“非非”的主要成员，何小竹认为“非非”是几个盲人摸的那头大象，蓝马、杨黎、吉木狼格以及他自己，就是摸象的盲人。他们写出的诗虽然各不相同，但组合起来就是一头“非非大象”。虽然是在一个组织之下，但“非非”诗人们的写作有着不同的面貌，除了统一的“反文化”、“反价值”和“反崇高”这些趋于符号化的理念和口号之外，他们各自的创作，在所有“第三代”诗人群中其实更显多元。

第二节 “生活流”的彰显：回归日常与当下的生活之诗

与“文化潮”流派差不多同时出现在 80 年代先锋诗歌现场的，还有一股以书写现实和当下为主体的诗歌群体，像“他们文学社”、“莽汉主义”、“海上”诗群、“撒娇”诗派、“城市”诗派等，以于

① ［英］维特根斯坦：《哲学研究》，李步楼译，商务印书馆 1996 年版，第 197 页。

坚、韩东、李亚伟、万夏、张小波、默默等人为代表，他们不像有“文化潮”倾向的诗人那样介入传统与历史，而是将触角直接伸向了当下的日常生活，从生活现场里撷取鲜活的素材，以营造出完全不同于“文化潮”的诗歌氛围。这种具有“生活流”倾向的诗歌群体与诗人个体，又是“第三代”诗歌运动中另一支重要的力量。

“生活流”诗歌的主要特点，即以简洁的口语入诗，捕捉和表现生活中瞬间的情感。这部分“第三代”诗人热衷于行走与流浪，在对生活的体验中寻找诗歌的本质，他们一方面反对文化乌托邦，另一方面也反对凌空蹈虚的崇高感。在他们的诗歌中，我们会经常读到反讽、嘲弄与强烈的批判意味。他们也讲究想象力的发挥，推崇语言的非正常使用，但最重要的一点，还是其与自我的人生作生命的对接，以此接续上诗歌对人性的塑造。他们注重体验与介入现实的能力，其诗歌创作在 90 年代之后获得了有效延续。

一、俗世美学的批判性呈现

我已不再感伤/没有什么/可以使我感伤/我时常独自一人/面对墙壁/一坐就是一个下午/有人敲门/我也毫不理会/我只消说一声/我不在/朋友们就会悄然离去/朋友们习惯了我的脾气

——尚仲敏《人到中年》(原载《非非》1986 年卷)

80 年代中期，二十岁刚出头的“大学生诗派”诗人尚仲敏，竟然写出了《人到中年》这样的诗，这可以看作是“第三代”诗人里的异数：正当大家都沉于抒写青春的潇洒与豪放时，尚仲敏却反正道而行之地写起了人到中年的困境。这种带有预期的想像写作，是诗人在假想的心性体验后的情感释放。尚仲敏作为一个抒情的歌者，他与“非非”、“莽汉”们不属于同一条战线上的诗歌兄弟，“非非”注重语言实验和制订宣言，而“莽汉”们热衷于写“天上的诗”，过“天上的日子”。作为“大学生诗派”成员，尚仲敏还是对日常生活与情感细节情有独钟，只有熟悉了生活本身，诗人才会在青春之际将生活写得那样深透与温润，那样真挚与坦率，那样令人怀念和回味。除了这首《人到中年》，还有一首《歌声》，同样也是抒写日常生活与诗人心灵的沟通和感悟：

"什么时候，我能像你那样歌唱/我就会知道，你是谁/苏芮，我们在夜晚遇到/又是在夜晚离开/但夜晚与夜晚多么不同//这里没有声音，如果你的歌声停止/多少次热泪盈眶，只是为了告诉自己/忍耐并且感激//为什么酒的后面总是女人/这天生的一对，永远的配合/苏芮，我心儿已碎/可以死去，但永远不死//是不是这样，把往事忘记/拒绝回忆，苏芮/我看到的世界只有两个人，我和你"

——《歌声》（原载《非非》1990 年卷）

这是尚仲敏献给流行歌手苏芮的诗，他与苏芮在诗中的心灵对话，可以看作是一位年轻诗人对另一位港台歌手的致敬之辞。苏芮那颇富成熟气质的歌声，的确让很多 80 年代青年人为之沉醉不已，而尚仲敏就是其中一员。他看似写了对苏芮那种投入的爱恋，其实字里行间还是渗透着淡淡的忧伤情绪，这是处于青春期的诗人真实的情感流露。不管是沉于对词语本身的迷恋，还是对生活作解构式的阐释，还是如尚仲敏那样对生活持以世俗的拥抱姿态，都是"第三代"诗人们在青春期对那个时代现实拷问与隐秘期望。这是由朦胧诗人的英雄情结向"第三代"诗人世俗之风转变的信号，他们转换得自然而急速，且没有留下多少生硬的痕迹。

当"第三代"诗人在改革大潮中面对滚滚而来的世俗之风时，有的人忙乱而不知所措，一头扎进了商海，去寻求物质与金钱的欲望刺激；而还有的人则保持了令人意外的清醒，他们留守在诗歌的现场，继续缪斯的心灵体验。但他们的体验，也不可避免地带上了新时代的生活烙印，世俗的一切，尤其是物质社会的情境对高贵精神的冲击，让这批坚守者在创作时大都带上了无奈和悲壮的色彩。

除了尚仲敏这种以迎合的姿态拥抱生活的作品之外，还有就是对日常生活的切入性体验，在表现生活的俗美之意时，带有强烈的解构与批判意味。“他们”诗派的于坚、韩东等，就属于这样的诗人，他们以“非诗”的方式保持写作最恒常与真实的状态。这种文本，典型的当属于坚那些“拒绝隐喻”之诗。

他天天骑一辆旧“来铃”/在烟囱冒烟的时候/来上班//驶过办公楼/驶过锻工车间/驶过仓库的围墙/走进那间木板搭成的小屋//工人们站在车间门口/看到他　就说/罗家生来了//谁也不知道他是谁/谁也不问他是谁/全厂都叫他罗家生//工人常常去敲他的小屋/找他修手表　修电表/找他修收音机//文化大革命/他被赶出厂/在他的箱子里/搜出一条领带//他再来上班的时候/还是骑那辆“来铃”/罗家生/悄悄地结了婚/一个人也没有请/四十二岁/当了父亲//就在这一年/他死了/电炉把他的头/炸开一大条口/真可怕//埋他的那天/他老婆没有来/几个工人把他抬到山上/他们说　他个头小/抬着不重/从前他修的表/比新的还好//烟囱冒烟了/工人们站在车间门口/罗家生/没有来上班

这首写于1982年的《罗家生》，是于坚早期崇尚俗美艺术的经典之作。诗人写了一个底层小人物的日常生活，以及他在特殊年代的命运结局。整首诗都是以一种平实的、叙述性的语调逐渐向前推进，似乎不带任何感情色彩。然而，就是在这种对日常生活的白描下，我们看到了一个普通中国人受时代所伤的凄凉境遇。在诗人对真相的罗列中，悲悯之意，深刻凸显。除了《罗家生》，于坚的诗歌大都是这种对日常生活批判性的呈现，像《作品第39号》、《作品第52号》、《远方的朋友》等，皆是如此。于坚努力探索的就是“汉语诗歌的中国经验”，即“如何使诗与普通人的日常生活发生密切联系，同时注重汉语的人间气味、人性化，使汉语的表达力被广阔地激活”。[①] 这同样是对他在80年代诗歌观点的再次重申与强调，只不过于坚更为深入地挖掘了汉语言和诗人之灵魂关系的启蒙意义，这种启蒙意识，就是在中国人的日常生活中发现新鲜的诗意；或者说，在我们常人认为没有诗意的地方，发现与创造一种独特的诗意。诗人的这种“非诗”创作，既是对日常生活的当下切入，也是对传统浪漫主义诗歌美学秩序的反叛，从而呈现出了不同于朦胧诗宏大抒情的诗歌美学。他们这种写作美学，在80年代的文化场域中，既是一份创新，也是一种异端。

不仅于坚如此，像韩东、丁当、于小韦、王寅、陆忆敏等人，都是以俗美呈现作为自己创作的基点。韩东的那首《有关大雁塔》，一直被当作反叛朦胧诗人的证据，所以成了特殊的文本，成了“第三代”诗歌的经典。现在看来，这首诗主要是在两个方面解决了朦胧诗所处的困境：一是语言的口语化，神圣、精致、哲理、高尚、悲剧、历史感、忧郁性，统统消失了。韩东描述了几十年后现代中国人的心态，所以，这首诗具有超前性和预见性。二是消解了朦胧诗所建立起来的规范，反叛了严肃的诗歌精神，这对于韩东来说是一次偶然，但对于“第三代”诗歌运动来说又是一种必然。在必然与偶然的交织转换中，《有关大雁塔》逐渐具有了批判性和解构性的风范，就是这首没有多少诗性的作品，却成就了一个时代的诗歌美学，它的附加值显然超过了它的文本意义，其符号化色彩想必还将一直持续下去，因为诗中写出了人们的普遍心态——重新回归世俗的生活。韩东的早期诗歌都是以口语入诗，像《我不认识的女人》、《你见过大海》、《妻子的拖鞋》、《明月降临》等，那种简朴风格得到了有力的彰显。尤其是像《你见过大海》这样的诗，与《有关大雁塔》有着异曲同工之妙，同样是以批判性精神写出的俗美之诗。诗人那种消解大海神秘性的方式，在80年代的确让人感觉耳

---

① 于坚：《抱着一块石头沉到底——答陶乃侃问》，《拒绝隐喻》，云南人民出版社2004年版，第216页。

目一新，他用简单的口语让大海还原了其作为普通之物的面貌。口语背景下的诗歌创作，有对经验的反叛，也有对日常事物坚定还原的艺术特征，韩东的创作就是佐证。

“他们文学社”的重要诗人丁当，在《房子》这首诗里，他亲近了凡俗而真实的体验，远离了高深莫测的知识，将不知所云的困惑还原为清晰的精神体验后，重新交给了语言与分行的现实。然而，他的诗歌又不是以完全世俗甚至平庸的笔调来割裂人与世界的精神联系，他只想追求一种清晰的再现。所以，他的姿态是平和的，是洞察真实的有效突破。诗人与凡人的真实境遇就是一座房子里的秘密：在房子里，一切都暴露无遗。所有的追问与质疑在面对现实的困境时都显得多余，生活的破碎，境界的模糊，都抵不过词语的晦涩，丁当需要做到的就是去发现“房子”的新价值。

从审视的角度切入生活的，除了“他们”诗派的于坚、韩东等人外，还有“海上”诗群的诗人。作为“城市诗”派的第一诗人，宋琳的诗歌对80年代的城市把握非常到位，这反映在其诗歌里，就是城市气息抒写的矛盾性与统一性的双重融合。“城市的停尸房里有我的熟人”（《空白》），城市在诗人的笔下变形、扭曲，进入了一种无法复制的大限。宋琳的诗歌更接近90年代后知识分子诗人的气质，他在知识与诗人灵魂的高度上塑造了诗歌的神像。在他的诗歌中，我们可以发现他受西方现代派诗人的影响。这种影响直接渗透到创作里，诗人经常会在文字中与那些大师进行心灵与技艺的对话，如同一个虔诚的诗歌学徒，然而，这样的创作，也难免带上了一些模仿的痕迹。至于他诗歌里那种生动与神秘的气息，是诗人本身所具有的信念使然。

宋琳诗歌的先锋性，主要体现在他的语言表达与前卫姿态上，其诗歌精神上的深度，也大多表现为在回忆与想像中保持了对诗歌的敏感，不断的词语打磨，叠加的意象营构，都唤醒了诗人在抵抗平庸书写的过程中所遗落的记忆。《无调性》、《流水》、《地毯》、《遁世者之歌》等诗歌，都有着异常丰富的精神内核，不论我们调动身体的任何感官，都能从其开阔的视野中获得足够的回味空间。这是宋琳的写作异于他人之处，因为我们能够从其诗歌中发现独立的句子所呈现的经典性，以及在非理性的永恒信念里解析出残存的经验之真。《死亡与赞美》（十四行诗组诗）具有史诗的庞大格局，也具有史诗一样的宏大气质，这是宋琳在想像与梦呓中完成的抒写。人类的终极命题进入了他诗歌的主旨，并占据了所有的精神通孔，这是诗人坚定的力量所引起的诗歌灿烂之光。这样的诗歌有着宗教般的虔诚力度，温和中透出沉静，坚定中透出迷惘，想像中透出知性，幻象中透出无尽的痛苦，悲剧最终统领全诗的氛围，多元化的抒写格局业已形成。

从总体上看，宋琳的作品在“第三代”诗歌中所占的位置并不突出，而更多是因为他大量局限于城市诗派的团体性表现。但是，我们在他的诗歌中还是能感受到他对艺术、哲学以及西方文化的精通，这也是他在创作中所获得的知识性与力量性的源泉。对于“第三代”诗歌运动来说，“城市诗”派在宋琳、张小波等诗人的参与下，获得了真正体现诗歌精神的动力，他们的写作放在新世纪的今天，仍然具有可参照性，其诗歌的艺术价值是值得肯定的。

二、“莽汉主义”：从生活体验开始

“第三代”诗歌运动期间，以“莽汉主义”为代表的“生活流”诗歌，大都是诗人们以体验和感悟生活作为诗歌创造的前提，这与朦胧诗和后来提倡文化书写的部分“第三代”诗人的诗歌是不一样的，他们更注重将现实生活与诗歌创造进行语言的对接。李亚伟曾在“莽汉主义宣言”中提到：“莽汉们如今也不喜欢那些精密得使人头昏的内部结构或奥涩的象征体系。莽汉们将以男性极其坦然的眼光对现实生活进行大大咧咧地最为直接地楔入。”① 这是典型的“莽汉”风格，他们的生活化与世俗化，让诗歌呈现出自然而亲切

① 参见徐敬亚、孟浪编《中国现代主义诗群大观1986～1988》，同济大学出版社1988年版，第95页。

的面貌，同时，也给人一种清新的共鸣感。而且，“莽汉”主义诗人在生活体验方面，要比“他们文学社”的诗人们更为张扬，更为激烈。相比于“莽汉”的高调，“他们”诗人就要显得内敛得多。

除了李亚伟之外，万夏作为“莽汉主义”诗人的重要一员，他的诗歌没有李亚伟那样对语言无休止的变形创造，没有不懈地追求那样一种“语不惊人死不休”的境界。但是，万夏对于语言的感觉也是非常讲究的，如行云流水，如潇洒自然，都是他不断地在追求的一种效果。其实，80 年代中后期，万夏在整个“第三代”诗歌运动中所占据的位置也是非常突出的，他一边漫不经心地写作“莽汉”诗歌，一边紧锣密鼓地创办民间诗歌刊物，两者都深入诗歌内部做着诗歌传播学的中介，以此接续诗歌与传播逐渐脱节的联系。自从做了出版商之后，他为诗歌所做的事情也不少，主编了《后朦胧诗全集》，这正像他在一首诗中所说的那样，“诗是一生的事情”（《渡光阴的人》）。他从事出版行业，也是以一个诗人的眼光与敏锐在行事，对于语言的讲究，对于书籍装帧以及色彩的运用，都源于他诗人的敏感。

“莽汉”诗人一个最重要的特点，就是极端的想像与语言的精彩运用，似乎都像是梦中呓语，也像是醉酒后的狂语，那种天马行空、气贯如虹般的想像，如同抒情者在云端的“涉笔成趣”。万夏对此有着自己切身的感受，他在诗歌中将想像当成一种表达的姿态，让人回味无穷。“当一树樱桃突然落地/你可能躲到某张镜子中去流泪/或用香气枪杀我的内心/死，只是一件普通的坏事”（《樱桃树下》）。这样的抒情其实在万夏的诗歌中比比皆是，像《农事》五首诗都是抒情诗作的典范，这是“莽汉”诗人不同于其他诗歌流派的诗人之处，他们更多还是在语言与想像的交融上出示抒情的偏好。“最高最完美的是一些残缺的部分/我们完善在两次事件之间/这一切又仅仅是过程/你祈求和得到的/仅我腐朽的一面/就够你享用一生”（《本质》）。或许，任何事物的本质呈现恰恰是那些残缺的部分，这是诗人看待事物最直接的方式，即一针见血，或从侧面的角度抓住事物的核心。那些经典句子的界定，由诗人想象力的特殊发挥所致，最终也是诗歌的本质所在。

一首诗中没有几行经典的句子，似乎总难以唤起人们对诗歌的共鸣，乃至尊敬与叹服。当然，这些经典的句子并非如汪国真的诗歌中那样一些俗气的名言警句，而是渗透了诗人强劲的想象力与感悟力。诗人调动了自己所有的感官，最后都集中在语言创造上，形成一股强大的词语洪流，再渐趋安静。万夏的《词，内心》、《词，房子》、《词，刀锋》等诗歌，都是语言与一些简洁意象的相互交融，呈现出想象力的跳跃所形成的那种超现实的状态。诗歌的标题所暗含的词语与诗人对普通物事想像的对接过程，是整首诗的形象跃然纸上的根本所在，这也由此让我们得以能够在留有余地的空间里阐释诗歌的内在意蕴。而《空气、皮肤和水》这首大型的组诗，就是一次词语与想像的狂欢，诗人的抒写无限制地伸进任何一个领域，就如同没有边界的空气钻进可能拥有的任何空间，这是诗歌的力量，也是诗人的宿命。

万夏与其他“莽汉”诗人的不同之处在于，他对诗歌语言的运用没有那么极端，更多是限于精神与知识的层面，所以没有形成李亚伟与胡冬、二毛那样的开阔与大气风格。万夏的诗歌写作更接近于知识分子的状态，所以反文化、反崇高等口号在万夏这里是无效的，因为他本身就是用文化在写诗，而心灵的呈现是外部的作用力。只有通过《吕布之香》这样的诗歌，才能看出万夏作为“莽汉”诗人的一面，那种突出英雄情结的大气与对古典的仿写，总是在不经意间透出诗人内心的粗砺本质。《芭蕾》、《你的手不骗人》、《美人》、《给你一条不朽的生命》、《有人飞过杜鹃巢》、《玉人》、《蝴蝶》等这些诗歌，都是抒写女性与情爱之作，但不是普通的滥情，而是一种歇斯底里却又温情无比的抒写。诗人和笔下女性的交流是一种怀念与缅想，在那虚空中的对话，有一种超越的爱。这样的诗歌显出了万夏在细节上的讲究，也彰显出了他内心细腻的一面，作为诗人，他对美人的欲望在身体里经受残酷的考验，并获得了最后的升华。其实，这一点也是很多“第三代”诗人所具备的感觉和素质，如王寅、翟永明、陆忆敏、孟浪等诗人当时都曾有此努力的方向。

万夏的诗歌中还有一个非常突出的特点，就是诗人与诗歌本身进入写作，即主体的始终在场，这让其诗歌有了一种异乎寻常的价值。《纯粹的人》、《诗人无饭》、《一生》等都是如此，总是脱离不了诗人与诗歌这样的明晰意象，这些作品让万夏有一种重新在诗歌中建立个人价值的哲学意蕴。“诗人无饭，请喝汤”，“用一杯水酒毁掉一群天才”（《诗人无饭》），这些都是诗人与自己、他者之间的内在交流之言。“一生费多少纸写诗/喝很苦的中药，一张手相麻痹人民/书让给别人去读/杰出的句子都留给自己/在远方，我优秀又清凉/女人，请继续你的月经和慈爱/我听由你的点化//今天，皮肤给我们带来饥饿/父母双亡，周围的诗人美丽又偏狭/诗不整体/人也不非非/靠疾病渡日，写雪景歌颂美人//一个人对我说错的话可能再错/恋人逃亡，祖国格外美丽/过去我真实得如同一场假设/太多的自恋和卑薄/那是另一人所爱”（《一生》），这是诗人希望达到的理想状态，一生不能通过读书去写诗，却要用生活写出最好的诗句。女人、乳房、丝绸、瓷瓶等都是万夏作品中不可或缺的意象，它们的细腻，共同构成了万夏诗歌想像中阴柔而又切实可感的一面，这是男性诗人普通喜欢运用的意象，似乎这些都是献给女人的诗，是温情与欲望的杰作，以此抵抗心智的衰老，留给自己足够想像的空间。

另一位诗人马松，其作品在“莽汉”诗歌流派中可以说是与李亚伟旗鼓相当，也是一次次因对汉语施暴而确定了“第三代”诗歌某一方面写作标准的典范。纯粹化的口语入诗，是马松作为数学系学生所惯用的方式，讲究语言的大气与美感，节奏与旋律，都是他写作时不断要考虑的问题，因为他就是在情绪上为语言制造着梦幻的意境。《空虚》一诗就具有不折不扣的虚幻般的感觉，马松将空虚者的那种无所事事的现实与他内心不安的情绪抒写得淋漓尽致，以口语化的方式完成想像力的极限展览，这是马松在其中所扮演的语言施暴者的角色使然。

那些日子他全身的零件都是叛徒
那些日子他光怪陆离的肉体是无底洞
那些日子他扯开的双脚没有前后之分
那些日于他老婆只住长江尾　他正浮在中游
那些日子朋友们都干活去了剩下他头朝下走路

——《空虚》

即使是一些比较现实化的场景，经过马松的抒写，也会变得扭曲与歇斯底里，他有勇气和胆识去改变那些平庸的现实，从而创造一个全新的精神平台。所以，我们在马松与李亚伟等“莽汉”诗人的诗歌中，看不到对语言的妥协与屈服，而只有那些勇往直前的对语言的冲击，才从各个方面显示了诗人在语言上自然的超现实感。

马松不仅要在语言上施暴，而且他在自己的写作态度上也有着强烈的暴力倾向，这种倾向来自于80年代的诗歌生活，也来自于身体与思想上的全面解放。比如他的《怀念春天》一诗，是对季节的怀想，在想像中完成的抒写于执着偏见和“莽汉”性情而言，是诗人的感官所获得最纯粹的体验。其诗歌里隐藏着一种抒情的韧性，即诗人认识事物比其他诗人更决绝，也更坚定。这是马松在诗歌写作上的与众不同之处，同时也是“莽汉”诗人在整个“第三代”诗人群体里面最出众与引起关注之点。

马松总是希望在语言上进行改革和反叛，这里面有着诗人青春期的那种狂热的想象力发挥，同时也存在着诗人对诗歌的理解就是“语不惊人死不休”的绝决与坦然。后来，马松进行了自我反叛，这是一个诗人最为彻底的变革，在时间的流逝与词汇不断的丰富中，他冲决了挡住想象力发挥的河堤，将“莽汉”语言的精彩发挥到了极致，这种极致的抒写，恰恰暗合了“莽汉”诗歌在天真与彻底之间的自信和力量。诗人是在天马行空的无边想像中完成的诗学转换，他想像的对象是语言与场景的自如交融，以现实语言在诗歌中所能达到的最大程度的功效，也即语言的极致体验。在浑然天成的排列中，修补空洞、挖掘真相、透视生活的记忆碎片、实现语言的极致书写，在荒诞与非理性里实现对政治意识形态的消解，还原生命与诗歌的本质性抒写。像《醉》、《砸向秋天的话》、《他》、《在冬天》等作品，因语言的非正常使用，频频增加了诗歌极端化的诗意，几乎在每一个句子里，我们都能感受到诗人个性突出的品质。尤其是《想》、《远》等诗歌，是诗人在优美旋律中俯视芸芸众生与他们的灵魂世界，深入新时代之人的精神内部，以发现精彩的人生真相。“我只有用空气想你，随便得像音乐/想就是一种音乐　就是从地下跳到树上走路/沿路扬起五彩缤纷的灰尘　我美得张不开眼睛”（《想》），这里面有一种精神冒险的策略，还有一种思考上的淡然与微妙。

> 用尽了浑身的黑暗想你　天就亮了　天就是现在了/风在我身上向你写信　山低头看着水/天一遍又一遍用手抚摸着空气和我们无辜的皮肤/燕子　植物也从远方跳过来乘机开花了//多么美妙的家常便饭　多吃一口早晨吧　燕子//但如果粮食被天空收回去/如果我不够用来爱你　植物就要从土地上拍案而起/在我身上用满腔怒火撩拨你/骚乎乎的植物，恍恍惚惚的春天，天就是我/我对不起蜜蜂　我对不起花蝴蝶//用尽了浑身的力气想你/我只有用比黑暗更加色情的光明继续想你/燕子，就是以后我越来越轻了　就是以后我离你越/来越近了/我也没有对阳光屈服过/我爱你　我不怕我现在越来越轻了
>
> ——《远》

这似乎是一首献给远方爱人的情诗，又是一首献给自然之诗，不管作怎样的理解，马松带着感情的现实抒写，充满了宁静与恬淡

的色彩，这是“莽汉”诗人少有的温情一面，而一旦温情起来，其诗歌也会变得异常细腻与富有质感，就如同诗人在放松的状态下面对一幅情爱的画卷，如释重负，心态怡然。一个人都不够用来爱，用尽浑身的力气，想一个人或者恋一种物，那种绝对和超然是经得住诱惑与追问的，即用生命去爱，更有一种“死了都要爱”的决绝，即使远隔千山万水，即使近在咫尺天涯，一切都在怅然若失中回味那份爱情，最后在失语中理解现实之痛。

马松的诗歌有着“莽汉”粗犷的一面，这注定了他不会在一种固定的话语模式里走到底，“莽汉”的改变与转向，有时候来得比世事变换更为突然，人生如此，诗歌更是如此。比如说，《好时光》、《欢乐》、《约》、《游戏》、《花》等诗歌，又是马松创作中的另一番景象，它们比诗人其他作品更清纯，也更干净。同样是在口语化的抒写里，诗人是以艺术抒情的面貌示人，尽显智慧，有一种存在感的内在清晰。像《儿语》这样的诗歌，就是以儿童视角来书写与看待事物的，所以整首诗在想像的层面上有着童话般的温馨，而不再是生硬的语言迷宫游戏。《我们是这样相爱的》有着献诗般的情爱与关怀特征，诗歌针对的是情绪的当下性，并且有了精神的参照，即诗人与另一半的对话，在揭示生活中心的位置时，还体验到了玩笑式的趣味性。这是爱情的歌之声，这也是边缘风情的精神体验。

马松写于 1984 年的《我们流浪汉》，是对“莽汉”诗人行走与流浪的一次全面揭迷与探索，这是“莽汉”诗歌在行为抒写上的开始，也是一次优雅的结束。马松在这之后的诗歌都在朝着趣味性和游戏性迈进，他的抒写与 80 年代那种整体的、开放的精神氛围是契合的，充满了艺术的光辉。马松诗歌那种口语化的洒脱有力，避免了很多知识气十足的诗歌所有的华丽和空洞，因而呈现出一种自由的精神气势。马松的诗歌对后来者的影响与李亚伟一样，有着“莽汉”诗派“一呼百应”的号召力与凝聚力，其语言观念、诗歌精神、写作姿态、理想追求等，都以不同的角度照耀着后来者的创作道路。

三、想像与俗世的对接

如果说当代诗歌在创新意识上缺少什么的话，很多人会异口同声地说，中国当代诗人缺少的就是“吝啬的想像”。不是诗人们吝啬想像，而是这个时代所发生的事情比我们的诗人能够想像到的更精彩。或许就是这样，现实是最富有想象力的，而且现实也是一切想像的源泉。

想像不是诗人的专利，当然更不是诗人的专用修辞。在当代小说家也因想象力丧失而遭诟病时，对于诗人的苛责也许会变得微不足道。小说作为叙事的艺术，想像的作用更为明显，而诗歌作为一种纯粹的语言艺术，其想象力的参与更多是体现在结构与形式上，还有人性的丰富。“人们在诗中发现了幻想，诗人在诗中发现了真实。人们在诗人身上看到创造与自由，诗人在他的活动中体验了服役与宿命。这幻想与真实、自由与宿命的不可能的结合使我在诗中看到了那无法企及的最高现实的证据。”① 诗人在想像与俗世的对接中，用语言这一载体完成了对诗歌的的创造，真实与虚构，想像与体验，是诗人在写作中与人生对话的形式。真正的诗人，能够将纸上的文学，搬回到生活的现场，重新求证与探索。

“第三代”诗人在这方面的努力，更多还是出于对诗歌本身的兴趣，而不是像朦胧诗人那样带有坚定的意识形态拯救色彩。“第三代”诗人打破单一的讴歌或隐性批判模式，直接还原生活的可能，随之也让诗歌有了多元创造的方向。不管写作题材延伸到何种边界，现实生活对那些具有“生活流”倾向的“第三代”诗人的影响，是无可更改的，他们必须与生活进行反抗或和解的体认。像李亚伟的早期诗歌，无论是作现实讽刺的《中文系》，还是与古人对话的《苏东坡和他的朋友们》，最后都归结到了对俗世生活的理解

① 耿占春：《在语言返回根源的途中》，《改变世界与改变语言》，社会科学文献出版社 2000 年版，第 99 页。

上，借古喻今的想像方式，同样能获得对当下的审视。

在《苏东坡和他的朋友们》一诗中，梦做完了，酒醒了，诗人才知道自己的疯狂需要付出痛苦的代价——“此时，我不知道我是谁，我是不是茫茫人海中一颗受精的卵子”，原来终归要回到肉身的状态，因为“我”不是神，宏观世界与微观世界在这样的对比中已经显出了各自最为独特的意义：人的生命就是在这两个区域里相互促进，相互依附，推动着整个人类社会的发展。即使是这样的规律，“我”仍然不会满足，狂人注定了就是疯狂的物种，即使“大海仍然辽阔，我仍然如此的狂妄”，连自己的狂妄状态也是如此清醒，可是感性的欲望此时并不遥远，它重新回归到了一个人的内心，并继续按照它的哲学进行着再次疯狂的精神之旅。

如果说李亚伟的诗歌粗犷，新鲜，富有反叛的快感，那是源于他诗歌语言的想像和创造，尤其是他早期诗歌中那种“不留情面”的尖锐与偏执，在口语化的助力下为写作增添了趣味与活力，也呈现了出奇制胜的效果。《苏东坡和他的朋友们》与其说诗人写的是苏东坡和一群诗词歌赋的行吟者，不如说他在诗中寄予了对古代知识分子的理解。除了吟诗作赋之外，古代知识分子的娱乐生活也许是匮乏的，他们怀揣纸笔，随时准备“向后人推出排比句”。在这首诗里，不仅李亚伟在发思古之幽情，而且古人同样也在行使追怀往事的权利。古代知识分子单调的业余生活促使他们只能替更古的人担忧，短暂的人生瞬间即逝，所以“提着赋去赤壁把酒/挽着比、兴在杨柳岸徘徊/喝酒或不喝酒时/都容易想到沦陷的边塞/他们慷慨悲歌”。残生在吟风弄月中度过，也不过是一种平淡的活法而已。而古代的知识分子们呢？在诗词中忧时伤世，连喝酒时都不忘“沦陷的边塞”何时重归家园。

有诗评家说：“李亚伟的这种玩儿命诗学是他的语言方式，乃至整个诗歌写作的基础。他的语言天赋直接来自他对人类命名世界的那种临界状态的领悟，因此语言对他来说只能是一个没有维度、没有疆界的灵地。他的诗歌写作就是他立足这块灵地，与寄寓在现存语言中的一些规则与秩序的背水一战。”① 这种评价对于李亚伟的诗歌来说是很到位的，他抓住了诗人在运用语言时的关键之点和自觉心态。“在现实中喝酒，绸缪缱绻/看见杯中那山脉和河流的走向顺应了自然/看见朋友从平原来，被自身的才华砍死在岸边/你便拒绝了功名，放弃了一生的野心”（《内心的深处》）；“你张开黑发飞来飞去，一个危险的想法/正把你想到另一个地方/你太轻啦，飞到岛上/轻得无法肯定下来”（《风中的美人》）；“他看到拉手风琴的大海/仍然要回忆，捶胸顿足/当他走入吹着芦笛的神秘夜晚/有时还会严肃地想起十六岁的少女”（《老张和遮天蔽日的爱情》）；“我想跟你发生不可分割的关系/有时你躲不掉，我的伤口在酒店里/挥动插在上面的匕首向你奔来/我用伤口咬死你老板”（《酒店》）；“女孩们寄居在形容词里，一副还过得去的样子/把冬天的风景弄得摇摇晃晃/在飞雪的日子里把她们的嘴唇套在空话上问你几个问题/但你仍顶着牛角打铁，不想在春节前就成为流氓/一副中听的身子骨想用来弹死最后的知音”（《秋收》）；“写起情诗来/像一个陌生的蠢货/直到来年春天/还坐在细雨中搞一个名词/苦写三年把所有女人/都弄成了一句空话”（《抒情诗人》）；“满目落英全是自杀的牡丹/花草又张冠李戴，露出了秋菊/如同黄昏的天空打开后门放出了云朵”（《异乡的女子》）；“你是天上的人/用才气把自己牢牢栓在人间/一如用青丝勒住好马/把他放在尘世”（《美女和宝马》）“这是事物混淆得悲壮的季节/死去的语言仍在表达盛大的生命/新的东西：哲学、处女和简化字/又在另一面涌现”（《行人》）……一心想做伟人的李亚伟，多少年来都在想方设法地使自己变得伟大，似乎伟大就是他的人生理想，不管是在北京的豪华酒店，还是在云南或陕西的一个小山村里，对于伟大，他都怀着一份特殊的愿景。这不仅表现在他的日常行动上，更是彻底地表现在他的写作中。

其实，关于诗歌的想象力与反讽情结，最初出现在李亚伟的诗

① 李震：《重读李亚伟》，《豪猪的诗篇》，花城出版社 2006 年版，第 253 页。

歌中，还是那首被广为传诵的《中文系》，它带着李亚伟特有的狂放不羁，在天马行空的想像中，完成了一次对中国高校中文系的彻底揭秘。整首诗有着豪放而飘逸的笔调，那些沉重的话题、经典的叙事、悲剧的历史、虚伪的现实，统统都呈现在诗人对古人与今人的比较和调侃中。李亚伟的玩世不恭与真诚豪放，让他笔底的这首诗起了波澜，并能引起人难得的共鸣。讽刺的精神体验和披露的快感，是这首诗一直为人所称道的原因：中文系的腐朽在几十年的教育中已昭然若揭。学生的个性被沉闷的教科书和教授们的陈腐教条所规训，所压制，所幸还有李亚伟那样一群叛逆的诗人。那种自由自在的氛围，正是许多充满文学理想的中文系学生心向往之的，但是往事不堪回首，一切都成为过眼云烟，剩下的就只有漫长的等待，等待中文系还有回归学生创作个性的那一天。屈原、李白、鲁迅、孔子、王维、茅盾、巴金、鲍狄埃、高尔基与李亚伟、胡玉、敖哥、万夏、小绵阳在那样一个社会环境下应该同等重要。我们现在读这首诗时的亲切感与共鸣感，仍然是不言而喻的。

从李亚伟早期作品来看，他好像没有疲于奔命之时，总是那么精力旺盛，生龙活虎。虽然他没有消沉，没有疲惫，但是他一直在反思与质疑，这种批判性的力量，一直延续到他 90 年代初期乃至新世纪的诗歌创作。“莽汉的诗歌意义在于重建，在于呼应每个时代每个地域都有的精神现象。”① 柏桦的总结虽简洁，但不无道理，“莽汉”诗歌让人有一种深深的共鸣感。

“第三代”诗人都有着特殊的狂放情结，不管是以狂放而著称的“莽汉”，还是“撒娇派”和“整体主义”，都无不如此。就连以温润感性而著称的“他们”诗人，也不乏偶尔狂放的心态，丁当的有些诗歌就更靠近李亚伟，比如那首典型的豪放派作品《背时的爱情》，这是一首“幽默的游戏之作”（陈超语）。写诗者与读诗者都

---

① 柏桦：《左边：毛泽东时代的抒情诗人》，江苏文艺出版社 2009 年版，第 148 页。

应该生活在一个充满想像的世界中，我们的希望也理所当然地应该指向未来。我们可以推测，《背时的爱情》是一首深受刺激之作，它里面渗透着愤怒和想当然的无意义，但是在那样一个时代，这首诗的意义恰恰就在于此。就像摇滚歌手胡吗个所唱的——生活真无趣，幸亏还有高跟鞋。生活在无趣的时候，女人往往成为一个人走向堕落的最好弥补药方。在《背时的爱情》中，丁当抱怨了一切，也嘲讽了一切，还幻想了一切，最后，他无奈地回到了可怕的现实之美。

就是这种我们看起来“可怕的美”，才不会让人觉得诗人是在编造谎言，叶芝说过：“抒情诗人的生活很有必要让人知道，这样我们就会明白他的诗并非无根之花，而是一个人想说的话……”世界就是如此，生活没有意义，但是我们需要找到无趣的根源，找一个意想中古代的美人放在家里慢慢享用，这是多么惬意的事情。可惜这一切对于诗人来说都是幻想，当代女性似乎已经失去了女人味，她们变得让人感觉陌生，甚至有想逃离的感觉，所以对当代女人不屑一顾的同时，只能寄希望于古代的美人了，而且都还是皇帝的女人。皇帝又如何？辛弃疾在他的《破阵子》中不无悲壮地唱道：“马作的卢飞快，弓如霹雳弦惊。了却君王天下事，赢得生前身后名。可怜白发生。”看来什么都不好当，只有像诗人那样做一个抱得美人归的旧梦或许能安慰惆怅的自己。用现代手段笼络住古典美人的心，那是何等刺激，又是何等浪漫！

诗人的幻想不是迷宫中激情点燃的火焰，一切都清晰可见，所有的意图不过是将生活过得有趣一点，在乏味中寻找可怜的乐趣。运用一下豪放的气质，也是一个平凡的一无所有者所未尝不可做的事情。

第三节 身体、黑夜与性意识：女性主义诗歌的崛起

在中国先锋诗歌界，女性诗歌的真正兴起，还是从“第三代”诗歌运动开始的。而在此之前，虽也有舒婷、傅天琳、王小妮等朦胧诗人的开拓性写作，但对女性独特经验的书写，并没有形成一种潮流。在80年代中期，以翟永明为代表的“第三代”女诗人登上诗坛，以完全表现现代女性独特经验的书写方式，自觉地承担起了女性主义诗歌书写的重任。

与之前书写女性的诗歌相比，“第三代”女诗人从女性经验入手的写作，首先就是从性别的彰显开始的，他们大都受美国自白派女诗人普拉斯的影响，钟情于“内心独白”或“隐秘呐喊”，将深藏多年的女性要解放的诉求，在诗歌中和盘托出。从被压抑的身体的觉醒，到性意识的张扬，从“黑夜意识”到“闺蜜效应”，“第三代”女诗人对女性经验的突出颇显自觉。在此之外，也有一部分女诗人热衷于写最平淡的日常生活，并从中获得了一种生存的体验。

一、性别经验的彰显

80年代初中期，随着中国社会逐渐步入改革开放的正轨，各种思潮与自由精神如同涌泉般从国外传入，在这些社会思潮中，就有诞生于西方社会六七十年代的女权主义，女权主义在中国社会的传播，虽然在80年代还没有形成一定的规模，但是在思想解放潮流的带动下，人们对性别经验的理解也开始有了主动性和自觉意识。尤其是在男权一统天下的社会里，女性受压迫与制约的情形无处不在，在日常生活中如此，在社会工作中如此，在文化精神上还是如此。女性的地位一直得不到重视，指望通过男权社会渐变的方式达成和解，但困境一直没能得以改观，一部分在80年代觉醒的女性，开始了自己反叛男权社会、为女性争取社会地位和权利的努

力。在朦胧诗人群里，舒婷是以抒写对自由爱情的向往而著称的，她作为一个女诗人，其觉醒是带着集体主义时代的公共性的，虽然也是由女性呐喊出来，但其所针对和要求的，仍然是整个社会的平等格局，并没有刻意去突出个体女性的独特诉求。对于中国当代女诗人来说，舒婷、李琦、傅天琳、李小雨、王小妮等一批朦胧诗时期的女诗人，其女性主义的意识并不强烈，她们的诗歌写作仍然停留于"文革"后的反思与批判的意识形态化的写作之中，而未能走出纯粹诗歌写作的范畴。因此，舒婷的诗歌，在性别经验的彰显上仍然不突出。

在这样一种时代环境下，随着"第三代"诗歌运动的兴起，一批有着预见性经验的女诗人，开始自觉地在诗歌创作中承担起解放女性身体、彰显女性经验的使命。1986 年至 1988 年间，"女性诗歌"写作达到了高潮阶段，唐亚平、伊蕾、海男等诗人的女性意识写作开始崛起，以至于形成了专门的女性主义诗歌流派。她们的出现，才是女性诗歌真正的开始。当然，对于女性诗歌这一概念，在一些人看来，就是女诗人写的诗歌，而且这一诗歌概念似乎已被很多人所接受。但事实上，女性诗歌的概念并没有那么简单。"从较为严格的意义上说，女诗人写作上表现的'性别经验'，和诗歌的'性别'特征，应是'女性诗歌'的基本条件。"① 因此，女性诗歌写作，首先要突出的就是"性别经验"，这种"性别经验"对于女诗人来说，就是将一些原来只能在闺密中私语的东西，用"独白"的方式，大胆地在诗歌中表现出来，这种方式，在女性诗歌出现的早期被认为是借鉴了美国"自白派"女诗人普拉斯的经验，此一说法，后来也得到了女性诗人们的回应与认可。翟永明对"女性诗歌"的提法，并不是非常赞成，她有一个心愿，就是"我希望自己

---

① 洪子诚：《〈第三代诗新编〉序》，《第三代诗新编》，长江文艺出版社 2006 年版，第 9 页。

首先是诗人，其次才是女诗人”① 翟永明写于1984年的一首《独白》，可以说融合了其作为女性诗人对自我、个性与身体的多方位展现，这是翟永明长诗《女人》中的一小节，是对女性诗歌所作的最有力的概括，也是从普拉斯那里所获得的最为贴切的信念。

我，一个狂想，充满深渊的魅力/偶然被你诞生。泥土和天空/二者合一，你把我叫作女人/并强化了我的身体//我是软得像水的白色羽毛体/你把我捧在手上，我就容纳这个世界/穿着肉体凡胎，在阳光下/我是如此炫目，使你难以置信//我是最温柔最懂事的女人/看穿一切却愿分担一切/渴望一个冬天，一个巨大的黑夜/以心为界，我想握住你的手/但在你的面前我的姿态就是一种惨败//当你走时，我的痛苦/要把我的心从口中呕出/用爱杀死你，这是谁的禁忌？/太阳为全世界升起！我只为了你/以最仇恨的柔情蜜意贯注你全身/从脚至顶，我有我的方式//一片呼救声，灵魂也能伸出手？/大海作为我的血液就能把我/高举到落日脚下，有谁记得我？/但我所记得的，绝不仅仅是一生

这首《独白》，是诗人对女性经验的综合展现，在这种强烈的性别意识里，翟永明将自己所能感受到的所有经验，都在写作中作了深度还原：对自由爱情的渴望，并承担起了一个女人作为主体角色的职责。在二人世界里，女人由被动接受变成了主动出击，这虽然不是现实，是独白，是诗人的渴望与呐喊，但是她勇敢地将其展现出来，希望借此得以张扬和突出女性的身份，明确女性在社会关系中的地位与价值。像伊蕾的《女性年龄》这首诗，仅有四句，就充分地表达了女性对男性的认识：“我从男人的眼睛里/发现了/一个万劫不复的数字/充满死亡欲的数字”。

① 翟永明：《“女性诗歌”与诗歌中的女性意识》，载《诗刊》1989年第6期。

像翟永明、伊蕾这些带有女性诗歌标志性意义的诗作，在80年代出现过一批，如伊蕾的另一首名作《独身女人的卧室》、唐亚平的《黑色沙漠》、海男的《女人》（组诗）等，这些作品从各个不同的方面，对现代女性的私密经验作了深入探索，虽然受到了一些前卫文化人士的称赞，但同时也在社会上引起了很大争议，因为她们的大胆先锋，也因为她们在思想上的超越禁忌和惊世骇俗。这些诗歌在语言表达上普遍比较明快，在情绪上也普遍带有幽怨和渴望释放的个性，在趣味上也打破了传统的伦理观，这是早期女性诗歌的标识。或许就是因为女诗人在思维上比较感性，在写作上也依赖直觉，所以，虽然她们的“女性经验”的中心比较突出，但在表达上细腻而散漫，既向一种性别符号的身份靠拢，却又不时地游离于社会规则之外，从而寻求另一种解脱奴役的力量。“我更热衷于扩张我心灵中那些最朴素、最细微的感觉，亦即我认为的‘女性气质’，某些偏执使我过分关注内心……”① 而女诗人的一些代表性作品，很容易被看成女性诗歌写作的符号，而这种符号性就是因为它们的社会意义太突出，而遮蔽了其语言艺术的价值。虽然女诗人们抒写的是个人化的感受与经验，但在80年代那样一个社会环境里，她们的写作也容易被当作一种标杆，而且她们的创作是后来女权主义立场在实践上的证据。她们对“性别经验”的特殊强调，反而让她们的诗歌在公众和读者眼中成了一种观念写作：以女性意识的理想化，来突破多年以来的社会成规，这样就很容易被处理成一桩没有答案的悬疑故事。

但不管怎样，女性诗歌写作已经成为了不争的事实，且在整个80年代有愈演愈烈之势，并直接影响与应和了90年代女权主义理论从西方传入并在中国社会的兴起局面。女性诗歌的出现，更是属于“第三代”诗歌运动里重要的一支，她们的写作丰富了先锋诗歌

---

① 翟永明：《黑夜的意识》，《磁场与魔方》，北京师范大学出版社1993年版，第142页。

的多元化态势，同时也与社会、伦理和价值观相联，创造了一种新的诗歌美学。女性诗歌的兴起和发展，“性别经验”的提出和倡扬，首先还是需要诗歌主体意识的强化，这种主体对于女诗人来说，应该就是身体的觉醒，只有身体觉醒了，才会有她们激情的张扬，有诗歌与“性别经验”结合的最终成形。

二、身体的觉醒与性意识的凸显

80 年代，中国人在身体觉醒上的表现，一方面是服饰搭配上的多元化，打破了多年来军装和的确良白衬衫一统天下的局面，女性开始有了对美的丰富追求；另一方面就是身体的解禁，她们虽然没有公开向社会提出要全面放开身体的囚禁，但是已经通过其他方式，在实践着身体的真正解放，比如在文化抒写中寻求开放，那么诗歌就成为了最合适的表达方式。

女诗人对性意识的张扬，其实是随着身体的觉醒开始的，二者的关系甚至是同步的。多年来，性成为中国文学书写中的一个禁区，即使有人涉足，也多半会遭遇禁忌，或被打入冷宫，或尴尬地转向，几乎没有多少人能在性书写上突破重围，最终有一个光明的结局。男性诗人如此，而女诗人就更是不敢越雷池半步。

就在这样一种背景下，女性诗人们通过自白的表达方式，将压抑的性心理以诗歌的方式表现出来，有一种呐喊般的效果。她们对性意识的张扬，就是通过身体解放来实现的，其实这里面暗含着女诗人们打破性禁忌的指令，渴望一种与男性同等要求的性满足。在这方面，最为经典的作品，当属伊蕾的长诗《独身女人的卧室》。这首诗中，诗人以一种公开呐喊的方式，将压抑的性心理作了最大程度的释放。在第一节《镜子的魔术》中，诗人明确地亮出了自己的女性身份，她通过镜子所照出的映像，将女性的性别特征和欲望经验作了生动的写真：“你猜我认识的是谁/她是一个，又是许多个/在各个方向突然出现/又瞬间消隐/她目光直视/没有幸福的痕迹/她自言自语，没有声音/她肌肉健美，没有热气/她是立体，又是平面/她给你什么你也无法接受/她不能属于任何人/——她就是镜子中的我/整个世界除以二/剩下的一个单数/一个自由运动的独立的单子/一个具有创造力的精神实体/——她就是镜子中的我/我的木框镜子就在床头/它一天做一百次这样的魔术/你不来与我同居”，至此，诗人开始喊出了自己真实的声音。身体的觉醒，在诗人这里，已经成为一种自觉的欲望化展现，人的七情六欲与感官化的自我，都受到了特别关注，甚至成为了书写的中心。语言、结构乃至艺术的设计，最终都需要服务于这个中心。

这小屋裸体的素描太多/一个男同胞偶然推门/高叫“土耳其浴室”/他不知道在夏天我紧锁房门/我是这浴室名副其实的顾客/顾影自怜——/四肢很长，身材窈窕/臀部紧凑，肩膀斜削/碗状的乳房轻轻颤动/每一块肌肉都充满激情/我是我自己的模特/我创造了艺术，艺术创造了我/床上堆满了画册/袜子和短裤在桌子上/玻璃瓶里迎春花枯萎了/地上乱开着暗淡的金黄/轻垫和靠背四面都是/每个角落都可以安然入睡/你不来与我同居

这是《独身女人的卧室》的第二节——“土耳其浴室”，是对第一节女性身体展览的强化。如果说第一节只是象征性地确定了女性的身份，那么第二节则是对身体的一种彻底暴露，所有的意象都流露出浓郁的性意味，甚至有一种“身体崇拜”的自我肉身的敞开。诗人以女性视角写出了带有自我审视的意味：从几千年来的反身体到“身体崇拜”，这种所谓的身体觉醒，其实还是一种精神和思想观念的启蒙。从后面的几节可以看出，这是一部独身女人的人生经验史。尤其是诗人在每一节的最后都准时地喊出“你不来与我同居”，这种“独身女人”的呐喊，正是对自由情爱的向往和渴望。“诗引导我一步步走向思想的深渊，我看清了自己的处境，看清了同时代人的处境，民族的处境。我的年龄和经历使我感受到的，首先是道德的压迫，而受道德压迫最深的是爱。失去了爱的自由，就

失去了全部自由！两千年对爱的审判应该在我们这一代结束了！”伊蕾如此断定“爱”于自由的重要，并以一种决绝的语气，道出了她的使命：“一个东方叛逆女性就这样被我用诗供认出来。”[①] 这种在很多人看来属于女人堕落的声音，在80年代的中国，能够在女诗人的诗句中被写出来，需要莫大的勇气与胆识。

除了伊蕾这种“惊世骇俗”的发自灵魂深处的呐喊，其他一些女诗人都有着各自“独白”和呼喊的方式。她们不仅要像男性诗人那样打破政治意识形态的禁锢，更重要的是，她们要将身体的觉醒与诗歌艺术的探索这两者自然而充分地结合起来，并找到一条通往更高的人生价值的秘密路径。像翟永明的《女人》组诗，就是对自我身体觉醒的一次深度触摸。与男女两性这种身体接触不同的是，海男的同名诗歌《女人之二》，却是诗人用带有浓厚的母性色彩的身体，创造了伦理社会另一处别有洞天的精神景观。

> 午夜，退潮的声音过去后/剩下你回避的目光/我在什么地方伤害了你，伤害了你/最红的那件衣服，最轻微的那歌曲/世界更加寂寞起来/我伤害了你的眼睛，再继续伤害脚趾/伤害了公路、田园，以及你的第一辆私车/像伤害你的婴儿和情侣/因为我是婴儿的母亲和情侣/世界更加孤单起来/我仍在伤害你在防波堤上高高的房屋/我的情人，我仍在增加力量/伤害你眼前的影子，活到明天的影子/静静的，从开始的第一个黑暗/拥抱你时就学会了要伤害你的嘴唇/噢，情人，你的嘴唇/是我看见过的堕落，比一个天使更加堕落/启示了我用一生的智慧/寻找机会去伤害你的声音/八月要结束了，九月的秋天/第一片树叶会令人恐怖/因此，我使用了武器或头发/用黑暗的咒语伤害你的面容/我听见手臂刚一伸出/钟声带来的夜晚，伤害你之后/我的牙齿出奇的洁白/整个下半夜，我在爱你，我要爱你。

---

① 伊蕾：《选择和语言》，载《诗刊》1989年第6期。

诗人写出了“伤害”的细节，但这种伤害只是一位女性内心最细微处的发现。“伤害”即发现，她用身体去丈量两个人之间的距离，而这具身体则成了中介。女诗人们这些带有自传或半自传意味的书写，都是将身体作为书写的对象，激情、疯狂而尖锐，富有强烈而深沉的疼痛感。从身体的觉醒到性意识的张扬，这一过程在一些女诗人笔下直白而不隐晦，虽然这并不是当时社会的主流价值观，甚至可以说显得边缘，但这却是人性化发展的自然过程。女性的社会身份长期得不到提升，很大程度上是因为身体的压抑，性的忠诚与禁忌规则，这些都导致她们只能在男权的控制下接受臣服。女诗人们要通过呐喊寻求与男性平等的地位，首要的问题也是解决身体的禁忌，让身体从被压抑的状态下解放出来，寻求自由的通道。

三、黑夜意识的出场

黑夜意识，同样也是随着女性对身体的解放和性禁忌的解除，而产生的女性诗人所独有的诗歌意识。似乎只有在黑夜，女性才有将私密的身体经验释放出来的冲动，于是，她们不约而同地与“黑夜”这一意象达成了时尚而不乏有效性的写作契约。

黑夜意识在女诗人创作中的突显，是随着个人和身体意识的觉醒开始的，她们对黑夜经验的观照，开始是通过身体去感受，到后来逐渐转为以灵魂去接近和审视。“个人与宇宙的内在意识——我称之为黑夜意识——使我注定成为女性的思想、信念和情感承担者、并直接把这种承担注入一种被我视为意识之最的努力之中。这就是诗。”① 这种黑夜意识，对于女诗人来说，不仅是一种感官的状态，更是一种心灵的参与。“保持内心黑夜的真实是你对自己的清醒认识，而透过被本性所包容的痛苦启示去发掘黑夜的意识，才

① 翟永明：《黑夜的意识》，《磁场与魔方》，北京师范大学出版社 1993 年版，第 140 页。

是对自身怯懦的真正的摧毁。”[1] 黑夜意识在翟永明的理解里，是保持内心清醒的参照。

> 对女性来说，在个人与黑夜本体之间有着一种变幻的直觉。我们从一生下来就与黑夜维系着一种神秘的关系，一种从身体到精神都贯穿着的包容在感觉之内和感觉之外的隐形语言，像天体中凝固的云悬挂在内部，随着我们的成长，它也成长着。对于我们来说，它是黑暗，也是无声地燃烧着的欲念，它是人类最初同时也是最后的本性。就是它，周身体现出整个世界的女性美，最终成为全体生命的一个契合。它超过了我们对自己的认识而与另一个高高在上的世界沟通，这最真实也最直接的冲动本身就体现处诗的力量。必须具有这种发现同时也必须创造这个过程方能与自己抗衡，并借此力量达到黑夜中逐渐清晰的一种恐怖的光明。[2]

翟永明清晰地道出了女人与黑夜之间那种诗意上的关联，这两个互为参照的意象，充分体现了女性关于诗歌之美的想像。“如果你不是一个囿于现状的人，你总会找到最适当的语言与形式来显示每个人身上必然存在的黑夜，并寻找黑夜深处那唯一的冷静的光明。”[3] 其实，诗人所写黑夜的核心意图，并不是局限于描绘黑夜的场景，而是期待光明的出现。

> 今晚所有的光只为你照亮/今晚你是一小块殖民地/久久停

① 翟永明：《黑夜的意识》，《磁场与魔方》，北京师范大学出版社 1993 年版，第 141 页。

② 翟永明：《黑夜的意识》，《磁场与魔方》，北京师范大学出版社 1993 年版，第 141 页。

③ 翟永明：《黑夜的意识》，《磁场与魔方》，北京师范大学出版社 1993 年版，第 143 页。

留，忧郁从你身体内/渗出，带着细腻的水滴//月亮像一团光洁芬芳的肉体/酣睡，发出诱人的气息/两个白昼夹着一个夜晚/在它们之间，你黑色眼圈/保持着欣喜/怎样的喧嚣堆积成我的身体/无法安慰，感到有某种物体将形成/梦中的墙壁发黑/使你看见三角形泛滥的影子/全身每个毛孔都张开//不可捉摸的意义/星星在夜空毫无人性地闪耀/而你的眼睛装满/来自远古的悲哀和快意//带着心满意足的创痛/你优美的注视中，有着恶魔的力量/使这一刻，成为无法抹掉的记忆

这是《女人》组诗中的一节《渴望》，诗中的意象，像“今晚”、“光”、“月亮”、“酣睡”、“夜晚”、“黑色眼圈”、“星星”、“夜空”等，都与黑夜相关。就如诗人所言，“黑夜的意识使我把对自身、社会、人类的各种经验剥离到一种纯粹认知的高度，并使我的意志和性格力量在种种对立冲突中发展得更丰富成熟，同时勇敢地袒露它的真实。”① 写女性内心的真实，是“第三代”女诗人们所竭力追求的新尝试，也是她们渴望达到的诗歌境界。

墙与墙痛苦于对立的生涯/在灯光下敞开无望的温情/镶花边的乳罩左右徘徊/一直踱到荒外/一根白发闪闪/久久地吻着黑暗/你梦的呼吸/如此缠绵/我就这样守望着你/触摸你无形之形/没有人来敲门/一切自由都来自墙/夜夜是残忍的幽期

——伊蕾《你在隔壁房间》

翟永明曾在一次访谈中这样说道：“对我而言，从小我就喜欢诗歌，诗可以让我避开现实的烦恼，让我进入一个与现实无关的世

① 翟永明：《黑夜的意识》，《磁场与魔方》，北京师范大学出版社 1993 年版，第 142 页。

界。这一点从开始到现在都是如此。”① 由此可见，翟永明对自己的估量是有着现实依据和文学追求的，而她的几次诗风转变也是富有诗意的。

> 我的眼睛不由自主地流出黑夜/流出黑夜使我无家可归/在一片漆黑之中我成为夜游之神/夜雾中的光环蜂拥而至/那丰富而含混的色彩使我心领神会/所有色彩归宿于黑夜相安无事/游夜之神是凄惶的尤物/长着有肉垫的猫脚和蛇的躯体/怀着鬼鬼祟祟的幽默回避着鸡叫/我到底想干什么 我走进庞大的夜/我是想把自己变成有血有肉的影子/我是想似睡似醒地在一切影子里玩游/真是个尤物是个尤物是个尤物/我似乎披着黑纱煽起夜风/我是这样潇洒 轻松 飘飘荡荡/在夜晚一切都会成为虚幻的影子/甚至皮肤 血肉和骨骼都是黑色/莫明其妙莫明其妙莫明其妙/天空和大海的影子成就了黑夜

这是女诗人唐亚平长诗《黑色沙漠》的第一节《黑夜·序诗》，这节诗中，诗人抒写的黑夜现场，带有浓烈的情欲色彩，这种在黑夜的底色中完成的词语推演，已经越过了灵魂边界，而达至一种精神高度。在“序诗”之后，“黑色沙漠”正式进入了旅程，相继出现了“黑色沼泽”、“黑色眼泪”、“黑色犹豫”、“黑色金子”、“黑色洞穴”、“黑色睡裙”、“黑色子夜”、“黑色石头”、“黑色霜雪”、“黑色乌龟”等诸多黑色意象。最后一节《黑夜·跋诗》，与前面的《黑夜·序诗》相呼应，整首长诗极富形式感。

黑夜成为了女诗人们无法规避的意象，她们似乎只有抒写黑夜，才能在一种梦想与记忆的世界里与女性的身体作精神上的交流。与黑夜相关的，还有翟永明的《今夜》、林雪的《渴睡》、童蔚的《夜曲》等，这些诗人通过对黑夜的探秘，洞开了现代女性期待

---

① 翟永明访谈《我的写作顺其自然》，载《文学界》2007年第1期。

已久的精神解放之门，并创造出一种富有浪漫色彩的诗歌情怀。

四、女性写作的日常化

有些“第三代”诗人的写作生命非常短暂，他们或许是顺着80年代那股诗歌热潮，作了几年的青春情感释放，然后又跟着消费社会的步伐迅疾地走向了世俗生活。

可能“第三代”诗歌运动本身时间就不长，没有持续几年便迎来了90年代的市场经济，随着消费大潮的席卷，诗人们纷纷下海，或挣钱改换门庭，或纷纷出国镀金，旅居海外，寻求心的安宁，这是很多“第三代”诗人诗歌生命短暂的直接原因。时代会造就一批诗人，同样，时代也可能会毁掉一批才华横溢者，世事皆然，命中注定。像上海女诗人陆忆敏，她就因为一首《美国妇女杂志》，被认为是与翟永明齐名的源头性女诗人之一。当然，她的写作不同于翟永明等人鲜明的女性意识，而是在一种干练、决绝的语调中，暗藏着浓厚的生活化气息。

而在“他们”诗派里，也有一位女诗人，她的诗歌生命并不长久，因为远去日本，自此在中国销声匿迹，这个女诗人就是小君。仅是几年的创作生涯，也留下了不少值得一读的诗作。小君的诗没有80年代女性主义那种强烈的性别意识，也少有突出女性特征的内心敏感与细腻风格。读她的作品，很快让人想到“非非”诗派的女诗人小安，两个人的风格有相近或相似之处，即在简洁干净的语言中突出语感，书写当下的现场感与日常生活节奏。

小君的诗歌在“他们”诗派中属于难得的佳作。一首《日常生活》简单而纯粹，就是对生活现场的经验和记忆的抒写，看似毫无特别之处，实则蕴含了诸多冷静与客观的创新，这样作品在当时与那些仅凭想象力完成的诗歌相比，突出的是一种隐蔽的诗性。它不是通过某一行闪光的句子来体现整首诗的诗意（如同整首诗就是那一句出彩，像是一种刻意的点缀，其它的句子都只是勉为其难的陪衬而已），而是通过整首诗的总体结构来体现诗性的氛围。所以说，在以口语化为主要创作形式的“他们”诗人群中，对整首诗作全面观照是不可或缺的。诗人在写诗时是如此，我们在阅读时更应以整体的眼光打量她们笔下的现实，只有如此，才会获得直指人心的体验。

> 我坐着/看着尘土的玻璃窗/心境如外面的天空/阴郁/或者阴和//没有第一个愿望/也没有其它的愿望//某个女朋友/她要出嫁/另外一个/我很想念她//就这样/我的表情/一会很满足/一会很空虚/像窗外的天空
>
> ——《日常生活》

这样的诗歌中并没有多少刻意的做作之词，也少有因缀满华丽的形容词而显得空洞、虚假的诗意。小君的这首《日常生活》，就是撷取日常生活中最无诗意的细节作深度观照，现场、朋友、景色、天空、表情、心境与诗人的思绪连缀，共同构成了"日常生活的意义"。对无聊与空虚的打磨，是诗人在日常生活中常会遭遇并需处理之事，对朋友的想念，对亲人的牵挂，都有着日常生活的底色，它们在诗人笔下呈现出鲜活的现场感，这是诗人与现实生活和解的重要方式，也是"他们"诗派的一个总体特征。"诗歌对于我很重要。虽然我是个写得很少的人。我的生活越来越象仅仅是一种情绪。我在生活中如此无所事事，无所追求，仅仅听凭无法言说的心境指引……活着就是生活，尽管它没有任何内容和意义。诗歌和我的生活一样。"① 小君写的是另一种不同于突出性别经验的"女性诗歌"，而写女诗人的日常生活，这同样可被归入到女性写作的范畴。

小君写于 1883 年的一首《海边》，与韩东的代表作《你见过大海》有着异曲同工之妙，几乎可以看成是《你见过大海》的姊妹篇。不知是小君受到韩东的启发，还是她本人就有这方面的创新思考，总之，她对大海与海边的人都有恰当的描写。如果说韩东《你

① 小君：《诗歌，生活的一部分》，载《诗刊》1989 年第 6 期。

见过大海》是对日常诗意的消解，那么小君的《海边》则是对大海的历史性描绘。诗的第一节和第二节与《你见过大海》有着相同的诗意构成，即对大海浪漫之物的诗性消解以及诗意批判；而在第三节里，小君转向对海边居民的书写，有一种恬静和淡淡的忧伤渗透其中，这与《你见过大海》的批判性与消解性相比，更多了一份温情，这或许与小君的亲和性情相关。同样都是口语化的书写，小君与韩东诗歌那种表面平静内里蕴藏紧张之力相比，有着一种缓慢的知性，这恰是当代诗歌所缺少的精神维度。因为诗歌本质上应该是慢的，而并非将应有的诗意实验性地消解于无。《看蒙克画展》、《真相》都有着最日常的画面，那是关于当下的现实，它与虚构几近消除了界限，而存在的仅仅是细节的摹写与整体的关怀。

《春》、《夏》、《秋》、《冬》这四首诗均是对日常生活的书写，生活在诗人看来与季节无关，一切关乎人的心灵，惟有心灵能够指涉日常生活的诗意。就像很多诗人乐于颠覆日常诗意一样，小君则会在别人不经意处保存日常诗意。“在我沉思默想的时候/这情景很少/我坚信我快乐甚至幸福/我相信/无论如何/它只和我的心灵有关”（《春》）。诗意不仅与时间有关，更与人心相联，这是无可非议的诗性经验展示。因为时间是无法抗拒的，我们只有屈服于它，才会感受到它作用于我们的一切可能；而与时间相抗衡，只是诗人在诗歌中的愿望，它的停滞并非真实，而是变得虚假，所以很多时候，诗人还是选择与时间妥协，与心灵相依相守。

小君似乎对时间与季节性的表达有一种特殊的偏好，她不仅在很多诗歌中写到时间的流逝或者无用，而且大都以时间作为标题，以预示真正的诗意就存在于时间之中。《世界末日》、《十二个月》等就是这方面的见证，《熟悉这些路》、《从高空坠落》等，也大都写到了时间的限制，或者说时间对人的日常生活的反拨和存念。尤其是在《从高空坠落》这首诗里，一切都是梦幻：诗人在梦中完成的书写，有一种神秘感和超现实的虚幻，但这种虚幻又切实地建立在现实坠落的基础之上，现实与虚幻的界限在此模糊，我们需存有拨云见雾般的耐心，才能重新感受到诗人所书写的从高空“坠落”的快意。这是诗人在面对现实时的书写策略，不深入去探究，很难洞察到其中隐含的先锋性与诗意感。日常生活的诗意，在某种程度上也可以化作语言的创造，只要诗人持有感念，她对于先锋的定位也不会因此偏离形式上的简洁，而在口语化的语言现实里一路走到底。

……
我的全部问题
是要度过时间
不寻求方式
不寻求任何方式的帮助
度过时间
睡眠是很好的一种
它可以从现在开始
无怨无悔

——《整理房间》

通过整理房间和睡眠来消磨时间，这是诗人对日常生活最简洁的处理方式，因为诗意就体现在生活细节当中，而并非那些欲望的无聊升华与哗众取宠的词语堆砌。诗人或许早就看准了自己的诗歌定位，从而将创作的秘密长时间地限定在整体口语化的语言经验里，保持一种平和而稳固的语感。

对于简洁趣味的追求，是“他们”诗人的立足点，不仅前期的诗人如此，“他们”后期的诗人，包括90年代成长起来的诗人，都无一例外地在追求深邃与节制的情感抒写。诗龄并不长的小君，当也不例外。她在80年代末写的诗歌，与80年代初的作品相比，显得更纯粹，更富力度。时间的变迁，心境的改善，都会影响诗人的创作：一个时代的进程在历史中完成了策略性的转换，而诗人却在心灵上努力超越，并获得了自我的提升。

第四章　生存与延续："第三代"诗歌的传播学考察

在历来的文学史中，我们大都以解读文学作品本身为主线，很少去顾及文学作品的传播方式。而这一点恰又属于传播学范畴，似与文学无关。但是，文学传播其实也是文学史书写中的一个重要维度。自中国近现代文学发生以来，文学作品的发表与出版，就是文学传播的重要途径，它们得以通过这种流通方式进入读者的视野，达到传播与接受之目的。在"文革"期间萌芽的"地下"写作，受特殊环境影响不能得以公开发表与传播，只能以"手抄本"或创办非公开发行的"民间"刊物的方式来进行交流，这种状况在80年代有了一定改观。

80年代初中期，"第三代"诗歌运动兴起，社会思想文化领域开始解禁，文学界重新复刊或创办一批新的报刊，作品的发表又走上了新的征程。由于受朦胧诗强大声誉的影响，"第三代"诗人的作品并未在短期内获得主流认可，所以他们作品的公开传播仍有障碍。诗人们一方面通过聚会朗诵、书信传递等传统传播方式为作品寻找"发表"的渠道；另一方面，他们也开始借鉴朦胧诗人当年办《今天》的形式，成立诗社，创办民刊，然后邮寄到全国各地的诗人手中以作交流。因此，民刊这种传播形态在"第三代"诗歌运动中达到了一个小的高潮，并形成了一个重要的传统，这是对《今天》这一传统的巩固，同时也是"第三代"诗歌运动的重要见证。除了民刊传播之外，全国各地公开发行的报刊杂志对"第三代"诗歌的关注，也成为研究“第三代”诗歌的重要课题，比如《深圳青年报》与《诗歌报》共同组织策划的“1986 现代主义诗歌群体大展”，就是对“第三代”诗歌作公开推出的范例。而 80 年代后期和 90 年代初各种“第三代”诗歌流派选本与综合选本的陆续公开出版，也是“第三代”诗歌传播延续的重要部分。本章即是对“第三代”诗歌所作的传播学考察，具有一定的社会学价值。

第一节　朗诵和书信传播中的缪斯体验

有人说，80 年代“第三代”诗人的创作，基本上都是在行走与流浪中完成的，他们在诗歌的传播上，不是像古代文人那样通过著述或讲学的方式，也不是像后来者那样热衷于在刊物上发表，而是通过在小酒馆或学生宿舍里当众朗诵，或诗人之间相互写信交流的方式来传播的。这种非纸面性的特殊传播方式，形成了 80 年代中国先锋诗坛的一道风景线。

通过朗诵和写信的方式传播的诗歌，我将其称为“流浪”的诗歌，就像“第三代”诗人的日常生活一样，他们总是在路上，他们的诗歌也有着“在路上”的特征，等到最后尘埃落定之时，也就成了令我们耳熟能详的经典。因此，朗诵与书信的诗歌传播方式，是“第三代”诗人们自觉选择的结果，也是他们在 80 年代那个特殊时期所发出的独特声音。

一、几种特殊的传播方式

对于文化的传播，除了报刊杂志、书籍出版等实物的公开形式之外，像以口头相传、私密书信等形式来传播和交流，也是非常重要的一环。这一传播形式，一直以来都没有得到重视。尤其是对于诗歌来说，像朗诵和口耳相传等形式，是符合其文本传播特点的。这样的传播，一般被称为非言语传播。“非言语传播（non-verbal communication，NVC）通过展示性传播代码如手势、眼神、音质等来进行。这些代码只能发出此时此刻的讯息……展现性代码仅限于面对面传播或者传播者在场的情况。”“非言语传播”主要有两项功能，首先，“他传递标志性信息，也就是关于发言者及其基本状况的信息。听众借此了解他们的身份、情绪、态度、社会地位等。其次，是互动管理功能。传播代码可用于管理编码者与他人的关系。”① 即人可以借助特定的动作、姿态和语调，来调动观众的情绪。诗歌朗诵这种形式，它让诗人的作品在文字之外获得了声音的功能，这对于诗歌传播来说，是一种特殊渠道的交流。

在中国古代文学史上，有的诗人通过即兴作诗的方式来吟诵，一般都没有书面稿件。诗人们通过随口朗诵，由他人来记录，这样诗歌就得以被记载和流传下来。“文革”之前或期间，朦胧诗人除了手抄本或印刷的民刊之外，在秘密聚会期间朗诵，通过声音或形象的传播，相互之间交流诗歌心得，这是一种让人能亲历并感受诗歌现场的审美氛围。

在80年代初，那样一个印刷业和出版业都比较落后的时代，各种形式的文化传播渠道都不畅通，诗人们除了乘火车、汽车、轮船或骑自行车等交通工具，去面对面地聚会朗诵，以交流诗歌之外，手抄本的形式，也是非公开出版的诗歌传播形式的一种。这样的诗歌手抄本，不同于某些小说的手抄本，它一般都是由诗人们自己抄录的古今中外优秀诗人的经典，当然也包括当时在诗坛上红极一时的诗人们的最新诗作。其实，80年代以来的很多经典诗歌，有许多都是通过手抄本相互传看的方式获得广泛传播的。

手抄本是一个特殊时代的产物，它有着出版业和通讯业不发达时最原始的传播媒介的特点。手抄本诗歌，是通过写信来传播诗歌的一种演化。当然，在那样一个传播媒介匮乏的年代，手抄本诗歌

① ［美］约翰·费斯克：《传播研究导论：过程与符号》，许静译，中国人民大学出版社2008年版，第57至58页。

对于解决很多人的诗歌阅读问题，是一个重要保障。

朗诵，这个词会经常出现在诗人的诗作中，且已成为惯常的现象。通过朗诵，诗人将诗歌用声音和手势的方式传递出去，让现场观众直接通过各种感官来全面接受作品，而不仅只是用眼睛来看纸上的文字。尤其是在小酒馆里朗诵诗歌，是 80 年代中国社会一道独特的景观，人人都热爱诗歌，敬畏诗歌，同时也将诗人当作这个时代一群不可忽视的文化力量。因此，诗人们在流浪途中，一般都是通过朗诵自己的作品，来获得他人的认可，并确立自己的诗人身份。

而相对于口头表演性的朗诵，写信，作为一种古老的传播与交流形式，最初仅仅只是人们相互通知对方的一种方式，经过逐渐演变，后来又成为大家交流思想与心得的渠道。通过写信的方式传播诗歌，这相对于聚会的诗歌朗诵来说，要显得更为私密，仅属于两人之间通过文字传递的交流。同样，在 80 年代，电话还不太普及，发电报太贵①，人们之间的沟通与交流，绝大部分都是通过写信的形式来完成的。而诗人们之间，同样也将写信当作了一种重要的诗歌传播渠道。一个诗人将写好的诗歌，通过信件形式传给另一个诗人阅读，希望能从他那儿获得认可和共鸣，或者修改的建议等。这样的交流，在 80 年代是非常普遍的。有的诗人一年能写几百甚至上千封书信，同时也能收到几百封回信，那时的诗人们对诗歌的狂热和虔诚，从他们的信件交往就可见一斑。在信件交流中，不仅仅是相互传递诗歌，还有自己的诗歌想法与宣言，关于人生与社会问题的探讨等，都成为诗人们书信传递的主要内容，这又从一定程度上促进了“第三代”诗歌的传播。

“莽汉”诗人李亚伟曾回忆说，1984 年上半年，他一边炮制“莽汉诗”，一边与二毛聚众吃喝，同时，马松、梁乐、蔡利华也加

① 在 20 世纪 80 年代，电报一般都用于比较紧急的事件通知，极少有人会通过电报的形式来传播诗歌，虽然电报具有诗歌那种最为简洁而有力的语言形式。

入了“莽汉”的写作，胡玉还寄来了“我怀抱一家铁匠铺朝你冲来”等大叠情诗。那年夏天，他和梁乐、胡玉从不同地方到四川雅安马松处聚众喝酒时，马松站在一家餐馆的酒桌上朗诵了有这种句子——“把路套在脚上走成拖鞋”——的《生日进行曲》。[①] 李亚伟的回忆中，贯穿着通过寄信和朗诵这两种形式传播诗歌的细节，这些特殊的诗歌传播渠道，之所以是80年代特殊的人文景观，一方面是因为80年代人们在物质匮乏的环境下用最为简便的方式交流精神和思想，另一方面，是因为人们对诗歌这种精神食粮的热爱，似乎要重于对物质世界的依赖。年轻诗人们没有更多钱去出版他们的诗集，以让自己的诗歌成为公众阅读品。而在要获得大众认可的前提下，通过手抄本、书信乃至聚会朗诵的形式，完成诗歌的传播，也不失为最简便而有效的方式。虽然这些形式让诗歌的传播并不能扩展到更大的受众群，但是诗人们在精神上所得到的满足与受用，是无可置疑的。正是一种对诗歌狂热的理想主义精神，让当时年轻的“第三代”诗人们去设想和挖掘各种诗歌传播的方式，以最大限度地让作品传播出去，让他人看到自己的精神成果能达到广为人知的效应。就像美国五六十年代的嬉皮士诗人那样，也是通过到处行走与交流的方式来传播自己的诗歌，这是一种流浪的生活方式，也是诗歌精神传播的重要途径。艾伦·金斯堡的《嚎叫》，就具有强烈的朗诵的声音效果，这是诗人在掌握了诗歌节奏感这一本质特征后所能把握的另一种方式。

80年代，“第三代”诗人的历史贡献，很大程度上促使了文学乃至文化界全面的思想解放，那是生命的律动，每一首诗篇，每一次交流，都充满了浓郁的个人主义色彩。个性张扬的诗歌运动中，诗人们捍卫诗歌尊严，突出先锋意识，拓展精神视野，以让那新鲜的诗歌创作，在一个全民崇扬诗歌的时代奔腾跳跃，高歌猛进。从

---

① 参见李亚伟：《英雄与泼皮》，《豪猪的诗篇》，花城出版社2006年版，第226页。

这个角度来看，“第三代”诗歌的传播具有重要的社会学价值，它不仅涉及诗歌文本的传播，更是促成了人文精神的传承，以及诗人性情和个人魅力的展现。

迫于各种条件限制，先锋诗歌的传播形式与当时公开出版的主流诗歌传播相比，在80年代显得低端与简朴，但同时又从另一方面突出了自身的直接性与可互动性。然而，在几十年之后，“第三代”诗人这些低端和简朴的诗歌传播形式，成了一个重要的研究课题。当时虽然传播方式比较落后，甚至古老，但是他们的诗歌精神是先锋的，前卫的，并有浓厚的人文主义格调。尤其是各个大学和工厂成为了年轻诗人们交流的最佳场所，这些地方也是当年先锋诗歌传播最为主要的现场。一场场或大或小的诗歌朗诵会在这些高校的宿舍、教室里，或者在学校周边的小酒馆里举行，诗人们由此获得了抒发青春期情感与展示语言天赋的平台。同时，一封封附有诗歌作品的信件，也从这里往返来回，在私密中完成中国当代先锋诗歌史所要求的使命：尽可能地让每一首新鲜且富有活力的诗歌，从这些地方传播出去，并得到应有的归宿。

因此，除了民刊和公开出版的诗歌报刊、书籍之外，朗诵、手抄本、复印本和书信往返等有一定范围限制的诗歌传播形式，更符合80年代的文化环境与现实国情，以及诗人们因陋就简的狂热的诗歌理想主义精神。朗诵、手抄本和书信等诗歌传播形式，并没有影响“第三代”诗歌经典的形成，相反，却推出了很多值得我们反复阅读与关注的诗歌精品，也让当时理想主义的诗歌精神长久地留驻一代人的心间，以至于影响了后来大量的诗歌写作者。

二、朗诵：诗歌传播的形象之魂

在80年代，以“四川盆地”为地域特征的中国先锋诗人群里，“莽汉”、“非非”、“整体主义”、“新历史主义”、“大学生诗派”等各个诗歌流派，不仅有供自己成员发表诗作的民刊，也不定期地举行诗歌朗诵会。朗诵，成为了诗人们交流最为频繁的诗歌传播方式。

诗评家敬文东曾说："四川'方言'诗歌写作在声音上的首要特征就是朗诵。朗诵首先是一种精神气质，然后才是包孕于语言的气质。朗诵的第一大内涵就是音色洪亮。"① 的确，"第三代"诗人的诗歌，尤其是四川诗人的作品，更适合朗诵，因为他们独有的口语化特征，以及强烈的音乐性和节奏感等，都是先锋诗歌得以能通过声音来朗诵的重要前提。比如李亚伟的《中文系》、《硬汉》，胡冬的《我想乘上一艘慢船到巴黎去》等，这些作品里那种词语的回环重复，极大地增强了诗歌的节奏感，朗诵的条件才得以形成。另外一点就是，诗歌也不同于其他体裁的文字，诗人们在创作时，也是喜欢朗诵的，只有经过自己朗诵并认可的文字，诗人们才会将其公开示人或发表。因此，朗诵作为诗歌传播中第一道工序，有着其独特的本质性意义和价值，它是由私密进入公开传播的必经程序，而且也更符合诗歌这一文体所应具有的激情方式。

80年代中期，周伦佑、杨黎、万夏等人在成都办了"四川省青年诗人协会"，李亚伟在涪陵筹建分会，整个过程均是"聚众狂喝、朗诵和聊天"。地点大都在劣等酒店和茶馆，"荒唐了一阵后将成立分会的事不了了之。"② 只有在成都与重庆的小酒馆里喝酒、聊天与朗诵，才是诗人真实的处境，也是他们所乐于沉浸其中的大环境。朗诵成了诗人们日常生活的必修课，不管这些形式能否为自己的作品带来更多观众，但他们仍旧义无反顾地将朗诵当作了诗歌传播的核心方式。朗诵能给诗人们带来大声阅读诗歌的快感，同时也能完成诗歌朗诵作为声音艺术的使命。李亚伟曾回忆：1984年冬天，他和二毛出现在长江边的涪陵城，与何小竹、巴铁、杨顺礼、冉冉及小说家朱亚宁、陈乐陵等人碰头。同时在喝酒、喝茶的过程中，李亚伟向这些朋友们朗读他的《中文系》、《硬汉们》及《武松之死》等早期"莽汉"诗歌，这些事出现在读者中的惯常方

---

① 敬文东：《抒情的盆地》，湖南文艺出版社2006年版，第49至50页。

② 李亚伟：《英雄与泼皮》，《豪猪的诗篇》，花城出版社2006年版，第227页。

式以及它们的发表方式主要就是“在酒桌上朗诵”，李亚伟认为这是“莽汉”诗歌的重要特征。① 相比于“莽汉”，其它流派的诗歌发表方式也不例外。除了朗诵之外，更多流派则是以创办民刊的方式来营造发表平台的，而创办刊物，也为诗人们的聚会提供了更多便利的借口。在那个年代里，即使是归属于体制内的，只要是去办有关诗歌的刊物、参与诗歌创作与研讨的会议，请假大都能得到审批通过，这就更为诗人聚会与交流提供了便利的条件。外部条件的便利与诗人内心那种对诗歌的狂热理想，都为“第三代”诗歌运动的全面兴盛创造了优越的环境，那种诗歌氛围的宽松，以及诗人之间真诚的、多元化的交流，都得到了当时的诗人和后来者的响应与传承。

其实，“第三代”诗人并非不愿意在公开刊物上发表作品，他们也希望能发表诗歌，以让更多的人阅读和了解自己，认识自己。然而，在那样一个公开发表诗歌的渠道并不畅通的环境中，以及在主流社会并不接纳他们富有异端色彩的诗歌形势下，先锋诗人们需要公开表达自己，除了创办民刊和手抄、复印等纸质传播渠道外，就剩下了朗诵这一更为直接的形式，这也是 80 年代一些处于“地下”状态的先锋诗歌的特殊命运。像“莽汉”诗人万夏，早在南充师院读大学时就曾以组织诗歌朗诵会的形式，极力传播他们新颖且鲜活的作品。“……开会过后，我就搞了一个朗诵会。我当时把‘莽汉诗’拿出来朗诵的时候，包括我们学校的写诗的和不写诗的，以及社会上一些朋友，全部都目瞪口呆。他们觉得更像是谩骂。后来就是这些反对的人，写的诗歌也开始像这样子了。”② 通过朗诵的形式传播诗歌，并让持不同见解的诗人获得相互理解与认同，这在 80 年代似乎是平常之事，朗诵诗歌已成为年轻人相互交流的重要方式之一。

---

① 李亚伟：《英雄与泼皮》，《豪猪的诗篇》，花城出版社 2006 年版，第 227 页。

② 杨黎：《万夏访谈》，《灿烂》，青海人民出版社 2004 年版，第 214 页。

在行走与流浪中，“第三代”诗人们在乎的是过程，写诗与喝酒同等重要的疯狂的过程，至于诗歌能否发表在公开刊物上，诗人们很少去想这样功利的事情，而是以最直接的方式传播作品，那就是行走与朗诵。“1985年到1986年是‘莽汉’诗歌活动和传播的高峰期，诗人们常常乘车赶船、长途跋涉互相串门，如同赶集或走亲戚一般，走遍了大江南北，结识了无数朋友，在郎诵和吃喝中，‘莽汉诗歌’得到了大肆的传播和普遍的赞扬，同时也丰富和完善了这种风格。‘莽汉主义’诗歌是在其创作成员几乎未在公开刊物上发表任何诗歌的情况下出现、发展并且成熟的，它们几乎全是通过朗诵、复写、油印到达诗歌爱好者中间的，它是80年代中期民间流传最广的诗歌之一，所以，它也是那个时期最典型的‘地下诗’之一。”① 处于“地下”状态是“第三代”诗人乐于接受的方式，他们满足于小圈子里的自娱自乐，也满足于朋友之间、诗人之间以最直接的方式交流。夸赞、斥骂、疯狂的玩笑、惊世骇俗的举措，对于“第三代”诗人们来说，都是重要的过程，也是命运。

诗人孙文波曾回忆说，80年代中期，他们在四川大学举办了一次诗歌朗诵会，朗诵会结束之后，二三十人到学校旁边的小酒馆去喝酒，很多人都喝醉了。醉了的人言行各异。有的人跑去学校的湖边，在一对情侣的旁边坐下，把别人吓一跳；胡冬翻铁门，翻到顶上的时候，卡在两根铁栏杆的中间竟然睡着了，身体一半门内一半门外地睡了一夜。② 这是一群顽皮的诗人上演的闹剧，当它被另外的诗人通过回忆的方式再一次呈现在读者面前时，“第三代”诗人的形象在受损的同时，也显出了他们年轻的心态中隐藏着诸多生活的情调。很多的意外或者意料之中的事情，基本上都是在诗歌朗诵会之后的酒醉中发生的。年轻的“第三代”诗人们把握住了80

① 李亚伟：《英雄与泼皮》，《豪猪的诗篇》，花城出版社2006年版，第229页。

② 刘晋锋：《孙文波：做诗人图个自在》，《追寻80年代》，中信出版社2006年版，第94页。

年代的脉搏，他们能在诗歌朗诵的方式中找到通往诗神的灵感。

诗歌朗诵会的频繁举行，是 80 年代的事情。不像现在举行诗歌朗诵会需要很多设施与招待，不管是官方还是民间或个人组织的诗歌朗诵会，都像是一次诗人们的座谈会、游玩会。而 80 年代“第三代”诗人们的诗歌朗诵会，在场地、设施上都非常简陋，很多时候甚至没有什么设施，众人喝完酒之后就直接朗诵，不需要话筒，不需要扩音器，不需要多么阵势浩大的观众群，也不需要有媒体记者的支持，他们的朗诵显得更为纯粹，仅仅只是想表达自己，将一种诗歌的情绪通过声音传递出去。诗歌朗诵对于“第三代”诗人来说，可以是一种诗歌仪式，也可以是一种情绪的发泄，它让年轻的诗人将生命的激情化作了朗诵现场的无尽诗意。

> 几种语言又相互翻译，构成了朗诵
> 而朗诵高于一切，在传达中压住了沿线的阵脚，平息了各种方式的骚搞和混乱
> 精彩的朗诵从字面上翱翔而过，飞往远处
> 说服诗人，心平气和地坐下来
> 凭手气写诗
>
> ——李亚伟《秋收》

诗人在“秋收”中朗诵，这可以说预指了一种诗歌的收获，朗诵就是收获的形式。朗诵诗歌，一方面顺应了诗歌作为语言艺术的可朗读性与注重现场感的特点，另一方面也对诗人与诗人之间的交流与传播起到了中介作用。李亚伟懂得“莽汉”诗歌，就是通过在酒后朗诵，才得以将其魅力激发出来，让诗歌和诗人一起走向汉语言的尊严之路。

诗人柏桦也属于四川诗人群体中的重要一员，他对“莽汉”诗人的特殊本质，有着自己最为贴切的分析：“在这样的团体性行为过程中，莽汉诗歌建立了自己重要的发表方式：酒桌朗诵。借着醉

酒和诗意，莽汉确立了其文化姿态和诗歌写作的本体关联，打开了诗歌的生活风格。"[①] 而还有些诗歌流派或诗人群体，将即兴朗诵诗歌作为挑战汉语诗歌极限的工具，颇具新鲜感。"即兴诗大奖赛的发祥地在南市区保屯路的西贝家，时间是 84 年 10 月 1 日晚上，参与者是西贝、孟浪、贾毅军、默默，那天我第一次应邀去西贝家，孟浪也是第一次，西贝酒量厉害，不喝酒语少，喝了酒后沉浸在飘然境界，话就更少。晚餐丰盛，但多有冷场，盯着眼前的烟缸，于是我提议以烟缸为诗题，一起写一首同题诗，然后互相朗诵一遍，再无记名投票，评出最佳的一首，无奖品，无证书，纯荣誉。"[②] 这是上海诗人、后来的"撒娇派"主将默默在 25 年之后的一段回忆，他将即兴朗诵诗歌作为那个时代诗人对汉语挑战的杀手锏，这也是他们能在一个时代立足于诗歌之林的资本。"第三代"诗人在才情的展示上，很多时候靠的就是对诗歌语言的把握，这种语言有时也通过声音的形式传播出来。

> 我不是一个可以把诗篇朗诵得/使每一个人掉泪的人/但我能够用我的话/感动我周围的蓝色墙壁/我走上舞台的时候，听众是/黑色的鸟，翅膀就垫在/打开了的红皮笔记本和手帕上/这我每天早晨都看见了/谢谢大家/谢谢大家冬天仍然爱一个诗人
>
> ——王寅《朗诵》

王寅将诗歌朗诵这一形式写得极富温情，他的创作不同于四川的"莽汉"、"非非"等诗人，他显得更为温和，而其所书写的"朗诵"，也显得优雅而富有诗意。诗歌朗诵成为了 80 年代"第三代"

---

① 柏桦：《左边：毛泽东时代的抒情诗人》，江苏文艺出版社 2009 年版，第 150 页。

② 默默：《我们就是海市蜃楼——一个人的诗歌史：1979～1989 年》，载"诗生活"网络"诗观点文库"，www. poemlife. com。

诗人的日常功课，他们在朗诵中完成了一个时代赋予他们各自的使命。

朗诵是贯穿整个 80 年代“第三代”诗歌运动的重要传播形式，其对诗人的要求是一种全面的训练，不仅有对沉默文字的才情与灵感，而对于声音与文字相结合的要求，更是一种挑战。“第三代”诗人们在他们的风格形成过程中，与朗诵这一形式是紧密配合的，朗诵也是诗人们在“流浪”的诗歌途中最显活力、同时也最活跃的集体行为之一，它是那个时代的“进行曲”，也是一种与诗人在生活中更为切近的形象性标志。

三、书信：私密交流的诗歌传播

除了通过手抄本诗歌与组织朗诵会来进行诗歌传播之外，在通讯并不发达的时代，还有一种重要的诗歌传播形式，那就是书信。写信，历来是世界范围内通行的交流与沟通方式，尽管国籍不同，语言不同，但世界上任何一个国家的人，都可以通过写信的方式来与想接触的人作交流。而在诗歌传播中，通过将诗歌抄写在信纸上寄给想读到它的人，然后两人通过一来一往的书信作交流和切磋，这不失为诗歌传播一种古老而传统的途径。

写信，是 80 年代初的大学生们使用最频繁最普遍的通联方式，“第三代”诗人也不例外。通过信件来进行诗歌创作的交流，“莽汉”之间，“非非”之间，“莽汉”与“非非”之间，两大流派诗人与其他诗人之间，都有广泛的信件来往与交流。但是他们更直接的，也更多使用的交流方式，就是串门式的你来我往的聚会，通过喝酒、朗诵以及漫无边际、海阔天空的闲聊与瞎侃来交流“我”的生活与存在。

“第三代”诗人们在写信相互邮寄诗稿的同时，也在信中谈及一些生活琐事，但更多的还是交流诗歌创作的经验、感受，以及各自对对方诗歌的看法、建议，这是诗人们在写信沟通中最主要的策略。比如 1983 年 6 月 22 日，胡冬在给万夏的回信中写道：“我细细看了，总的直觉还可以，提不出具体看法。”[1] 而在此之前，万夏给胡冬寄过《诗集》，胡冬在回信开始时就会理所当然地对其作出简单的评价，不管这种评价是礼节性的，还是出于真心的想法，都是那个时代诗人们通过书信交流时的例行言辞。李亚伟在1983年9月3日写给万夏的信中说：“我又写了两首诗，打起了给你寄来。内容还比较可以。我想读一下你本子上的《长廊》，《篇章》，你让敖儿抄了寄给我。”[2] 这种诗人之间一对一的交流，虽然在诗歌传播范围上比朗诵和民刊更狭窄，但对于诗歌技艺的切磋却是大有裨益的。诗人相互之间真诚的沟通，是诗歌传播最为私密、也最见性情的交流形式。

诗人们的交流，在例行的礼节言辞之后，一般都会直接进入主题，或谈及他人的诗歌或诗观，或论及自己在人生与写作中的困惑。不管对方能否解决自己的问题，对于热衷于倾诉的年轻人来说，这不失为最好形式的理解。他们将自己的思考心得与另外的诗人朋友们分享，共同获得一种情感交流上的共鸣，以及对诗歌艺术上的相互影响与记录。1983年9月6日，“莽汉”诗人胡冬给另一位“莽汉”诗人万夏寄去了自己的诗作《作品第135号》、《太阳》等，并附上了一封措辞率真而又颇富自嘲意味的信件，而信件内容也如同写作“莽汉”诗歌一样，迷恋粗野的表达，热情、焦虑，却又带着挥之不去的“灿烂”精神。

> 看看我这些诗吧！语言是多么粗糙，内容又是多么浅薄，而我一直还为它而洋洋得意。我太懒惰了。
>
> 我无法说出我哪一首诗好，哪一首诗不好，我对自己的作品没有鉴赏力。有时候我甚至认为我只写了些乱七八糟的东西。不过，我坚信自己的创造态度是严肃、认真的。我感到自

---

① 参见杨黎《灿烂》，青海人民出版社2004年版，第7页。

② 参见杨黎《灿烂》，青海人民出版社2004年版，第11页。

己的艺术使命是神圣的。我不允许有丝毫亵渎艺术的行为。这种想法指导着我，使我感到自己是不是又太机械了。……让过去都他妈的见鬼去吧！我绝不能像堆积石块一样，听凭自己的作品垒成一座小山，而不关心该怎样生活。改变我们的生活方式和程序，而这能够使我们写出真正像样的作品来。①

这是胡冬在上课时写给万夏的信，有“匆匆草就”的意思，但我们仍然从中能洞察到一个青年诗人的语言才华。他在信的末尾，希望万夏能对他的《作品第135号》和《太阳》发表看法，这是“第三代”诗人之间渴望交流与认同的期待，也是他们在激情的写作后寻求能迅速与他人分享劳动果实的心绪表现。同样是在1983年，李亚伟在写给万夏的一封信中，同样奉上了自己最新的两首作品，他自认为“内容还比较可以”，所以希望万夏能给出一些意见。“写了好诗应当时就寄出来，无论你、我、胡玉都一样，需要交流。”这句话，或许才是李亚伟给万夏寄“打印好的诗歌”，并附信“以求交流”之行为最合情理的解释。② 还有些诗人的经典名作，最初也是通过写信交流的方式逐渐为人所知的，比如杨黎的那首《怪客》，就曾经通过万夏的传播，后来得以发表。杨黎在1984年写给万夏的信中，曾透露过此事：“随信抄录一首我的《怪客》，请先给你的那些兄弟寄出。”③《怪客》作为杨黎的代表作之一，其典型的“冷抒情”风格一度是“非非”诗派的创造性贡献。明了《怪客》这首诗当初的传播方式，我们或许能从中看到80年代这种以书信作为诗歌交流方式的重要性，以及它对于诗歌传播所具有的特殊价值和意义。

① 杨黎：《灿烂》，青海人民出版社2004年版，第9页。

② 李亚伟1983年9月3日给写万夏的信，参见杨黎：《灿烂》，青海人民出版社2004年版，第11页。

③ 杨黎1984年8月11日给写万夏的信，参见杨黎：《灿烂》，青海人民出版社2004年版，第11页。

诗人们相互之间写信，并给对方寄上自己最新的作品，这种“例行公事”式的交流是快捷，也是最直接的。诗人们都希望能得到同行的评价和建议，这对于想出名的诗人们来说，是必不可少的渠道。通过书信交流，对于诗人们来说，甚至成为了一种不成文的规矩，有的诗人写信上了瘾，几乎天天都在写信交流，在盼望与期待中度过。而有些诗人，除了写信，就是写诗，如同规律的日常生活，平和而坚韧，和语言对话，与存在抗争，富有自由精神与浓郁的个人情怀。

海子生前曾给很多诗人写过信，其中有一封给万夏的信，信里除了谈及平常的问候之外，还有一段非常生活化的倾诉：“我这里有一本去年美国出的书，书的内容在性的内容上很露骨，有几人在翻，你那儿不知能否将它卖出去。”① 这一细节若不是万夏将其回信公布出来，估计很少有人知道此事。海子在信中谈及这样的生活细节，也是那个年代的知识分子之间的交流，它有着诗人之间无所不谈的风格与年轻人一致的趣味和爱好，符合 80 年代人对单纯生活的想像。

如果说海子与万夏之间的通信交流是跨省际的远距离沟通，那么诗人蒋蓝与周伦佑之间的交往，则属于四川省内的近距离沟通，他们以诗歌艺术作为中介而建立起来的友谊，同样显得温情而纯粹：1986 年的秋季，在一阵“冲动”之下，蒋蓝提笔给周伦佑写了一封信，诉说了他对“非非”的粗略印象以及一些“混乱的认识”。大约两周以后，蒋蓝收到了周伦佑的回信，周对蒋的错误认识予以了纠正，简明地提出了创办“非非”的目的。这封信至今保存在蒋蓝的老家，对其意义十分重大。“因为透过这页 32 克的白色信笺纸，我似乎看到了一幅正在展开的无法预测的画卷。”后来，蒋蓝陆续寄了一些诗作给周伦佑，他每信必复，认真提出自己的意见。“有些作品，经过修改后又回到了那个叫西昌急救输血站的地

---

① 参见杨黎：《灿烂》，青海人民出版社 2004 年版，第 15 页。

方……"① 蒋蓝的回忆文字，清晰地道出了当年他和周伦佑通过信件形式的交往过程，诗人之间的那种对诗歌的虔诚与敬畏、自觉与认真的态度，的确让人对80年代的风气颇为向往。

不仅诗人之间通过写信的方式进行交流，诗人与读者的交流也是非常普遍的，有时甚至超过了与诗人间的通信数量。从这方面来看，那是一个以诗为信的年代，诗歌能将几千里之外的两颗诗心顺利地联结起来。"记得还收到了我一生的挚友曹秉转来的一封读者来信，他们中文系的一个同学，叫张擎。信很长，密密麻麻，字迹秀丽，有5页，每首诗都写了热情洋溢的读后感。很感动，至今也感动。这是我收到的第一封读者来信。"② 这是一位读者在80年代对诗人默默的诗歌作读后感式评论的见证，它通过默默的回忆获得了清晰的备忘。读者对诗人的那份尊重，只有在80年代的诗歌环境中才能成为现实。

诗人们之间的书信交流，除了相互传递诗歌以求得交换意见之外，他们的书信一般来说都比较简单，因这种体裁较为随意，所以在语言上也大多不太讲究，并没有他们对诗歌语言的那种锤炼之功与认真之意，这是诗人在诗歌之外的另一种文字态度。诗歌通过诗人们写信时抄录的方式进行传播，表面上看来只是限于写信人与收信人，而实际上，很多诗人在写信时都希望对方能将他的诗歌寄给更多读者和朋友阅读，这是人之常情，而这样的传播则是诗人们在辉煌的诗歌年代里的幸运。

① 蒋蓝：《非非与我的"价值发生学"关系》，《悬空的圣殿——非非主义20年图志史》，西藏人民出版社2006年版，第79至80页。

② 默默：《我们就是海市蜃楼——一个人的诗歌史：1979～1989年》，载"诗生活"网络"诗观点文库"，www. poemlife. com。

第二节　“第三代”诗歌与民刊传统

在诗歌朗诵和书信等最简便的方式之外，80 年代的中国先锋诗歌现场，还有一种传播形式，为中国先锋诗歌的传播起到了举足轻重的作用，这就是民间诗歌报刊，简称民刊。民刊是一个特殊年代的产物，它因其相对宽松的审查制度，成为了“第三代”诗人们发表诗歌、交流思想的重要载体和平台。

“第三代”诗人从朦胧诗人北岛那里传承的关于《今天》的民刊传统，在 80 年代创办了大量的诗歌民刊，这些民刊都曾刊发过“第三代”诗人们最为重要的诗歌作品，并对这些作品的经典化起到了推波助澜的作用。“第三代”诗人所建立起来的民刊传统，后来又传给了 90 年代乃至新世纪更年轻的诗人，他们在这种民刊传统中，坚守住了先锋诗歌所应有的自由立场和独立的诗歌美学。

一、80 年代诗歌民刊的产生

从某种意义上来说，中国当代先锋诗歌史就是一部民刊史。尤其是 70 年代以来，大凡优秀的经典诗作，都是第一时间在民刊上发表，尔后才为更多人所熟知。因此，民刊在中国当代诗歌史上扮演了主要角色，其地位甚至超过了一些官办诗歌刊物。

当然，要谈“第三代”诗歌运动中兴起的民刊，肯定绕不过“文革”刚刚结束后由北岛等人创办的民刊——《今天》，相对于后来的诗歌民刊来说，它已成为了一个辉煌的传统。中国当代先锋诗歌，因为《今天》而有了三十余年深具现代意识的发展历程。在《今天》之后，《他们》、《非非》、《现代诗内部交流资料》、《倾向》等民刊，随着“第三代”诗歌运动的兴起而出场，其所走之路都不外乎《今天》的模式：几个有着共同诗歌理想的青年，自费编制一份刊物，一方面解决发表的难题，另一方面与主流诗坛保持距离。

由单一的同仁化、小圈子化行为，逐渐转向更具宽容性和承载力，吸纳全国优秀诗人诗作；其影响从某一地域扩展到全国乃至世界范围，这些民刊靠的是坚守艺术至上的担当和独立自由的精神，正是这种精神，让民刊得以在三十年发展中长盛不衰且历久弥坚。

民刊因其不需要严格的出版审查，由此在诗歌的艺术性与自由度上能保持一份独立精神。80年代中期，民刊的创办与发展达到了高潮，它们所创造的历史，正契合了中国当代先锋诗歌的发展历程。所以学术界曾经有过这样的说法：中国当代先锋诗歌史，从某种程度上说就是一部民刊史。任何研究者要撰写当代诗歌史，都饶不开北岛主编的《今天》、韩东主编的《他们》、周伦佑主编的《非非》、贝岭主编的《倾向》等有影响的几本民刊，这是不争的事实。民刊的传统已深入人心，无可替代。它虽是一个时代的特殊产物，却影响了几代人的诗歌写作。

从民刊中走出的诗人，大都是中国当代先锋诗潮的领军人物，这一现象从朦胧诗时代就已开始。比如《今天》的北岛、顾城、舒婷、江河、芒克、多多等一批朦胧诗人，都是从《今天》上亮相，并开始真正进入诗坛的。像《现代诗内部交流资料》的李亚伟、万夏、胡冬、马松等，《非非》的周伦佑、杨黎、蓝马、何小竹、吉木狼格等，《他们》的韩东、于坚、普珉、王寅等，《撒娇》的默默、京不特等，《汉诗》的石光华、宋渠、宋炜等，这些诗人大都是从民刊开始走向全国的。可以说，“第三代”诗歌运动中重要的作品，或诗人们的代表性作品，几乎都是在民刊上首发的。像韩东、李亚伟、杨黎、万夏等诗人，莫不如此。为此，才有论者说：“民刊策略已经构成中国新时期先锋诗歌的基本生存与传播方式。”[①] “第三代”诗人对民刊的那份特殊感情，是当时的官刊所无法比拟的，民刊承担了大部分“第三代”诗歌的传播，并使重要的

① 罗振亚：《亚文化选择：民刊策略与边缘立场》，《朦胧诗后先锋诗歌研究》，中国社会科学出版社2005年版，第30页。

作品经典化，这一形式也是在现代出版制度下所独有的创造。

民刊虽然没有官刊那么富有社会影响力，但是在80年代的社会与文化环境中，它们的出现并发展成规模，是先锋诗人们主动寻求个性张扬与疏离主流的结果。“中国的经济改革刚刚开始，在工、商行业自己撑一‘摊子’或弄一‘门脸’是人们愿意的并且是被认为可以的，中国先锋诗歌的萌发之裂缝亦是如此。”① 诗人们这样一种“占山为王”的心理，既契合了中国传统社会立门立派的规训，又符合当时青年诗人们对于成名成家的自我期待，于是，集体成立诗歌流派，大量创办诗歌民刊，就成为诗人们“撑一‘摊子’或弄一‘门脸’”最精彩和诗意的实践。

80年代的中国先锋诗坛，那是一个民刊扮演中坚力量的特殊场域。何以会在那样的时代出现如此众多的民刊？这一方面是因为先锋诗人们受《今天》影响，另一方面，还与“第三代”诗人们对发表作品的要求与立场有关。“让更多的人看到自己写的诗，这是当时不能（也不想）在官方杂志上发表作品的诗人们共同的想法。”② 基于这样一种心态，“第三代”诗人们对民刊所寄予的希望就显得异常强烈，因此，他们要想尽可能地获得认同，就需要“自力更生”以创造发表的条件。但是80年代初中期是“归来派”和朦胧诗占据主流的时代，公开出版的诗歌刊物对“第三代”诗人的作品采取非常谨慎的态度，很少采用并发表。在这种公开发表受阻的困境下，年轻诗人们需要让作品产生更广泛的影响，就只有依靠自印刊物来进行“地下”交流。“莽汉”诗人李亚伟对于当时发不了作品的苦恼，有过幽默的记述：“‘莽汉’人人都是写诗的狠角，同时人人都是破坏老套路，蔑视发表，蔑视诗歌官府的老江湖，莽汉流派当初纯粹一个诗歌水浒寨、一座快活林和一台夜总会，这帮

① 李亚伟：《英雄与泼皮》，《豪猪的诗篇》，花城出版社2006年版，第222页。

② 吉木狼格：《女巫的制造者——何小竹》，《灿烂》，青海人民出版社2004年版，第535页。

人是80年代中国成名时平均年龄最小、在官方刊物发表作品最少、出诗集最晚的一个赖皮流派，在这个流派混过一水的人，并非故意不发表作品，作隐士样。”① 诗人们对公开发表作品，在那时还没有形成一个自觉的氛围，因此显得非常被动。而另一方面，他们所持有的与主流诗坛对立的诗歌美学和价值观，也让他们对公开的诗歌刊物难持好感，相反对那些具有自由风格的民刊情有独钟。

诗评家徐敬亚在《中国现代主义诗群大观1986～1988》的前言里，针对当时公开刊物对年轻诗人的漠视，作了毫不留情的批判："严明的编辑、选拔，严明的单一发表标准，大诗人小诗人名诗人关系诗人——什么中央省市地县刊物等级云云杂杂，把艺术平等竞争的圣殿搞得森森有秩、固若金汤。""公开的刊物上就是看不到青年试验的全部面目!"公开刊物对青年诗人这种有意无意的遮蔽引起了"现状的歪曲"，对于这一后果，徐敬亚分析道："朦胧诗后，这种对公开刊物的不信任，以一场局外的艺术大循环的民间形式出现了：巨量的自印诗集废弃了先进的文字流通形式旁若无人地自生自灭起来。"② 民刊风潮的兴起，是由青年诗人们对官刊的不信任所致，这是一种事实。民刊的民间性与自由立场，促进了"第三代"诗人们能以最为鲜活的文本，来传播富有新意和预见的思想，来传诵那些生动的句子和优美的词语。"民间立场意味着诗人回到写作本身，它直接带来的后果是使先锋诗界注重前卫性的创造和新的艺术生长点的发掘，这种一贯的作风既使新时期诗歌的先锋性能够在民间得以薪火承传，也对主流文化和官办刊物构成了有益的挑战。民间刊物与那些老牌官办刊物最大的区别在于，民刊从不论资

① 李亚伟：《什么样的爱情能喂饱我们——南回归线诗集序》，《豪猪的诗篇》，花城出版社2006年版，第235页。

② 徐敬亚：《历史将收割一切》，《磁场与魔方》，北京师范大学出版社1993年版，第239页。

排辈，按名气与地位取舍稿件，而以推举新人为己任。”① 民刊没有官刊那些既定规则，以及早就固定好了的栏目编排，因此，它能传达出青年诗人们自由的心声。“第三代”诗人具有“流浪”性质，包括在某些民刊的组织与创办上，都因为年轻诗人们一时心血来潮，而深具偶然性与随意性。或许正是这种偶然和随意，才造就了其与官刊那种“积重难改”的腐朽气息不一样的异端味道，并成为了一个时代诗歌风潮的领军者。

石光华作为“整体主义”诗歌流派的一员，在《现代诗内部交流资料》之前，他就与宋渠宋炜两兄弟开始酝酿如何组织这一团体了。在杨黎采访他时，他讲述了“整体主义”流派的来龙去脉：“办《现代诗内部交流资料》的时候，因为有莽汉主义，当时没有非非主义，我跟宋渠宋炜说，我们也弄一个主义嘛……当时就是要提出一个自己的东西，不然宋渠宋炜你们永远是杨炼江河的余党，哈哈。要自立门户。当时我们想取个啥子名字呢？当时万夏也在，我就跟宋渠宋炜说，平时谈得最多的就是整体——整个自然整个生命是个整体，存在本身是个整体。就用整体，整体主义……”② 很多“第三代”诗人都是在先有了诗歌宣言或观念之后，才开始酝酿出民间刊物的。这种命名过程带有很大的偶然性，但在众多的偶然性叠加中，又蕴藏着“第三代”诗歌在民间刊物发展上的必然性。

《新京报》记者张映光在采访80年代人物时，于坚通过口述形式，回忆了自己的诗歌创作历程：“1981年，我开始参与在中国各大学兴起的‘大学生诗派’的活动。重庆的《大学生诗报》在80年代是一个十分重要的民间刊物，它将全国大学的重要诗人都联系起来。我被这份报纸称为‘大学生诗派的旗手’。并通过这份刊物与后来被称做‘第三代’的诗人建立了联系。没有80年代初期的

---

① 罗振亚：《亚文化选择：民刊策略与边缘立场》，《朦胧诗后先锋诗歌研究》，中国社会科学出版社2005年版，第32页。

② 参见杨黎：《灿烂》，青海人民出版社2004年版，第415页。

'大学生诗派'，就没有后来的第三代诗人。"① 于坚以"大学生诗派"作为进入80年代中国先锋诗坛的契机，是一个诗人进入诗坛的必然，也是一个时代赋予他的机遇。80年代是一个民刊盛行的时代，也是诗人通过民刊交流促进先锋诗歌真正繁荣的时代。诗人们之间的对话与沟通，喝酒朗诵是一种方式，而交流民刊则又成为了最直接的学习渠道。对此，同为后朦胧诗人的陈东东曾回忆说：

> 80年代中期，诗人们的运动方式和存在形态，是一连串的联络、串通、聚会，是假想和实际的诗歌江湖，是一些小恩怨和几次小狂欢，是相互交换着读来读去的诗歌，还有，就是那些自编自印的诗歌"地下"杂志，它们在青年诗人间已颇为流行。诗人和诗人见面，常有交换自印诗刊的礼仪；诗人和诗人通信，从大信封里也常常滑出些自印诗刊出来。《实验》、《中国当代青年诗38首》、《中国当代青年诗75首》、《大学生诗报》、《他们》、《现代诗交流资料》、《二十世纪现代诗编年史》、《莽汉》、《广场》、《诗经》、《海上》、《大陆》、《南方》、《喂》、《红土》、《非非》、《十种感觉》、《液体江南》、《撒娇》、《北回归线》、《汉诗》、《组成》……我曾过目和收藏的这些80年代的诗歌"地下"杂志，大多是经由孟浪传递的，他那个双肩背包，在我看来，差不多成了个诗歌"地下"杂志的流动博览会。②

在新世纪，成功的商人尚仲敏谈到80年代的诗歌运动时，仍然掩饰不住激动与神采飞扬，他说："这个八十年代我就不能够不写诗，就我们成立的大学生联合诗会我们有几百个人参加，可以说

① 张映光：《于坚：和"他们"在一起的日子》，新京报编《追寻80年代》，中信出版社2006年版，第16页。

② 陈东东：《杂志八十年代》，载《诗林》2008年第2期。

我们的风光远远超过了大学校长。风起云涌的，全国各地的大学都给我寄刊物，每当我收到几十本上百本的油印刊物，就感到它其实在激励你的创作冲动。随着诗歌运动，一个思潮，一个浪潮，我们被卷入里头。我们不得不被卷入里面。不得不这样，每天都生活在一个创作激情里面创作冲动里面，和许多天才在一起。另外看到一首好诗啊，比现在赚了几十万还高兴。那种冲动啊包括学校的，你自己写了好诗或者看到别人也写了好诗，那种内心的愉快和激动，我以我说那个年代，真是了不起。”① 80年代，是一个诗人相对纯粹的年代，也是一个诗歌可以被当作国人精神食粮的年代。每一本民刊，都是对诗人创作的一种鼓励；一份诗歌信心的建立，都有可能是依赖于民刊这种富有特色的诗歌传播形式。因为它们渗透着年轻诗人们的诗歌理想，同时也确立了一些诗人自由主义的艺术美学和立场。

由此看来，民刊是80年代特殊环境下的产物，同时，也是“第三代”诗人激进主义立场与理想主义精神碰撞之后的“杰作”。它既有其自然的合理性，又不乏诗人们迫于无奈的成分。民刊成为80年代先锋诗歌现场的亮丽景观，是诗人们反抗主流并寻求自我认同的探索实践。然而，在大量的民刊中，真正优秀并有特色的并不多，而且很多都是昙花一现，如过眼云烟般消失于诗坛，此后再无人提起。这样的民刊，占据了自《今天》以来民刊的大多数，虽然它们承担了一个时期或一个地区诗歌传播的使命，但它们却留不下自己的传统，最后也丢失了自己的历史。因此，民刊作为诗歌传播的一条重要途径，它仍然承担着20世纪后三十年先锋诗人发表受阻或受限时的使命。

二、“第三代”诗歌民刊的发展形态

何以会在80年代那种狂热的诗歌氛围中出现那么多民刊？有人会简单地以为是诗人们不愿意在官刊上发表作品，其实，事实并

---

① 参见杨黎《灿烂》，青海人民出版社2004年版，第513页。

没有这么简单，这一点需要辩证对待。有些诗人是看不起官办诗歌刊物，同时因官办刊物在审查上过于严格，很多诗歌都可能因政治意识形态、伦理观念不同等多种原因被修改或删除，诗人们对此是不太愿意的，所以，他们对官办刊物并不特别在意。而还有些诗人，非常想在官办刊物上发表作品，但因官办刊物太少，无法满足诗人群巨大的发表要求量，尤其是对于那些年轻的、还未能在诗坛暂露头脚的新诗人，发表更为艰难，而大多数官刊都只能发有名气的诗人诗作。对此，那些有发表欲望的年轻诗人，仅仅只能靠朗诵或写信给其他诗人找到交流渠道，但这种交流毕竟范围有限，而如果能将诗歌印在一种装帖良好的刊物上散布出去，受众群就会更大，这对于那些想在官刊上发表诗歌而又不得的诗人来说，是一个再好不过的形式。民刊的盛行，从某种程度上来说，其实是因诗人们发表诗歌的要求所致。

所以，民刊还是诗人们发表作品的一个重要平台，它因其审查宽松、速度迅捷、大胆等各种优势，在先锋诗人中口碑极好。真正优秀的民刊甚至要超过官刊的地位，它们在诗人中的影响力，也不会逊色于官刊。关于当年创办民刊的形势，李亚伟回忆说，在大学期间，万夏与李雪明、朱智勇等人办《彩虹》，他本人和胡玉等人办《刹那》，这两伙诗歌墙报作者又因都用“金盾牌硬面记录本”写作，最后两刊合并成《金盾》。这些活动和“写作班子”是“莽汉”流派的前奏曲。“它们从一开始就似乎暗示了这一代诗人害怕孤独、需要集体、离不开组织之类的事实，后来——不管其名实是否相符——中国大地上一下子出现的成百上千的诗社正好说明了这一点。”[1] 80年代是一个诗人们可以而且必须“拉帮结伙”的时代，只有组织起了自己的诗歌团体，通过集体行动，才会有出人头地的机会。因有着写诗的相同爱好，然后成立诗社，接着创办民刊，发表各自圈子里的作品，与其他诗人或诗歌组织交流，促进诗歌写作

① 李亚伟：《英雄与泼皮》，《豪猪的诗篇》，花城出版社2006年版，第221页。

的完成和提升，这一系列的举措，也就水到渠成、自然而然了。

1984年，万夏从南充大学毕业回到成都，继续着他的诗歌事业。1985年，他与杨黎、赵野一起主编了民刊《现代主义同盟》，后来改为《现代诗内部交流资料》。万夏在目录里的栏目上有他自己的艺术设想：①结局或开始（北岛及"今天"诗风），②亚洲铜（具有东方传统意识的诗歌，海子，石光华、欧阳江河、周伦佑、廖亦武等），③第三代人（张枣等，强调北岛之后的新诗人）。这是第一本铅印的中国民间先锋诗刊，划代的问题也第一次正式提出来了。"诗歌以这本万夏主编的书的形式完成了它绝非人意的神秘转移，诗歌风水从北京到成都简直就像从雅典到罗马。历史和现实一个惊人的相似性!"① 万夏作为《现代诗内部交流资料》这本具有广泛影响的民刊的核心成员，几乎承担了刊物的所有编排工作，包括组稿、编辑、设计等，这些复合性工作充分展现了他多才的艺术个性。1985年，李亚伟与雷鸣雏、万夏、廖亦武、杨顺礼、何小竹等人创办了民刊《中国当代试验诗歌》，这是一份比较成熟的民刊，推出了不少优秀诗作。在此之前，"非非"诗人杨黎和他的中学同学王镜、铁蛋还办过《鼠疫》等民刊。

80年代，每一本诗歌民刊的出笼，可以说都凝聚着当时诗人们几乎全部的智慧与心力，虽然他们很少去提及这些刊物背后的故事，但是其中的甘苦与艰难，对于那些没有任何依靠的年轻诗人来说，是至关重要的。默默在回忆《海上》诗刊创办的过程时曾说：84年夏天，刘漫流从华东师范大学毕业，他经方文介绍与孟浪相识。当时他们都有一个共同的认识，即互相各搞一个诗社，各出一本诗刊，但人力和财力都是个问题。于是默默提出了一个建议，就是停止各个诗社的活动，大家联合起来成立一个共同诗社，出一本共同的诗刊。经过与部分诗人"反复磋商"，最后大家一致赞同集

---

① 柏桦：《左边：毛泽东时代的抒情诗人》，江苏文艺出版社2009年版，第139页。

中人力物力，联合起来编辑《海上》诗刊。[①]《海上》诗刊的创办，虽然只是众多民刊的一个个案，但它是80年代诗歌民刊的样本与范例，见证了年轻的诗人们对诗歌的理想主义与虔诚之情。成立诗社，只能通过朗诵交流的方式来传播诗歌，而建立自由发表作品的阵地，就成为了很多“第三代”诗人迫切需要面对的事情。在官刊发表作品，对于年轻诗人来说并非易事，因此，民刊就成了他们发表作品最佳的选择。虽然民刊在创办顺利的情况下，能引起人们的关注与喝彩，但其本身所遭遇的困境，也有着其不堪回首的“辛酸史”。

比如尚仲敏创办《大学生诗报》前后的过程，就颇为传奇。当年，随着尚仲敏在成都办《大学生诗报》和《中国当代诗歌报》的成功影响，后来成都形成了创办诗歌报纸的风气，诗人们都一窝蜂似的去办诗歌报纸。“两年以内，成都大大小小办了十几张这样的报纸。其中最有趣的一张，是诗人孙杉杉办的：“他豪放的姐姐给他出的钱，所以他让她姐姐出任主编；另外的两个编辑，由他的姐夫和可爱的小侄女出任。这张报纸的名字也叫《中国当代诗歌报》”[②] 那个时候的中国社会，创办诗歌报纸也是社会上一道亮丽的文化风景线。当时还是在重庆大学读书的尚仲敏，对于自己办《大学生诗报》的经历，有过很特别、但也不乏形象的感受，并形诸诗歌文字。

> 关于这份报纸的出版说来话长/得追溯到某年某月某个夜晚/某个时刻/我们喝了几杯黑咖啡/走到老地方感到气氛很庄严/有个家伙扯起嗓门叫了几声/周围的人好像全都死光了/于是我们开始写诗/日子一晃几年过去/在另一个中国日历上没有

① 参见默默：《我们就是海市蜃楼——一个人的诗歌史：1979～1989年》，载“诗生活”网“诗观点”文库栏目，www. poemlife. com。

② 杨黎：《市长爷爷万岁：尚仲敏采访录》，《灿烂》，青海人民出版社2004年版，第507页。

标出的夜晚/我们的房间来了一群粗暴的男子/一些温柔可爱无比美丽的女性/他们拿出我们的油印刊物/口若悬河演讲了五个小时/骂我们是胆小鬼不敢出去走走/连徐敬亚都不如/哼/我们的男性血液便异乎寻常地膨胀/起来/以致于次日凌晨从怀里掏出砖头/敲了敲出版社的大门/我们敲得不是很响/那扇门油漆斑驳是一付死人的骨架/绝非我们的对手/有关领导正坐在里面喝茶/一杯一杯又一杯地喝……/茶/我们恨不得让他把我们也喝下去把/我们/也喝下去吧/只要他的牙缝里能吐出一个支持我们的句子/整整一个上午/他喝了 4 斤茶水/同时我们给他投射了 20 支高级香烟/和 80 粒上海糖果/（全是我们从紧巴巴的助学金里抠出来的）/结果呢/他劝我们回去好好读书/（他妈的还我的烟还我糖果!）/走到大街上我们又从怀里掏出砖头/差一点要把小小寰球敲出几个窟窿/（你得当心/我们的砖头是刚性的/随时都可以向你敲了过去）/有个少女昂首阔步走过来/莫明其妙地瞥了我们一眼/我们一下子头脑发热互相抡了几个拳头/发了狠心去找市长先生/我们拍拍市长的肩膀如此这般微笑了一番/又说了几句忧国忧民慷慨激昂的话/市长先生有如下批示/大学生诗报旨在繁荣吾党吾国文化/望予以/出版为荷/（市长爷爷万岁）

——《关于大学生诗报的出版及其它》

虽然民刊的坚守，随着人们对诗歌的狂热爱好兴趣的锐减，其办刊也变得越来越困难，但诗人们总有自己在办刊时找到乐趣的方式。比如“撒娇”派诗人默默当年在和京不特、胡赤峰等人办《撒娇》时，就曾在刊物上虚构了一封 80 年代当红女歌星邓丽君致《撒娇》诗社的一封信，这封信在刊物出版后给他们带来了不小的麻烦。信是这样虚构的：

京特并化石、胖山、土烧、锈容五君好：

千言万语……美国目前流行一个说法：“孤独就是团结。”这是哥伦比亚作家马尔克思说的。收到信时，正在比达尼唱片公司赶制一盒我自己作词作曲的演唱磁带，名字叫《风风雨雨》预计秋天可以寄来。

你们几位高级知识分子也喜欢我的歌，我真是高兴。

《撒娇》创刊号出刊，请寄美国俄亥俄州佛响舍大街2号邓香宾先生转即可。盼！

听说锈容先生口吃很厉害，但想不到他的诗却这么优美，庄奴兄看后哑口无言。我和你们不谋而合，觉得他是一个罕见的天才诗人。庄奴不久要来内地找你们聊聊。

真想对你们撒撒娇。

邓丽君　85. 5. 2草上

这封信刊登在《撒娇》创刊号上时，默默还为其加上了一个“煞有介事”的后记：“感谢吴非同志为我们赶译了邓丽君女士这封用英文写的信，也请翻译界各位先辈容忍指正吴非同志的译笔初试。”默默后来在回忆中坦言道：这就是不折不扣的撒娇风格，图个乐，让端庄的缪斯偶尔还还俗。① 像默默这种为了引起他人关注，而不惜采取恶作剧的推广方式，为民刊的出版增添了几分幽默与滑稽色彩。这样的策略的确是别出心裁，而又让人感觉到其别有用心的一面。年轻诗人们的想象力不仅用在了创作诗歌上，而且还用在了对民刊的经营上。

而韩东在南京创办《他们》时并没有像其他一些民刊那样，设立专门的主编，一方面因为“刊物是大家联合出钱办的”，另一方面，主编在那个时代“是一个很严肃的事情”——“你署名主编意

① 参见默默：《我们就是海市蜃楼——一个人的诗歌史：1979～1989年》，载“诗生活”网络“诗观点文库”，www. poemlife. com。

味着出了事情就要负责。”——“所以《他们》创刊号署名主编付立，是集体化名。”[1] 韩东主编《他们》，讲究开放性与民主性，即大家都可以当编辑，都可以表达对刊物的看法。于坚曾说，《他们》当时的想法是轮流编辑，第6期是由于坚来编，稿子都已经寄到了昆明，吕德安的钱也寄来了，但韩东寄来的南京的某些稿子他不喜欢，因为主要是新人的，他就和韩东展开通信争论，两个人都很固执，他后来把稿子退回去了，没有编这一期。于坚当时倾向于办少数同人的刊物，以保证质量，更纯粹，而韩东想尽可能多地扶植新人，这是他们之间的分歧。从第5期开始，韩东已经扩大了《他们》的作者。在于坚没有参与的第8期中，作者竟然多达34人。[2] 在80年代的“第三代”诗人那里，诗歌质量或许要高过人情，诗人之间可以为诗歌争得面红耳赤，双方毫不妥协。有分歧，对于敏感且易动情的诗人来说，也是必然之事。这就是民刊要比当时的官刊要更为诗人们所看重的原因。一是官刊很容易受人情或利益等因素左右和影响，论资排辈，很难有推举新人的大手笔；二是官刊受诸多意识形态的限制，无法刊登具有“异端”色彩的作品；三是官刊一般都有固定的栏目形式和用稿风格，且有固定的容量，而民刊就没有这些限制，它更为自由与随意，因此颇受诗人们的青睐。

在80年代那样一个富有理想主义精神的人文环境中，民刊在编辑与出版过程中，很少出现恶劣的利益与意气之争，即便有争论，也大都是限于艺术上的分歧，或在推举新人上的争论。像“非非”内部的纷争，虽然涉及到利益之争，但那毕竟只是少部分人强烈的虚荣心所致，它并不影响“非非”诗人们作品在民刊上的自由发表。

---

① 张映光：《于坚：和“他们”在一起的日子》，新京报编《追寻80年代》，中信出版社2006年版，第17页。

② 参见张映光：《于坚：和“他们”在一起的日子》，新京报编《追寻80年代》，中信出版社2006年版，第17页。

三、“第三代”诗歌民刊的价值与局限

对于民刊到底为“第三代”诗人带来了什么样的影响，杨黎曾有过这样的总结：1985年在重庆，年仅21岁的尚仲敏和他最早的诗歌伙伴燕晓东办了一张《大学生诗报》，在这张报纸上，他们俩发表了一篇“大学生诗派宣言，这篇宣言和这张报纸一样，很有锐气。杨黎认为，这张报纸和这篇宣言的价值体现在三个方面：一是创立了真正的、有地下性质的大学生诗派；二是确立了于坚在这个诗派中的领袖地位；三是燕晓东和尚仲敏获得了他们的第一次诗歌成就。[①] 这张报纸，尚仲敏后来又将其调整扩充为《中国当代诗歌报》。对此，杨黎说道：“就尚仲敏自己而言，如果说《大学生诗报》仅仅为他打开了中国诗歌的大门，那么他的《中国当代诗歌报》就使他正大光明地走了进去，并且找了一张舒服的椅子坐了下来。”[②] 诚如杨黎如言，一张《大学生诗报》不仅成就了几个年轻诗人的写作，而且也带给了一个诗歌群体良好的声誉，这也是作为具有民刊性质的诗歌报纸的价值。

与那些纯粹的、具有倾向性的民刊不同的是，还有一种性质的自印诗集，它从各种民刊、诗歌报纸、官刊、自印诗集和公开出版的诗集上精选一些诗人的代表性诗作，然后辑为选集，因为也是没有经过“官方出版审查”的“地下印刷品”，所以，它也理所当然地被视为民刊。

在坊间一直流传并产生了广泛影响力的《新诗潮诗集》，作为80年代中期自印诗集的一种，也属于民刊范畴，但它又没有普通民刊的流派意识与团体性质，也没有自己的口号与宣言，就是一本“先锋诗歌选集”，在开阔度上，它要比普通民刊更为包容。其实，从某种程度上来说，《新诗潮诗集》就是一本“没有书号的公开出

---

① 杨黎：《市长爷爷万岁：尚仲敏采访录》，《灿烂》，青海人民出版社2004年版，第506页。

② 杨黎：《市长爷爷万岁：尚仲敏采访录》，《灿烂》，青海人民出版社2004年版，第507页。

版物”。老木作为北京大学孙玉石与谢冕（两人时任北京大学中文系副教授）的学生，一个月内，他编选这本“长达二万余行”的诗选《新诗潮诗集》（上下两册），是有着其特殊价值与优势的。《新诗潮诗集》，虽然分为上下两本，但上卷显然要比下卷分量更大，上卷都为朦胧诗人，而下卷为“第三代”诗人。在老木编选这本诗集之前，“第三代”诗人们很多都已写出了自己的成名作——《新诗潮诗集》中大都有收录——比如韩东的《有关大雁塔》、《你见过大海》等，吕德安的《沃角的夜和女人》、《父亲和我》等，张枣的《镜中》与《何人斯?》，王小龙的《出租汽车总在绝望时开来》，王寅的《想起一部捷克电影想不起片名》，陆忆敏的《美国妇女杂志》，翟永明的《女人》（组诗），欧阳江河的《履历》，柏桦的《表达》，宋渠、宋玮兄弟的《大佛》等。除此之外，被入选者中还有后来在诗坛引起反响的诸多“先锋”诗人。像梁小斌、王小妮和徐敬亚三位具有与朦胧诗人相同地位的诗人，在编选者眼中，也被纳入到了“第三代”诗人的行列；而小君、王家新、骆一禾、西川、张真、贝岭、陈东东、车前子、小海、黑大春、廖亦武、潞潞、石光华、于坚、岛子等真正的“第三代”诗人入选，则体现了编选者的整体意识。而还有些入选诗人，后来放弃了诗歌写作，如吕贵品、杨争光、封新城等，他们参与了一个时代先锋诗歌的建设，但时过境迁，已变幻了一幅新天地。但对于“第三代”诗歌运动来说，这部《新诗潮诗集》还留下了遗憾：没有选入李亚伟、万夏、杨黎、周伦佑等“莽汉”和“非非”诗人的作品。这两个重要流派的诗人的缺席，一方面体现了编选者当时的视野和眼光，另一方面也表明了“莽汉”和“非非”诗人当时在先锋诗坛并不如后来那么炫目和光环四射，当然，这两方面的原因，似乎也让这本诗集增添了一些神秘色彩。

这些“地下”诗歌刊物与自印诗集所昭示出来的意义和价值，除了增加优秀先锋诗歌的传播渠道之外，更重要的是为先锋诗歌的艺术性以及先锋诗人所持有的民间立场，搭建了一个良好的平台。

“从对民间刊物历史的粗线条梳理足以看出，和地下生存状态相连，民刊策略已经构成中国新时期先锋诗歌的基本生存与传播方式。这种方式是新诗的边缘处境与中国文化的独特体制使然，同时和先锋诗人的民间立场有关。如果说先锋诗歌当初选择边缘的民间立场更多的是被逼无奈的成分，那么随着时间的流逝则越来越成为一种自觉的追求，诗人们不但不以边缘状态懊恼，相反在悟透民间、主流各自的包孕，尤其是边缘的潜在意义后，开始有意强化边缘效应，故意和主流文化之间保持一定的必要的距离。”① 由被迫转向一种自觉，新时期先锋诗人对民刊所持有的心态发生了变化，这正是先锋诗歌由幼稚走向成熟的佐证。而且，“第三代”诗人所建立起来的独特的民刊传统，对90年代及其之后的中国先锋诗坛也产生了重要影响。

“第三代”诗人大量的优秀与经典作品，都是首先在民刊上发表，尔后才在公开刊物上重新亮相的。其实，民刊就是中国先锋诗歌的一个中转站与过渡史，而且它还承担了促进官刊推出优秀诗作的责任。因此，有诗歌论者认为，“‘新诗潮’中的实验诗歌、第三代诗的写作，主要在自办的‘民刊’上出现。”② 而这些诗歌后来为更多人所熟知，也是借由民刊作为传播的中介而逐渐形成其广泛影响的。民刊上的诗歌，因其艺术上的前卫、大胆，而具有了预见性与先锋性，要比那些有“话语管制”的官刊上的作品，更能体现艺术自由的理念。“检索一下朦胧诗后新诗的艺术历史，扑面而来的清新陌生气息大多来自民间刊物的诗歌，每一次艺术技巧的变构也大多来自民间刊物的诗歌。”③ 民刊在新时期以来的先锋诗坛所

---

① 罗振亚：《朦胧诗后先锋诗歌研究》，中国社会科学出版社2005年版，第30至31页。

② 参见洪子诚、刘登翰：《中国当代新诗史》，北京大学出版社2005年版，第208页。

③ 罗振亚：《亚文化选择：民刊策略与边缘立场》，《朦胧诗后先锋诗歌研究》，中国社会科学出版社2005年版，第32页。

具有的地位要比官刊高得多，尤其是它自觉承担起的具有自由立场和民间理念的诗歌精神，更是符合先锋诗歌对语言与思想本身的要求，也契合了年轻诗人们对先锋诗歌开放性的文化想象力。

80年代，几乎每一本民刊都承载着自己的使命，那就是对先锋诗人优秀诗作最有力的传播，即使所刊载的作品引起了广泛争议，那也能彰显出这本民刊与众不同的艺术标准。比如，1985年5月，《大陆》创刊号在上海出版了，16开本，总共66页，当时仅仅只印制了60余册。对于这本民刊所具有的独特价值，“海上”诗人郁郁认为，《大陆》与通常的民刊不同，它不单单是一本诗歌同仁刊物，它具有更为广阔和深远的含义，那就是时代性、先锋性。具体来说，这本刊物所选择的作者和作品，都有一定的姿态，那就是真诚和尖锐。作者的排名和篇幅也不拘泥于先后、长短，而只根据质量和需要。从一开始就旗帜鲜明地提出：主张什么？反对什么？并坚持怀疑的态度与批判的立场。因此，这本刊物的特点与传统即是，推出重要的作者，刊发一些有争议的作品。① “怀疑的态度与批判的立场”成为了80年代诸多民刊所持有的理念与标准，所以，这些民刊才会刊发一些“争议作品”，并因此成为其不同于官刊的特色。

民刊的身份虽然尴尬，其合法性也受到了主流官刊的广泛质疑，但是它所承载的意义，却要比那些官刊更为纯粹和“有效”。就因其“地下”性质，“非公开”状态，它所能含纳的自由度要更大，更广阔一些。不管是反叛还是对抗，不管是突破传统伦理，还是超越现实美学，其作品民刊都能刊登，先是小范围地传播，然后才会让更多人认识与了解到这些有争议的作品的价值。当然，民刊虽然有它自由发表的优势，但是它们的出版，大都是由诗人自己募资或依靠他人投资，而不像官刊那样有固定的出版资金来源。因

① 郁郁：《废墟上的瓷——〈大陆〉或与诗有关的人和事》，载《大陆》纪念号，总第五期，2008年6月，上海。

此，民刊的持续时间都不长，除了有些诗人放弃了诗歌创作而不再经营民刊之外，大部分民刊只能短期出版，都是因为经济上不堪承受的原因。

对于民刊的“居无定所”、“吃了上顿没有下顿”的短期状态很多诗人都有认识。陈东东对80年代的《海上》流露出了惋惜之情：《海上》这份开始得热热闹闹的“地下”杂志，跟80年代的许多“地下”杂志一样，进展得十分艰难，它在后来的六年时间里只出刊三四次，而在1990年不得不以《保卫诗歌·海上终刊号》结束。[①] 陈东东道出的正是80年代绝大多数民刊的生存状态，因为诸多原因，尤其是没有稳定的资金投入，这些民刊的“寿命”一般不长，也没有多少可持续性，相应地也就无多少建树可言。像那些主流的官刊一样，民刊虽然具有开放性，但它同样容易陷入“圈子化”与“同仁化”，“近亲繁殖”的相互模仿，相互复制，导致诗歌的创新危机，时间长久便走向平庸。这样的状况让很多民刊失去了初创时的声誉，而变成了“人情作品”的大杂烩。再者，民刊虽然比官刊富有活力，但可能正因其过于随意的宽容策略，会导致很多带有“口水”性质的文字也被收录进来，影响民刊艺术纯粹的可靠性与先锋诗歌的可信任感。

但即便如此，这些民刊仍然是当时推出先锋诗歌的主要阵地，民刊的包容性与民间性，在审查秩序严格的时代，的确堪称奇迹。所以，诗人柏桦说：“尽管说80年代的地下杂志宛如过眼烟云，只是昙花一现，但它们却也在短暂的燃烧中坚定地传达出一种诗歌信仰，而且正是借这些杂志，我们的诗人得以初试啼声，他们被发现、被评论，乃至接受肯定。”[②] 当如今互联网日益成为我们不可或缺的生活资源后，很多民刊都顺应时代发展，而转型成了依附于

---

① 陈东东：《杂志八十年代》，载《诗林》2008年第2期。

② 柏桦：《左边：毛泽东时代的抒情诗人》，江苏文艺出版社2009年版，第201页。

互联网的电子网刊。这一方面是因为资金的压力，另一方面也是民刊出版周期不固定而导致无法定期出版，最终办不下去了。一些民刊或因压力夭折，或因其他原因寿终正寝，更多的则是受消费社会和网络时代的冲击，而放弃了一份坚守。那些留存下来和即将要创办的新民刊，他们同样面临着抉择，独特的眼光，高水准的艺术鉴赏力，能驾驭编辑和出版统筹的能力，这些编辑素质都决定着民刊的走向，否则就只能是半途而废。

民刊所处的网络时代，是美好的，也是残忍的。它可以容纳优秀的诗歌理想主义坚守者，也淘汰极端小圈子化的图名谋利者。至少那些还在出版或即将创办的民刊，我们完全有理由将它们看作是对诗歌理想的一份承担，至于它们的命运如何，我也不好妄加猜测。但办刊者如没有独立的品格，民刊很难有持续的生命力。很多民刊的出现，可能就是一个或几个诗人一时冲动的结果，等到那股兴趣和狂热减退之后，民刊消失得也异常迅速。所以民刊能否持续性出版，也是对创办者们耐力和韧性的考验。

第三节　正规出版形态下的“第三代”诗歌

在朗诵、书信和民刊这些被称为“地下”状态的诗歌传播方式之外，正规的诗歌出版同样也对“第三代”诗歌的传播与经典化起到了不可忽视的作用。如果说 1986 年之前的“第三代”诗歌运动都是以民刊的方式进行的话，那么 1986 年由徐敬亚策划的《深圳青年报》与《诗歌报》两报现代主义诗歌大展，则是公开出版物对“第三代”诗歌运动的一次大规模介入，这种集体亮相的形式，是由民刊向公开出版物过渡的必要方式。

在 90 年代，各家公开出版的诗歌刊物，也逐渐将触角伸向了“第三代”诗人的创作，并大量刊发了他们在 80 年代创作并首发在民刊上的作品，促成了“第三代”诗人与诗歌逐渐的经典化。像后来各种“第三代”诗选或个人诗集的公开出版，都在一定程度上反映了社会公众对“第三代”诗人的接受与认可过程，而且对中国先锋诗歌的发展也是诸多有益的尝试。

一、“第三代”诗歌正规出版的演变

在中国当代先锋诗歌传播史上，有两条纸质发表渠道，一条是民间状态的“地下”刊物，另一条就是公开出版发行的报纸和刊物。前一种传播形式，占据了中国先锋诗歌的半壁江山，为先锋诗歌的立足带来了勃勃生机。后一种公开出版的传播，历来不太为人所重视，尤其是对于年轻的“第三代”诗人来说，更因其难以在官刊上亮相，他们一度对其非常失望，有些诗人甚至与公开出版的诗歌报刊对抗。然而，整个先锋诗歌发展史在后来史家的视野里，虽然以民刊为基础，但最后还是得以公开出版为准绳来撰写诗歌史或编选诗集。

实际上，“第三代”诗歌由“地下”状态到公开出版发行的过程，也是中国意识形态由禁锢到逐渐开放的过程，同时也是诗歌艺术观念与人的价值转变的历史。在80年代初中期，“第三代”诗人在公开出版的诗歌报纸和杂志上发表作品都非常艰难，更别说公开出版诗集。所以，他们将发表的理想寄托于民间报刊，以与官刊抗衡。这并不等于官刊对“第三代”诗歌来说没有意义，随着思想解禁的展开，有些官办诗歌报纸与刊物，因为审查制度的严格，以及一定的出版周期，但他们也开始打破禁锢，逐渐接纳“第三代”诗人的作品，尤其是他们那些富有探索和先锋精神的实验性作品。

在80年代初中期，官办报纸与刊物所发表的诗歌，大部分仍然是主流的，无论在意识形态上讲究“政治正确”，还是在艺术观念上的陈旧，都是不争的事实，而且在推举诗歌新人上也显得滞后，这也是由那个时代的特殊国情和公众的审美观念决定的。但随着改革开放的不断深入，在80年代后期和90年代初期，一些官办诗歌报刊和一些大型的文学杂志，也开始关注“第三代”诗人，这一方面是因为意识形态的松动和艺术观念的开放所致，另一方面，还是因为“第三代”诗人的创作也在由实验向成熟转变。不论什么样的刊物，它不可能将所有版面都给名家，拓展新思路，挖掘新诗人，发表新作品，是刊物的生存之道，也是其能够持续受到读者关注的前提。所以，官办诗歌报刊在80年代后期对“第三代”诗歌运动总结性的推动，起到了不可忽视的作用。尤其是在1986年由安徽的《诗歌报》与深圳的《深圳青年报》共同承担的“现代派诗歌大展”，可谓是新时期以来最重要的一次公开出版诗歌的创举，带有强烈的探索色彩和大胆的冒险精神。这次由公开出版的报纸所承担的大展，在80年代非常引人注目，而此后诗歌报纸很少再有这样的全国性大展。由此，诗歌和文学类杂志也开始向这种探索路径进发。像《诗刊》、《诗神》、《星星》、《绿风》等纯诗歌杂志，和《飞天》、《鸭绿江》等纯文学刊物，也开始效仿报纸将触角伸向了那些富有创造活力的“第三代”诗人，纷纷开辟版面发表他们的代表作和新作，让他们集体亮相，以达到双赢效果。

1988年，由徐敬亚和孟浪策划出版的《中国现代主义诗群大观1986～1988》，由同济大学出版社公开出版，这是对1986年《诗歌报》与《深圳青年报》所举办的现代派诗歌大展的一次扩展性总结。很多以前并无名气和影响的诗歌流派、诗人，通过大展和诗选的出版，得以在全国获得声誉，并由此受到官刊的青睐。《中国现代主义诗群大观1986～1988》这本诗选的出版，具有标志性的意义，即整个“第三代”诗歌运动开始由辉煌走向沉寂，并日趋分化。民间诗歌刊物与公开出版的诗歌刊物之间，形成了一种抗衡的态势，一些诗歌流派也纷纷开始出版诗选，以巩固80年代所建立起来的声誉。有些诗人也公开出版诗集，对自己在80年代的创作进行总结性的回顾与展示。这一切都源于中国出版业的逐渐兴盛，也得益于文化政策上的逐渐放开。

在整个90年代，随着官刊对实验性作品的关注，对于推举诗歌新人的介入，民刊似乎正在失去80年代那种耀眼的光芒，而逐渐私密化与隐蔽化。在官刊中，不仅纯诗歌刊物发表诗歌，而且不少纯文学刊物也纷纷开辟诗歌栏目，大力推举“第三代”诗人诗作，这对于那批留守下来的“第三代”诗人来说，正是赶上了好时候。

还有一个现象也值得关注，那就是官办纯文学与诗歌刊物，也在将眼光投向民刊，很多时候，他们的选稿来源也都是民刊。这样一种由民刊首发，再由官刊公开发表的模式，一度形成了民刊与官刊合作的风潮。当然，并非所有民刊上的作品都能被选入官刊重新发表，毕竟能选上的只是一少部分。因为有着严格的审稿制度，所以有些民刊上的诗歌作品，在当时的社会条件下根本无法公开发表。而这种发表模式的形成，也是“第三代”诗歌由被忽视到逐渐被接纳和重视的过程。此后，90 年代以来商业化浪潮的推动，对于诗人发表诗歌也是一个很重要的动力。尤其是一些刊物开始转型与改版，像《诗歌报》由报纸改为公开出版的杂志，并改名为《诗歌月刊》，《诗神》也改为《诗选刊》。90 年代初中期，一批纯文学刊物创刊以推举新人新作为旗号，像《大家》、《山花》、《作家》、《芙蓉》、《花城》等纯文学刊物都辟有诗歌栏目，并以发表先锋诗歌而受到读者关注。

如果说 80 年代“第三代”诗人在民刊上有大丰收的话，那么 90 年代他们在官刊上的大面积亮相，从一定程度上来说，就是先锋诗人们从“地下”走到“地上”的重要转变，这样的转变暗含了很多原因。后来，诗人们都陆续出版了自己的个人诗集，“第三代”诗歌趋于成熟。有影响的几套关于“第三代”诗人的诗集，有韩东主编的“年代诗丛”第一辑，分别收录了韩东、于小韦、吉木狼格、小安、丁当、何小竹、鲁羊、杨黎、柏桦、翟永明和朱文等人的作品，第二辑收录有小海、普珉等人的诗集，基本上囊括了“他们”和“非非”诗派的主要诗人。像人民文学出版社出版的“蓝星诗库”，也收有海子、骆一禾、西川、王家新、于坚、孙文波、肖开愚、张枣等人的诗集。像花城出版社出版的“忍冬花诗丛”里收有王寅、周伦佑等“第三代”诗人的诗集。除了诗歌丛书之外，一些诗人也公开出版了单卷本的个人诗集，像于坚在云南人民出版社出版了五卷本的《于坚集》，还有李亚伟的《豪猪的诗篇》（花城出版社）、孟浪的《南京路上，两匹奔马》（光明日报出版社）等。这些个人诗集的公开出版，对于“第三代”诗人群体的逐渐成熟，起到了非常重要的促进作用，这也是他们得到读者认可的见证。

二、报刊杂志之于“第三代”诗歌的价值

80年代，对“第三代”诗歌运动的发展起到推波助澜作用的，当属于诗歌报纸与刊物，安徽的《诗歌报》，广东的《深圳青年报》，作为1986年现代主义诗歌大展的两大重要阵地，是公开出版的报纸对“第三代”诗歌的全面介入。它们将当时活跃在诗坛上的“第三代”诗人可谓“一网打尽”，并为他们的宣言和作品都作了分门别类的编排。这在中国当代报刊出版史上，也算是一次大事件。当然，策划人这样努力的结果，一方面为当代先锋诗歌的发展贡献了力量，但另一方面，也将报纸出版推向了尴尬之境，尤其是这种大规模诗歌大展，难免有“出格”或“不合规矩”的诗人诗作出来，在公开出版后的审查中也被抓住了“把柄”，并由此受到“惩罚”。像《深圳青年报》后来就因受到牵连而出版困难，还有些刊物也因为发表“第三代”诗人的诗作和言论，而受到停刊或休刊的惩罚。

1986年9月底到10月，由徐敬亚、姜诗元等策划，《深圳青年报》和《诗歌报》（安徽合肥）联合用7个整版的篇幅，举办“中国诗坛1986现代诗群体大展”，展示朦胧诗之后由一百多位诗人组成的六十余家自称的“诗派”。主持者在“大展”的“广告语”里对当时“民间”的诗歌景观做了这样的描述：“……1986——在这个被称为‘无法抗拒的年代’，全国两千多家诗社和十倍百倍于此数字的自谓诗人，以成千上万的诗集、诗报、诗刊与传统实行着断裂，将80年代中期的新诗推向了弥漫的新空间，也将艺术探索与公众准则的反差推向了一个新的潮头。至1986年7月，全国已出的非正式打印诗集达905种，不定期的打印诗刊70种，非正式发行的铅印诗刊和诗报22种。”①

由《诗歌报》与《深圳青年报》共同承担的1986年现代主义诗歌大展，是第一次在官方媒体上以现代传播的方式宣传诗歌，这不仅具有社会学价值，而且在诗歌传播史上也是一次重要事件，具有划时代的意义。此后，《诗歌报》的影响力也越来越大，并得到读者广泛认可与支持。《诗歌报》原主编乔延凤曾回忆道：“从1987年到1990年这3年，《诗歌报》影响越来越大，朝着健康的方向发展。我们不搞非诗，即表面上先锋，其实不是诗的东西：不仅形式上而且内容上把西方所谓‘现代派’的糟粕、脏话、不堪入目的摒弃。诗是一个精神家园，不应引向宗教，引向虚无，人活世上苦难本很深重，应该给诗爱者提供一片精神净土，在商潮、污浊中坚持美好。”② 这是在商业大潮即将冲击文学时，先锋诗歌所能坚守的最后阵地。由公开出版的报纸主导先锋诗歌的时代，短暂地在80年代末期掀起了一个高潮。

1986年的“两报大展”不仅具有文学意义，而且也从一定程度上显示了它的传播学价值。在此之前，几乎所有的诗歌流派与团体都是在以民刊形式发表与传播诗歌，而这一次却是在报纸上作全面的展示，载体的变化突显出了效果：第一，中国先锋诗歌第一次进入主流报纸，并被公开发行；第二，报纸作为现代媒体，它刊登与传播诗歌作品也尚属新奇。所以，徐敬亚组织的诗歌大展更多的是从社会学意义上得到肯定的，其诗歌史意义也由此得以奠定，但

---

① 洪子诚、程光炜主编：《第三代诗新编》，长江文艺出版社2006年版，第3页。

② 孙文涛：《“留住诗歌”——原安徽〈诗歌报〉执行主编智延凤访谈》，《大地访诗人》，香港天马图书有限公司2003年版，第114页。

是对于诗歌文本的推动来说，其意义并不大。而且在这次大展之前，许多诗人为了一展身手，甚至临时拉几个人组织流派，比如说翟永明、张枣、欧阳江河、柏桦等人就形成了一个团体叫“七君子”；还有不少流派和社团就是一个人，比如诗人西川当年就以“西川体”独自命名了诗歌流派，这也从一定程度上证实了诗歌写作所具有的个人性特征。大展之后，不少流派很快就在诗坛上销声匿迹，如昙花一现般消失得无影无踪。

欧阳江河在杨黎对他的访谈中，这样评价 1986 现代主义诗歌大展，他认为大展把诗歌“社会化、事件化”了，而且用媒体的手段推向社会、强加给社会，他觉得这是一个发明：用一张跟文学没有关系的报纸，而且在深圳这样一个跟文学没有关系的地方，能用现代媒体运作的方式来推出诗歌，欧阳江河认为“怎么评价都不为过”。① 这种站在现代传媒与诗歌之关系的立场作出的评价，是较为中肯的。而大展的直接策划者徐敬亚，在二十年后这样分析道：“持续了整整 10 年的中国八十年代诗歌热潮，是一个民族特定阶段壮阔的艺术奇观，构成了中国人一次灵魂的特大展示；文学上，它足以成为‘当代世界上最盛大最混乱的诗歌集贸市场’；社会学上，它成为一种定向的青春宣泄方式，也是一次次对秩序破绽的追寻……”② 由此，徐敬亚道出了 80 年代诗歌运动的文学价值与社会学意义，那是一代青年人生命之花得以绽放的年代，也是中国先锋文学能够成为引领青年人参与并成为特殊“事件“的年代。

诗人尚仲敏也曾谈到过 1986 年的诗歌大展，他对其评价功过分明，也算是辩证地看待了这次大展。他认为大展的“功”就是集中展现了诗歌运动的整体，带有一种总结性意味。惟其总结了，所以使命也就完成了。“第三代”诗歌就是从那时候起开始下滑，它

---

① 参见杨黎：《灿烂》，青海人民出版社 2004 年版，第 457 页。

② 徐敬亚：《1986，那一场诗的疾风暴雨》，载《经济观察报》2007 年 7 月 9 日第 48 版。

代表诗歌运动最辉煌的顶点。而它的“过”就是鱼龙混杂。比如把“非非”和其他乱七八糟的流派混在一起等。尚仲敏最后得出结论：大展的“功”还是大于“过”的。[①] 而杨黎作为“86 大展”的直接参与者，他也是“第三代”诗歌运动的见证人，在他看来，“第三代”诗人在大展中扮演着滑稽的角色，“像引领者，又像小丑。其实更像被屠杀的对象。这是第三代人的宿命。也是它最好的归宿。”所以，杨黎说他从来都认为，“第三代”诗歌运动在 1986 年就已经结束了。而 1986 至 1989 年的三年，只是它“必须上演的尾声”而已。[②] 这虽然是一个参与者后来的个人看法，具有一定的合理性，同时也有着理解上的偏见。但从诗歌公开传播的角度来说，“大展”的确是为集体推出“第三代”诗人创造了平台，

当时的《飞天》杂志，首先推出了“大学生诗派”的作品，如于坚、韩东、封新城等。而其时的官方诗歌刊物如《诗刊》、《诗神》、《绿风》等，都对“第三代”诗歌的发表与传播尽了一份力量。只不过他们发表“第三代”诗人的作品，一方面有着随大流的原因，另一方面，还有着被迫的意味：当时“第三代”诗人已在中国诗坛形成了一股强大力量，势不可挡，这些刊物推出他们的作品，也是顺理成章之事。据洪子诚先生统计，在 1986 年到 1989 年间，陆续刊发“第三代”诗人作品的报刊有《中国》、《诗歌报》、《人民文学》、《作家》、《山西文学》、《关东文学》等。[③] 在 80 年代末至 90 年代初中期，对“第三代”诗歌的推动最有贡献的，当属一些报纸和刊物，因为它们能开风气之先，大胆将那些有实验倾向和探索精神的作品在第一时间发表出来，不管是受人吹捧或批判，还是引起极大争议，这种发表行为本身就是在为先锋诗歌的传播开辟新的路径，营造新的氛围。一直以来，公开出版的诗歌报刊，都

---

① 参见杨黎：《灿烂》，青海人民出版社 2004 年版，第 516 页。

② 杨黎：《现代诗流派大展》，《灿烂》，青海人民出版社 2004 年版，第 107 页。

③ 参见洪子诚、程光炜编选《第三代诗新编》，长江文艺出版社 2006 年版，第 3 页。

没能得到诗歌研究者与诗歌史家们的重视，他们将民刊发表作为一种特色加以宣传，而对公开的报刊的主流性、滞后性与谨小慎微的劣势，作为一种批判的靶子加以放大，而这样做的后果，就在一定程度上削弱了公开出版的诗歌报刊的贡献。

公开出版的诗歌报刊的开放过程，就是诗歌观念与意识形态观念逐渐放开的过程，虽然它们没有民刊的胆识与魄力，但是其受众群与影响面，要比民刊更广，更大，这也是它们在某种意义上优于民刊的原因。像 90 年代之后，一些“第三代”诗人频繁地在官刊上亮相，一方面是这些刊物编辑青睐“名家”的结果，另一方面也与诗人们逐渐认可官刊有关，这种发表渠道的改变，从某种意义上说也是他们日渐被公众接受的体现。

三、诗歌社团、流派结辑选本：巩固的立场

对“第三代”诗歌流派作结辑出版，是 80 年代末期的事情了。这样的结辑出版，有着阶段性总结的意味，当然，也有的是全面总结和回顾，为自己的努力与成就留存一份记忆的备忘。诗歌流派选辑的公开出版，从诗歌传播学角度来讲，是诗歌读本逐渐走向成熟的体现，同时也是对诗人所拥有的成绩的一种认可。它一方面巩固了诗歌流派在形成过程中的地位，另一方面也为中国先锋诗歌由稚嫩向成熟转型的精神变迁作了见证。这对于诗歌流派来说，虽然带有阶段性总结的意味，同时也是促使流派中的诗人进行持续性写作的动力。

由朱大可作序推荐的上海“城市诗人”的诗选集《城市人》（学林出版社，1987 年版），可能是国内较早公开出版的当代诗歌流派作品选集，这本诗选里收录有“城市诗人”宋琳、张小波、孙晓刚和李彬勇四人的诗歌作品。每个诗人所收录的诗歌作品数量都不少，宋琳收有 35 首诗（包括组诗和长诗，以下同），张小波收有 38 首诗，孙晓刚收有 34 首诗，李彬勇收有 30 首诗，大都包括了诗人的代表性诗作。而且每个诗人在最前面都有“自述”性文字一篇，对自己的诗歌趣味和倾向作了自我评价。这本流派选集在装帧设计上也非常讲究，首印数达到9500册，这对于一本诗集来说，已经算是很大的印量了。学林出版社在诗选前的“出版说明”中评价道：

> 宋琳、张小波、孙晓刚、李彬勇写的城市诗（包括一些并不尽符合狭义的城市地域概念，却能一定程度反映出城市人心态和看出诗人诗风嬗变轨迹的作品），既反映了诗人们的艺术探索和追求，也代表了当今诗坛的一种艺术倾向。对于这些诗和这种艺术倾向，也许会引起诗坛和评论界的种种不同看法，但是，本着“百花齐放，百家争鸣”的宗旨，我社决定出版这四位青年诗人的诗集《城市人》，以引起诗坛和评论界的关注。①

这是学林出版社当时出版这本诗歌流派选辑的初衷与意图，当然，这对于当时并不盛行的诗歌出版来说，是开风气之先的决策，既是出版上多元化艺术与宽容精神的体现，也是对青年诗人在创新精神上的鼓励。尤其是评论家朱大可在其长篇序言《焦灼的一代和城市梦》中，对四位“城市诗人”作了精彩解读与阐释，他说自己“带着新鲜的感受和冲动”读完了四个人的诗作，他“错愕并惊异”地发现这是一场地道的群兽聚会，“张小波是头焦灼咆哮、野性十足的牡狼，宋琳则更象踩着无声肉垫、神情诡秘的哲学狐狸，孙晓刚具有甜媚的猫的习性，李彬勇接近某种鹰隼，长着逃避城市栖息丛林的羽翼和多情的喉嗓……”② 这是一本流派诗歌选集的精彩之处，其序言也有助于读者很快进入“城市诗人”的作品，并准确地把握其诗歌艺术的向度与力量。

---

① 参见宋琳、张小波等《城市人》，学林出版社，1987年版。

② 朱大可：《焦灼的一代和城市梦》，《城市人》，学林出版社1987年版，第1至2页。

由“非非”诗人周伦佑编选的《打开肉体之门——非非主义：从理论到作品》一书，也是“非非”诗派作品的一次大规模选集的公开出版，具有特别的代表性意义和价值。这本书属于王宁和周伦佑主编的“当代潮流：后现代主义经典丛书”之一种，分上下两编，上编为作品卷，下编为理论卷。上编收录有周伦佑、杨黎、何小竹、尚仲敏、蓝马、梁晓明、刘涛、吉木狼格、小安等 18 位“非非”诗人的代表性诗作；下编收录有周伦佑的《红色写作》、《变构：当代艺术启示录》、《反价值》和蓝马的《前文化导言》，以及两人合写的《非非主义诗歌方法》等理论文章。

《打开肉体之门——非非主义：从理论到作品》这本“非非”诗歌选集，带有很强的宣言性质与理论色彩，非常契合“非非”诗人长于理论的艺术风格。周伦佑在选集的序言《异端之美的呈现》[①] 中，对“非非”诗歌流派的发展历程作了回顾，同时还对恢复之后的“非非”前景作了展望：“‘非非’作为那个特定时代精神表征的某种偏激，直到它中断两年之后，于 1992 年《非非》复刊时才得到了纠正，当然是时间对我们的纠正。从语言拆解的乐趣转向现代艺术精神的重建；对生存世界的投入和介入；更专注于诗，更专注于对语言的生成性、敞亮性的开启。而‘非非’的基本精神始终是一贯的；作为异端的艺术和艺术的异端。在时代的刀锋上，更鲜艳地展开自己肉体的是新的‘非非’!”[②] 周伦佑的言说富有激情，虽然经历了“非非”当年的创建、后来的解散，以及 90 年代之后的恢复与重组，他对“非非”这一诗歌流派的感情，可谓是一往情深。他希望有精神的回报，这是诗人的愿望，也是其理想主义精神的深层变构。而进入 90 年代后，那些在 80 年代风光一时的诗歌流派，只要有经济条件的，都在出版自己的诗歌流派选集，这一

① 这篇序言写于 1993 年 8 月，期间，“非非”流派经过解散之后，又于 1992 年进行重组。

② 周伦佑：《异端之美的呈现》，《打开肉体之门——非非主义：从理论到作品》，敦煌文艺出版社 1994 年版，第 9 页。

举措，对于促进并不繁荣的诗歌出版业来说，是一剂强心针。其结果，就是让很多在 90 年代初放弃诗歌写作而下海的一些“第三代”诗人，又重拾诗笔，继续自己的诗歌之旅。

由杨克、小海主编的《〈他们〉十年诗选》，是对“他们”诗派所作的一次最有力度的总结，这本“他们”诗选，除了小海的后记之外，基本上就是一个“他们”诗人的作品展示，而且选取的都是诗人们的代表性作品。诗选除了选编了韩东、于小韦、丁当、小海、普珉、吕德安、杨键、王寅、任辉、侯马、杨克、翟永明、杜马兰、李森等“他们”诗人之外，还入选了伊沙、张枣、杨黎、唐欣、朱朱、唐丹鸿、徐江等诗人的作品，当然，这里面有很多人后来都不再写诗了。小海在“后记”中谈到了编选这本诗集的目的：是想为这份历时十年之久的刊物做一次回顾和小结。① 这一目的很明确，很纯粹，同时这样的总结也在情理之中，那不仅是对一个诗歌流派得以公开出版诗选的价值的肯定，也是对 80 年代诗人们所持有的诗歌梦想的怀念。

诗歌流派选集的公开出版，是从 80 年代末一直持续到新世纪的诗歌出版与传播，虽然后来有一些诗歌流派逐渐退出了历史舞台，并越来越趋向于在 90 年代兴起的个人化写作，但是这些流派当年的组织者或后继者们，有一些还在坚持出版民刊，并定期通过各种公开出版的渠道，将流派诗人们的作品结集出版，这是诗歌理想主义精神的坚持，同时也是他们对汉语诗歌有着敬畏之意的体现。

四、“第三代”诗歌综合选本的意义

通过观察“第三代”诗歌的各种选本，可以发现一个有趣的现象：“第三代”诗歌是随着时代的变化而逐渐变化，并得到公众认可与接受的。正规出版的“第三代”诗歌选集，编选者注重的就是全局性与整体感。

---

① 参见《〈他们〉十年诗选》，漓江出版社 1998 年版，第 246 页。

由徐敬亚和孟浪编选的《1986～1988 中国现代主义诗歌群体大观》①，是对“第三代”诗歌运动的一次总结，这本诗选本身就成为了一次出版传播学事件。全书分三编，第一编和第二编都是对1986 年两报诗歌大展的总结和重新编排，第一编收有包括朦胧诗派在内的 14 个主要诗歌流派的诗人代表性作品，每人一到三首之间不等。第二编是按省份划分的各种诗歌流派的展示，收有 54 个诗歌流派与团体的作品，很多诗歌流派与团体只有一个诗人，带有强烈的自我命名的表演性质。第三编是根据地域来划分的，将中国现代派诗人分为西北、华北、华东、东北、西南和中南六个片区，这一编与前面的诗歌流派的诗人有重复。徐敬亚在序言《历史将收割一切》中激情地写道：“作为一种历史的集结，86 年中国诗坛现代诗群体大展尽量体现了它的青年性、前卫性、民间性。有些仍然让再次不懂的人受不了，我想习惯会使他们平静。想想朦胧诗的遭遇，人们应该越来越明智。无疑，匆忙的‘大展’，催化了、夸张了当年群体集结的形势。说实话，它也促使了一些未成熟果子一夜间自我变红。好在活来活去，置身其间，我们也明白了历史是怎么回事。这次成书，通过编排详略，做了一些扭转。但木已成舟。你说它推进了诗或作贱了诗，都一样会找到道理。传统将收割一切光荣，耻辱和迷惑留给人们难堪的回味。”② 这番激烈的言辞，既是在提醒，更是在反思，所以显得意味深长。先锋诗歌对于主流文学往往是一种冒犯，无法在短期内获得大众的完全肯定。因此，先锋诗歌艺术的演化，是随着读者欣赏水平和思想意识的逐渐提升而日益被接受的，这一接受的过程，可能会漫长又艰辛。当年的朦胧诗如此，“第三代”诗歌更是如此。从现在主流文学界对“第三代”诗歌的接受来看，或许正应了徐敬亚以上的分析。从报刊到选本，

---

① 该诗选 1988 年由同济大学出版社出版。

② 徐敬亚：《历史将收割一切》，《磁场与魔方》，北京师范大学出版社 1993 年版，第 239 至 240 页。

对于“第三代”诗歌来说，也体现了其逐渐的接受和传播过程。

在《1986～1988 中国现代主义诗歌群体大观》出版不久，溪萍编的《第三代诗人探索诗选》[①] 紧随其后，这也是一本“第三代”诗人诗选，它并非像“大观”那样按流派与地域来划分，而是大面积地收录了“第三代”诗人的作品，且不包括朦胧诗人和后来的“中间代”诗人。这本诗选共收入 173 人的诗歌（其中宋渠、宋炜兄弟为一人次，姜峰、姜鹰兄弟为一人次），基本囊括了所有“第三代”诗人的诗作，对“第三代”诗人作了一次全景式的展示。一般被归入到朦胧诗人的杨炼，在这本诗选中被排在第一，入选 3 首诗歌《房间里的风景——至 Y. Y.》、《镜》、《水之居》，接着是西川的《读 1926 年的旧杂志》、《起风》、《关城》，李亚伟的《我是中国》、《硬汉们》、《老张和遮天蔽日的爱情》，石光华的组诗选章《呓鹰》和《结束之遁》，海子的《亚洲铜》和《歌：阳光打在地上》等，江河的《悬棺》，张枣的《苹果树林》和《深秋的故事》，杨黎的《中午》和《冷风景》，孟浪的《反世界印象》和《冬天》，韩东的《明月降临》和《感谢这风》，一直到于坚的《沉默的女人及其它》，周伦佑的《白狼》、《狼谷》和《带猫头鹰的男人》，廖亦武的《巨匠》、《歌谣》和《回顾》等，宋琳的《冬天的第一场雪》，伊蕾的组诗《独身女人的卧室》，翟永明的组诗选章《女人》（组诗选章），柏桦的《光荣的夏天》和《秋天》，唐亚平 7 首“黑色”系列组诗，何小竹的《人头和鸟》和《梦见苹果和鱼的安》等。当然，入选者还包括一些后来转向小说创作的人，比如阿来；还有一些后来被归入“中间代”的诗人，比如马莉，苏历铭等。

如果说在 1985 年前后编选“第三代”诗歌选集是需要有预见性和前瞻性的话，那么在 90 年代之后再编选这种诗选，则需要编选者具有识别历史与筛选经典的眼光，这里就有一个将“第三代”诗歌“经典化”的过程。

① 中国文联出版公司，1988 年 12 月版。

像周伦佑选编的《亵渎中的第三朵语言花——后现代主义诗歌》①，是将“第三代”诗歌纳入到了后现代主义诗歌的范畴，这是一种特殊的编选策略。诗选收入了胡冬、李亚伟、于坚、韩东、翟永明、周伦佑、梁晓明、欧阳江河、柏桦、廖亦武、丁当、王寅、孟浪、陆忆敏、何小竹、尚仲敏、海男、余刚、默默、万夏、唐亚平、杨黎、伊蕾、小安、马松、吉木狼格等38位诗人的作品，每人最多达10首，最少2首。像后来被划归到“中间代”的伊沙也被选入，这其实是出于后现代主义编选策略的考虑。由周伦佑撰写的序言《第三代诗与第三代诗人》（写于1994年2月），对“第三代”诗歌进行了全面总结与定位，具有诗歌史的意义。

90年代之后最重要的“第三代”诗歌选集，当属万夏和潇潇主编的《后朦胧诗全集》，分为上下两卷，总共厚达2000余页。其收录的诗人诗作，不仅全面，而且每个诗人所收录的诗歌，其数量比普通诗选要多，同时也更注重收入诗人们的代表性作品。上卷收录了柏桦、张枣、陈东东、海子、西川、吕德安、翟永明、王寅、万夏、张真、石光华、陆忆敏、吉狄马加、何小竹、小君等32位诗人的作品，最多达到56首，最少也有8首。下卷收录了李亚伟、孟浪、欧阳江河、宋琳、张小波、韩东、杨黎、蓝马、骆一禾、廖亦武、黄灿然、吉木狼格、胡冬、赵野、周伦佑、于坚、车前子、梁晓明、伊蕾等42位诗人的作品，最多达到44首，最少也有1首长诗。《后朦胧诗全集》总共收录了73位诗人的作品，真可谓是一次“第三代”诗歌的豪华盛宴。一些在90年代不再写诗的人，为了展现他们在80年代的诗歌成就，编选者还是将其收入。潇潇在编选者序中说，该书收选了1500首、5万3千多行的代表作品，记录了73位诗人在这一时期的心灵历程。② 而在《后朦胧诗全集》之

① 敦煌文艺出版社，1994年11月版。

② 参见潇潇：《〈后朦胧诗全集〉编选者序》，《后朦胧诗全集》，四川教育出版社1993年版。

后，几乎没有再出现过全面的、有影响力的“第三代”诗歌选本，因此，《后朦胧诗全集》在“第三代”诗歌的传播史上，具有划时代的总结性意义。此后，虽然也有一些“第三代”诗歌选本出版，但大多也是总括性质的，不仅编选的数量无法与《后朦胧诗全集》的规模相比，在入选诗人的数量上也是争议颇多。《后朦胧诗全集》至今具有无可超越的地位，它的经典性随着时间的流逝，也将会更加稳固。

新世纪以来，最重要的“第三代”赞歌选本，是由洪子诚和程光炜编选的《第三代诗新编》，共收录有于坚、韩东、小海、吕德安、杨黎、周伦佑、欧阳江河、石光华、宋渠、宋炜、李亚伟、万夏、王寅、陈东东、张真、张小波、宋琳、京不特、翟永明、张枣、柏桦、萧开愚、孙文波、海子、西川、王家新、伊蕾等 44 位诗人的作品，其中于坚、韩东、李亚伟和海子四人，都达到了 10 首以上。之所以称为“第三代诗新编”，这个“新”字新在何处？该诗选与之前出版的“第三代”诗人作品选集到底有什么不同之处？洪子诚在序言中具体分析了“第三代诗”这一概念的命名以及后来的演变，并对“第三代”诗歌在 80 年代出现的主要流派和社团作了简要概述，澄清了以前出现的诸多误区。同样是沿袭了《后朦胧诗全集》的编选思路，“新编”将“第三代”诗歌作了延伸和扩展，采用的是“朦胧诗之后青年先锋诗歌的整体”这一范畴。编选者认为，“‘第三代诗’存在多种探索路向，因而入选的诗人、诗作，也在这一理解的范围内考虑。”“在入选标准上，兼顾作品艺术质量、当时影响及诗人后来的发展等因素。”而且在编选上还考虑到了诗歌的版本问题，这一点总是被一些选家所忽视。由于“有的诗作发表后作者有过改动，且改动幅度不小”，所以“本选集尽可能以最后改定的版本为准。入选的的长诗、组诗不作删节，以显现其整体面貌”。① 这是在“第三代”诗歌运动结束十多年后的一次返观与审视，有着梳理历史的价值。

除此之外，还有1986年8月上海文艺出版社出版的《探索诗选》，1987年春风文艺出版社的《中国当代实验诗选》(唐晓渡、王家新编)，1990年8月河北人民出版社由陈超撰写的《中国探索诗鉴赏辞典》，牛汉、蔡其矫主编的《东方金字塔——中国青年诗人13家》(安徽文艺出版社1991年版)，上海文艺出版社编的《当代青年诗人十家》(上海文艺出版社1993年版)，崔卫平编的《苹果上的豹·女性诗卷》(北京师范大学出版社1993年版)，唐晓渡编的《与死亡对称·长诗、组诗卷》(北京师范大学出版社1993年版)，陈超编的《以梦为马·新生代诗卷》(北京师范大学出版社1993年版)，唐晓渡编的《灯心绒幸福的舞蹈·后朦胧诗卷》(北京师范大学出版社1993年版)，黑大春编的《蔚蓝色天空的黄金——当代中国60年代出生代表性作家展示·诗歌卷》(中国对外翻译出版公司1995年版)等不少“第三代”诗选出版。通过这些公开出版的“第三代”的诗歌选本，我们可以看出“第三代”诗歌清晰的发展与演变进程。

由一些民刊推出的“第三代”诗人代表作，一般都是他们的早期作品，而后由诗歌评论家或史家在撰写评论与诗歌史的过程中，不断地反复提及，由此进入经典的行列，最后再由编选者重新进行汇编。诗歌的“经典化”过程，也就成了对“第三代”诗歌进行重新阐释的过程。

① 洪子诚:《〈第三代诗新编〉序》,《第三代诗新编》,长江文艺出版社2006年版,第11页。

第五章 “第三代”诗歌的转型与影响

“第三代”诗歌运动在80年代持续的时间并不长，从1984年开始，至1989年结束，中间只有五年时间，但就是这五年让一场先锋诗歌运动获得了文学史意义。1989年，对于中国社会来说，不仅是政治意义上的转折，同时也对国人的精神和思想产生了重要影响。尤其是对“第三代”诗人来说，80年代的结束意味着一个辉煌诗歌时代的终结，进入90年代之后的先锋诗歌，开始由集体的狂热转为个人化写作的隐秘记忆。

90年代之后，随着市场经济与消费社会的来临，诗人们有着各自的人生抉择，一批诗人远离诗歌，“下海”经商，成为了拜金主义立场的代言人。他们的选择由个人决定，同时也受时代与社会风气影响。一部分人远离了诗歌，而还剩下的那一小批诗人坚守在文学的现场，他们有的一边写诗，一边写小说和散文，做着文学的“多面手”，似乎很少有人专以写诗为业。就是在这样的文学氛围中，诗人们同样还面临着持续性写作和创作转型的问题。如果说80年代的“第三代”诗歌属于青春期写作，注重激情的表达、反叛的精神以及不妥协的立场，诗歌显得夸张、灿烂，不显深刻，具有狂欢化迹象，那么，他们在90年代的诗歌则开始向成熟写作转型，理性智慧，注重技巧的运用，并在写作中持有批判和质疑的态度，在表现语言艺术和美感的同时，更要呈现诗歌的思想力度。一些“第三代”诗人至今仍然笔耕不辍地追寻缪斯的脚步，并逐渐进入经典化写作阶段。他们当年有超越朦胧诗的理想，同样，“第三代”诗人的写作也在被“中间代”、70后乃至更年轻的80后与90后诗人所反叛和超越。虽然他们也曾是年轻一代诗人们学习与模仿的对象，但代际问题的出现，这种超越与被超越的格局，也让诗坛变得残忍和极富竞争性。本章即是对“第三代”诗人在90年代之后生活与写作的追踪式解析，并重新审视了“第三代”诗歌在90年代的价值。

第一节 无奈的告别：经济大潮裹挟下的困惑与选择

对于“第三代”诗人来说，1986年由《诗歌报》与《深圳青年报》联合组织的“现代主义诗歌大展”，是他们的一次集体亮相。此后，一些在80年代曾经轰轰烈烈的诗歌流派与团体开始趋于解散。1989年之后，诗歌群体解散的速度更快了，社会开始进入市场经济时代，一批诗人伴随着商业社会的来临，在下海经商的同时，也远离了诗歌，这是时代使然，也是诗人们理想主义精神丧失的表现。

90年代，“第三代”诗人面临各种人生选择，有的诗人继续留守在诗歌现场，并酝酿新的转型，而还有些诗人或主动或被迫进入商海打拼，在获得了物质享受的同时，也产生了诸多的人生困惑。尤其是诗歌大潮退却之后的精神虚空，让他们开始重新思考精神出路问题；有些诗人在世纪之交重返诗坛，而还有些诗人则选择进入高校做教学和研究，这种商业社会下的“第三代”诗人百态，皆是一代人自由选择的结果。

一、诗歌群体的解散：一个案例

如果诗人的历史不与当下发生关系，那这样的历史就显得无意义，它充其量只是僵死的历史，而只有与当下发生了关联，这样诗人的鲜活面貌才会彻底呈现出来。诗人之间的纷争从来都是引人注目的，不管这样的纷争是利益之争，还是诗学观念之争，不管是世俗生活之争，还是庸俗艺术与高雅艺术之争，其轰动效果都是很明显的，因为诗人的天性中似乎都有一种好斗倾向。在“他们”诗人群内部，曾经在新世纪暴发过韩东与于坚的争论，而小海竟也与韩东在诗歌观念上产生了很大分歧，不过他们的分歧大都是局限于诗歌内部，只是涉及到各自的人际交往时，才会触到利益的神经。诗歌流派内部的一些纷争，有时会促使这个流派朝着更光明的方向前进，而有的流派内部诗人之间的纷争，只会导致诗歌流派最后的解散，而且很多诗歌流派也都是以如此结局而收场。因此，“第三代”诗歌运动的迅速落幕，很大程度上是各诗歌流派与团体的解散，这种解散与诗人的天性和气质有关，也与 80 年代末和 90 年代初的社会大环境相联。

“莽汉”诗人李亚伟曾回忆：“1984 年的初春，在中国，一个叫做‘莽汉’的诗歌流派出现了，这帮人热衷于饮酒狂欢和浪迹天涯，浪迹天涯的目的有三：一，找远方；二，找酒；三，找女人。这些都是很快活但很累人的事，1986 年，大伙决定歇下来，一致同意解散‘莽汉’，分头去活、分头去死、分头去发疯都行。因为除了名利，人人都煞有介事，好像还有离社会很远的梦想。”① 而“莽汉”诗派的解体，从李亚伟的叙述来看是平和的，但终究也隐藏着些许“曲终人散”的意味。“莽汉”们也有散伙的时候，这种散伙主要是诗人们的风格逐渐走向个人化而非流派化。李亚伟在谈到这一点时，感觉颇有些悲壮：“到 1986 年夏天到来前，‘莽汉诗歌’作为一种风格，‘莽汉主义’作为一种自称的流派已从其作者的创作中逐步消逝。”② 俗话说，天下没有不散的筵席，不管是以

① 李亚伟：《什么样的爱情能喂饱我们——南回归线诗集序》，《豪猪的诗篇》，花城出版社 2006 年版，第 234 页。

② 李亚伟：《英雄与泼皮》，《豪猪的诗篇》，花城出版社 2006 年版，第 229 页。

什么样的方式解体，这个在80年代大放光彩的诗歌流派，其使命意义在解散前就已完成，剩下的就是他们个人作品的经典化。

而作为“第三代”诗歌运动最重要的流派之一，“非非”似乎从一开始就处于利益之争的笼罩下，带着否定主义与怀疑主义色彩。所谓的“反崇高”、“反文化”、“反价值”等，也许都是在利益驱动下的一次次虚妄的呓语。后来的诸多纷争，导致“非非”的解体，这是诗人在世俗利益争夺后必然的结局。在这场合与分的事件中，首先是周伦佑和蓝马的决裂，导致周伦佑的退出；其次是杨黎、何小竹、尚仲敏、吉木狼格与蓝马的纷争，导致了“非非”的再一次分裂，这是一次预料之中的解体。因为在这个流派内部，无论从哪一方面来说，都有着不团结的因素存在，每一次利益纷争的暴发，对“非非”诗派就是一次伤筋动骨的破坏，最终损害的只能是诗人与流派的声誉，而与真正的诗歌精神没有关系。

在我看来，“非非”诗歌流派内部从一开始就潜藏着分裂的诸多因素，这个流派是一群诗歌爱好者为了创造发表作品的平台而组织的团体，成员素质良莠不齐，诗歌风格与生活爱好也都大异其趣，这些因素都可能在90年代导致这个流派的分崩离析。“非非”成员之间不仅有着诗歌写作上的差异，其诗学观念也是大相径庭，他们只是因为爱好诗歌而走到了一起，所以说，这样的流派只是诗人的集合，而并非诗歌的集合。《周伦佑谈杨黎》这一访谈中的“戳穿他们的谎言，揭穿他们的真面目”，也暴露了诗人之间的恩怨以及人性的复杂与难测。

周伦佑与杨黎都是“非非”的核心人物，但他们之间的纷争，在很多人看来，其实超出了纯粹的诗学观念与诗歌创作风格之争，而直接涉及到了人格攻击层面。从某种程度上来说，这样的纷争就是利益之争，而非诗学之争，包括后来知识分子与民间派诗人之间的论争也大抵如此。占山为王已经成了诗人为功名而争的普遍法则，这种争论一直存在着，并且持续了十年之久。这样的论争从某种程度上暴露了诗人作为世俗之人的纷争。这是很多诗人的局限，一方面是天性使然，另一方面也是这个浮躁的时代所致。

“非非”流派内部的论争，现在看来只是诗人抢占头功的利益之争，并无多少价值。从诗人之争来看，“非非”只是一个象征形态而已，没有具体的所指，甚至都没有任何诗学价值。正像诗人们在为“非非”这个品牌而争抢命名权时，他们之间还产生了猜忌，这种诗学探讨之外的论争，只是社会学层面的问题，而早已脱离了纯粹诗歌道义的范畴，这也是许多人对此避而不谈的原因。在“非非”诗人们看来，这一次次的论争也是他们解不开的心结。“非非”流派在1993年完全解体①，就像一个王朝的解体那样，曾经的辉煌与成就似乎在瞬间都烟消云散了，剩下的只有回忆。杨黎曾说，如果没有他的话，也仍然有“非非”，但是如果没有周伦佑和蓝马，“绝对不可能有‘非非’。”② 吉木狼格的回忆，则主要涉及到“非非”的三位主要成员，且评价颇为形象：

> 周伦佑必然地成为“非非”领导者，蓝马以筹划到实施过程中的出谋划策和重磅理论成为副手，另一位副手，杨黎为人豪爽，有清脆悦耳的诗歌。这好比周伦佑肩挑两只木桶，一边是杨黎，一边是蓝马，就要看周伦佑将他们挑往何处……③

“非非”前后期诗人的回忆文章，都对流派的解散流露出了伤感与惋惜之情。另一位“非非”诗人何小竹认为，今天他们能为“非非”做的，也只是“历史性”的归档工作，“而我们自己除了现实的生存和个人的写作之外，再要经营‘非非’这个‘品牌’已有隔世之感，且于诗歌创作本身并无太大的意义。”④ 的确，在新世

① 关于这一点，在周伦佑、杨黎和何小竹等“非非”诗人的文章或访谈中都曾提到过，且有一致的意见。

② 杨黎：《我与“非非”》，《灿烂》，青海人民出版社2004年版，第530页。

③ 吉木狼格：《我与“非非”》，《灿烂》，青海人民出版社2004年版，第542页。

④ 何小竹：《我与“非非”》，《灿烂》，青海人民出版社2004年版，第559页。

纪之初，杨黎曾与何小竹、周伦佑等人商讨重振“非非”，但最后却因为一些争议而不了了之。后来，周伦佑又继续努力恢复了“非非”团体，在一批新人的参与下继续出版民刊。

“非非”群体的解散，以及后来失去“非非”意义的重组，这一个案例代表着流派时代已经过去，而消费时代的个人化写作正在来临。“非非”的内部纠葛，不仅是因为各人的诗歌趣味相异，而且还因为诗人在性格与处世方式上的不同。这或许正应验了“道不同，不相为谋”的古训，“非非”诗人们以诗歌的名义走到一起，却因为更世俗的原因遭遇困境。像那些民刊停办、诗歌流派也随之解散的团体一样，如“莽汉”、“他们”、“大学生诗派”等，诗歌流派的大面积终结，或许正预示着青春期“拉帮结伙”式的集体作业，在消费主义时代诗人们身上逐渐失效，他们需要真正进入到一种深沉追问的写作状态中。因此，有论者曾作出评价：“第三代”诗歌在它崛起时似乎就处于严重的内耗状态，“不但未能获得充足的后劲力量，反而在其内部日趋激烈的分化情势下走向它自身的解体。”① 随着“第三代”诗歌流派与团体的解散，各种利益之争与诗歌趣味的差异也逐渐凸显出来，这场先锋诗歌运动的短暂生涯也就趋于完结。

二、诗歌大潮退却后的困惑

1989年之后，中国先锋诗歌真正遭遇了一场被冷落的尴尬：大家都不再把诗歌作为重要的文化与精神食粮，而对物质和娱乐的追逐已成为大众通向世俗之路的精彩演绎，而且这种演绎是现实的，不管我们是否是以“极端功利的心态”来数落一部分人的堕落，但这已是不争的事实。很多曾经的诗人都已纷纷转变态度与观念，掉过头来嘲笑诗歌，奚落诗人，一代人的价值观就此发生了变化。

---

① 陈旭光、谭五昌：《秩序的生长：“后朦胧诗”文化诗学研究》，陕西人民教育出版社2002年版，第8页。

诗人欧阳江河在其文论《1989年后国内诗歌写作：本土气质、中年特征与知识分子身份》中，曾谈到了先锋诗人从青春期写作向中年写作的转型问题：1989年夏末，诗人肖开愚在一篇题为《抑制、减速、开阔的中年》的短文中，明确提出了“中年写作”的概念。欧阳江河认为，先锋诗人的转变涉及的不是年龄问题，而是关于“人生、命运、工作性质”的问题。当然，可能还包括写作时的心情，这种心情是“在累累果实与迟暮秋风之间、在已逝之物与将逝之物之间、在深信和质疑之间、在关于责任的关系神话和关于自由的个人神话之间、在词与物的广泛联系和精微考究的幽独行文之间”转换不已。① 欧阳江河的“中年写作”，可以被归于90年代“第三代”诗人在离弃或转型中的变化，他们与更年轻的诗人一道，共同在个人化写作时代融入了新的诗歌格局。因此，与其说90年代是诗歌抛弃了诗人，不如说是诗人抛弃了诗歌，人是具有主动性的，而诗歌却永久受制于人。“第三代”诗歌运动后，诗歌被时代抛弃了，而诗人也相应地抛弃了诗歌，成为了消费时代的弄潮儿。

1993年，中国思想文化界爆发了人文精神大讨论，这是一场对90年代初人文精神的失落作清算的总结，也有着对突然结束的诗歌理想主义精神进行挽救的意味。也是在这一年，李亚伟开始尝试做生意，但当他忆起当年的“莽汉主义”时，却有些恋恋不舍：“‘莽汉主义’幸福地走在流浪的路上，大步走在人生旅程的中途，感到路不够走，女人不够用来爱，世界不够我们拿来生活，病不够我们生，伤口不够我们用来痛，伤口当然也不够我们用来笑。我反复打量过80年代，眺望当初‘莽汉主义’的形成与爆炸，多少次都面临这山望着那山高的刺激场面，我反复告诉过那个年代，我要来，我们要来，我们要回来。”② 对于“莽汉”的流逝，李亚伟有

① 参见欧阳江河：《1989年后国内诗歌写作：本土气质、中年特征与知识分子身份》，《站在虚构这边》，三联书店2001年版，第56至57页。

② 李亚伟：《流浪途中的“莽汉主义”》，《豪猪的诗篇》，花城出版社2006年版，第214页。

激情，也有伤感，几年之后，世事已变，而诗人依旧要回到过去。但是诗人无论怎样试图扭转诗歌的颓势，商业时代与市场经济的来临，让人们的关注点还是从诗歌这种精神之事上转到了以物质生活为基础的世俗快乐中。尤其是1989年之后，中国社会的精神变革非常明显。“1989年使许多诗人在写作上转了方向，我也在思考怎样才能使我的写作与时代生活相较量。”① 90年代，诗人们身处其中，有些人感到迷惑、彷徨，找不到解决自身困境的出路：在80年代不可一世的先锋诗歌，短短几年时间后已不再能引人注目，何以会出现这种没落局面？诗人们在缅怀80年代的辉煌时，也在困惑中思考先锋诗歌的方向，试图探寻新的创作方式。

80年代的文化狂潮，让诗歌染上了更多情绪化的色彩，而90年代初期，经过了一场政治运动，人们普遍领受了精神上的变革，连在80年代富有理想主义精神和良知的知识分子们，有些都开始远离乃至嘲笑诗歌。伴随着人文精神的失落，诗歌也逐渐成了小众之事，成了圈子里的语言游戏，成了可有可无的回忆。全民物质主义风潮的来临，人们纷纷从虚纪的理想转向可触摸的世俗生活，这种格局可能直接引起了1993年知识分子关于人文精神大讨论的爆发。这是一次文化界思想启蒙的论争，而先锋诗歌精神的丧失则是其中一环。

多彩而丰富的娱乐消遣方式，让1989年之后的国人不再局限于书斋和庙堂，埋首读书作文，而是以消费主义的激情、自我沉沦的狂欢和功利化的现实欲求，投入到了反理想与嘲笑抒情的洪流中去了。能够坚守在缪斯现场的诗人不免困惑：人们何以对高雅的精神之事不再关注？做怎样的转型才是先锋诗歌的出路？而那些投身商海的“前诗人”们，他们虽然满足于物质，但大多还拥有一颗诗心，不时地作形而上的思考：诗歌如何才能与商业时代的文化结

---

① 西川：《与弗莱德·华交谈一下午》，《让蒙面人说话》，东方出版中心1997年版。

合，以营建一种既合理又合法的存在形式？先锋诗歌在90年代的边缘化，已成为不争的事实，但是坚守者与离弃者，都曾经思考过诗歌如何在夹缝中生存的问题。“90年代我完全生活在人间。有时生活在责任感中，有时生活在不负责任中，完全发现自己是一个凡人。”① 在极富理想主义精神的80年代，很多“第三代”诗人似乎只适合写诗，因为写诗是神圣之事，是世俗生活不可比拟的高境界之举，而非见不得人的勾当。但在90年代，写诗成了很多人羞于启齿之事，似乎只有“疯子”才做。这种由精英向边缘角色的转变，让先锋诗歌成了阳春白雪的曲高和寡者，成了连诗人们自己都觉得不好意思提及的“糗事”。

90年代，李亚伟也像很多“第三代”诗人一样，投入到了商海中，一边做生意，一边想着诗歌。“那些日子，我不好意思写诗，想到自己是诗人就害羞，早上起床有时还脸红……”② 这是李亚伟作为诗人的性情流露，他让诗人在遭遇诗歌时的尴尬情绪，恰如其分地传达了出来，这也是“第三代”诗人在90年代真实的心态写照。诗人们也很少再像80年代那样，可以旁若无人、肆无忌惮地探讨和交流诗歌，诗歌的边缘化，让诗人远离诗歌，甚至刻意掩藏和遮蔽自己的诗人身份，以好与社会打交道。

然而，有些诗人骨子里就存有诗性的格调，即使不再写诗，他们心中也有着一种特殊的诗歌情结；即使困惑再多，谜团再大，他们还是在物质主义生活潮流之外，保持了一份诗性情怀。“整个90年代，实际上我也像我的同辈诗人们一样非常想做大诗人，而且我还装着×，语不惊人誓不休，同时天天想着吃香的喝辣的。”③ 这就是很多“第三代”诗人的矛盾之处：一方面，自己钱已挣足，物质无愁，生活无忧，越发趋于优雅而高质量；另一方面，他们仍然

---

① 李亚伟：《天上，人间》，《豪猪的诗篇》，花城出版社2006年版，第231页。
② 李亚伟：《天上，人间》，《豪猪的诗篇》，花城出版社2006年版，第232页。
③ 李亚伟：《天上，人间》，《豪猪的诗篇》，花城出版社2006年版，第232页。

怀有诗歌梦，且恋恋不舍于文字和想像的分行。有时他们还认为自己是个大诗人，想重新介入诗歌现场，以重振过去的辉煌。但是愿望虽好，可时代已变，诗人们变得力不从心，只剩下美好的幻想。

尽管很多“第三代”诗人不承认自己在 90 年代处于“荒废”状态，但事实就是这样。“非非”诗人们差不多是较早开始下海的一批文化人，他们在 90 年代初期凭借胆识和创新，很快就掘得了第一桶金。但是不务实的特征，让他们在不懂商业规则的混沌中很快又将自己弄得灰头土脸。喜好幻想的本性，是诗人们写诗做事的前提，但也正是这样的性格，又让他们做事容易冲动，最后只得以失利收场。

从某种程度上说，“第三代”诗人是中国先锋诗歌发展中的一代过渡者，他们经历了诗歌前所未有的辉煌，同时也遭遇了诗歌的没落与边缘化。冰火两重天的诗坛格局，他们是经历者，也是参与者，不管他们是坚守，还是放弃，不管是全面地走向空寂的人生，还是两者兼顾的身份选择，诗歌在他们心中仍然存有一席之地。诗歌成为一些诗人日常生活的一部分，而同样还是很多诗人的精神命脉。2004 年，李亚伟准备编《莽汉文集》，向各方收集资料，结果，半年后才收集到几袋“破纸片”，除了油印民刊，就是信件中互相抄送的诗稿。在信封、明信片和纸烟壳上到处都是诗，“这些东西放在拾荒人面前怎么着也是最差的垃圾，但一揽子扔回 80 年代，里面又会散落出无数惊心动魄的诗句。”① 看来，“第三代”诗人的期望还是在 80 年代，那段历史值得书写与思索，值得记忆和回味。“第三代”诗人的敏感、纯粹与狂放，让他们的深度欠缺，所以，那种流浪诗人的粗俗已经成为了部分“第三代”诗人和其诗作的标签。

“第三代”诗人沉寂了，他们带着诗歌的余绪，带着 80 年代的

---

① 李亚伟：《什么样的爱情能喂饱我们——南回归线诗集序》，《豪猪的诗篇》，花城出版社 2006 年版，第 235 页。

激情，纷纷转向了其他领域。此时商业浪潮席卷整个中国大地，这一群不安分者，在消费时代找准了自己的位置，因大胆勇敢，富有想象力，社会依然容纳了他们，并将他们当作时代的弄潮儿抛向了市场经济之海。

三、商业浪潮裹挟下的选择

1989 年，“第三代”诗歌运动即将走向终结，很多诗人迫于各种原因退出了诗歌舞台。他们虽然有困惑有迷茫，但生活还得继续，人生之路还得往前走，做出怎样的选择已经残酷地摆在了他们面前。在这些远离诗歌的诗人中，又有不少人一头扎进商海中寻求物质安慰去了。商业社会的来临，市场经济的推进，让那些仍然还残存理想的诗人，渴望在一个新的行当里大显身手。

在一些后来者看来，“第三代”诗人不仅会写诗，而且还善于利用诗人的敏感来把握经济动向。由于他们的语言功夫过硬，写文案也顺理成章。当他们相继进入房地产、保险、广告、报纸、杂志和出版行业时，都在各自领域赢得了市场，极富成效。实际上，80 年代后期，就有一部分“第三代”诗人开始向商海迈步了。经商不同于写诗，写诗是语言的艺术，而经商则对人的要求更全面，是对创新、执行、协调、运用、交际等各种能力的考验。如果说写诗是灵感之事，那么经商则是综合能力的体现。“第三代”诗人里，很多都在 90 年代后找到了自己的人生归宿，飘浮着的依然悬在半空，而那些沉下来的人，则被各种名利驱使着向前跑。

“他们”诗派里的丁当，是 90 年代初下海经商投身金融行业比较成功的一位诗人，他从事保险行业，并且做到了比较大的规模。2001 年，在为诗集《房子》所写的自序中，他这样感叹道：“我曾说过，自己愿意作为诗人度过自己惟一的一生，现在看来，这一生已经度过了。目前的我完全像是另外一个人：金融学硕士，高级经济师，拥有两万名员工的企业家，对社会、对国家充满责任感。这些现实的东西，让我能够感觉到自身的存在，让我活着。"[①] 这是诗人在远离诗歌多年后的真实想法，诗歌对于他来说已成遥远的过去，陌生而不可企及。只有那些现实的生意之事，才让诗人感觉到"活着"，也即是说，物质生活才是第一位的，这也是很多"第三代"诗人进入生意场的现实原因。

而与丁当差不多同时，"非非"诗人们集体下海开公司，他们办歌舞厅，开夜总会，开餐馆饭店，搞得不亦乐乎。杨黎、何小竹、蓝马、吉木狼格等人，都群策群力地贡献自己的智慧，并在90年代初小有收获。在那样一个夜总会、歌舞厅还属于奢侈消费行业的时代，杨黎与他的朋友已经开上了白色的私家轿车。这群诗人尝到了金钱的好处，于是想做更大的生意，但他们本就非生意中人，竟然开起了"做梦公司"这些普通人闻所未闻的行当，这异想天开的生意终究没做成，反倒成了人们茶余饭后消遣的笑料。

既然是诗人，与文化相关，因此做文化生意相对来说比较靠谱。编报纸、做杂志、搞出版，也就成了大多数"第三代"诗人下海的首选。有些诗人做了时尚杂志的主编，最成功的莫如最新锐文化杂志《新周刊》的总编封新城，这位当年在兰州大学参加《飞天》杂志诗歌大展的大学生诗人，毕业后一头扎进新闻圈，以他诗人般的激情和理想主义的精神，创造了中国杂志行业的奇迹。

"第三代"诗人所从事的行业中最多的，当属出版业，因为这个行业在90年代时门槛相对较低，只要有写作能力和基本的人脉关系，就可以开出版公司。所以，很多有丰富想象力的诗人，都成为了畅销书写作者与出版者。他们将图书当作纯粹的商品对待，并获得了成功。90年代初，"莽汉"诗人万夏也像大多数诗人那样替出版商写稿子，他和石光华两人合写一本书才卖6000块钱，还得两人平分。后来，他不再为人写书稿，而是自己来策划出版图书。当然，看准图书商机才是诗人敏锐眼光的佐证。当时，香港"三级

---

① 参见丁当《房子》，河北教育出版社2002年版，第5页。

片”女明星叶子媚和叶玉卿在年轻人中很有市场，于是，万夏让在香港的朋友给他寄了两人的画报过来，然后，他花了一晚上时间为每张图写了些“肉麻”的说明文字，攒出了一本《叶子媚叶玉卿大写真》，这本明星写真集卖得非常好，“前后加在一起有 12 万”。① 万夏后来用这笔钱为诗歌做了一件“功德无量”的事情，那就是出版了至今仍让人拍手叫好的《后朦胧诗全集》。有了这样的出版经验，万夏后来转战到出版业兴盛的北京，成立了“紫图图书有限公司”，专做类型图文书，出版了《黑镜头》、《大师图典》、《发现世界》等诸多引起强烈反响的系列图文畅销书，占据了中国民营出版行业的重要山头。

与万夏有着相似经历的“城市诗派”诗人张小波，他在江苏镇江和上海时期就开始从事出版策划工作。在朋友朱大可的建议下，他以“与出版社合作”的方式，推出了一套温瑞安的武侠小说，第一次上机印刷，就大胆地开出了五万套的数量。张小波自己也担心，怕印多了卖不出去，但他抱定了破釜沉舟的心态，结果，出乎人意料之外的是，“一出去当天全部卖光”。② 一直以来，张小波做图书出版，都是走通俗和赚钱路线的，1996 年，他策划并参与攒出了一本畅销书——《中国可以说不》，掀起了一股民族主义的浪潮，书的销量很好，但这本“情绪化的产物”也遭到了一些自由主义学者的反感。出版《中国可以说不》之后，张小波在香港和北京成立了“共和联动图书有限公司”，真正做起了民营出版。在引进国外的一些漫画书之后，张小波还将触角伸向了自己熟悉的文学领域，先后策划出版了《十作家批判书》、《十诗人批判书》、《十导演批判书》等“十批判”系列书，虽然有的书挣了钱，而有的赔了钱，但他已不是在完成出版理想了，而是在制造符合人们猎奇心理的工业流水线商品。这种纯粹的商业化操作，虽然打破了出版市场

① 参见杨黎：《灿烂》，青海人民出版社 2004 年版，第 223 页。

② 参见杨黎：《灿烂》，青海人民出版社 2004 年版，第 497 页。

“死气沉沉”的格局，但也不乏用快餐商品“劫持”民众文化消费的恶俗之意，可谓利弊皆现。

90年代以来，中国图书市场上的很多畅销书，都是一些从事出版的“第三代”诗人们策划与制作的，他们是中国现行出版业的巨大推动力。万夏和张小波是“第三代”诗人中做民营出版比较成功的两位，而其他一些诗人，像马松、李亚伟、郭力佳、宋渠、宋炜、杨黎等人，都曾在成都、北京、长春、重庆等地从事过出版生意。除此之外，尚仲敏做了成都地区比较大的电信商，石光华一直在成都经营餐饮生意，欧阳江河通过策划大型演出，以及做电影宣传，也过上了“中产阶级”的生活。

除了下海经商之外，还有一些“第三代”诗人继续留守在诗歌现场，但是他们也通过各自的方式，向诗歌表达了诚挚的敬意。像西川、宋琳等人，大学毕业后进入高校或留校教书，一边教学，一边写诗，成了学院诗人；韩东曾于西安财经学院教马列哲学，后来调到南京一所高校，创办民刊《他们》，在90年代初，他又辞职成为当时较早的自由撰稿人之一。还有一部分人则去国离乡到海外，做起了流浪诗人，像“海上”诗人孟浪在1995年赴美国布朗大学任驻校作家，湖南籍诗人张枣到德国图宾根大学留学后又留校任教；而女诗人张真则先到美国留学，后来又到纽约大学提氏艺术学院电影研究系任教。

新世纪之交，思想淡出，学术凸显，诗歌研究被纳入到体制范畴，“第三代”诗人们纷纷进入高校，谋得教职，在象牙塔的“铁饭碗”里继续沉醉于诗歌创作与研究。新世纪以来，相继调进大学任教的计有徐敬亚（海南大学新诗研究所）、王小妮（海南大学）、张枣（中央民族大学）、肖开愚（河南大学）、张曙光（黑龙江大学）、柏桦（西南交通大学）、周伦佑（西南师范大学）、“城市诗派”代表诗人宋琳（沈阳师范大学）、王家新（中国人民大学）等，这些进入大学的诗人中，有的还在坚持写诗，有的则转向诗歌研究，共同成为了新世纪中国先锋诗坛一道独特的学院风景线。

“第三代”诗人进入高校教书和做研究，一方面是因为社会与时代原因，另一方面还是在于自身放弃了一种诗歌理想主义的精神持守。“第三代”诗歌运动之后，诗人们的人生选择与生活道路相比以前发生了诸多变化，同时，他们的精神状态也在相应地流转，这与诗人们在年龄与心智上逐渐成熟有关，更与他们在市场经济冲击下的思想解放相联。其命运遭际以及个性特点，决定了他们在商业社会的人生境界，写诗如此，做研究也是如此。视野的开阔与否，眼界的高低与否，都决定了诗人们能否在这个时代语境中完成人生转型，他们是在发现，在体验，也是在寻找困惑的解决之道，继而探索前行的路径。

新世纪的2004年，已经做民营出版行业颇有年头的“莽汉”诗人万夏，在为杨黎《灿烂》一书所作的序言中，曾如此感慨：“我谢谢诗歌，她不仅给我梦想，而且给我迷狂，并让我美丽异常；她带给我毁灭的顿悟以及成就的荣耀，她被我提倡，被我参与，被我冷冷弃绝，被我终生念念不忘。诗歌、梦想、爱情、金钱、荣誉，二十年匆匆逝去，像完成其他事情一样，我草草做完了这二十年。但我内心足矣——此生有幸读到了这个时代伟大的诗篇，与我为伍的大诗人不乏其人。诗歌已成为了我的生活方式，我像诗人一样活着，这是最重要的。”① 在90年代消费主义盛行的中国社会，虽然写诗者也在更替，但“第三代”诗人在80年代建立起来的诗歌传统，已深深地影响了后来者，他们能够平静地对待诗歌写作，思量诗歌出路，不再像一些“第三代”诗人那样耻于承认自己的诗人身份。当然，一些有成就的“第三代”诗人，还在不同场合说出了以诗歌为荣的话，这是诗人们在消费主义时代的灵魂告白，也是他们性情之真的诗意体现。

消费主义时代，名利是人们竞相追逐的东西，而一些“第三代”诗人虽然持有理想主义精神，但他们也是凡俗之人，经不起各

① 万夏：《诗歌与梦想》，《灿烂》，青海人民出版社2004年版，第39页。

种物质和名利诱惑，有人甚至直接参与到了这场制造消费景观的盛大仪式中。他们在收获了诸多物质享受和乐趣的同时，其内心里也积蓄了更多的精神困惑和关于人的存在疑难。

第二节　艰难的守望："第三代"诗人的持续性写作

在经历了20世纪90年代初的人生困惑与艰难抉择之后，一些"第三代"诗人要么选择下海经商，要么选择去国离乡，他们都像约好了似的，一起远离诗歌。然而，还有一些诗人则选择留守在诗歌这块理想主义的阵地上，以自己的持续性写作，来完成80年代盛大的诗歌景观所留下的使命，并奏响了契合90年代个人化写作时代文学潮流的乐章，与此同时，他们在持续写作的过程中，也不断产生新的困惑和难题，这正是其在写作上走向成熟的表现。

"第三代"诗人们在愈来愈走向成熟之时，其诗歌创作与思想探索之路，也在逐渐地向着更高的境界迈进。尤其是在世纪之交，先锋诗歌一度因各种论争而引起了关注，并在稍后网络兴盛的大背景下，又一次有了复兴的迹象。这些变化与革新，对于在坚守中的一些"第三代"诗人来说，是成就，也是挑战。

一、进入个人化写作的时代

从某种程度上说，整个"第三代"诗歌运动就是由诗歌流派与团体构成的一种人文景观，这一运动席卷四川、江苏、浙江、吉林等多个省份，流派众多，异彩纷呈。各大流派的诗人创作，有的风格趋近，有的则大相径庭，但这种多元化格局对于诗歌发展来说，是最好的环境，也能形成良好的诗歌创作氛围。或许是80年代还有着比较单纯的社会环境，人们还存有文学的理想，诗歌还有号召力，所以她的发展势头迅猛，前所未有。

1986年，徐敬亚策划了那场具有革命意义的"中国现代主义诗歌群体大展”之后，“第三代”诗人的使命似乎完成了，他们的诗歌写作也告一段落。此后，虽然有人仍笔耕不辍，但也只是“第三代”诗歌运动的余续，并无多大创新突破。“第三代”诗人作鸟兽散了，但其在诗学意义上的影响，已足以让他们成为后来者竞相模仿的范本。80 年代那场盛大的诗歌聚会散场之后，出现了一个值得关注的现象，即部分诗人背井离乡，到国外去留学或工作，有的还在继续写诗，像张真、胡冬、孟浪、张枣等都属于这样的“流浪诗人”，他们的创作通常也被称为“漂流写作”。这些诗人在国外的诗风与在国内时期相比，有了很大的转变。对此，有研究者曾提出过：为什么当年很优秀的诗人，一离开中国就再也写不出好诗来了呢？在他看来，造成如此结果，“一个很重要的原因是，他们的身体在离开故土的时候，他们的精神也被割断了与故土的联系，这样，他的写作就无法再建立起一个能进入他精神世界的有效通道，这样的写作，就只能是苍白的语言游戏……”① 他们这种创作，一方面是离开母语语境而只能通过回忆来写作使然，另一方面，也与他们在异域复杂的创作心态有关。这些“去国诗人”的写作，同样也可以被纳入到 90 年代个人化写作的范畴，并获得其一席之地。

除了去国离乡的一部分“流亡”诗人之外，80 年代一些很有影响力的诗歌流派，到了 90 年代，迫于生存或环境压力，或自行解散，或被迫中止。而留守下来的一批“第三代”诗人，也逐渐走向了个人化写作之路，或成为艺术至上主义者，或被划归为知识分子的一部分。个人化写作的出现，是多元文学价值观作用的结果。诗人们选择适合自己的方式来写作，而不再囿于 80 年代的流派限制，也不再受制于统一的写作思想，因此，他们有的将情怀诉诸传统文化，以求回归；而有的则一往无前地追寻西方现代派诗人的脚步，希望达至他们经典的文学场域。“进入 90 年代以来，国内的知识分子也开始重新思考他们所经历的历史事变，出于环境的压力和

① 参见《于坚谢有顺对话录》，苏州大学出版社 2003 年版，第 21 页。

自愿的选择，大部分人文和社会科学领域的知识分子放弃了80年代启蒙知识分子的方式，通过讨论知识规范问题和从事更为专业化的学术研究，明显地转向了职业化的知识运作方式。”[①] 这种放弃集体启蒙而沉于专业思考的策略，正是那些处于个人化写作时代的诗人们所热衷的，他们渴望以个人化的方式探寻先锋诗歌的真正出路。

还有一批80年代就已在诗坛崭露头脚的诗人，在90年代更倾向于道德的批判意识和悲悯的个人情怀，并强调在诗歌创作上注重对知识的运用。像王家新、陈东东、西川、欧阳江河、宋琳、王强、孙文波、严力等人，都属于在90年代诗坛的异军突起者，他们以知识分子立场鲜明的创作，在诗坛获得了地位。这是80年代文化精神的一种延续，也是朦胧诗人精英主义立场的转化。

学者汪晖曾对80年代和90年代知识界在商业文化的冲击下，出现的不同反应作出过分析：“80年代的知识界把自己看作是文化英雄和先知，90年代的知识界则在努力地寻求新的适应方式，面对无孔不入的商业文化，他们痛苦地意识到自己已经不再是当代的文化英雄和价值的塑造者。”[②] 90年代，中国知识分子在精神上的失落显而易见。虽然也有过1993年的人文精神大讨论，但那毕竟是某些领域的知识分子短暂的思想交锋，其范围很有限，最后也没能引起大规模和大范围的讨论。

在思想淡出的90年代，有担当精神的知识分子们是寂寞的。这与1989年之后国人对政治漠不关心，而只寻求物质满足和欲望快乐不无关系。反思和审视虽然在小范围内继续，但是大部分曾名噪一时的思想型知识分子，都在90年代作了转型：要么成为书斋愚公，要么进入高校成为学院派，要么进入商业社会寻求物质安慰，要么进行自我放逐，要么到国外作身体和精神的双重流浪。在

---

① 汪晖：《市场时代的降临和思想的溃败》，载《天涯》1997年第5期。

② 汪晖：《市场时代的降临和思想的溃败》，载《天涯》1997年第5期。

这样一种背景下，“第三代”诗人群相应地也有了分化。尤其是到了 90 年代的个人化写作时代，这样的分化日趋明显，虽然早先并没有引起关注，但 90 年代后期因几本先锋诗选的出版，点燃了他们公开分裂的导火索。

90 年代之后，依然在诗坛上露面的“第三代”诗人，有于坚、韩东、翟永明、孙文波、张枣、王家新、肖开愚、陈东东、王寅、欧阳江河、梁晓明、黄灿然、小海等，他们的创作风格在 90 年代也发生了大的转变。于坚、韩东等人依然用口语写作，持有民间立场，而像王家新、孙文波、肖开愚、陈东东、欧阳江河等人，由于受西方现代派诗歌的影响，以及受自身的艺术气质决定，他们更偏向于知识分子立场，这两种不同的诗歌立场的分野，导致了 90 年代末“民间”诗人与“知识分子”诗人在盘峰诗会上的激烈论争，并且牵涉到了很多诗歌之外的问题，比如抢夺话语权、占据中心地位和意气用事的人身攻击等。

如今，回过头来返观 90 年代“第三代”诗人的创作，我们会发现，尽管存在论争，分歧也不断，但诗人们的写作都在不断地走向成熟，这或许才是“第三代”诗人在持续性写作中所持守的重要立场。像翟永明、王寅、黄灿然等诗人，他们不属于任何诗歌派别，但却一直在默默地写诗，既不参与论争，也不刻意制造哗众取宠的表演场面，而是沉下心来持续探索，这种坚韧的气质以及对诗歌的敬畏，让他们逐渐形成了自己特有的风格，并自成一家。“90 年代的诗歌从总体来说，倾向于日常化和叙事性，或者说具有‘不可援引性’（黄灿然语，笔者注）。80 年代的以抒情为底蕴的警句格言，被叙事性的炼字炼词所代替。看上去散漫随意的段落，暗含着转折，总是潜藏着几个具有爆破力的词语，在突变中创造活力。”① 从整个 90 年代的诗歌发展来看，陈晓明所评价的“炼字炼句”说法不无道理；他所认为的“叙事性”，也是 90 年代知识分子

① 参见陈晓明：《中国当代文学主潮》，北京大学出版社 2009 年版，第 447 页。

诗人们所热衷的方法，由此，抒情的被放逐，叙事的突显，也显得顺理成章。但如果说诗人们的写作在整体上“倾向于日常化”，这一点也不尽然。以于坚、韩东为代表的“民间”诗人，他们的写作仍然延续着80年代的日常化，而像王家新、张曙光、肖开愚、陈东东、孙文波等诗人，更倾向于对知识本身的演绎，尤其是在叙事性与“炼字炼词”上的用力颇为明显。他们推崇“纯诗化”与智性写作，而对诗歌趋于日常化过于警惕。

这些诗人在书写风格上的流转与变化，正是90年代个人化写作突出的体现，他们虽然在大方向上有着相似的诗歌美学追求，但在细节的表现与语言的控制上则并不同。有的诗人富有活力，但在诗歌表达上粗糙、原始，而有的诗人则追求精致，在语言表达上保持一种高贵的格调，这两种风格都适合90年代个人化写作的文学氛围。当然，还有一些诗人是处于“民间”立场与“知识分子”立场之间的，他们既不属于某一派别，也不刻意去靠近某种风格，而是完全按照自己的个性来决定写作，像翟永明、周伦佑等，他们真正实践了自己的个人化写作理想。但是尽管如此，诗歌的边缘化，在90年代中后期已表现得非常明显，诗人们再次面临着变化和重新选择。

转向与抉择迫在眉睫，周伦佑作出了自己新的思考和实践。90年代之后，他对以前的写作进行了反思，并开始着手原创性的诗学理论写作，试图从精神上超越以前的诗歌思考。

在对“第三代”诗人进行了辛辣的嘲讽之后，周伦佑在《红色写作》里提出了另一种姿态的写作，它更符合“第三代”诗人在时代转向后的创作心境。“红色写作提倡一种严肃的人生态度，写作与做人的统一。反对病态人格、自我扩张、无原则吹捧、烂市的哥们义气；反对小圈子主义、自我中心主义、唯功利主义；反对文人相轻；反对以模仿冒充独创的冒牌先锋。所有那些以艺术为仕途敲门砖的伪诗人，所有那些客串艺术的玩票者，所有那些以艺术为交际手段的诗歌掮客，所有那些吃艺术、卖艺术、败坏艺术的诗歌蛀虫，以及那些不讲信义，不讲道义，没有自尊，没有廉耻，把艺术无赖化、流氓化的市井痞子意识，皆为红色写作所不齿，并坚决唾弃之。”① 周伦佑“红色写作”概念的提出，是希望对80年代“第三代”诗歌中的颠覆道德与伦理写作进行一种有效的反拨；同时，他也希望诗人们在经历了80年代的幼稚与狂热后，能在90年代的写作中作成熟的转型，回归一种理性和冷静，在诗歌写作上做到“精神成人”。这是“第三代”诗人良知觉醒的体现，同时也是他们自我期待的最终定位。

“第三代”诗歌运动到如今也已经二十年了，很多诗人的作品都具有了经典意义，被大量写进了当代诗歌史与文学史，其先锋价值与符号意义已不显自明。有些“第三代”诗人就是凭借着两三首诗就建立了自己的声誉，因此事隔二十年后，我们再来看“第三代”诗人的诗歌，就会发现很多关于经典之外的启蒙意义。当然，我们也有必要回过头来返观“第三代”诗歌的经典价值，这或许对今后中国先锋诗歌的发展也有借鉴意义和参照价值。

二、向成熟写作的转型

1989年，一般都被视为是“第三代”诗歌运动结束的年份，也被认为是“文化转型时期关键的一年”（周瓒语），就是从这一年起，中国先锋诗歌基本上终结了80年代那种理想主义狂热的氛围，而向着更为理性、也更具个人化的格局演变，这一方面是政治意识形态的原因，另一方面，也是社会改革开始真正进入商业时代和向市场经济转轨的原因所致。社会进入了商业化时代，80年代那种物质贫乏但精神丰富的现状，在90年代遭遇社会环境和诗歌价值观的冲击，诗人们在“一切向钱看”的潮流裹挟之下，处于一种两难选择的尴尬境地中。在这一背景之下，一些诗人抛弃诗笔，或下海经商，或走向官场，而那些选择继续留守在诗歌现场的“第三代”诗人，也面临着一个创作上的转型阵痛。

---

① 周伦佑：《红色写作》，《周伦佑诗选》，花城出版社2006年版，第180页。

的确，“第三代”诗人在80年代的创作，虽然是开创了中国先锋诗歌新浪潮的风气之先，但诗人们在青春期激情支配下的创作，不免带有浓烈的实验和即兴色彩，而对于真正的生活之诗，理解还不够。到了90年代，诗人身份不再是一个耀眼的光环，他们不再受公众的青睐与追捧，诗人真正回到了沉寂与孤独的状态，这或许是诗人所应有的创作状态。经过几年的调整，那些留守下来的诗人都纷纷写出了不同于80年代的作品。“第三代诗在80年代的发展壮大，尽管伴随着运动式的种种激情与宣战式的姿态，他们还远远没有成熟。直至20世纪80年代末90年代初，新生代才在时代气氛与文化转型的种种因素冲击下脱离了青春期的写作：实验式的写作暴露了自身的弱点，一批有影响的诗人脱颖而出，诗坛的分化瓦解过滤了虚假脆弱的非诗写作。”① 在周瓒看来，80年代的“第三代”诗歌运动只是一个实验阶段，诗人们的创作一直不成熟，而到了90年代之后，一批诗人才开始走向真正成熟的诗歌写作。

或许，这样的评价也不无道理。但是，真正走向成熟的诗歌写作，如果就那些留守下来的诗人而言，似乎只有韩东、于坚等少数几人。而在80年代“第三代”诗歌运动期间没有形成影响力的一批诗人，如王家新、孙文波、肖开愚等诗人，他们大都在90年代写出了自己最重要的作品，这也是周瓒所说的诗人成熟的佐证。而也有评论家曾总结说：“80年代末诗人们普遍经历了世界观与人生观的一次大裂变，这种思想信仰上的深刻转变也促使他们对于诗歌的认识发生了质的变化。首先表现在他们对于诗歌的内在功能、本质特性有了全新的理解。他们主动而自觉地抛弃了‘自我表现’论的传统诗歌观念，把以海子为典型代表的充满激情、耗费心血的写作方式归之为‘青春型写作’，并视之为不成熟的诗歌写作。”② 在

① 周瓒：《透过诗歌写作的潜望镜》，中国社会科学文献出版社2007年版，第1页。

② 参见陈旭光、谭五昌：《秩序的生长——“后朦胧诗”文化诗学研究》，陕西人民出版社2002年版，第116页。

经过了那场青春期写作的激情与阵痛之后，诗人们渐次走向了成熟，这种转型也意味着“第三代”诗人坚守信念、持续书写的延续。

80 年代的“第三代”诗歌运动中，有很多青春冲动者，也有高不可攀的炫技者，他们的写作生命都非常短暂，1989 年之后，诗坛逐渐沉寂，这一批人也真正的销声匿迹，隐而不现了。而真正留下来的，都是对诗歌有着自己独到看法的坚守者，他们或许也有过炫技的阶段，但并没有囿于炫技，而是以理想主义的姿态越过了短期的激情写作阶段，走上了一条富有专业精神的创造之路。比如说，于坚、韩东、小海等几个诗人就是“第三代”诗歌运动之后硕果仅存的典范，他们虽然经历过 80 年代所谓的诗歌“黄金时代”，但最后还是进入了 90 年代诗歌的“黑铁时代”，对于诗歌潮流来说，这似乎是一种倒退，但对于他们这些忠实的诗歌守护者来说，则是最佳的成长期，因为他们在这个时段里让自己的写作变得更加成熟和精进，从而让经典的持续性写作成为可能。

诗人王寅在一首诗中写道：“谢谢你们，谢谢你们冬天还热爱一个诗人。”（《朗诵》）这是诗人在 80 年代温情的喟叹。诗人的地位在 80 年代是辉煌的，但到了 90 年代之后，却随着汪国真等格言体诗人的出现，而真正富有艺术创新精神的先锋诗歌不再为大众读者所关注，这种状况直到现在也没能恢复，相反却越来越趋于边缘化。对此，诗人西川曾言：“诗人的尊严表现为激荡不息的创造力。”① 的确，诗人只有在持续的创作中，才能真正显出创造的活力，继而提供优秀诗作的美感和力量。然而，并非每一个诗人都能保持几十年如一日的创作力不衰退。

当大多数诗人因为时代或个人等原因，而放弃了诗笔转向其他行业时，只有少数的诗人留守了下来，并坚持不懈地创作，最后还是能获得自己的诗歌地位与声誉。持续性写作，需要的是一种活

① 西川：《诗歌炼金术》，《水渍》，百花文艺出版社 2001 年版，第 223 页。

力，一种厚积薄发的冲劲，这对于很多已经过了青春期的“第三代”诗人来说，是有难度的。他们不仅需要耐性，更需要一种诗歌理想主义的精神。

在留守的诗人中，日后有所建树且形成影响力的，当属于偏居云南昆明的于坚和一直居于南京的韩东。对于自己的创作历程，于坚有着清晰的梳理，他认为自己早期的写作与云南的人文地理关系较大，为此，他写过很多有关云南和自然的诗，大都抒发个人感情。而到了80年代中期，写人生经验比较普遍，他说那时的写作主要是靠“冲动和才气”，一气呵成之作居多。1989年以后，他更加重视“语言本身的还原”，使一个词能在它本来的意义上使用。对此，他提出了著名的“拒绝隐喻”理论。相对于较传统的象征诗歌，他喜欢更直接的写作：让语言退回到它原本的状态。一方面，他在实践“解构性的写作”，即用解构汉语的意义系统的方式来写作；另一方面，他又热衷于“对日常生活经验进行深入的描述”，像“事件”系列等。① 这是于坚自述的创作转变，符合他作为一位诗人逐渐成熟的体现。从《你的心》、《云南汉子》到《作品51号》、《横渡怒江》，从《尚义街六号》到《避雨的鸟》，从《一枚穿过天空的钉子》、《对一只乌鸦的命名》到《成都行》、《声音》，从《纯棉的母亲》、《长安行》到《只有大海苍茫如暮》，从《飞碟》到《零档案》，从《哀滇池》到《飞行》，于坚在近三十年的诗歌写作中经历了中国当代新诗的崛起、发展、兴盛与平稳的全部过程。从反叛朦胧诗的意识形态化与宏大英雄主题，到反文化、反崇高，再到对中国古典诗歌的学习与借鉴，于坚的写作有了一次次转变，不论是语言修辞上的，还是精神气势上的，最后都可能归于一种“大气”之中。整个90年代长时间的中断，曾耽误了很多诗人才情的发挥，让他们无法接续上诗歌传统，最后局限于自我设定的语言迷

① 于坚：《抱着一块石头沉到底——答陶乃侃问》，《拒绝隐喻》，云南人民出版社2004年版，第220至221页。

宫中无法找到进出的通道。在这方面，于坚显得很清醒，他以踏实的心态驾驭了疯狂时代的诗歌之舟，并且将其引领到自己为它设定的轨道上来，自由而从容地前行。

而另一位诗人韩东，90 年代之后，他将大部分精力都放在了小说创作上，并自成一格。同时，他没有完全放弃诗歌，只是写作要求和标准提高了，他希望自己在诗歌创作上有一个“华丽的转身”。对于文字，虽然他仍以简洁、凝炼和节制为主，但一种情绪贯注中的老道，让他的诗歌虽越发显得深邃和内敛，又始终暗藏锋芒，有着通透的个人情怀。尤其是他 90 年代中期之后的诗作，与 80 年代纯粹颠覆性的口语诗相比，带着更为深刻的批判意识和“真理性”。他在关注个人生活与情感的同时，也在向社会与时代发问，寻求思想之真。韩东没有像一些“第三代”诗人那样，留守的同时也在退守，他依然保持着强烈的先锋精神和创造意识。

在一些诗人丧失创造力时，韩东一如既往地在探索，这是诗人能保持持续性写作的前提，否则，要么就是“江郎才尽”后的放弃，要么就是在不断地重复自己。对此，李亚伟深有同感：“我看见与我同辈的 80 年代诗人们进入 90 年代后并没写出什么好诗（与我一样），他们开始了再次包装和策划，他们也是凡人，于是出现了后来的各种说法和争吵。我天性反对诗人对自家的诗歌，有一大套说法或一整套理论，反对诗人自负于自家的思想和文笔有正宗的来历（这些常让我好笑得要死）。所以那时我认为所有关于诗的说法和争吵都反映了诗人们心目中的阴影，这块阴影很容易紧跟诗人，出现在他们的聚会处，对好诗人来说，这块阴影代表着他们对自己诗歌的没底和不安，对差诗人来说，这块阴影只有一个字：假，这块阴影绝对不是天上投下来的。”① 诗人身处其中，对这样的困境也是如鱼饮水，冷暖自知，但他也只是提出了这些令人感到

---

① 李亚伟：《天上，人间》，《豪猪的诗篇》，花城出版社 2006 年版，第 231 至 232 页。

棘手的问题，而苦于没有解决之道。不管怎样，诗歌仍在边缘处前行。

90年代先锋诗歌所处的环境，就如周瓒所描述的那样，在前行中也不乏困境。对于诗人们来说，正是需要大面积突围之时，“带着历史强加于个人之上的不可擦抹的创痛，迎着消费主义时代无边的诱惑，诗人（也是这个时代的个人）所经历的内心生活（或内心经验）将是暧昧的、复杂的，甚至是分裂的。而诗歌本身所关注和所寻求的，是与物质的社会活动不同的精神领域，是人的内心世界，是穿过种种有限的、暂时性的因素的掩盖、束缚，去寻找人的灵魂的归属和位置，去用诗的语言建构一个与现实的生存世界相对应和对立的诗的世界……”① 这是对“第三代”诗人在90年代写作转型的准确评价，一方面，他们在消费主义的时代氛围中察觉到了身份的尴尬，另一方面，他们又无法完全弃绝诗歌，而且还需要赋予诗歌以尊严，以自由的精神。

90年代之后，在部分“第三代”诗人进行写作转型的同时，80年代兴起的女性主义诗歌，同样面临着审美疲劳的困境：由于对女性经验的书写越来越单调，不少女诗人的写作难以为继。而进行持续写作的女诗人中，有一些是在重复自己，她们的诗歌存在抒写个人经验的公共化倾向，即虽然表面上体制的是个人与自我的声音，但这种声音在部分女诗人那儿却千篇一律，呈现出创造上的单一性：普遍的倾诉、呐喊、叛逆与歇斯底里，折射了出女诗人在这个时代真实个性的丧失，大都为极端感性的矫情与自恋所局限，而无法向更高远更深层的理性领域去深入探寻。与此同时，也有一些清醒的女诗人在尝试作转型，翟永明就是其中一个保持着旺盛的创作势头，并在不断改变自己的诗人。她很早就意识到了女性诗歌写作的局限，并试图作出超越，“即思考一种新的写作形式，一种超

① 周瓒：《当代中国先锋诗歌论纲》，《透过诗歌写作的潜望镜》，社会科学文献出版社2007年版，第29至30页。

越自身局限，超越原有的理想主义，不以男女性别为参照但又呈现独立风格的声音。”① 这样的反省与审视为“女性诗歌”流于表面化和运动化，提供了一种警醒式的参照。她拒绝重复已被过度开发的“女性经验”，自觉地选择由女性意识向诗歌艺术本质的回归，自觉地介入时代和现实，让诗歌承载除语言冒险之外的更高价值。后来，也有很多女诗人意识到了自己创作上的困境，像王小妮、李琦、林雪、冯晏等，她们开始从幽闭的呐喊氛围中走出来，以平和的心态沉入思想的创造。她们着力拓展视野，寻求难度，从而让另一种成熟的女性诗歌写作得以延续。

三、新世纪的“归来”

“第三代”诗人们如同过眼云烟一般退出了历史舞台，他们有的成了90年代第一批下海的商人，功成名就之后，诗歌于他们成了难以释怀的梦。新世纪之后，有些“第三代”诗人又开始浮出水面，重燃诗歌梦想，这些诗人一般被称为“新归来派”，从而有别于“文革”之后的“归来派”诗人。在沉寂了十年之后，他们于新世纪又重新返回诗坛来完成夙愿，但是当他们发现自己的理想在后崛起的年轻诗人看来如同一场乌托邦运动时，这些“第三代”诗人们的失落之情无以言表。毕竟，新世纪的中国不同于80年代了，人们越来越理性乃至功利，理性生活，功利化地消费、学习和工作，年轻人更懂得怎样世俗地与这个社会达成有效的和解。在许多底层人还挣扎在生存线上的时候，更多人站出来质疑：在这样一个时代，写诗是否是奢侈的行为？

其实不然，“第三代”诗人在日常生活之余，对诗歌的理想主义精神依然在继续。新世纪伊始，不少“第三代”诗人热衷于参加主流诗歌节，参加官方诗歌颁奖晚会，参加全国各地甚至国际诗歌组织策划的诗歌朗诵会，他们总是一起相约在路上高谈阔论。这批诗人仍然沉浸在80年代的那种诗歌氛围中，一种诗歌幻觉支撑他

① 翟永明：《再谈“黑夜意识”与“女性诗歌”》，载《诗探索》1995年第1期。

们完成了一个又一个艰难的梦想，但是这些努力似乎已与诗歌无关。但有一点他们清楚：作为一个诗人，仍然需要寻求语言和精神的自由。不少“第三代”诗人虽然都声称是自由主义者，并身体力行地奉行独立原则，张扬抗争精神，遵循反叛意识，渴望达到一种人的自由平等之目的。但在大部人都纷纷转型的时代，有谁还愿意守在那片贫瘠的土地上接受历史残酷的检验？激流勇退是许多人乐于选择的方式，靠着在诗坛上建立的那点名声获取名利，何乐而不为？可是，理想主义让他们仍然选择“重出江湖”。于小韦、张小波等虽都有诗歌写作的尝试，但最后皆因生意所累而无法继续。唯有“非非”诗人杨黎一直在经商、工作和写诗之间游走，将诗歌和生活叠加在了一起。在新世纪初，他写出了一批“冷抒情”风格的作品，讲究语感，“回到声音”，像《灰蒙蒙的天空》、《“我叫她过来……”》、《“北方寒冷的……”》等，都是如此。时代在变化，杨黎只有在写诗中，才可能让自己接续上80年代那种过滤了世俗的诗意。

诗歌可能才真正是“第三代”诗人不解的宿命。新世纪归来的一批诗人，大多都带有小资情调，他们首先是在生活富足的前提下才会继续自己的诗歌理想，那是在满足物质生活水平之后寻找一种精神上的对话和慰藉而已。有的人在新世纪重新写诗，中间的断裂并没有影响他们的诗歌地位，相反，在经历了长期世俗生活的沉淀之后，其创作脱去了那层青春外衣，反而显得更成熟和厚重了。他们初登诗坛时，可能是出于一种青春期冲动，虽然爆发力很强，但诗歌中除了激情之外，更多的还是生活的鸡零狗碎与狂奔的想像，而无多少清晰、理性的诗学思考。十年的中断，对于他们是一种积淀，让他们不仅在人格上成熟了许多，而且在诗歌创作的心态上更趋于瓷实、平和，所以诗作大多富于反思性与沧桑感。

仍然以于坚为例，他在“拒绝隐喻”之后，于新世纪似乎有一种向古典回归的意图，从其近几年的诗歌与诗论文章中，我们也能感知到他的这种细微的变化。他曾说：“与古代不同，今天诗歌的存在具有非常现实的目的。诗歌扮演的是殉道者，它反抗的是秩序对语言的统一。诗歌成了文明价值贵贱高低的一种尺度，区别价值是非的游戏，诗人成为语言的过滤器，诗人担心人类会对语言消化不良。诗人成了语言的守护者，维修工。这是一个根本的转变，从话语的创造者，变成某种已经完成词典的管理者。”“诗歌上升了，上升其实是一种逃跑的方式。诗歌失去了重量。回到大地已经成了可望不可及的梦想。回到日常生活成为一种斗争，一种对意识形态的批判。”他还曾为诗歌的本质功能作出这样的结论：“诗歌的一个古老的功能是唤起人类的畏惧之心。”① 这也是他持续性创作的重要支撑。90年代之后，当一些“第三代”诗人消失或转向时，唯有于坚保持了良好的创作心态，坚定地走到了现在。

2002年8月，于坚写下了《宿命》一诗，将自己与其他一男一女的诗歌进行了比较，三个诗人虽然有着相似的诗学观念，但很明显是在走着不同的诗歌道路。在《宿命》中，诗人的确道出了人在生活选择面前的宿命，一旦与选择了与众不同的道路，就得义无反顾地走下去，否则就是对自己的背叛。为了遵从内心生活，免于背叛，诗人宁愿处于“地下”状态，因为“在地下”同样也是一种活法，一种体验，与主流保持必要的疏离，也能够实现自己的文学理想。似乎只有保持“在地下”的状态，才能对诗歌艺术有着清晰的把握与认知，也才能于灵魂深处获得独立的审美风范，才能在知性的见证下对艺术与生命有一种遐想、憧憬和期待。进入90年代后期，于坚开始由借鉴国外优秀诗人转向对中国古典诗人的学习，这种转向并非像有些民间诗人所说的那样，是一种倒退，一种向知识分子诗人靠拢的策略，其实这对于达到某种写作境界的诗人来说，是完全正常的。于坚向古典诗歌学习，可能有向传统文化回归的意义，但更多的还是对古典的一种创造和革新，这种回归和创新都不是倒退，而是在更深层的文化上突破自己。可以这样说，于坚在诗

① 于坚：《拒绝隐喻》，云南人民出版社2003年版，第64页。

歌艺术上一直秉承着先锋精神，不论是在语言策略，还是诗歌精神上，莫不如此。他将生命与文化作了富有历史感的糅合，这是他趋于成熟的表现，也是其持续写作的根本所在。

在回答诗人朵渔的提问时，于坚曾说："我年轻时候写作是为与某些东西（语言、意识形态）较量，批判、反抗、或者表现自己的与众不同。最近却越来越'为人生'而写作，但批判的立场依然如故，我无法把写作当成纯粹的游戏，采取玩世不恭的态度。"① 于坚真实地表达了一个人对诗歌的虔诚之意。与于坚同时代或稍晚于他的一些诗人，纷纷在诗歌没落之后投奔了市场经济的商海大潮，而他却独自留在了诗歌的孤独氛围中接受现代汉语言温和的洗礼，并试图穿越"伟大的汉语之光"。对此，"莽汉"诗人李亚伟不无感触地说："我喜欢诗歌，仅仅是因为写诗愉快，写诗的过瘾程度，世间少有。我不愿在社会上做一个大诗人，我愿意在心里、在东北、在云南、在陕西的山里做一个小诗人……"② 这种感慨，竟然出自一个在80年代写出过豪放之诗的"第三代"诗人，充分地说明了时代在改变诗人，岁月也在警醒诗人。但回到诗歌的本质来看，不管在什么样的时代，写出真实的内心与情感才是诗人最终的使命，同时也是他们之所以成为诗人的目的。

"他们"和"莽汉"诗人如此，而"非非"诗人也有着他们可喜的转变。新世纪的何小竹将自己的巫性给打破了，他反复就某一个瞬间的场面进行书写与打磨，最终留给我们的却是另一种文学真实观。如《飞机》这首诗，就以诗人看见飞机飞过天空的场面来反复叙说，以达到一种事实的精确度。这种在很多人看来毫无诗意，同时也无神秘性可言的诗歌，却恰恰是一种有效的表达。"我十分认真地观看/飞掠过我窗前的飞机/它是法国制造的空中客车/上个

---

① 于坚：《世界在上面貌诗歌在下面——答诗人朵渔问》，《诗集与图像》，青海人民出版社2003年版，第274页。

② 李亚伟：《天上，人间》，《豪猪的诗篇》，花城出版社2006年版，第233页。

月我写的那架飞机/是美国波音公司制造的波音747/空中客车从我的左窗角/已经移到了右窗角/它很快就要离开我的窗前/沿着预定的航线飞行/它将在30分钟内飞离四川/然后再次爬升到一个高度/而我的窗前/不断有飞机飞过”。的确，这些读起来并无多少诗意可言的句子，是“非非”诗人钟情之所在，因为人的情感总在变化，只有事实永远不会过时。何小竹有些描述现实境遇的诗歌，在新世纪最初的几年里引起了很大争议，但他的诗歌是对一些日常生活个人性的呈现，而这些日常生活的场景和瞬间，在诗人们看来恰恰是富于诗性的。

在新世纪十年即将结束之时，李亚伟在一次访谈中道出了他心目中的诗歌本质与真相：“最先进的文化需要一段小小的时间与生活磨合才能引领生活，最前卫的诗歌、艺术也需要一段小小的时间与社会审美挑衅才能被审美。最标准的现象是，一个诗人在被大量阅读时，他要么早消逝了，要么还幸运地活着，却不再能创新。”[①] 李亚伟所道出的，正是很多“第三代”诗人当下的创作状态，有些诗人虽然还在写着，但已属于被人质疑和批判的部分。

对于“莽汉”来说，就像杨黎所言，乃是一种自由与奔放的“气质”，就如80年代初穿牛仔裤的人。新世纪复出后的李亚伟，诗歌的豪放中多了几分深沉，也带着岁月的沧桑感了，但其自由意识仍不时地从其创作中渗透出来。诗评家沈奇将李亚伟分成了前后两个莽汉，“‘前莽汉’属于历史，‘后莽汉’属于诗人自己，合起来成就了一个完整且更为真实的李亚伟。”[②] “第三代”诗人虽然在新世纪复出，但他们很快就将成为过去，成为传统的一部分。

在新世纪陆续归来的那些“第三代”诗人中，他们的创作呈现出各自不同的风格与转变，可谓多元而异彩纷呈。而他们与“中间

---

① 李亚伟：《从诗歌的历史理解诗歌的现实——答马铃薯兄弟问》，载《上海文学》2009年第5期。

② 沈奇：《两个“莽汉”与一个“撒娇”》，《沈奇诗学论集》（Ⅱ），中国社会科学出版社2005年版，第154页。

代”诗人，以及更为年轻的70后、80后诗人一道，丰富了逐渐走向平静的先锋诗歌现场。虽然他们的写作大多早已定型，但其持续性写作，正是先锋诗歌精神对诗人所要求的最佳状态，只要还在不断地坚持写，就会有无限的可能性。

第三节　价值的“中间物”：“第三代”诗歌的影响与反思

“第三代”诗歌运动，作为介于朦胧诗与“中间代”诗歌之间的一次持续时间较短的运动，90年代以后基本上就成了过去时。时间虽短，但“第三代”诗歌运动的影响却是很大的，“第三代”诗人的作品，也大多都进入了诗歌史与文学史，并成为中国当代诗歌经典。

“第三代”诗歌运动对90年代之后中国先锋诗坛的影响甚大，尤其是他们行走与流浪的方式，对于后来知识分子诗人的书斋写作，是一次有效的反拨。当然，“第三代”诗歌对同时代人和后来者的影响也是双重的，一方面是反叛与部分超越了朦胧诗，另一方面是被90年代的“个人化写作”和之后的“70后”、“80后”诗歌写作所超越，而且这样的影响里，有正面影响，也有负面影响，需要作多重分析。

一、“第三代”诗歌的经典化过程

从1984年到1989年，在这五年时间里，“第三代”诗歌运动经历了其形成、发展、高潮和没落、终结等几个阶段，诗人们留下了不少成就，这些成就也分为文本和精神两个方面，是“第三代”诗人在青春时代所留存的最美好的记忆。

在文本方面，“第三代”诗人们大都有各自的代表性作品，像于坚的《尚义街六号》、《作品第52号》、《横渡怒江》等，韩东的《你见过大海》、《有关大雁塔》等，翟永明的《女人组诗》、《静安庄》等，吕德安的《沃角的夜》、《父亲和我》等，丁当的《火车》、于小韦的《房子》等，张枣的《镜中》、《何人斯》等，王寅《想起一部捷克电影想不起片名》等，陆忆敏的《美国妇女杂志》等，伊蕾的《独身女人的卧室》等，唐亚平《黑色沙漠》，杨黎的《冷风景》(原名《街景》)、《怪客》、《撒哈拉沙漠上的三张纸牌》等，周伦佑的《想象大鸟》、《在刀锋上完成的句法转换》等，李亚伟的《硬汉》、《我是中国》、《中文系》等，万夏《莽汉》、《诗人无饭》等，胡冬的《我想乘一艘慢船到巴黎去》，小君的《去青青的麦田》等，何小竹《梦见苹果和鱼的安》，廖亦武《大盆地》、《大高原》等，欧阳江河《悬棺》、《玻璃工厂》、《汉英之间》等，孟浪《牺牲》、《平原》，陈东东《雨中的马》，柏桦《表达》、《望气的人》等，海子《亚洲铜》、《面潮大海，春暖花开》等，西川《在哈尔盖仰望星空》等，这些诗人的代表性作品，如今都已经进入了诗歌史和文学史，成为了大学课堂上教授们讲读和分析作品的首选。像海子的诗歌《面朝大海，春暖花开》也已被收入全国中学语文课本，其经典化程度甚至堪比我们耳熟能详的古典诗词。这些诗作后来多次被选入各种经典诗歌选本，成为诗歌爱好者与评论家们背诵和阐释的对象。“在对诗歌语言的本体性关怀中，‘他们’和‘非非’这两大诗群的作用很突出。‘他们’提倡口语化的诗，韩东有名言‘诗到语言为止’，引起争议与误读，于坚则很明确提出‘拒绝隐喻’。‘非非’提倡‘反语言’，包括周伦佑的‘语言变构论’、蓝马的‘反语言、反语义’理论。”① 很多“第三代”诗人在 80 年代的诗歌创作观念，已成为他们身上固定的烙印和标签，乃至最后演变成了一种象征符号。因此，也出现了一种现象：有些诗人在 90 年代之后的作品，要比 80 年代的青春期写作更为成熟，但其文本影响力相反并不如 80 年代的“代表作”。

① 周瓒：《转型时期的中国大陆诗歌》，《透过诗歌写作的潜望镜》，社会科学文献出版社 2007 年版，第 15 页。

与朦胧诗人相比，“第三代”诗歌的经典化要迅速得多。一方面，朦胧诗人在“文革”中经历了相当长的“地下”写作状态，等到他们的诗歌从“地下”进入到公众视野中时，时间已经过去了几十年；另一方面，朦胧诗人作为新时期以来真正意义上的先锋诗人，他们还未形成自觉的诗歌意识，其艺术性也还有诸多尚需完善之处。而对于“第三代”诗人来说，他们刚开始写作时虽然也处于“地下”状态，但很快随着思想解禁的来临，他们的诗歌在短期内获得了广泛传播，由此形成了影响。由此来看，“第三代”诗歌的经典化问题，是与其写作同步进行的。

与 90 年代乃至新世纪诗歌相比，80 年代“第三代”诗歌的经典化相对来说是比较完善的，因为经历了 80 年代末和整个 90 年代的淘洗过程。进入 90 年代中期以后，诗歌逐渐失去了往日的耀眼光环而走向了沉寂。而对于诗人来说，个人化写作的来临，他们不再以群体方式亮相，在写作上也是各自为政，这样的态势，诗人诗作一时很难有大的影响。90 年代诗歌文本的散漫，已无法跟 80 年代诗人们集中书写、强力推出的场面相比，当然，偶尔也有优秀作品出来，但影响力已大不如前，充其量也就限于诗歌圈子内部流传，而再也无法大面积进入公众阅读视野。“第三代”诗歌在 90 年代初完成了自身的“经典化”，此后，先锋诗歌的边缘化，导致其经典化过程放缓和滞后。在当下的诗歌史写作中，大量被引用与阐释的，仍然还是“第三代”诗人在 80 年代创作的经典文本，而 90 年代中期之后的诗歌，则很难进入诗歌史家的视野。“第三代”诗歌的“经典化”，是其形成影响力的前提和关键，这也是由诗歌“文本决定优劣”之特点所决定的。

当“第三代”诗歌普遍被贴上了经典的标签，而一旦淡化“代表作”，那么诗人们持续创新就成为了难题，如何打破这一困境，相应地也就成了诗人们在 90 年代之后的日常功课：如何超越自己的“代表作”，成为了令很多“第三代”诗人困惑乃至头疼的问题。当然，有些诗人也努力超越自己，像于坚、韩东、西川、王家新、欧阳江河等；而还有些诗人，则因为各种原因，90年代之后的创作再也没能超越自己在80年代的地位，像李亚伟、万夏、杨黎、伊蕾、张真、张枣等人，他们在90年代之后的作品，鲜有人提及。像伊蕾就只有那首《独身女人的卧室》，一直被当作女性主义诗歌写作的符号性作品来阐释和解读，她的其它诗歌，很难进入普通读者乃至研究者的视野。

由“第三代”诗歌的过早“经典化”，所引起的后续创作瓶颈问题，对于诗人们来说是幸运，也是挑战。虽然后来有人放弃了诗歌创作，转向小说与散文写作，或者干脆投向了市场经济的洪流，成为商海弄潮儿。他们日后的重新归来与创作，再难已接续80年代的诗歌辉煌，它只能成为美好的记忆，而无法逾越。“第三代”诗人影响力的形成，也是到90年代中期为止，其光芒迅速被新崛起的“个人化”写作时代的诗人们所颠覆，所遮蔽。

二、“第三代”诗歌的精神遗产

在一些诗人和研究者看来，“第三代”诗歌运动所留下的遗产，更多的应该是精神方面的，它可以是一种反叛与颠覆传统的自由主义精神，也可以是一种多元共生的、求丰富与精彩的理想主义精神。在我们看来，“第三代”诗人是80年代少有的存有理想主义精神的一群人，90年代后，“理想主义”精神在消费主义中国社会已逐渐丧失。

“第三代”诗歌运动的精神遗产，除了诗人的理想主义色彩和文本上的先锋精神外，更多的还有诗人的生活方式，以及对抗社会的姿态。1993年，“莽汉主义”诗歌团体解散后的第七年，李亚伟对其作了这样的回顾：“对于一种行为占相当成分的诗歌，要么是使这种诗歌马上流行起来，风靡一时、覆盖天下，要么就留着今后写回忆录，谈或讲座等于把这种诗歌上交给了符号、把行为上交给了风中的法庭，它重不重视、驳不驳回是另一回事，但我们愿意继续作案，因为‘莽汉主义’是系列过程，如同在人生旅程的一个中途，一次失贞、初恋，或者一次创造以及一次破坏。”[①] “莽汉主义”是青春型诗歌流派的语言狂欢，而“莽汉”诗人们的生活，在80年代“第三代”诗人的日常生活中颇具代表性。他们大都通过行走、流浪、喝酒、朗诵、打架与找女人的青春期颓废表现，无限接近于美国跨掉派的作风。正是这种嬉皮士作风，才得以形成“第三代”诗歌运动特有的精神风貌。诗评家李少君在谈到“第三代”诗人时，对“莽汉”诗人情有独钟，而对于与之齐名的“非非”和“他们”并不感冒，他认为“莽汉”其实是最能代表“第三代”诗歌运动精神的流派。[②] 当然，李少君对于“莽汉”的评价有其合理性，但因此将“非非”和“他们”排斥在“第三代”诗歌运动精神之外，这一说法又值得商榷。“莽汉”在代表“第三代”诗歌运动精神上固然言行合一，但在实际的诗学革命中，“非非”和“他们”要优于“莽汉”。

“莽汉”诗人的理想，不仅是在诗歌语言上追求“语不惊人死不休”的效果，而且在行事方式上也讲求要一鸣惊人。他们从组织诗歌社团与流派，办民间诗歌刊物，与其他诗人的交往等，都表现得与众不同，这是“莽汉”诗人们富于个性的体现，也是其创新性精神的流露。“正是在万夏急于走向反面，更换形象的同时，莽汉闯将李亚伟却日复一日喝酒论诗、云游江湖，做着文人的功课，实践着莽汉的事业。他已经被生活带上了大道或小路，他以一己之力苦撑着风流云散的‘莽汉’，代表了第三代人诗歌运动的精神。”[③] “第三代”诗人反叛的不仅仅是时代，而是循规蹈矩的生活方式。他们所建立起来的自由主义写作精神和嬉皮士的生活姿态，到了90年代几近于被解构和颠覆。

---

① 李亚伟：《流浪途中的“莽汉主义”》，《豪猪的诗篇》，花城出版社2006年版，第217页。

② 李少君：《从莽汉到撒娇》，载《读书》2005年第6期。

③ 柏桦：《左边：毛泽东时代的抒情诗人》，江苏文艺出版社2009年版，第143页。

80年代的“第三代”诗人，无论是在生理年龄，还是在精神状态上，都处于青春期，因此，他们的诗歌创作也是在青春期的情绪支配下进行，而他们的生活，同样是在力比多贯注下呈现出一种狂欢状态。他们在词语的梦想和身体的冒险中交织前行，在狂热的激情中将压抑的青春释放出来，通过不断地创作诗歌，不断地打架与寻衅滋事，从而还原出诗人最本质和原始的野性。原始的野性或许正是“第三代”诗歌不同于朦胧诗及之前中国诗歌的地方，语言虽然粗砺，结构也可能不完美，但诗歌中所透出的那种“异想天开”的狂放品质，却一直存在且引人注目。尤其是我们从“莽汉”诗人的作品中，能读到一种想像之花无限绽放的美感；而从“他们”诗派的诗作里，我们能感受到书写日常生活的口语诗歌，同样也可表达简约，呈现优雅；从“整体主义”和“新历史主义”诗派的诗歌中，我们能获得一种对中国传统文化的另类解读和阐释；而从海子、骆一禾的诗歌中，我们又能寻找到一种古典与现代结合的童话般的抒情气质。这些异彩纷呈的诗歌面貌是“第三代”诗人们不同的性情与学养所致，也是他们非同凡响的创造力所带来的诗歌真精神。

“第三代”诗人的这种精神，具有一种标本的意义和示范的价值。在那样一个物质并不丰裕的年代，诗人们无法通过努力来达到更好的世俗生活改善，他们只能以精神的丰富为旨归。诗人们创作的那些带有反叛意识与理想主义色彩的诗歌，也见证了80年代特殊时代氛围下的文学记忆。“第三代”诗人在文本创造上的非主流化，是其先锋精神在诗歌上的投射，而他们在生活方式上的非主流化，也是其青春期叛逆品质的表现。

生活流的涌入，与诗人们理想主义精神对接，二者所碰撞出的思想火花，引起了一些诗人在诗歌观念上的震动，同时也造成了他们在实现人生价值上的矛盾心境。平民社会的来临，对于那些富有社会责任感的朦胧诗人来说，或许不太适应，而对于渴望生活得更好的“第三代”诗人来说，则不失为好的氛围。他们的反叛与破坏，大多是出于青春期的生理反应，而一旦社会进入物质消费时代，精神上的失落也就再所难免。“第三代”诗人们在80年代所建立起来的理想主义精神，在90年代的境遇中迅速被击打得体无完肤。因此，他们的矛盾心绪，就真切地体现在其对待诗歌的态度上。

“第三代”诗人在诗歌创作上的自由精神，更多的还是将诗歌还原成了语言的艺术，而不是像朦胧诗人那样，以对政治意识形态的隐喻性书写，来应和一代人与时代之间的对抗与断裂。朦胧诗人的英雄主义情结与社会责任感，在“第三代”诗人那里遭到了嘲讽和瓦解，他们更向往自由的创造精神，因此，这代诗人所的“文学抱负”，就呈现为自觉体验的诗歌姿态。他们注重诗歌创作的个性化，同时也提倡诗歌艺术多元化并存。“第三代”诗人们的创新精神，尤其是对“文革”前后渐趋板结的汉语言的解放与丰富，对于很多后来者都起到了激励与启蒙的作用。

当然，有些“第三代”诗人从朦胧诗人身上获得了一种诗歌信念，即怀疑精神和批判意识，以及热衷于作价值判断的能力，且带有强烈的启蒙色彩。他们虽然从传统上反对主流的价值观，但那种渴望创新的冲动，一直促使他们挑战各种诗歌艺术上的成规，时刻以青春的面貌示人。他们将生活与创作放到同一个社会背景下接受审视，而对诗歌与生活也采取一视同仁的态度，这是诗歌理想主义精神的显现。“第三代”诗人们虽然不能准确把握住这种理性，但他们还是渴望将诗歌写得生动，富有神采。他们并不担心自己成为诗歌的异端，所以能最大限度地在艺术允许的范围内扩展自己的诗歌经验，或幽默，或沉实，或大气，或内敛，或张扬，或生动，这些都是年轻诗人们在经历和体验生活的一种艺术释放，去尽力挖掘诗歌创作的可能与丰富，而不仅仅是注重压抑的情绪控诉，在表达上固守于单一化的语言格局。

“第三代”诗人这种冒险的实验精神，正是90年代很多诗人所效仿的目标所在。他们在社会转型期所崇尚的创造，是出于对汉语缺乏内在活力的不满，这才有后来一次又一次激进的语言与形式变革。“第三代”诗人大胆创新的勇气，一直也是后来者所欣赏和借鉴到的重要方向。因此，“第三代”诗人的诗歌精神成为了具有启蒙作用的独特参照，这种精神见证了一个开放的时代先锋诗歌发展的演变轨迹，同时也让很多诗人找到适合自己表达的路径，真正打通了诗人与世界之关系的隐秘通道。

“第三代”诗人在80年代所留下的自由创造精神，让后来的诗人们超越时代对诗人身体的拘囿和限制，而能在生命体验的层面上，去重新挖掘汉语的优美，去再次领略新时期以来先锋诗歌经验的华彩绽放，并将自己的感受化为符合中国本土的诗歌文本实践，以此形成自己独特而个性化的诗歌风格。

三、“第三代”诗歌的影响缺陷

80年代，“第三代”诗人建立的自由诗歌精神，大都是各个诗歌流派与团体群策群力所获得的。而对于“第三代”诗歌群体和流派来说，它们在贡献了一些经典文本的同时，也存在着不同的缺陷。比如，对于“非非”主义诗歌运动，朱大可从“流氓主义”的角度对其作了这样的评价：“毫无疑问，这场话语无政府主义的革命，只能停栖在纸面上，成为一张无法兑现的话语蓝图。它甚至不能成为一种有效的诗学，因为前进中的先锋诗歌，完全依赖于语词的力量。毫无疑问，非非主义的激进实验方案没有‘可操作性’，它的意义不在于建构，而是仅仅展示一下话语颠覆的激越方式。”①朱大可对“非非”主义的评价，比较辩证，客观地分析了它们整体上的优劣表现。对于以韩东为代表的“他们”诗派，评论家罗振亚给出了富有见地的论述：“‘他们’诗派语感意识的觉悟和追求，在某种程度上具有突出语言自足性的文体意义。它既是对传统语言意识的抗衡，又是自身民间立场的最好诠释；既契合着世界范围内文

① 朱大可：《“非非主义”和流氓美学》，《流氓的盛宴》，新星出版社2006年版，第199页。

学研究的‘语言论转向’趋势，又是诗人们回归原初冲动的最佳途径。当然‘他们’诗派强调语感并非仅仅搞纯粹的口语化运动，而是为了更恰切地表达诗人的生命，因为诗人们深知‘如果诗歌没有灵魂，那么即使满纸口语，也是白搭’。”① 这是评论家们从各自专业的角度对“第三代”诗歌两个流派所作的阐释，一方面概括了“第三代”诗歌的影响，另一方面也从诗歌创作内部总结出了一些规律性的东西，而这正是“第三代”诗歌给诗歌史与文学史书写所作的重要补充。

除了各个流派在“第三代”诗歌运动中形成了各自的影响力，对于“第三代”整体来说，则是正面与负面影响并存，学者对此也褒贬不一。评论家张清华在总结“第三代”诗歌运动时，曾这样评价：

> 总体来看，第三代诗人的理论资源是十分驳杂的，多数并不明确，且只是似是而非，或临时拼凑。除“非非”比较具有玄学色彩并比较接近西方的结构甚至后结构主义（即使有也是不自觉地触及到，仅具有其语言策略的性质，如蓝马的《六八四十八》、《世的界》等）以外，其他不管是主张所谓“平民主义诗学”的“他们”，还是在“反文化”策略上更加激烈的“大学生诗派”和“莽汉主义”等，都没有超出80年代文化激进主义的逻辑。②

张清华的言说不无道理，“第三代”诗人对自由精神的追求，在很大程度上就是一种姿态，这样的状况也是导致他们在几年之后迅速衰落的重要原因，除了几个诗歌写作的坚守者，如于坚、韩东

---

① 罗振亚：《双峰并立：“他们”和“非非”》，《朦胧诗后先锋诗歌研究》，中国社会科学出版社2005年版，第78页。

② 张清华：《关于“第三代诗运动”的性质》，《内心的迷津》，山东文艺出版社2002年版，第157页。

等人。所以，后来有研究者对此作出批评："总结 1985 年以来的先锋创作，给我们的感觉是他们的姿态和声势大于他们的作品。他们喧嚣了几年，行动了几年，但并未留下多少真正称得上是上乘的作品。这或许是先锋艺术家们的本意不在作品，而在'姿态'。"① 这种评价虽然有些武断和苛刻，但也不无道理。"第三代"诗歌"姿态"大于"作品"的事实，正是一些放弃写作的"第三代"诗人后来饱受诟病的原因。是那样一个特殊的时代，让一批诗人成就了自己，而时过境迁，他们则原形毕露：喜欢诗歌的少部分人继续写作，大部分人则选择放弃，融入到了世俗的日常生活中。

由此来看，"第三代"诗歌运动，说到底还是对朦胧诗的反叛所延续出来的精神的短暂呈现而已，一场轰轰烈烈的诗歌狂欢之后，一切又都复归于沉寂。"第三代"诗人当中不乏优秀者，但他们在短期内疯狂地耗尽了自己的诗歌元气，而在后来的岁月里，只能依靠残存下来的声誉艰难度日。他们中有的人才华横溢，但因被挥霍殆尽，留下来的却是一些关于 80 年代诗歌记忆的只言片语，大部分还是被人遗忘，它们充其量也就是成为了诗歌历史，而不是成为了诗歌传统。历史是过去时，而传统还有被承继的诸多可能。

> 由于第三代人肆无忌惮的实验行为，诗歌这片纯净的海水遭受了严重的污染。为此，必须重新澄清诗歌事实，拯救诗歌这危难中的手印，否则，中国诗歌的蒙难就不会结束。为了拯救圣役，必须抓住时机，对诗坛现状进行一次严肃的清理和整顿。这一艰巨的任务自然不能由第三代诗人自己来完成，历史和现实都为第四代先锋诗人的从容出场奠定了可靠的基础。②

① 尹国均：《先锋试验》，东方出版社 1998 年版，第 349 页。

② 邱正伦：《第四代人的诗歌见证》，《第四代人的精神》，甘肃文化出版社 1997 年版，第 269 页。

这样的评价，虽然有刻意贬低“第三代”诗人而推崇“第四代”诗人[①]之嫌，但论者确实抓住了“第三代”诗人的某些整体缺陷，这些缺陷在“第三代”诗人身上或多或少地存在着，只不过有的比较明显，而有的则显得隐蔽罢了。对于这些或显或隐的缺陷和他们的作品，在80年代的诗歌现场，主流评论界当时根本不屑于作评，而年轻的知识群体中也鲜有人对他们提出质疑，大多都抱有支持的态度，因为那就是一个崇尚推翻与颠覆的年代。这些因素都直接导致了“第三代”诗人们以破坏的方式，去对抗现实，消解价值。

“第三代”诗人们的自我放纵，在给他们带来了新鲜感受与创造活力的同时，也让自己滑向了毫无节制的泛滥书写，自相矛盾之处颇多。比如提出的宣言与创作实践之间的矛盾，反叛传统与借鉴传统的冲突，前卫情结与平淡创造之间的错位，走向先锋与回归朴实之间的纠葛，这些矛盾也正是“第三代”诗人“姿态”大于“作品”这一缺陷的体现。难怪后来有论者会作出如此评价：“他们的先锋姿态和探险精神，都常常让我们只能对他们的探险行为本身叫好。这样的先锋，这样的消解，瓦解和颠覆，有时能给板结的诗坛带来活力，或者提供新的词汇，但往往不能带来有效的诗歌，从而使写作成为一种无益生命的发泄。由于失去所指的制约，能指在可怜的平面上无限地泛滥。”[②] 从“第三代”诗人所持有的姿态来看，这种批评不无道理。从80年代中期持续的“第三代”诗歌运动，发展到1989年遭遇了障碍，其在有社会环境因素，也有诗人群体在激情丧失之后的内心分化。在这场短暂的诗歌运动中，诗人们仅仅只是在青春期的叛逆冲动下热衷于破坏与颠覆，而还没等到去建构自己的诗歌体系时，运动已经结束了。所以，有论者认为“第三

---

① “第四代”诗人，一般被认为是“第三代”之后在90年代崛起的一批崇尚“个人化”写作的诗人。

② 橡子：《清理与批判——汉语诗歌写作的三种方式》，载《诗探索》1995年第3期。

代”诗歌运动因为匆忙，而只是具有一个“仪式的作用”（张清华语），并没有留下多少值得传诵的经典作品，也可以理解。

况且，80 年代的“第三代”诗人并未过分重视技巧在诗歌中的作用，而是凭借青春的激情去创作，总是沉湎于整体的消解，崇尚诗歌的快意精神。但他们那种破坏具有一定的盲目性，这让年轻的诗人们在充分发挥想象力的同时，却又难以写出带有感性与理性巧妙融合的智性作品。这也是“第三代”诗歌给人的印象总是停留在青春期的原因。等到有些诗人在 90 年代初逐渐走向成熟，开始意识到技艺之于诗歌的重要性时，诗歌却已经不再是文学的中心，而让位于小说与汹涌而来的散文潮了。重要的是，当他们尚未走向创作的成熟期时，却又不得不让位于新一代的诗人了，这是他们超越朦胧诗却又被更年轻的诗人所超越的宿命。

四、超越与被超越的现实

从代际角度来划分，“第三代”诗人是介于朦胧诗与 90 年代个人化写作之间的一代诗人，他们无论从诗歌的创作方法，还是从真正的诗歌精神来说，都具有承前启后性。从对诗歌艺术的自觉创新上来说，“第三代”诗人是超越了朦胧诗人的，这种超越建立在他们对朦胧诗人的反叛与颠覆精神上。像朦胧诗人所崇尚的英雄主义与集体主义精神，到了“第三代”诗人那里，却被轻而易举地推翻了。他们将朦胧诗人那种高贵而悲壮的身影拉下神坛，而还原为日常俗世中的生活人，喝酒、打架，以及逃窜式的奔走、流浪，因此，“第三代”诗人无论从写作，还是从流浪的诗歌精神上，对于朦胧诗都是一次解构。在这些方面，“第三代”诗人虽然超越了朦胧诗人，但是他们紧接着也面临着自身的困境：随着他们的日渐成熟，新崛起的一批诗人又在某种程度上试图超越他们，这也有显而易见的趋势。

1989 年之后，“第三代”诗人或退出了诗歌的舞台，或迫使自己进行创作上的转型，然而，新兴诗歌力量的崛起则是事实。他们打破了 80 年代那种拉帮结派的诗歌格局，而以各自独特的写作登上诗坛，并日渐融入到了真正的个人化写作浪潮中。在这种社会与时代背景下，“第三代”诗人的群体或流派式写作，在新一代诗人面前已经无效。于此，“第三代”诗人是被新一代诗人所颠覆的，包括他们中间还存有的一批带着理想主义精神的诗人，同样也被无情地解构。在这种颠覆与被颠覆、消解与被消解的格局中，“第三代”诗人在遭到批判与解构的同时，也获得了自己的价值定位：作为一种价值的“中间物”，“第三代”诗人在代际的意义上完成了自己的使命。所以，他们虽然被新一代诗人所替代，但是他们留下的影响，却不容忽视。他们在启蒙了稍后的“中间代”诗人后，同样还对崛起的70后乃至80后诗人产生了重要影响。尤其是于坚、韩东等诗人对后来者有许多方法与文本上的影响，而像“莽汉”诗人李亚伟则对很多后起之秀产生了精神上的影响。“非非”诗人杨黎对一批70后诗人所产生的影响，则正面与负面都有，尤其是他那种无法复制、但又被很多人模仿的口语化写作，在讲究语感的同时，也给网络兴起后的先锋诗坛带来了一股浓郁的“口水化”诗歌浪潮。

“第三代”诗歌运动，从某种意义上说就是一次流派与团体的运动，其价值和意义显而易见。而到了90年代，诗歌走向了个人化写作的时代，仍然有不少诗人在组织流派和团体，以集体出名的方式进行策划，比如以沈浩波为代表的“下半生”诗歌团体，以安琪等为代表的“中间代”诗歌团体，现在看来，这些流派与团体的诗学意义并不大。其实，在“第三代”诗人内部，他们是相互影响的，尤其是在各个诗歌流派内部，这种相互影响甚至形成了一种潮流和传统。比如“莽汉”诗派，李亚伟、胡冬、万夏、梁乐等人，都是在相互鼓励下进入诗歌创作的，他们将写出来的作品在第一时间寄给朋友，然后相互评价并提出意见，这种形式是最容易相互影响乃至模仿的。像“他们”诗派的诗人，虽然创作风格也不尽相同，有的甚至大异其趣，但是他们也在寻找各自的不足中获得了艺术上的互补。

这种“第三代”诗歌流派内部的影响，直接接续上了后来者的身影，像韩东、于坚等诗人对后来宋晓贤、沈浩波等人的影响，已是既成事实。像西川、王家新、肖开愚、海子等人对后来的桑克、胡续东、姜涛等人的影响，也在诗坛上成为了一道风景。这些不容抹杀的影响，对于“第三代”诗人们来说是一种精神慰藉，也是一种创作上的挑战。

70后诗人朵渔直接道出他要“以‘第三代’为师”，针对很多人故意淡化甚至掩盖自己的师承，他直言不讳地说自己就是读了“第三代”诗人的作品后，开始学习写作的。这种坦荡的师承情怀，在很多年轻诗人那儿却是个难题。他们大都认为是自己影响了自己，或者说是受了某位西方大诗人的影响，而绝口不提自己曾经受过哪位中国当代诗人的影响。但是在年轻一代诗人中，还有朵渔这样以将“第三代”诗人作为自己师承而感到光荣的，非常难能可贵。朵渔说“第三代”诗人是他“手艺上的师傅”，他们的一些杰作，他都能背诵。这对于很多“中间代”诗人和部分70后诗人来说，是难以启齿的事情，但是从朵渔嘴里说出来，显得那么自然，仿佛“第三代”诗人的那些作品都“视作己出”。

> 第三代诗人对我的影响在后来持续发生。……在杨黎那里，我私下里学习轻逸。我读于坚，最后不得不把他的书藏起来，以防自己“中毒”太深。我读韩东，终于悟出“我的根本问题，简而言之就是：写作与真理的关系”意旨何在。我读柏桦（他灿烂的1985、1986年），感受他的从容气象。我读德安，并迷恋他的小镇笔法。我读李亚伟，被他的才华倾倒。我读王寅，又被他文体的硬茧缚住。这都是令人信任的写作，有着充分的背景依靠。①

① 朵渔：《以“第三代”为师》，《意义把我们弄烦了》，人民文学出版社2004年版，第172至173页。

朵渔从“第三代”诗人那儿获得的是一种技艺之道，一种自由情怀，一种多元杂糅的诗歌精神。这种影响，或许是潜移默化的，但是他们至少建立起了“第三代”诗歌的文本与精神标杆。

“第三代”诗人对后来者的影响，或显性，或隐性，或直接，或间接，但他们的精神谱系，的确是对“中间代”和70后、80后诗人们形成了一种强大的感染力。他们的诗歌信念，与“第三代”诗人之间总是有着千丝万缕的联系，尤其是对诗歌的那种自觉与敏感，那种怀疑与批判的态度，那种对汉语言的丰富性与可能性的挖掘，在新一代诗人身上都或多或少地得到了传承和体现。“第三代”诗人投射在“中间代”与70后、80后诗人身上的影子，是无处不在的。就像当年朦胧诗成为“第三代”诗人绕不过去的一座丰碑，“第三代”诗歌也成为了摆在“中间代”与70后、80后诗人们前面的一个标准和一座基石。他们从大的方向上为后来者奠定一条自由的精神路基，引领他们在这一路基上寻找属于自己的独特表达方式，以建立自己新的语言和艺术美学。

比如，很多70后诗人就从“第三代”诗人身上找到了通往自觉写作和自由精神的出口，包括汲取他们身上所潜在的复杂性与丰富性。就像诗人小海在评价70后诗人时，也谈到了口语诗歌写作的问题：70后诗人没有真正体会到口语写作的难度。在他看来，口语写作最终要指向书面语的，它应该是过渡性的一个东西。① 这是“第三代”诗人与70后诗人之间的艺术分歧，但不管怎样，“第三代”诗人所独有的口语写作，已经在70后诗人身上得以传承，而70后诗人如何将这种口语写作精神转化成符合自己个性的资源，仍然是摆在他们面前的一个重要问题。

“第三代”诗人超越了朦胧诗人，而“中间代”与70后、80后诗人，又从各个方面超越了“第三代”诗人。反过来，朦胧诗人对

---

① 参见杨黎：《灿烂》，青海人民出版社2004年版，第325页。

"第三代"诗人有了不可忽视的影响，同样，"第三代"诗人又对"中间代"和70后、80后诗人产生了示范作用。这种代际超越与被超越、影响与反影响的格局，正是中国新时期以来先锋诗坛的风景，它已经成为了一种历史和传统，又在某种意义上对新一代诗人有着鲜明的示范和规训作用。

结语

1986年，徐敬亚领衔组织策划了那场具有划时代意义的“现代主义诗歌群体大展”，将“第三代”诗歌的成就作了公开的全面展示，一场先锋诗歌运动的高潮到来，与此同时，“第三代”诗人的使命也就随之完成了。受时代氛围的影响，也限于个人孤独的境遇，“第三代”诗歌运动告一段落，而“第三代”诗人的写作也出现了分化，其部分文本的经典化与诗歌精神的纯粹性，也由此定格在诗歌史乃至文学史上。此后，虽然有些诗人仍笔耕不辍，但这也只是80年代“第三代”诗歌运动的余绪，而在精神气息的扩展上并无多大突破。“现代主义诗歌群体大展”虽然流派众多，前所未有，但在这些流派与团体中，经过充分酝酿与长期准备的诗歌社团并不多，大都是诗人们义气相投的临时性组合，一旦遭遇外部力量侵扰或内部利益纷争，这些流派与团体的破裂就是情理之中的事情。

其实早在1987年前后，“第三代”诗歌流派与团体就相继解体，诗人们也各奔前程，作鸟兽散了。然而，当我们将目光重新转向80年代轰轰烈烈的“第三代”诗歌运动时，却发现它给我们留下的，不仅有生命体验的诗歌精神，有在当时和后来引起反响的诗作，更有诗人们无法归避的缺陷，这是一代诗人的性情与学养所致，也是那个特殊的时代环境，造成了他们突然的开始以及迅速的完结。1989年，对于“第三代”诗人来说，不仅意味着一个时代的终结，同时也预示着一个新阶段的开始。1989 年之前，“第三代”诗歌虽然不主流，但它正奋力抗拒不屈的命运。1989 年之后，大众远离了政治，消费主义时代来临，文化也开始朝娱乐的方向涌入市场经济的热潮。一些“第三代”诗人渐渐退出先锋诗歌的舞台，不是做起了人民的精神导师，就是下海经商成为了中国新一代富翁，向社会各个领域拓展，沉浮任由自己。这些“豪华”的商人们开始在商海里如鱼得水，物质上的丰富和享受，让他们忘却了贫穷岁月里诗歌曾给他们带来的激情与慰藉，而他们曾经疯狂追求过的那些诗歌的自由奔放，如今又在何处？或许就在这物质化时代的欲望中，而不在那些带着自由精神的分行文字里！

90 年代，中国先锋诗歌进入到了个人化写作时代，一批在 80 年代就出道的“后朦胧”诗人又重新沉于“西方经验”，热衷于玄奥的语言实验和作“远方”的想像，诗歌远离了大众，而大众也不再迷恋诗情。此时，“莽汉”、“非非”等流派在 80 年代所张扬的“行走与流浪”之诗歌精神，开始显出了其意义和价值，而这些正是 90 年代后先锋诗人所匮乏的。所以，当 90 年代的先锋诗歌逐渐演变成了“书斋文学”和“纸上写作”时，当更多诗人迷恋技术而无灵魂和性情之真时，80 年代“第三代”诗人这种“行万里路”的生命体验式创作策略，尤显珍贵。然而，事情总有它的两面性，或许正是由于 80 年代“第三代”诗人凭借生命体验的一股狂热激情走上诗坛，其艺术学养和现代性训练显得“先天不足”。90 年代之后，他们进行创作转型的空间并不大，而且相当一批诗人在后来的持续性写作中，总是不断地重复自己。这些诗人所崇尚的“非诗”和口语化风格，注定了他们只能在狭小的诗歌空间里游走，而无法最终走向更为开阔与深刻的诗意境界。

重复自己，无法开阔与深刻，是大多数“第三代”诗人在 90 年代之后的持续性写作中所遭遇到的瓶颈，这种瓶颈也被一些诗人和评论家称为“中年写作”困境，“中年写作”一方面意味着创作上的成熟表现，另一方面，也可能表征创作进入了一个疲乏期，没有多少原创性，也没有多少再往内部深入或向外部拓展的可能。如何超越自己，突出重围，也是大多数“第三代”诗人面临的现实。有的诗人将诗歌写得如同大白话，没有任何诗意可言，而有的诗人则将诗歌写得玄幻晦涩，让人无法理解。还有的诗人，则在中国传统文化与西方文化的交融中，将诗歌创作导入了一种彻底的神秘主义氛围，最后无可自拔。“第三代”诗人中，有很多人都走上了诗歌创作的极端境地，不是走语言形式上的极端，就是走诗歌精神的极端，没有回旋的余地，最后导致创作瘫痪，只得放弃诗歌。这样的困境，对于很多“第三代”诗人来说，也是不可忽略的问题。在激情的支配下创作，是处于青春期的“第三代”诗人所必然要面对之事，这一点无可厚非，但是他们愈来愈夸张和表演的姿态，以及缺乏哲学深度与历史感的思考能力，让大部分诗人的创作难以为继。

有的诗人是在进行哗众取宠的语言游戏，有的甚至以令人不耻的姿态，去亵渎诗歌，败坏诗人的名声。尤其是“非非”诗人，热衷于炮制各种诗歌宣言，几乎每个人都有自己的创作理念，但他们的文本实践往往与自己所提出的理论相脱节，由此给人留下了“理论大于文本”的印象。从某种程度上来说，理论大于文本，概念、宣言式的写作高过语言与艺术实践本身，尤其是创作理论与文本实践的脱离，导致了“第三代”诗人在写作上流于姿态性，而并没有在文本创新上作深入的审视与探索，所以在提供经典的诗歌作品上稍显不足，而且也没有形成当年朦胧诗那么强大的社会影响力，仅限于小圈子化。虽然“第三代”诗人主张的仍然是平民意识与大众化，并反对精英文化与强权力量，但是他们因为过于激进的反叛姿态，而给自己逼到了一个意义的极端上，不能作出身份与创作之间的价值平衡。

宣言大于实践，理论大于文本，“非诗”大于诗性，这是一些研究者对“第三代”诗歌所下的结论。而另一个重要的评价，也是“第三代”诗歌受到诘难的关键因素，即是“不深刻”。不同于朦胧诗人的痛苦思考与隐忍批判，也不同于朦胧诗浓烈的集体意识、历史感与使命感，“第三代”诗人主张反价值、反文化、反崇高，其诗歌也就逐渐走向了日常生活的俗美呈现，运用口语，注重细节，崇尚审丑，以幽默感置换沉重感，用游戏理念取代使命意识，因此，全面地向感官、欲望和平面化写作后撤，缺乏穿透力，这些正是“第三代”诗歌被认为“不深刻”的主要缘由。

在90年代乃至新世纪以来，甚至有一些声音认为，“第三代”诗人直接导致了诗歌的衰落，中国先锋诗歌的式微，“第三代”诗人难逃其责。80年代，“第三代”诗人是反叛时代，而进入90年代之后，很多诗人在消费主义的挤压与意识形态的规训下，选择妥协于时代，这是“第三代”诗人的宿命。他们既然成为了历史，不管功过是非，总是有它的价值显现。是优点，可为后来者所借鉴与发扬，是缺陷，也可为我们如何规避那些创作上的障碍找到依据，为我们先锋诗歌之旅的继续前行提供有效的参照。

当然，就像部分“第三代”诗人从来没有放弃过诗歌一样，批评界和学术界对“第三代”诗歌的评价与研究，从它的兴起到结束，似乎也从来没有停止过。而愈到后来，“第三代”诗歌本身所具有的优势和缺陷，逐渐成为诗歌研究界所关注的问题。这是我们对一场重要的先锋诗歌运动所能表示敬意的体现，也是让中国先锋诗歌能继续保持并发挥其艺术功能的必要前提。这样的研究，是一份使命，也是一种责任。

如今，“第三代”诗人们大都还在坚持创作，并成为了诗坛上的灵魂人物，全面地影响了后来者。像于坚、韩东、翟永明、西川、王家新、肖开愚、孙文波、李亚伟、杨黎、何小竹、小安、小海、孟浪、柏桦、王寅等，一直保持着相对旺盛的创造力，对于他们的写作，还未到盖棺论定的时候，评论和研究也将会继续下去。至于我对这场先锋诗歌运动的阶段性研究，仅是对前人研究成果的一些补充，未及全面，且有一些交叉部分，预定的学术目标可能还未达到，只得留待今后随着“第三代”诗人们的持续性书写作跟踪研究了。

附录一：论孟浪的“漂流式写作”

一

20世纪80年代的“第三代”诗歌运动之后，有相当一部分诗人都远离了诗歌，而留下来的坚守者，或在国内继续探寻新的出路，或旅居海外融入西方氛围。作为“第三代”诗歌运动“海上诗派”的代表性诗人，孟浪一直转战南北，并通过自己的国内和海外创作经历，成为了“第三代”诗歌运动之后“漂流式写作”的典范，这种漂流，一方面是身体的四处漂泊，另一方面，也是精神世界的放逐，即创作风格随着地域和时代的变化而不断转换。对于孟浪来说，他的诗歌写作一直没有中断过，他只是在不断地进行自我调整，从而获得持续性的艺术体验。

追溯到1980年代中后期，孟浪是在一种疯狂的诗歌氛围中度过的，他的写作历程伴随了整个“第三代”诗歌运动由高潮向尾声的滑落。在这种时代流转中，诗人并没有过于失落，毕竟一个时代结束了，另一种个人化写作的时代来临了。在90年代初的几年里，诗人在旅行中完成了自己对新时代的回应，并留下了很多优秀的诗篇。尤其是到了1993年，大部分中国诗人面临着被时代抛弃的困境，就在这样的转折性时刻，孟浪到美国的布朗大学做了驻校作家，身份的改变对于一个纯粹的诗人来说，恰恰是一种拯救，这一方式挽回了诗人所面临的尴尬处境，让他有可能被中断的诗歌写作接续上了，并得以拓展。旅居海外十余年的孟浪，在创作上并没有沾染上一身异域气质，而是将现代性与个人经验进行了艺术的融合，尽显了东方式的文化立场与传统。这对于很多漂流海外的中国诗人来说，是一种难得的坚守。

诗评家徐敬亚曾用他那富有激情的语言，给孟浪的诗歌作了一次不乏先锋性的评价，其形象化的论述直逼其诗歌内部的真相："二十多年来，孟浪的诗一直显露一种救赎整个世界的知识分子情怀。在现代汉诗的编年史中，孟浪的感觉显得更尖锐、更轻灵、更犀利。他的诗之针更细，更尖，更接近黑暗与鲜血。孟浪独创了一种抽象、递进、不断强化的语感，并以此直刺人类的痛点。"① 这是徐敬亚对孟浪二十多年诗歌创作的一个总体评价。其实，孟浪的创作也是分阶段性的，每一阶段的写作都呈现出不同的面貌。比如他早期的诗歌讲究简洁的风格，不仅语言干净纯粹，意象也不繁复，呈现出一种自由而朴实的形态。

孟浪写于1985年的《冬天》，是关于诗歌本身与时代之关系的精确描述，这体现了诗人早期诗作风格的简洁与明晰。"诗指向诗本身/我披起外衣/穿过空地/在这座城市消失。铜像/我无法插足/诗指向内心/四壁雪白/这间空房子里可以住人//相反。我们还是一起穿过/这片空地穿过/这座城市穿过/诗本身//在那里我们也可以住下/升火，脱掉外衣/甚至内衣/露出我们本身。面对诗/或背离诗"。名为《冬天》，实则是对诗歌本身的抒写：诗可以指向诗本身，也可以指向个人的内心，这是诗人当时对诗歌的看法，全诗透出了诗人独特的理性思辨意识。

孟浪早期的创作，是顺着"第三代"诗人对诗艺技巧的注重而

① 参见孟浪诗集《南京路上，两匹奔马》封底文字，光明日报出版社2006年版。

走上一种理性化道路的，比如《靶心》、《过桥的鱼》、《村里光膀子的男人》、《神秘经验》、《失去》、《总的看法》、《有什么东西在拉我》等诗歌，虽然大都是对一种事物或现象的白描化抒写，但里面隐含了诗人丰富的文化修养与艺术才情。短句子、快节奏，注重语感与诗歌本身所具有的那种神秘性，这些都是孟浪早期诗作的风格，它们注重的是对诗歌本身的理解，即那种朴实语言表象下隐藏的自由精神。

一直以来，孟浪所恪守的独特诗性与神秘化气质，有时候很难直接言说，只能在阅读其作品时，那种天才的语言与想像，并着洒脱的艺术之风，我们才会共鸣般地感受与领悟到。“信仰发生在我的身上/几乎不可动摇/我连再迈出半步也难/信仰的敌人从四周包围过来/偏偏信仰发生在我的身上。”（《你所目击的脱险》）“语言可怕地沉默着/说话的人捂住嘴/他已经受伤。//到处是完整的句子/完整的意思/没有人表达/说话的人在承受。//到处是无意义的/车轮的滚动声/一系列乘坐者平稳/语言在身体里/说话的人凑上来察看伤口。//他在人声鼎沸的马路上/他在语言公墓中。”（《语言公墓》）一个信仰，一种语言，都成为诗人笔下具有神秘感的意象，欲望与感官全面调动，诗人在想像作用下营造了对话的氛围。在交流中，他洞悉诗歌表达的真相，即对当下现实和自由精神的不懈追寻，否则一切语言与想像均为无效。诗人在个人与时代的共处面前，选择了不妥协，而只服从内心对自由的向往，所以他于 90 年代的精神漂流在所难免。

二

作为 80 年代的抒情诗人，孟浪的创作部分地解决了抒情在诗歌中被泛滥所包围的困境，他清楚地知道抒情在纯诗中的重要位置，而这种抒情并非没有根据的廉价想像与无聊升华，而是对古典诗歌中悲剧性诗意与开阔视野的恢复。进入 1990 年代以后，孟浪的诗歌的确是多了一重抒情气质，这不仅体现在他的词语使用上，而且也体现在他所营构的那种诗意化的抒情氛围里。整个 80 年代的结束是一次抛弃与释放沉重负担的过程，而 90 年代在重新选择的时候，诗人更加注重个人与时代、个人与历史之间的那种富有张力性的表达。虽然刚刚经历了一场思想动荡，诗人的内心可能还处于动荡后的起伏期，但其诗歌中似乎没有过多的愤世嫉俗与激昂慷慨：在那平静而忧伤的抒情外表下，其诗歌里仍然潜藏着诗人内心对于个人与时代、历史的那份坦诚。

整个 90 年代的前半期，孟浪的诗歌战争进行得异常激烈，他与时代、与历史、与他者都有过较量，这种较量不是对它们的征服，而是与它们在冲突中的融合。孟浪深知，灵魂深处的障碍需要清除，否则就只能败倒在时代的压力之下，首先就需要超越自我，才能超越这个世界给予我们的重负，所以，他开始关注身边的事物，比如大自然和社会事务等。

90 年代初的《七首诗和另外四首诗》有对自然的描绘，有对社会的反思，更有对个人内心的巡视。“危难中包含着谁的雄心/它阻挡我，它高高在上/我尝试着失败一次，失败多次/用退却把道路堵死”，这是一种生存的策略，也是诗人在质问中产生的想法，它抑制了个人的前行，个人只能顺着这样的方式去寻找另一条出路。“都是空白，城市的荒芜在加剧/就因为人群，人群，人群/我紧握来自我身体的一张犁/权力，已为我的田园准备好带铁锈的落日。”城市与权力的合谋，从书写的层面上完成了诗人内心所潜藏着的使命。而在《历史的步伐与历史本身》中，诗人好像是与历史开了一个玩笑，他与历史比赛丈量距离，最后还胜了历史，让历史断送了前程。在这里，历史似乎是一个人的命运，也是一段时代，这个时代在与个人的较量中显得混乱不堪，而事实好像并非如此。这或许是诗人运用的一种反讽的笔法，揪住了历史的尾巴，可以随心所欲地戏弄与玩耍，累了，比赛结束了，“在书房里我坐了下来”，开始反思整个过程，但仍然不明了，甚至有一种彷徨的迷惑感。

诗人抒写历史与个人的较量，是在质疑中完成的，他用富有动感的语言直取了历史的核心，并呈现出一种深刻的超越意识。诗评家周瓒对于当下先锋诗人的个人性与历史感之关系的探讨，或许正契合了当代诗人对此的认识与期望：“诗人要建立起一个内心世界，一个诗的世界，他（她）既要保持个人立场的独立，又要通过自己的经验把握住现实和历史一闪而过的灵光。诗歌世界中的个人性和历史感必须统一在一首首具体的诗歌文本中。”① 这样的论述，对于孟浪的诗歌写作来说是恰如其分的，真正暗合了他在世纪之交对于诗歌的看法和创造性经验的展示意图。

在时代面前，个人有时是需要承担一些历史的问责的，诗人在其诗歌中就有这样一种自觉的追问意识。“他的话触及真理的要害/真理是说出来的/像受伤时流出的鲜血//嘴被打肿了/真理是说出来的。”（《四月的一组》）诗人在不断的强调：真理是说出来的。有承担勇气的人，他愿意说出真理，他也甘愿遭受惩罚，由此，诗人喊出了“谁是暴力的罪人”的厉声质疑与责问，并作出了自己的回答。

时间的细节在孟浪90年代的诗歌中是他直面存在的重要依据，因为线性的时间之流看似简单，实则在他的诗歌中蕴含着诸多深邃的力量。诗人说过“时间就只是解放我的那人”，而在《往事》、《千年》、《沉迷在终点之中》等诗歌中，都强烈地表现出时间对一个人的意义。当绝大部分诗人都无法越过时间与死亡的意象，而独自描绘这个世界时，孟浪也不例外，即使在90年代具有热烈抒情风格的《我们身体里的……》、《简单的悲歌》、《善在旅行》、《医学院之岸》等诗歌中，也有着鲜明的时间观，这是诗人理解世界的现

---

① 周瓒：《当代中国先锋诗歌论纲》，《透过诗歌写作的潜望镜》，社会科学文献出版社2007年版，第30页。

实入口，尤其是在90年代那样一个迷惘而不知所措的时代，更是如此。

三

可以说，整个90年代是孟浪建立自己独特风格与价值的十年，这十年中他创作颇丰，也在不断的调整中完善自己的诗歌理念。不论是在国内，还是在国外，他都能充分地找到自己所表达的那个诗意现场，质疑、批判，与外表的抒情性有机地结合在一起，一如既往地继承了80年代那短暂的诗歌风暴所沉淀下来的诗学意义。

孟浪90年代后期的写作与他新世纪的创作是一脉相承的，其诗歌美学也已经通过不间断的创作得以巩固，期间只有些微妙的调整。他所面对的现实就是抒写，对内心与世界不间断的抒写，即使是自我放纵，也有他真诚的诗歌态度在里面。炽热、激昂与纯粹抒情式呓语，都是他的诗歌所散发出来的独特气味，所以，在那些旅居国外的“第三代”诗人里，孟浪是出类拔萃的：他没有间断的创新式抒写，让所有脱离了中国语境而又以现代汉语为母语的诗人都黯然失色。他对诗歌语言的不断锤炼与打磨，以及对诗歌意象的不断选择和过滤，都为其诗歌罩上了一层开阔而又大气的光环。因此可以说，孟浪在90年代的诗歌表现了他对个体生命展开自由度的深刻把握，并由此去拓展内心的那片精神荒野。

诗评家陈超在90年代末期对先锋诗歌有着深刻的见解，读之无不令人产生共鸣：“诗歌是个体生命的真实展开，每个成熟的诗人对诗体会愈深入，就愈能感到它迫使你缄默的力量。诗人像鱼在水中默默游动，侧身擦过冰川或游向暖水，冷暖自知。”① 这种论述对于孟浪来说也是合适的，诗歌的一切都是针对诗人自己的，大都只关乎诗人自身，而与他人无涉。甚至就是在诗歌写出并发表之后，它仍然无法脱离诗人而独立存在，它连接着诗人敏感的内心涌动。所以，诗人只有对其笔下的现实与世界体会得越深入，他的诗歌才会获得更具开阔性的视野与审美向度。

相比于 90 年代前期，孟浪在 90 年代后期的诗作有了一种大的改观，即更加平实与朴素，似乎又回归到了 80 年代初中期那种简洁的氛围里。另外，随着 90 年代大潮流对叙事的热衷，也让他的诗歌多了一份雅致与可读性。最重要的是，诗人开始由形而上的虚空转移到了对形而下的社会事务的关心，这是时代使然，也是与诗人随着岁月的流逝而心态变得更现实有关。他的《教育诗篇》系列就是这方面写作的一个典范，当然，他虽然关注的是美国中小学教育的现状，但是对整个世界教育的格局也有辐射性的影响，这至少表明诗人是真正的在挖掘社会的现状与生存经验的问题，而不是进行务虚和不及物的造假。

孟浪从 90 年代后期一直到新世纪前几年的创作，大都是在关注生存背景的前提下对叙事因素的尝试性抒写，其角度与变换的方式都各有变化，对社会、对个人、对国家、对世界，无论从宏观上来审视，还是从微观上来解读，其诗大都承担了他在 90 年代初期就已经秉持的美学和意义。尤其是在《双虹记》、《伟大的迷途者》、《纪念》等诗中，不仅有抒情因子的渗透，而且那种深入而彻底的理性思考也主动进入了他的诗行，并呈现出了非凡的理性深度。

到了新世纪之后，孟浪的笔触就伸得更加渺远了，有时指向的是生活本身，而有时却又指向人的内心，或者两者互动交融在一起，营造一种普遍的诗意隐型格局。当然，这是叙事进入他的诗歌

---

① 陈超：《关于当下诗歌的讲谈》，《打开诗的漂流瓶》，河北教育出版社 2003 年版，第 199 页。

创作之后，诗人所进行的创新性调整所致，此种风格表面是温和的，但内部仍不失尖锐性。“直立的恐惧/让无膝盖的人如何下跪？//演员说：他去剧院才是回家/演员的妻子说：他回家总在演戏。//只是关节如何弯曲/打击的半径如何缩短？//三岁的儿子说：他离开家，也就离开了舞台/儿子进一步说：他离开了舞台/遇见的每一位却都是剧中人。//战争爆发了/化妆停止了/火箭发射架已然直立。//妈妈接过话头：儿子，你去洗脸/我去化妆，你爸爸么，他正在生活！”（《生活》）生活其实就是演戏，演员有时真难以将演戏和真实生活完全分开，他沉浸其中，无法自拔。诗人将叙事全面引入了诗歌，其中有人物对话和心理描写，全诗通过一段一段的人物对话，透出了幽默与反讽的气息，但诗里却隐藏着对虚假生活的批判与自我反思。而这正契合了诗人在90年代中后期对自己的调整策略，简单的叙事背后隐藏着诗人富有生活意味的回归。

在20世纪80年代中后期的“第三代”诗歌运动大潮流中，孟浪有一种加速前进的趋势，但进入90年代乃至新世纪之后，诗人在自己的艺术行进上似乎慢了下来，有了一次减速的调整，这种减速一方面是时代逐渐抛弃诗歌所带来的后果，另一方面也是诗歌美学上的转换使然。对于孟浪来说，他在二十多年的写作历程中，经历了两次“漂流式写作”的转换，不论是80年代在国内，还是90年代在国外，他都在不断地调整自己的创作心态，以适应任何一次突入其来的艺术碰撞。但有一点可以肯定的，孟浪抒情外表下的那种尖锐与冷静的批判立场，却是一直坚持了下来，并且愈来愈深入，愈来愈强大。

附录二：从“非非”到“废话”

——杨黎诗歌论

2006年以诗人赵丽华的“梨花体”口语诗歌在互联网上被恶搞为开端，口语诗歌进入了一个遭遇大众批判甚至唾弃的困境，可以说，这是口语诗歌在极致化实验上脱离诗意所造成的失败。在口语实验诗歌被大众恶搞的背后，其实有一个核心人物，他就是前“非非”派诗人杨黎。在20世纪80年代“第三代”诗歌运动中因《街景》（刊登在《非非》上时被更名为《冷风景》）一举成名的他，于世纪之交退出“非非”，提出了“废话写作”的概念，这是对“非非”时期口语诗歌写作的一个极端化延伸。新世纪初，在杨黎“废话”诗歌的影响下，互联网上出现了一大批走极端路线的口语写作者，其中就有诗人赵丽华，她也尝试写起了口语诗，几年后，她的“尝试之作”在网络上被“恶搞”，并掀起了一股“梨花体”的旋风。

所以，要考察当下口语诗歌的一个走向，杨黎的创作不可被忽视，因为真正意义上的口语诗歌是从“第三代”诗歌运动开始的，杨黎二十多年的诗歌实践一直坚持使用口语，所以，比较典型的他有理由被纳入分析的范畴。在此，我将杨黎的诗歌创作分成两个阶段，第一个阶段是80年代的“非非”时期，第二个阶段是世纪之交复出后的“废话”时期，从这两个时期杨黎的诗歌创作来考察，我们可以发现诗人在当下所面临的困境，以及他无法突破语言而深入到诗歌精神内部的局限性。

上篇 “非非”时代的话语错位

（一）从语言开始及“语感”还原

同为“第三代”诗人的韩东曾这样评价“非非”时期的杨黎：“杨黎是第三代诗歌的最佳代表或一位最为典型的第三代诗人。他以完全个性化的存在填充了‘第三代诗歌’的概念内涵，并因此背叛了这一概念（集体的共性存在）。”① 韩东从整体上对杨黎在“第三代”诗人中的地位进行了评价，他以“个性”和“倾向”进入了“第三代”，也同样以这样的概念背叛了它，这里面有一种先进入再抛弃，然后超越的递进关系，这一过程，杨黎始终在围绕着语言进行。

提倡“诗从语言开始”的杨黎，其一贯的表现就是在语言上追求一种节制的美感，紧凑而连绵，那种冗长与无休止的抒情在他看来是多余的，他真正理解了韩东所说的“诗到语言为止”的普适价值，所以其在语言上是充分自觉的。像那首令许多人感到不知所措的《街景》一样，语言极度冷峻、客观，这样造成的效果就是，诗人眼中的景观在我们看来完全成了一种极度单调的呈现。但是这首诗的意义在朦胧诗没有落潮的时代是不言自明的，它是杨黎“诗从语言开始”的一种实践。另一首引起反响的《撒哈拉沙漠上的三张纸牌》，在对当时诗歌观念的反拨上，同样具有启蒙的意义：它不是在某种理论与政治意识形态观照下的产物，而是诗人对于客观物“零度”书写的创新。不带任何感情色彩，排除一切主观臆想，还

① 韩东：《第二次背叛：第三代诗歌运动中的个人及倾向》，《韩东散文》，中国广播电视出版社 1998 年版，第 138 页。

原语言的真实力量：三张纸牌摆放在撒哈拉沙漠上，平常人看不出有什么特别的地方，空间与距离的关系在此是重要的，声音与节奏在诗中超越一切。广阔的世界与微不足道的细节，就是宏观与微观的相较而生，它们共同造就了宇宙的真实。这首诗完全打破了朦胧诗歌对于大众文化审美的拯救神话，让语言重新回到诗歌现场中来。纯粹的口语，干净的词语组合，冷调的呈现，没有丝毫的犹豫和暧昧不明，对场景的精确描写与个性化的语言，都促成了杨黎在"非非"诗人中的脱颖而出。可以这样说，"非非"时代的杨黎只是将诗歌当作了"能指滑动"的语言形式，而其承载的价值以及延伸出来的意义对他来说是无效的，我们从他的言论以及诗歌中就可看出。

如果从语言和技术的角度来考察杨黎在"非非"时期的诗歌，诗评家罗振亚先生的评价是恰如其分的：杨黎是"非非"流派的"第一诗人"，其"最大贡献是以声音感的凸显造就了一种特殊的语言现象"，这样的精辟之语充分地表现了杨黎在诗歌语言上的成就。"杨还善于通过语感获取超人的感觉，常用几个噪音的传递、亮色的转换和重复手法运用，营设类乎电影主旋律的寂静神秘的画面，其《怪客》、《冷风景》、《高处》、《动作》都有这种透明简化的特点，并且它们的连续就是消除语义的过程，典型地体现了'非非'诗派回到声音的主张。"① 在我的理解看来，杨黎"回到声音"的过程，就是他还原"语感"的过程：重新回到诗歌在语言上的绝对状态，恰恰是"语感"的突显让杨黎成就了自己的诗歌个性。

其实，"语感"这个词很早就被杨黎提出，后来被很多诗人及评论家广泛使用，在实践上，杨黎的长诗《非非一号》就是还原"语感"的一次大规模展示，它以极为简练的语言来书写生活中的细节和片断，它们大都呈现出一种碎片化的状态，但这样的表达是

① 罗振亚：《"非非"诗派：还原"前文化"的探险》，《朦胧诗后先锋诗歌研究》，中国社会科学出版社2005年版，第90页。

自由的、流畅的，就像杨黎为自己的诗歌所定的目标那样，让人能够轻松地进入与阅读。他的目的达到了，这种松弛甚至平淡的语言不需要任何过渡与升华，就直接能对日常的生活状态建构起整体性的观照。在《高处》这首杨黎本人很看重的作品里，整首诗全部是短句，简单的素描，循环的逻辑，回环的叙事，让人感觉到了一种既远又近的幽深与空旷。诗歌中杂夹着诗人或感性或理性的解构，A或者B的反复，声音、色调、时间、距离的重叠与疏离，就像诗人在诗中所写的那样，“我们无法说清/我们何需说清/我们只有走/悄悄地走”，一切结束在“A或是B”的被感觉中，整首诗终究让诗人在意念的现场里达到了“语感”还原的目的。这首诗之后的《窗帘》、《声音》、《大雨》等都是这种观念的拓展之作，杨黎完成了一个阶段性的写作，并在语言的光晕中再次沉寂。后来杨黎从“清除语义”开始，全面反“语感”，与他早期的创作实践发生冲突，并形成了后来的诗歌创作与理论上一系列自相矛盾的话语错位。

（二）以个人“文化”反主流“文化”的困境

在20世纪80年代，整个文学乃至文化界都受西方文学与哲学的影响，杨黎可能也不例外，从维特根斯坦的语言哲学到法国新小说，他都有所涉猎，所以在那样一种人文环境下，杨黎乐于用维特根斯坦那种碎片化的方式来表达自己的诗歌观念，不足为奇。从那些只言片语中，我们能感觉到杨黎在语言上的绝对与极端，这与他在诗歌实践上的理念并不统一。在《杨黎说：诗》中，诗人这样谈到诗与文化的关系：“诗即形式。诗肯定不是一种文化现象。诗与文化无关。文化是我们现有的存在，诗应该是存在的另一种可能和企图。”[①] 在此，杨黎道出了诗与文化的绝缘关系，即诗歌似乎就应该是反文化的，但是杨黎反文化的方式却是以自己的一套文化作为手段的，语言与文化的关系在杨黎这儿也形成了一个悖论，至少

① 杨黎：《杨黎说：诗》，《小杨与马丽》，河北教育出版社2002年版，第229页。

在诗歌中是如此，所以我们就不难理解杨黎一再提出“世界是语言永远的真实”这样一种似是而非的观点了。

在“第三代”诗歌运动中，杨黎的个人性与革命性是非常突出的。很多诗人是以形式上的革命进入“第三代”的，甚至越过了诗歌本身，而杨黎的反叛与创建均在对诗歌自由的绝对性上完成。以当时的诗歌环境来看，杨黎的语言策略的确是反拨了由朦胧诗及其后所带来的一股诗歌宏大风潮，他以自己的一种极端对抗了朦胧诗的陈旧话语，从这一点上讲，杨黎以反文化和反价值的姿态，为中国当代诗歌的口语分支占领了阵地。但杨黎的绝对与偏执，却导致他的诗歌局限在语言与形式的创新上，而失去了其他的承担，悖论就会在他的反文化行为中反复出现。韩东曾经评价说，杨黎似乎是一个天才的发明者，尤其是形式上的发明，他最擅长。“诗歌的意义仅限于形式，而形式在杨黎那里就是它自身的发明或发现。任何关于主题、意义、情感的考虑都是无必要的，应该将它们从具体的文字中排挤出去，排挤得越彻底诗歌的形式价值就越高。这一极端的做法给杨黎的写作增添了空间的难度，要不绝对完美，要不一败涂地。”① 反文化在“非非”时期是群体性的，而杨黎在诗歌创作上是从极端个人性出发的，其基点仍然是对语感本身的绝对化追求。虽然他没有像一些知识分子诗人那样，追求精神上的故弄玄虚与“知识考古”，但他在表达上的清晰与语言内部的矛盾之间所形成的反差，却让他在绝对化的语言追求中陷入了盲目的境地。

而在一些人看来，杨黎在诗歌上只是摆出了一种反文化的姿态，其绝对性在精神与实践上并不成立。相反，以语言的方式来反文化，本身就只能是一种形式上的反对。所以，绝对与偏执的形式和语言，在杨黎的诗歌写作中虽然是一个重要的支撑，而一旦这样的支撑防线被打破，杨黎的写作就像韩东所说的那样，“要不绝对

---

① 韩东：《第二次背叛：第三代诗歌运动中的个人及倾向》，《韩东散文》，中国广播电视出版社 1998 年版，第 138 页。

完美，要不一败涂地。”韩东以这种二元判断来评价杨黎是有道理的，而杨黎在诗歌上的绝对性也是基于这种二元价值的判断。

关于这种绝对性，杨黎试图在他的理论中建立起自己对语言与诗歌以及文化关系的整体系统，但是他的偏执，有时候根本不适用于诗歌。诗歌成为了语言的奴隶，这样的表述我们经常能从杨黎的理论碎片中看到。“诗不关心这个世界上的一切事情。当一个人开始写诗的时候，或者说当诗开始的时候，语言消失了，一个人所拥有的一切也就该消失了。在这个时候，我们再来言说终极关怀、批判精神、道德意义、甚至爱与死亡，就等于我们放弃了诗，而又重新回到语言内部。”① 他排斥了诗歌里除语言之外几乎所有的其它因素，指望从这种绝对的反叛中走向纯粹，但杨黎的这种理论与实践的脱节恰恰会让人心生反感，连同他的诗歌一起被划入对读者的挑衅和哗众取宠的文化做秀。正像一些评论家与研究者所说的那样，杨黎将宏大与担当的诗歌重新还原为“语言的游戏”，这种游戏虽然是在语言内部进行，终究脱离不开文化的层面。

“反文化”的革命还没有最后完成，杨黎就在 90 年代初退出了诗歌舞台，这一行为并不是杨黎一个人的独创，而是大多数“第三代”诗人共同所为。现在我们回头来看，杨黎是刚刚建立起自己的诗歌地位，却突然放弃，这一突变让他的反文化与反价值理论只剩下了一个空壳，而没有了任何实际的诗学意义。可以这样说，以杨黎为代表的“第三代”诗人的整体退场，直接导致了 90 年代学院写作的全面崛起，口语诗歌在当时的全然而退并非偶然，而是诗人选择了生活与时代的必然结果。

---

① 杨黎：《杨黎说：诗》，《小杨与马丽》，河北教育出版社 2002 年版，第 229 页。

下篇　“废话”时代的反叛与突围

（一）身体写作与口语化的失衡

世纪之交，中国诗坛发生了“知识分子”诗派与“民间”诗派为了争夺话语权的激烈纷争，“民间”派诗人中有一部分就是来自80年代的“第三代”诗人，他们大都是口语写作的支持者与实践者，其诗歌关注日常生活，以“反诗”的方式与知识分子的玄学化相抗衡。而此时，文学界掀起了一股身体化写作的浪潮，小说界以卫慧、棉棉等年轻女作家为代表，而在诗歌上则是以沈浩波为代表的“下半身”群体，他们提出了为身体而写作的口号，势头迅猛地发展。复出几年后的杨黎，就处于这样一种个人化与身体写作甚嚣尘上的文学环境中。

2001年，因为一些诗歌内部原因与个人分歧，杨黎宣布退出“非非”团体，此后，他开始了另一个方向的诗歌写作：身体的大面积出场，以“下半身”作为诗歌突围的切入点。杨黎的“下半身”写作与沈浩波的“下半身”写作是不一样的，80年代口语诗歌的冷静与内敛让杨黎不可能过分地表达肉体感官的快乐，即使我们从他的《厕所之歌》、《今天手了》等诗歌中能够发现他有一种想从原始感官和纯生理出发的努力，但他不可能写得像沈浩波等年轻诗人那样赤裸与暴露，那样不顾一切地释放，彻底而富有激情。杨黎在诗歌语言上的节制与反抒情，恰恰不可能让他富有激情。他曾经在《打开天窗说亮话》中谈到，对诗而言，拒绝激情，放弃激情，是应该的、绝对的和必然的。而且这样的观点他早在1986年的《激情止步》中就提出来了，反抒情与反激情是他一贯的主张，他只是顺从语言的流动节奏与诗歌声音的回归，语言也不再承载任何附加的意义，“而诗的本质，只能是诗所‘说出’的一切。它拒绝以合法名义所拥有的任何意义。”所以他得出结论：“诗所拯救的，并不仅仅是精神，而更多的是我们的肉身。现在、过去和将来，我们被语言化的眼睛、心脏、手和性功能，包括精神，最终都将被诗化。”① 在杨黎看来，语言包含了诗歌的全部意义，而其它身体感官，包括精神，都是语言的附属物。这其实是一种语言绝对化的诗歌观念，在新世纪遭到一些人的批判，是不足为怪的。

在此，我也愿意相信杨黎的诗歌是一种“原生态”的创造，消解所有复杂意象，直接探入诗歌本源性的存在。但杨黎的诗歌是“反生命”的，就像他在“非非”时期的反文化与反价值一样，身体的出场被他理解成了简单的肉体素描，再加上他纯粹的口语形式，肉体与直白的口语结合并没能超越他以前的创作。因为他滥用了身体的本质，将其简单化为了肉体，将口语简化成了口水，这样的结果直接导致了他极端世俗化的肉体语言观，从而也摧毁了他80年代所建立起的诗歌成就。

在创作上，杨黎一再强调实践诗歌的具象性，而反对纯粹的抽象性，而在理论上，他却将一些常识性的表达更加复杂化了。实践与理论的不统一，让杨黎在“下半身”时代的诗歌创作依旧尴尬：那些约定俗成的语言与价值观念在他那里受到了最为尖锐的质疑，肉体写作的快感让他在世俗化的时代找到了位置，也似乎找到了重新写作的感觉，而能指与所指的关系由此变得混乱，他只是部分地认可了能指的存在，而完全取消了所指的功能，这样的观念将诗歌的“诗性言说”挤兑到了一处非常晦暗的境地。但是杨黎并没有试图去再一次解释这种混乱的局面给诗歌所带来的负面影响，他继续我行我素地以极端的方式构筑着诗歌的语言迷宫。

杨黎用口语化进行身体写作的颠峰之作就是《打炮》，这是一首无尽的狂想曲。诗歌从“高高的红桃A”开始，让我们似乎又感觉回到了“撒哈拉沙漠上的三张纸牌”的时代，具有金属般的质地

① 杨黎：《杨黎说：诗》，《小杨与马丽》，河北教育出版社2002年版，第229页。

和永不衰竭的动力，诗歌似乎在“炮声隆隆”的语言鲜活的滋养下又一次获得了新生。这一次，杨黎不仅是在追求与发掘语言的功能，而且在非抒情性的书写下，他比很多年轻诗人进行得还彻底，尤其是在针对“性”的描写问题上，几近放纵。“我永远都在找打炮的地方/生命的每一天/都被描写在炮台上而不可改变。/比如有时的欢乐/有时的痛苦。/有时我放下我的东西/我又拿起我的东西。/小杨在屋里等我/马丽在浴缸里洗澡/巧梅正在工作：/一曲曲优美的旋律她嘴里吹出/正是深夜啊/巧梅的萧声飘浮在夜晚的空气中，/树影，楼房的影子，以及路灯下的/一团水渍，泛着微弱的光。/世界突然静止不动/一条长长的小巷展现在我的眼前。//它让我重新回到：/宽大、空洞的客厅/灯光明亮”。至此，《打炮》完成了杨黎在“下半身”时代的目标，整首诗就是身体的“词语游戏”，通篇的性暗示，是诗人感官体验的目的：诗歌的完成就是身体快感的来临和欲望的生理释放。

在杨黎进行身体化写作期间，韩东也曾尝试过那种纯粹口水化的诗歌写作，但他后来因为多种原因很快放弃了，而杨黎义无反顾在诗歌中让身体毫无保留地出场，没有节制的直白肉体书写，极端突显了口水化与低俗化的双重局限。我们可以说，杨黎在加入“下半身”写作团体之后，想通过口语写作的方式解放身体，比如他写了像《今天手了》、《春日》等纯生理宣泄的诗歌，这样的阶段性尝试并不成功。从这一点来看，杨黎在口语化写作的突围上是失败的。他没有利用好自己在语感节奏上的优势，而过度地消耗了语言所包含的能量，简单化地理解了身体写作的内涵，而这两方面的结合使他的诗歌在失去了美感的同时，也没有了力度，口语化与肉体写作的悖论，让他陷入了诗歌难度被取消的困境。

（二）“废话”之后的阶段性精神回归

在进行“下半身”写作的同时，杨黎就正式提出“废话”写作的概念，但那时并没有多少人“团结”在他的周围。几年之后，“下半身”团体解散，杨黎专心地打造起了自己的“废话”写作

"集中营"，这是他想在自己的创作上进行突围的又一次选择。这次突围仍然是从语言入手，他彻底取消了诗歌所需要承载的"意义"，充分讲究诗歌语言与形式上的独立性：它并不依附于某种先验的概念和命题，只是在语感上尊崇一种"在野"的发现，这是杨黎在"废话"写作时代一方面为人所欣赏，而另一方面又为某些人所诟病的原因。

在此，我们有必要弄清杨黎关于"废话"诗歌理论的真实面目，其实他在《杨黎说：诗》中已对此有所倡扬，"废话"理论可以说是杨黎在口语写作上的再一次极端的延伸。他认为，我们的日常生活中到处充满了官话、套话，假话，而写诗就是让人说人话，他的这种人话即是"废话"。从这样的理论，我们会发现，杨黎一如既往地崇尚直白与明晰，与他"非非"时期的诗歌观念一脉相承。

如果不去深入探究杨黎的"废话"理论，我们会完全被"废话"这个词所蛊惑，其实，他的"废话"仍然是从"语言"上对知识分子与学院派诗歌的一种反抗，其实质与他之前的反文化和反价值宣言如出一辙，"废话"只是杨黎退出"非非"之后的一种"个人独创说法"而已。在杨黎看来，"表达完意义以后依然有存在价值的语言，就是诗。这就是我所理解的废话。"他所谓的"意义"，就是一种自然呈现，而与诗人之心无关，其根本还是在语言上。如果说"第三代"诗歌运动时期，杨黎在"非非"诗派里以纯粹和明晰的语言风格独树一帜，而到了"废话"时代，他还是将自己局限在单纯的语言层面里，无法更为开阔地向着更深层面超越，最终走向了口语化的千篇一律。正像一些批评家对"口水"诗歌所质疑的那样，它们是取消了诗歌"普适性"诗意的。但是杨黎并没有顾及这些，他固执地将笔触伸向了更极端的口语化世界，且在内容上又热衷于对颓废生存状态的书写。比如像《1994 年夏天》、《我在马路上走了三个小时》、《如果不说爱情那又说什么》、《我喜欢懒惰、麻木和没有追求》等诗歌，都是诗人在"口水"语言基础上"无聊”心态的呈现。“我把花瓣撕成两半/我承认，我有病/那是上午，我/自己待在窗前/阳光也照在窗前/我把花瓣撕成/两半以后/又回到床上/我还想睡”（《花瓣》）。从这样的叙述中，我们感觉到了语言滑动背后诗人一种无所事事的状态，他将诗歌写作当成了一种词语的机械活动，这似乎与他的“废话”理论并不相通，因为这样的诗歌除了直白的“语言实验”，毫无意义可言。像《为电脑写一首诗》、《我梦见一根皮带》、《除夕夜十一点，我突然想去埃及》等这样抒写当下状态的诗歌，从标题我们就知道了内容，而下面浅白而毫无想象力的分行文字只是对主题的一种简单、重复的叙述。

岁月的流逝，让一个诗人在80年代的风光不再，而杨黎用极端的方式所完成的诗歌回归，在“废话”时代将口语推向了一种泛滥的地步，将诗歌写成了没有丝毫难度可言的分行文字。这样的创作理念影响了一大批年轻人，甚至是一些本身没有口语倾向的诗人，他们在网络上将“口水化”的诗歌经营得登峰造极。后来，恶果出现了，很多口水化诗人写不下去了，有的放弃，有的转向，只剩下为数不多的人在继续摸索，包括杨黎自己。从对诗歌的“语感”还原上来说，杨黎的坚守是可取的，但他没有在自己诗歌语言观的基础上向内部（精神与心灵）挖掘，而是向外（概念与形式）继续延伸，终究难以超越自己。

2003年时，杨黎写出了组诗《五个红苹果》，这是杨黎自己比较看重的作品，也引起了很多人的关注，大家都期待着杨黎能够有所超越。这首组诗依然延续着杨黎在80年代的情感“零度”书写，以及那种干净、纯粹的风格，包括对词语的使用上都极为克制。从那些不断重复的词语中，我们感觉到诗行间充满了“回环缠绕”的自相矛盾，其实诗人的意图还是从“语感”的基本角度出发，增强语言的素描性与叙述空间的疏离性，但除了口语化之外，其它的诗意效果呈现仍不明显。

诗歌在语言上的变革于杨黎来说一直是动态的，这种动态没有超出“语感”的范畴，这是一个有待于突破的障碍。最近两年，杨黎对此是有所反思的，其气质有一种回归日常生活的倾向，这表现在他的一些诗歌中，如《中年维特的烦恼》、《夜渡》、《我要用一种诗歌的方式……》、《住在天通苑》、《和唐欣在盘锦登高》、《2005中秋感怀》、《在大连我们谈到了白居易》、《信仰》、《阿尔巴尼亚》等。诗人有一种对逝去岁月的怀念，我们能从中感触到杨黎的一种伤感，这或许是时间和人生经历给一个诗人带来的改变，虽然他仍在竭力推广自己的“废话”理论，但在这样一个时代，其诗歌与理论似乎总是存在着距离，他无法越过。“2005 年，时事有变化，就像所有的阴天/我搬了家，离朋友们越来越远/这不是坏事，但它肯定不是好事/它说明我现在没有看见月亮”（《2005 中秋感怀》），我们能这样的只言片语中触摸到一种强烈的孤独，这是一种对语言进行捍卫达到了极致程度而生活又动荡的诗人之累：经历了诗歌流派与团体的聚散，经历了步入暴富的无望，内心的空虚与无奈愈加突出，唯有借助诗歌才能稍得安慰，但由此所得到与所失去的，只有诗人自己最清楚。

“请不要对我说人生是一出悲剧/即使它是悲剧我也无法/从台上跑下来/从前一个和尚就是因为中途跑过一回/结果到现在他的戏都还没有演完”（《2006 年 8 月 25 日送杨轻回成都》）。这样的一种人生感怀，似乎与沉浸于“语言游戏”中的杨黎格格不入。这种在先锋时刻停下来的人生感慨，让我们看到另一个杨黎，一个与表面的“废话”完全不同的杨黎，只是不知他能否好好把握这样的瞬间感念，以让自己不至于完全迷失在“语言游戏”的道路上。

从 80 年代初期的创作开始，一直坚持用口语写作的杨黎，经历了从对美国诗人惠特曼的模仿，到“非非”时期追求“回归声音”的“语感”写作，经历了从世纪之交复出诗坛后退出“非非”流派，加入“下半身”团体，倡导“废话”写作，并进行“废话”诗歌实践，他的这一写作历程引起了年轻一代诗人的关注，也招至诗坛老将们的非议。二十多年来，杨黎在诗歌创作与观念上的变化，或许正迎合了这样一个高度娱乐化的时代，跟着潮流走，但又不愿失去自我，所以始终处于边缘：有人说他的诗歌讲究“语感”，他就提出反“语感”；有人说他的口语化写作是一种垃圾，他提出了“废话”写作；他总是处于一种理念的变化与实践的错位中，这样的善变心理其实并不适合于诗歌内部隐密的伦理。同时，杨黎的诗歌创作历程，也清晰地折射出了当下口语诗歌的一个基本走向，即在语言内部形式与精神观念上突破的艰难。其实，一个用口语写作的诗人应该有自己在民间立场上的长期坚守，有自己内心最牢不可破的艺术观念，像王小妮和于坚那样，切实地将自己的努力放在文本创作上，放在祛除自己被符号化的经典上，而不是一味地在观念上求新求变，那样做只会损害诗歌的内部基质，从而丧失主体的艺术感觉。只有在这个喧嚣的时代让自己沉静下来反思与建构，用文本说话，对泛滥的口语诗歌有所超越，才是当下口语诗人突围的正道。

参考文献

作品类

1. 老木编:《新诗潮诗集》,北京大学五四文学社,1985年。

2. 唐晓渡、王家新编选:《中国当代实验诗选》,春风文艺出版社,1987年。

3. 宋琳、张小波等:《城市人》,学林出版社,1988年。

4. 徐敬亚、孟浪编:《中国现代主义诗群大观1986~1988》,同济大学出版社,1988年。

5. 溪萍编:《第三代诗人探索诗选》,中国文联出版社,1988年。

6. 唐晓渡编选:《灯心绒幸福的舞蹈》,北京师范大学出版社,1992年。

7. 万夏、潇潇主编:《后朦胧诗全集》,四川教育出版社,1993年。

8. 阎月君、周宏坤选编:《后朦胧诗选》,春风文艺出版社,1994年。

9. 陈超编:《以梦为马:新生代诗卷》,北京师范大学出版社,1993年。

10. 崔卫平编:《苹果上的豹:女性诗卷》,北京师范大学出版社,1993年。

11. 周伦佑编:《打开肉体之门——非非主义:从理论到作品》,敦煌文艺出版社,1994年。

12. 闵正道主编:《中国诗选》,成都科技大学出版社,1994年。

13. 欧阳江河:《透过词语的玻璃》,改革出版社,1997 年。

14. 唐亚平:《黑色沙漠》,春风文艺出版社,1997 年。

15. 于坚:《棕皮手记》,东方出版中心,1997 年。

16. 西川:《让蒙面人说话》,东方出版中心,1997 年。

17. 王家新:《夜莺在它自己的时代》,东方出版中心,1997 年。

18. 程光炜编选:《岁月的遗照》,社会科学文献出版社,1998 年。

19. 张曙光:《小丑的花格外衣》,文化艺术出版社,1998 年。

20. 张枣:《春秋来信》,文化艺术出版社,1998 年。

21. 小海、杨克主编:《他们——〈他们〉十年诗歌选》,漓江出版社,1999 年。

22. 孙文波等编:《语言:形式的命名》,人民文学出版社,1999 年

23. 肖开愚等编:《从最小的可能性开始》,人民文学出版社,2000 年。

24. 廖亦武主编:《沉沦的圣殿——中国 20 世纪 70 年代地下诗歌遗照》,新疆青少年出版社,1999 年。

25. 韩东主编“年代诗丛”(第一辑)(收入翟永明、丁当、于小韦、杨黎、何小竹、小安、朱文、鲁羊、柏桦、吉木狼格,诗集各一册),河北教育出版社,2000 年。

26. 西川:《西川的诗》,人民文学出版社,1999 年。

27. 于坚:《诗集与图像》,青海人民出版社,2003 年。

28. 于坚:《于坚集》(五卷),云南人民出版社,2005 年。

29. 王家新:《王家新的诗》,人民文学出版社,2001 年。

30. 于坚、谢有顺:《于坚谢有顺对话录》,苏州大学出版社,2003 年。

31. 孙文涛:《大地访诗人》,香港天马图书有限公司,2003 年。

32. 洪子诚、程光炜选编:《第三代诗新编》,长江文艺出版社,2004 年。

33. 王寅:《王寅诗选》,花城出版社,2005 年。

34. 杨黎:《灿烂》,青海人民出版社,2005 年。

35. 周伦佑:《周伦佑诗选》,花城出版社,2006年。

36. 李亚伟:《豪猪的诗篇》,花城出版社,2005年。

37. 查建英:《八十年代访谈录》,三联书店,2006年。

38. 柏桦:《今天的激情》,上海人民出版社,2006年。

39. 孟浪:《南京路上,两匹奔马》,光明日报出版社,2006年。

40. 周伦佑主编:《悬空的圣殿——非非主义二十年图志史》,西藏人民出版社,2006年。

41. 周伦佑主编:《刀锋上的群鸟——后非非主义从理论到作品》,西藏人民出版社,2006年。

42. 新京报编:《追寻80年代》,中信出版社,2006年。

43. 张清华主编:《中国优秀诗歌(1978~2008)》,现代出版社,2008年。

44. 柏桦:《左边:毛泽东时代的抒情诗人》,江苏文艺出版社,2009年。

45. 西川编《海子诗全集》,作家出版社,2009年。

46.《诗探索》杂志,1985至2008年,各期不限。

47. 洪子诚主编:《新诗评论》,2005至2009年,共9辑,北京大学出版社。

48. 邓一光主编:《汉诗》,2008至2009年,共5辑,武汉出版社。

49. 潘洗尘主编:《星星》(下半月理论版),2007至2009年,各期不限。

50. 民刊《大陆》纪念号,总第五期,2008年6月,上海。

专著类

1. [德]卡西尔:《语言与神话》,三联书店,1988年。

2. [美]哈罗德·布鲁姆:《影响的焦虑》,徐文博译,三联书店,1989年。

3. [美]杰姆逊:《后现代主义与文化理论》,唐小兵译,北京大学出版社,1997年。

4. [俄]巴赫金:《诗学与访谈》,白春仁等译,河北教育出版社,

1998 年。

5.[美]斯蒂文·小约翰:《传播理论》,陈德民、叶晓辉译,中国社会科学出版社,1999 年。

6.[美]约翰·费斯克:《传播研究导论:过程与符号》,许静译,中央人民大学出版社,2008 年。

7.[英]T. S. 艾略特:《艾略特文学论文集》,李赋宁译,百花文艺出版社,1994 年。

8.[德]瓦尔特·本雅明:《发达资本主义时代的抒情诗人》,张旭东译,三联书店,1989 年。

9.[美]苏珊·桑塔格:《反对阐释》,程巍译,上海译文出版社,2003 年。

10.[法]让·科克托:《科克托访谈录》,华东师范大学出版社,2005 年。

11.[法]赫伯特·马尔库塞:《单向度的人》,刘继译,上海世纪出版集团,2007 年。

12.[英]安吉拉·默克罗比:《后现代主义与大众文化》,田晓菲译,中央编译出版社,2006 年。

13.[美]莫里斯·迪克斯坦:《伊甸园之门——六十年代的美国文化》,方晓光译,译林出版社,2007 年。

14.[法]吉尔·利波维茨基:《空虚时代——论当代个人主义》,方仁杰、倪复生译,中国人民大学出版社,2007 年。

15. 徐敬亚:《崛起的诗群》,同济大学出版社,1988 年。

16. 朱大可:《燃烧的迷津》,学林出版社,1991 年。

17. 吴思敬编:《磁场与魔方;新潮诗论卷》,北京师范大学出版社,1993 年。

18. 王光明:《艰难的指向——“新诗潮”与二十世纪中国新诗》,时代文艺出版社,1993 年。

19. 陈仲义:《诗的哗变——第三代诗面面观》,鹭江出版社,1994 年。

20. 陈仲义:《扇形的展开》,浙江文艺出版社,2000 年。

21. 刘纳:《诗:激情与策略》,中国社会出版社,1996 年。

22. 张清华:《中国当代先锋文学思潮论》,江苏文艺出版社,1997 年。

23. 王一川:《中国形象诗学》,上海三联书店,1998 年。

24. 尹国均:《先锋实验》,东方出版社,1998 年。

25. 程光炜:《程光炜诗歌时评》,河南大学出版社,2002 年。

26. 陈超:《20 世纪中国探索诗鉴赏》,河北人民出版社,1999 年。

27. 崔卫平编:《不死的海子》,中国文联出版社,1999 年。

28. 耿占春:《改变世界与改变语言》,社会科学文献出版社,2000 年。

29. 於可训:《当代诗学》,湖南人民出版社,2000 年。

30. 刘小枫:《拯救与逍遥》,上海三联书店,2001 年。

31. 李震:《母语诗学论纲》,三秦出版社,2001 年。

32. 吕周聚:《中国先锋诗歌研究》,中国广播电视出版社,2001 年。

33. 吴思敬:《诗学沉思录》,辽宁人民出版社,2001 年。

34. 欧阳江河:《站在虚构这边》,三联书店,2001 年。

35. 张远山:《汉语的奇迹》,云南人民出版社,2001。

36. 谢有顺:《我们内心的冲突》,广州出版社,2000 年。

37. 罗振亚:《中国新诗的历史与文化透视》,黑龙江教育出版社,2002 年。

38. 张清华:《内心的迷津》,山东文艺出版社,2002 年。

39. 唐晓渡《唐晓渡诗学论集》,中国社会科学出版社,2001 年。

40. 燎原《扑向太阳之豹——海子评传》,南海出版公司,2001 年。

41. 王家新、孙文波编《中国诗歌:九十年代备忘录》,人民文学出版社,2000 年。

42. 陈旭光、谭五昌《秩序的生长》,陕西人民教育出版社,2002 年。

43. 陈晓明《表意的焦虑》,中央编译出版社,2002 年。

44. 李新宇:《中国当代诗歌艺术演变史》,浙江大学出版社,2000 年。

45. 王光明:《现代汉诗的百年演变》,河北人民出版社,2003 年。

46. 崔卫平:《积极生活》,中国人民大学出版社,2003 年。

47. 张闳:《声音的诗学》,中国人民大学出版社,2003 年。

48. 程光炜:《中国当代诗歌史》,中国人民大学出版社,2003 年。

49. 孙基林:《崛起与喧嚣——从朦胧诗到第三代》,国际文化出版公司,2004 年。

50. 张桃洲:《现代汉语的诗性空间——新诗话语研究》,北京大学出版社,2005 年。

51. 陈超:《打开诗的漂流瓶》,河北教育出版社,2005 年。

52. 陈超:《中国先锋诗歌论》,人民文学出版社,2007 年。

53. 耿占春:《失去象征的世界——诗歌经验与修辞》,北京大学出版社,2008 年。

54. 高名潞:《墙:中国当代艺术的历史与边界》,中国人民大学出版社,2006 年。

55. 罗振亚:《朦胧诗后先锋诗歌研究》,中国社会科学出版社,2005 年。

56. 罗振亚:《20 世纪中国先锋诗潮》,人民出版社,2008 年。

57. 甘阳编:《八十年代文化意识》,上海人民出版社,2006 年。

58. 周瓒:《透过诗歌写作的潜望镜》,社会科学文献出版社,2007 年。

59. 敬文东:《抒情的盆地》,湖南文艺出版社,2006 年。

60. 沈奇:《沈奇诗学论集》(三卷)(修订版),中国社会科学出版社,2008 年。

61. 李振声:《季节轮换——第三代诗歌叙论》(修订版),复旦大学出版社,2008 年。

62. 陈晓明:《中国当代文学主潮》,北京大学出版社,2009 年。

后 记

这本书是在我博士论文的基础上修改而成的，前后历时三载。写作博士论文的过程，经受了折磨、考验、困惑与最终的柳暗花明，其间甘苦，多有体味。

从本科一路读到博士，从未离开文学，实为兴趣所致。文学给了我丰富的精神给养，也为我营造了自由驰骋的艺术空间。这些年，在读书和工作之间不断交替游走，绕了那么多弯，最后还是回归到文学，尤其醉心于诗歌，这是命运，也是天意。我在诗歌研究中体验和寻找自由的心性，正好对接了80年代先锋诗人们追求激情与理想的文学精神。所以，当初选择“第三代”诗歌这个题目，出于学术考虑是一方面，而对那个诗歌黄金时代的怀念，或许才是更深的动因。

回首津门求学的日子，许多美好仍历历在目。如今，书要出来了，深藏心底的感激之言，终可借机一吐为快。

首先，要感谢我的导师罗振亚先生和师母杨丽霞女士。自入先生门下，心中便多了一份底气，我知道，那是师生之间的一种真缘份。三年来，受教于先生门下，得益匪浅。每每作文时，从基本思路到整体架构，从逻辑规范到字词的推敲，他都不遗余力地悉心指导。这种授业之真挚，不仅体现在这本毕业论文里，更多的还体现在我平时写的单篇文章中。先生谦和求真的精神和积极的人生态度，是一种无形的、向上的力量，让我感念于心。师母则从生活上给我很多照顾，她的热情、豁达，让我倍感温暖。如今离津南下，两位师长仍时刻关心我的生活和工作,总不忘给我这个远隔千里的弟子以提携和帮助。而我唯有努力,不敢懈怠。无论是为学,还是为师,我从先生那儿学到了很多。现在我也走上了讲台,对于自己的学生,我愿真诚地帮助他们,将心比心,就是如此。

其次,要感谢南开大学文学院的乔以钢、李新宇、耿传明、李锡龙、李润霞诸位老师,他们平时的教诲,以及在开题时对论文的指导,于我都是一种激励。感谢程光炜、王兆胜、方长安、吕周聚、蒋登科等老师在论文评审和答辩时提出的宝贵意见,也让我受益颇多。感谢朵渔、胡传吉和李寒三位挚友为我带来的灵感,尤其是和朵渔兄神聊诗歌的那些美好时光,让我惬意,至今难忘。

执教于三峡大学以来,她自由与包容的氛围,令我身心愉悦。这本书能顺利出版,离不开文学与传媒学院的大力支持,感谢吴卫华院长、周卫华副院长和刘月新副院长的无私帮助,同时也感谢邓新华老师、朱华阳老师和彭红卫老师的热心鼓励,这实属我的人生之幸。

本书责任编辑杨显硕先生承担了繁琐的案头工作,没有他的鼎力相助,这本书何时能出版,或许还是个未知数;学生杨东伟和官璐,为本书做了大量校对工作,在此一并致谢。

最后,感谢我的家人,感谢分散各地的好友们,是你们多年的理解与支持,给了我一路向前的勇气。在新的人生征程中,我会常怀感恩,为生活的善者,做生命的学问。

2012年2月2日于三峡大学